Iwan Turgenjew, geboren am 9. November 1818 in Orel, ist am 3. Oktober 1883 in Bougival bei Paris gestorben.
Diese Novelle, die zum Teil autobiographisches Material verarbeitet, erschien 1860. Seit 1850 konnte sich Turgenjew, der eine Erbschaft gemacht hatte, ganz seiner schriftstellerischen Arbeit widmen. Die zaristische Regierung verbannte ihn von 1852–1854 auf sein Gut Spasskoje. Seit 1856 lebte Turgenjew meist im Ausland, vor allem in Baden-Baden und Paris. Er ist als Dichter ein Vertreter des westlich orientierten russischen Realismus. Von Goethe und Schopenhauer war er stark beeinflußt, er war ein Freund Flauberts. Er ist ein Meister in der Darstellung russischer Volkspsyche und sozialer Zustände in den verschiedenen Landschaften Rußlands. Mit seinen gegen alle bestehenden Autoritäten angehenden Werken bestärkte er die nach Freiheit strebende russische Jugend seiner Zeit.

insel taschenbuch 257

Turgenjew

Erste Liebe

Iwan Turgenjew
Erste Liebe

und andere Novellen

Aus dem Russischen von
Ena von Baer und Ekkehard Jäkel
Mit einem Nachwort von
Friedrich Schwarz

Insel Verlag

»Mumu« wurde von Ekkehard Jäkel übersetzt
Umschlagabbildung:
Victor Müller, Bildnis der Berta Gerson.
Öl auf Leinwand, 1863.
Städelsches Kunstinstitut, Frankfurt am Main

insel taschenbuch 257
Erste Auflage 1977
Insel Verlag Frankfurt am Main und Leipzig

Vertrieb durch den Suhrkamp Taschenbuch Verlag
Umschlag nach Entwürfen von Willy Fleckhaus
Satz: Fotosatz Otto Gutfreund GmbH, Darmstadt
Druck: Nomos Verlagsgesellschaft, Baden-Baden
Printed in Germany
ISBN 3-458-31957-3

9 10 11 12 13 14 – 09 08 07 06 05 04

INHALT

ERSTE LIEBE

Die Gäste waren längst gegangen. Die Uhr hatte halb eins geschlagen. Im Zimmer befanden sich nur noch der Hausherr, Sergei Nikolajewitsch und Wladimir Petrowitsch.
Der Hausherr klingelte und befahl, die Reste des Abendessens fortzuräumen.
»Wir haben also beschlossen«, sagte er, sich tiefer in den Sessel setzend und eine Zigarre anzündend, »daß jeder von uns die Geschichte seiner ersten Liebe erzählt. Sie sind an der Reihe, Sergei Nikolajewitsch.«
Sergei Nikolajewitsch, ein rundes, pausbäckiges, blondes Männchen, sah den Hausherrn an und schlug die Augen zur Decke empor.
»Ich habe keine erste Liebe gehabt«, erklärte er schließlich, »ich habe sogleich mit der zweiten begonnen.«
»Wieso denn das?«
»Ganz einfach. – Ich war achtzehn Jahre alt, als ich zum erstenmal einem reizenden jungen Mädchen nachstieg. Doch machte ich ihr den Hof, als wäre es mir nichts Neues, genauso wie ich später den anderen Frauen den Hof gemacht habe. Verliebt war ich aber zum ersten- und zum letztenmal mit sechs Jahren in meine Kinderfrau – das ist schon lange her –, die Einzelheiten unserer Beziehungen sind meinem Gedächtnis entschwunden. Wen hätten sie auch interessieren können, wenn ich sie noch wüßte?«
»Was nun?« rief der Hausherr aus. »Auch meine erste Liebe bietet wenig Interessantes. Ich habe mich zum erstenmal in meine jetzige Frau, Anna Iwanowna, verliebt, es ging alles wie am

Schnürchen, unsere Väter wünschten diese Ehe, sehr bald gewannen wir einander lieb und heirateten, ohne noch lange zu überlegen. Meine Geschichte ist nicht lang. – Ich gestehe, meine Herren, daß ich, als ich die Frage der ersten Liebe aufwarf, meine Hoffnungen auf Sie, wenn auch nicht alte, aber immerhin nicht jugendliche Hagestolze setzte. Und wie ist es mit Ihnen, Wladimir Petrowitsch?«

»Meine erste Liebe zählt allerdings nicht zu den alltäglichen«, erwiderte zögernd Wladimir Petrowitsch, ein Vierziger mit schwarzem, graumeliertem Haar.

»Ah!« riefen der Hausherr und Sergei Nikolajewitsch gleichzeitig aus. »Um so besser... Berichten Sie!«

»Gern... aber nein, ich bin kein Meister im Erzählen, das würde trocken, kurz und nüchtern oder zu weitschweifig und falsch werden. Gestatten Sie mir, meine Erinnerungen aufzuschreiben und sie Ihnen vorzulesen?«

Die Freunde wollten anfangs nicht darauf eingehen, aber Wladimir Petrowitsch bestand darauf. Zwei Wochen später trafen sie sich wieder. Wladimir Petrowitsch hatte sein Versprechen gehalten. Folgendes stand in seinem Heft:

I

Ich war damals sechzehn Jahre alt. – Die Geschichte spielte sich im Sommer 1833 ab.

Ich wohnte in Moskau bei meinen Eltern, die eine Villa in der Nähe des Kalugaer Tors gegenüber dem Neskutschny-Park gemietet hatten, und bereitete mich für die Universität vor, arbeitete aber wenig und beeilte mich nicht allzusehr.

Niemand schränkte meine Freiheit ein. Ich tat, was ich wollte, vor allem seit der Zeit, da ich mich von meinem französischen Erzieher getrennt hatte, der sich nicht an den Gedanken gewöhnen konnte, daß er »wie eine Bombe« (»comme une bombe«) nach Rußland hineingeplatzt sei, und deshalb ganze Tage mit verbittertem Gesicht im Bett verbrachte. Mein Vater behandelte mich mit gleichgültiger Gutmütigkeit, die Mutter beachtete mich überhaupt nicht, obwohl ich ihr einziges Kind war; denn sie hatte andere Sorgen. Mein Vater – ein junger und sehr gut aussehender Mann – hatte sie aus Berechnung geheiratet. Sie war zehn Jahre älter als er und führte nun ein trauriges Leben, regte sich ständig auf, war eifersüchtig und ärgerte sich, aber nie in Gegenwart des Vaters; sie fürchtete ihn sehr, er dagegen benahm sich streng, kalt und abweisend... Ich bin noch nie einem Menschen begegnet, der so ausgesprochen ruhig, selbstsicher und beherrscht gewesen wäre.

Nie werde ich die ersten Wochen in dieser Villa vergessen! Wir waren am 9. Mai übergesiedelt, und das Wetter war herrlich. Ich ging entweder in unserem Garten, im Neskutschny-Park oder jenseits der Stadtgrenze spazieren, nahm irgendein Buch – zum Beispiel Kaidanows historisches Lehrbuch – mit, öffnete es jedoch selten. Meist deklamierte ich laut Gedichte, von denen ich eine Menge kannte. Heiß pulste das Blut in mir, und mein Herz war voller Sehnsucht, die süß und lächerlich war. Ich erwartete etwas, empfand eine unerklärliche Scheu, wunderte mich über alles und war zu allem bereit. Meine Phantasie spielte und kreiste unaufhörlich um dieselben Vorstellungen, wie Schwalben in der Morgendämmerung um einen Kirchturm – ich grübelte, trauerte und weinte manches Mal sogar. Aber durch Tränen und Trauer, die bald durch einen klangvollen Vers, bald durch die Schönheit des Abends ausgelöst wurden, brach gleich Frühlingsgräsern das freudige Gefühl des jungen, schäumenden Lebens.

Ich besaß ein Reitpferd, das ich selbst sattelte, um allein so weit wie möglich davonzureiten. Galoppierend kam ich mir wie ein Ritter im Turnier vor. Wie herrlich der Wind mir um die Ohren wehte! Und schaute ich zum Himmel empor, so tranken Blick und Herz die strahlende Klarheit seines Lichtes und seiner Bläue.

Ich entsinne mich noch genau, daß mir zu jener Zeit kein Frauenbildnis vorschwebte und meine Träume von der Frauenliebe keine festen Umrisse gewannen. Aber in allem, was ich dachte

und fühlte, barg sich die halb erkannte, schamhafte Vorahnung von etwas Neuem, ungemein Beglückendem, Weiblichem.
Mein ganzes Wesen war von dieser Vorahnung, dieser freudigen Erwartung durchdrungen, ich atmete sie ein, sie rollte mit jedem Blutstropfen durch meine Adern... und sollte sich bald erfüllen.
Unsere Villa war ein hölzernes Herrenhaus mit Säulen und zwei niedrigen Flügeln. Im linken Flügel befand sich eine winzige Fabrik zur Herstellung billiger Tapeten. Des öfteren begab ich mich dahin und beobachtete, wie ein Dutzend magerer, zerzauster Buben in schmierigen Röcken und mit blutarmen Gesichtern sich auf die hölzernen Hebel schwangen, die die viereckigen Holzklötze der Presse herabdrückten, und auf diese Weise durch die Last ihrer ausgemergelten Körper die bunten Muster der Tapete druckten. Der rechte Flügel war leer und wurde vermietet. Eines Tages – es war drei Wochen nach unserer Ankunft am 9. Mai – wurden die Fensterläden dieses Flügels geöffnet, Frauengesichter tauchten auf, eine Familie war dort eingezogen. Ich entsinne mich, daß meine Mutter sich an diesem Tage während des Mittagessens beim Haushofmeister nach unseren neuen Nachbarn erkundigte. Als sie den Namen der Fürstin Sassekina vernahm, murmelte sie mit einer gewissen Achtung: »Ah! Eine Fürstin«, und fügte sofort hinzu: »Wird wohl eine von den armen sein!«
»Sie sind in drei Droschken eingetroffen«, bemerkte der Haushofmeister, respektvoll weiterservierend, »besitzen keinen eigenen Wagen und nur billige Möbel.«
»Ja«, erwiderte Mutter, »aber es ist immerhin besser als...« Mein Vater sah sie mit einem eisigen Blick an, sie verstummte.
Allerdings konnte die Fürstin Sassekina nicht reich sein, der von ihr gemietete Flügel war so verfallen, klein und niedrig, daß auch nur einigermaßen bemittelte Leute ihn nie genommen hätten. Übrigens überhörte ich damals die Unterhaltung. Fürstentitel riefen keinen Eindruck bei mir hervor: ich hatte erst vor kurzem Schillers »Räuber« gelesen.

2

Ich hatte damals die Gewohnheit, jeden Abend mit dem Gewehr durch unseren Garten zu streifen und Krähen aufzulauern. – Seit langem haßte ich diese vorsichtigen, listigen, raubgierigen Vögel. An dem Tage, von dem die Rede sein soll, begab ich mich wieder in den Garten, durchwandelte vergeblich die Alleen – die Krähen hatten mich erkannt und krächzten nur aus der Ferne – und näherte mich zufällig dem niedrigen Gartenzaun, der die benachbarten Grundstücke trennte und an dem schmalen Streifen Garten des rechten Flügels entlanglief. – Mit gesenktem Kopf schritt ich dahin. Plötzlich vernahm ich Stimmen, schaute über den Zaun – und erstarrte. Ein merkwürdiger Anblick bot sich mir. Nur einige Schritte von mir entfernt stand auf einer Wiese zwischen grünen Himbeersträuchern ein hochgewachsenes, schlankes Mädchen in einem gestreiften rosa Kleid, ein weißes Tüchlein auf dem Kopf. Vier junge Männer umringten sie, und sie schlug sie der Reihe nach mit einer jener kleinen grauen Blumen auf die Stirn, deren Namen ich nicht kenne, die den Kindern aber wohlbekannt ist; sie bildet kleine Beutel und zerspringt mit einem Knall, wenn man sie gegen etwas Hartes schlägt. Die jungen Leute hielten dem Mädchen so freudig ihre Stirn hin, und in den Bewegungen des Mädchens, das ich nur von der Seite sehen konnte, lag ein so großer Zauber, etwas so Gebieterisches, Zärtliches, Spöttisches und Liebes, daß ich vor Überraschung und Freude beinah aufgeschrien und in diesem Augenblick wohl alles hingegeben hätte, um von diesen reizenden Fingern auf die Stirn geschlagen zu werden. Mein Gewehr glitt ins Gras, ich vergaß alles und verschlang diese schlanke Gestalt, diesen Hals, die schönen Hände, das ein wenig zerzauste blonde Haar unter dem weißen Tuch, die halbgeschlossenen, klugen Augen, diese Wimpern, die die zarten Wangen beschatteten, mit meinen Blicken.

»Junger Mann, he, junger Mann«, ertönte plötzlich eine Stimme, »ist es denn gestattet, fremde Damen so anzustarren?«

Ich fuhr zusammen und verharrte regungslos... Vor mir stand

hinter dem Zaun ein Mann mit kurzgeschnittenem schwarzem Haar und betrachtete mich ironisch. In diesem Augenblick wandte sich auch das Mädchen mir zu... ich erblickte große graue Augen in einem lebhaften, freudig bewegten Gesicht, und dieses Gesicht begann zu beben, entblößte lachend eine Reihe weißer Zähne, die Augenbrauen schnellten drollig in die Höhe... Ich errötete, ergriff das Gewehr und rannte in mein Zimmer, von einem schallenden, aber nicht bösartigen Gelächter begleitet, warf mich auf das Bett und verbarg mein Gesicht in den Händen. – Mein Herz schlug freudig und stark. Ich schämte mich, war gleichzeitig glücklich und fühlte eine Erregung wie nie zuvor.

Nachdem ich mich ausgeruht hatte, kämmte ich mein Haar, machte mich zurecht und ging hinunter zum Tee. Vor mir schwebte immer noch das Bild des jungen Mädchens, mein Herz schlug nicht mehr so heftig, freudig und leicht schien es in meiner Brust zu flattern.

»Was ist mir dir?« fragte mich mein Vater plötzlich. »Hast du eine Krähe geschossen?«

Ich wollte ihm schon alles erzählen, beherrschte mich jedoch und lächelte nur vor mich hin. Als ich mich schlafen legte, drehte ich mich aus mir jetzt unerklärlichen Gründen dreimal im Kreise auf einem Fuß, rieb mein Haar mit einer Pomade ein und schlief die ganze Nacht wie ein Toter. – Gegen Morgen wachte ich einen Augenblick auf, hob den Kopf, sah mich entzückt um und schlief wieder ein.

3

»Wie könnte ich sie kennenlernen?« war mein erster Gedanke, als ich am nächsten Morgen erwachte. – Vor dem Tee ging ich in den Garten, näherte mich aber nicht allzusehr dem Zaun und erblickte niemanden. Nach dem Tee promenierte ich ein Weilchen auf der Straße vor dem Hause auf und ab, bemüht, aus der Ferne in die Fenster zu schauen... Mir schien es, als hätte ich hinter dem Vorhang ihr Gesicht erspäht, ich erschrak und entfernte mich eilig. »Aber kennenlernen muß ich sie«, dachte ich, ziellos auf der Sandebene vor dem Neskutschny-Park umherschlendernd. – Wie aber? Das war die Frage! Ich rief mir alle Einzelheiten der gestrigen Begegnung ins Gedächtnis zurück, aber am deutlichsten stellte ich mir vor, wie sie mich ausgelacht hatte... Während ich mich erregte und immer wieder neue Pläne entwarf, hatte das Schicksal bereits für mich gesorgt.

Während meiner Abwesenheit hatte meine Mutter einen auf grauem Papier geschriebenen Brief von ihrer Nachbarin erhalten, mit braunem Siegellack versiegelt, wie man ihn nur zum Versiegeln von Postpaketen und billigen Schnapsflaschen benutzte. In diesem unorthographisch, unsauber und nachlässig geschriebenen Brief bat die Fürstin meine Mutter um ihre Protektion. Der Meinung der Fürstin zufolge kannte meine Mutter einflußreiche Persönlichkeiten, von denen ihr Schicksal und das ihrer Kinder abhänge, da sie wichtige Prozesse führe. »Ich wende mich an Sie, wie eine vorneme Dahme an eine vorneme Dahme«, schrieb sie, »und freue mich außerdem, diese Angelegenheit ausnuzen zu können.« Zum Schluß bat sie meine Mutter um die Erlaubnis, sie zu besuchen. Ich fand meine Mutter in gereizter Stimmung vor, mein Vater war nicht zu Hause, und sie konnte niemanden um Rat fragen. Den Brief einer »vornehmen Dame«, die noch dazu eine Fürstin war, nicht zu beantworten wäre unmöglich gewesen, aber wie sie ihr antworten sollte, das wußte meine Mutter nicht. Einen französischen Brief zu schreiben schien ihr unpassend, die russische Orthographie beherrschte sie aber ebenfalls nicht. Meine Mutter wußte das und wollte sich nicht kompromittieren. Sie freute sich über mein Erscheinen und trug mir auf, sofort zur Fürstin zu gehen und ihr mündlich auszurichten, daß meine Mutter stets bereit wäre, Ihrer Durchlaucht einen Dienst zu erweisen, soweit es in ihren Kräften stehe. Sie bitte sie um ihren Besuch gegen ein Uhr. – Die unerwartet schnelle Erfüllung meiner geheimsten Wünsche erfreute und erschreckte mich. Ich verriet jedoch meine Verlegenheit nicht und begab mich in mein Zimmer, um eine neue Krawatte umzubinden und einen Rock anzuziehen; denn zu Hause ging ich immer noch in einer Jacke und mit zurückgeschlagenem Hemdkragen, obwohl mir das sehr peinlich war.

4

Im engen, unordentlichen Vorzimmer des Flügels, den ich mit unwillkürlichem Beben betrat, empfing mich ein alter, weißhaariger Diener mit kupferfarbenem, dunklem Gesicht, mürrischen Schweinsäuglein und so tiefen Runzeln auf Stirn und Schläfen, wie ich sie nie zuvor gesehen hatte. Er trug einen Teller mit abgenagten Heringsgräten und fragte mich, während er die Tür zum anderen Zimmer mit dem Fuß zuschlug, mißmutig: »Was wollen Sie?«

»Ist die Fürstin Sassekina zu Hause?« fragte ich.

»Bonifatius«, rief eine brüchige Frauenstimme hinter der Tür.

Der Diener in der stark abgeschabten Livree mit einem einsamen, verrosteten Wappenknopf wandte mir schweigend den Rücken zu und entfernte sich, nachdem er den Teller auf den Fußboden gestellt hatte.

»Bist du im Polizeirevier gewesen?« fragte dieselbe Frauenstimme. Der Diener murmelte eine Antwort. »Wie?... Ist jemand da?« ertönte es hinter der Tür.

»Der junge Herr von nebenan.«

»Bitt ihn herein.«

»Bitte in den Salon«, sagte der Diener, plötzlich wieder vor mir auftauchend und den Teller vom Fußboden aufhebend. Ich trat in den »Salon«.

Ich befand mich in einem kleinen, nicht sehr ordentlichen Zimmer mit armseligen, anscheinend in großer Eile auf gut Glück aufgestellten Möbeln. Am Fenster saß auf einem Sessel mit einer abgebrochenen Armlehne eine etwa fünfzigjährige häßliche Frau, barhäuptig und in einem alten grünen Kleid. Um den Hals

trug sie ein buntes Halstuch aus Kammgarn. Ihre kleinen schwarzen Äuglein bohrten sich förmlich in mich ein.
Ich schritt auf sie zu und verbeugte mich.
»Habe ich die Ehre, mit der Fürstin Sassekina zu sprechen?«
»Ich bin die Fürstin Sassekina. Sind Sie Herrn W.s Sohn?«
»Ja. Ich komme im Auftrag meiner Mutter.«
»Bitte nehmen Sie Platz. Bonifatius, wo sind meine Schlüssel? Hast du sie nicht gesehen?«
Ich richtete die Antwort meiner Mutter aus. Mit den dicken, roten Fingern auf dem Fensterbrett trommelnd, hörte sie mir zu und starrte mich wieder an, nachdem ich meinen Auftrag ausgerichtet hatte.
»Sehr schön. Ich komme bestimmt«, sagte sie schließlich. »Wie jung Sie noch sind! Wie alt sind Sie, wenn ich fragen darf?«
»Sechzehn Jahre alt«, erwiderte ich unwillkürlich zögernd.
Die Fürstin holte einige beschriebene, mit Fettflecken bedeckte Papiere aus der Tasche hervor, hielt sie sich direkt unter die Nase und blätterte darin.
»Schöne Jahre«, sagte sie unvermittelt, wandte sich mir zu und rutschte auf ihrem Sessel hin und her. »Bitte fühlen Sie sich wie zu Hause, ich mache keine Umstände.«
»Zu wenig Umstände«, dachte ich, mit unwillkürlichem Ekel ihre abstoßende Gestalt betrachtend.
In diesem Augenblick wurde die Tür des Wohnzimmers aufgerissen, und auf der Schwelle stand das Mädchen, das ich im Garten gesehen habe. Sie hob die Hand, und über ihr Gesicht huschte ein spöttisches Lächeln.
»Da ist auch meine Tochter«, sagte die Fürstin, mit dem Ellbogen auf das Mädchen weisend. »Sinotschka, das ist der Sohn unseres Nachbarn Herrn W. Darf ich fragen, wie Sie heißen?«
»Wladimir«, erwiderte ich, mich erhebend und vor Aufregung lispelnd.
»Und der Vatersname?«
»Petrowitsch.«
»Ich kannte einen Polizeivorsteher, hieß auch Wladimir Petro-

witsch. Bonifatius! Such die Schlüssel nicht, sie sind in meiner Tasche.«
Das junge Mädchen betrachtete mich immer noch spöttisch mit zusammengekniffenen Augen, den Kopf ein wenig zur Seite geneigt.
»Ich habe Monsieur Woldemar bereits gesehen«, begann sie. – Der helle Klang ihrer Stimme durchzuckte mich wie ein süßer Schauer. – »Darf ich Sie so nennen?«
»Aber bitte«, flüsterte ich.
»Wo hast du ihn gesehen?« erkundigte sich die Fürstin.
Ihre Tochter antwortete nicht.
»Haben Sie jetzt etwas vor?« fragte sie, ohne den Blick von mir zu wenden.
»Nein.«
»Wollen Sie mir helfen, Wolle zu wickeln? Kommen Sie zu mir.«
Sie nickte mir zu und verließ den Salon. Ich folgte ihr. Im Zimmer, das wir betraten, waren die Möbel etwas besser und sehr geschmackvoll aufgestellt. Übrigens bemerkte ich es in diesem Augenblick nicht, ich bewegte mich wie im Traum und empfand in meinem ganzen Körper eine bis zur Torheit gesteigerte Seligkeit.
Die junge Fürstin setzte sich, holte einen Strang roter Wolle, wies mir einen gegenüberstehenden Stuhl und legte mir den Strang, nachdem sie ihn sorgfältig aufgebunden, auf die Arme. Sie tat das alles schweigend mit einer drolligen Langsamkeit und mit demselben hellen, verschmitzten Lächeln auf den ein wenig geöffneten Lippen. Sie begann, die Wolle auf eine zusammengefaltete Spielkarte aufzuwickeln, und warf mir plötzlich einen schnellen und so strahlenden Blick zu, daß ich unwillkürlich die Augen niederschlug. Wenn sie ihre meist halbgeschlossenen Augen ganz öffnete, veränderte sich ihr Gesicht vollkommen, als ergieße sich ein Licht darüber.
»Was haben Sie gestern von mir gedacht, Monsieur Woldemar?« fragte sie nach einer Weile. »Sicherlich haben Sie mich verurteilt.«

»Ich... Fürstin... ich habe gar nichts gedacht... wie könnte ich...«, erwiderte ich verlegen.
»Passen Sie auf«, sagte sie. »Sie kennen mich noch nicht, ich bin sehr seltsam und verlange, daß man mir immer die Wahrheit sagt. Sie sind sechzehn Jahre alt, ich aber bin bereits einundzwanzig, viel älter als Sie, deshalb müssen Sie mir die Wahrheit sagen... und mir gehorchen«, fügte sie hinzu. »Schauen Sie mich an. – Weshalb sehen Sie mich nicht an?«
Ich wurde noch verlegener, hob jedoch den Blick. – Sie lächelte, doch es war nicht mehr das frühere, es war ein wohlwollendes Lächeln.
»Sehen Sie mich an«, fuhr sie leise und freundlich fort, »das ist mir gar nicht unangenehm. Ihr Gesicht gefällt mir, ich glaube, daß wir Freunde sein werden. Und wie gefalle ich Ihnen?« fragte sie schalkhaft.
»Fürstin...«, begann ich.
»Erstens nennen Sie mich bitte Sinaïda Alexandrowna, und zweitens ist es eine recht dumme Gewohnheit, wenn Kinder« – sie verbesserte sich –, »junge Leute, nicht offen sagen, was sie fühlen! Erwachsene mögen es tun! Ich gefalle Ihnen doch?«
Obwohl es mir sehr angenehm war, daß sie so offen mit mir sprach, war ich ein wenig gekränkt. Ich wollte ihr zeigen, daß sie keinen Jungen vor sich hatte, und erwiderte mit möglichst nachlässigem Ernst: »Selbstverständlich gefallen Sie mir, Sinaïda Alexandrowna, ich verhehle es nicht.«
Sie schüttelte langsam den Kopf.
»Haben Sie einen Hauslehrer?«
»Nein, schon längst nicht mehr.«
Ich log: mein französischer Lehrer hatte uns erst vor einem Monat verlassen.
»Oh! Ich sehe, daß Sie schon ganz erwachsen sind.«
Sie schlug mir leicht auf die Finger.
»Hände gerade halten!« Und wieder wickelte sie eifrig ihren Wollknäuel.
Da sie nicht aufsah, benutzte ich die Gelegenheit, sie zu betrach-

ten, erst verstohlen, dann immer kühner und kühner. Ihr Gesicht erschien mir noch entzückender als gestern, so fein, klug und lieb war es. Sie saß mit dem Rücken zum Fenster, durch dessen weißes Rouleau ein Sonnenstrahl drang, ihr lockeres goldblondes Haar, den Hals, die abfallenden Schultern und die zarte, ruhig atmende Brust in flimmerndes Gold tauchend... Ich sah sie an... und wie vertraut und teuer schien sie mir! Hatte ich sie nicht schon längst gekannt? Mir war, als hätte ich nichts erlebt und erfahren, ehe ich ihr begegnete... Sie trug ein dunkles, abgetragenes Kleid und ein Schürzchen, wie gern hätte ich jede Falte dieses Kleides und dieser Schürze gestreichelt. Unterhalb ihres Kleides schauten die Spitzen ihrer Schuhe hervor, mit welcher Ehrfurcht wäre ich vor ihnen niedergekniet! – »Da sitze ich nun vor ihr«, dachte ich... »und habe sie kennengelernt. Welches Glück, mein Gott, welches Glück!« Beinahe wäre ich vor Begeisterung aufgesprungen, beherrschte mich jedoch und schlenkerte nur meine Beine, wie ein Kind, das Süßigkeiten nascht.

Ich fühlte mich so wohl wie ein Fisch im Wasser. Eine Ewigkeit hätte ich hier sitzen mögen.

Ihre Augenlider hoben sich leise, und wieder strahlten mich die hellen Augen an. Sie lächelte.

»Wie Sie mich anschauen«, sagte sie langsam und drohte mir mit dem Finger.

Ich errötete... »Sie versteht alles, sieht alles«, dachte ich. »Und wie sollte sie es auch nicht!«

Plötzlich klopfte es im Nebenzimmer, ein Säbel klirrte.

»Sina«, rief die Fürstin aus dem Salon, »Belowsorow hat dir ein Kätzchen mitgebracht.«

»Ein Kätzchen!« rief Sina aus, sprang rasch auf, warf mir den Wollknäuel auf den Schoß und rannte hinaus.

Auch ich erhob mich, legte die Wolle auf das Fensterbrett, ging in den Salon und blieb überrascht stehen: in der Mitte des Zimmers lag, die Pfoten auseinandergespreizt, ein gestreiftes Kätzchen. Sinaïda kniete vor ihm und hob vorsichtig sein Schnäuz-

chen. Neben der Fürstin stand, die ganze Breite zwischen den Fenstern ausfüllend, ein blondgelockter junger Husar mit roten Wangen und hervortretenden Augen.
»Wie komisch es ist«, wiederholte Sinaïda. »Und die Augen sind grün und nicht grau und die Ohren riesengroß! Vielen Dank, Viktor Jegorytsch! Das ist sehr nett von Ihnen.«
Ich erkannte in dem Husaren einen der jungen Männer, die ich am vorherigen Abend gesehen hatte. Er verneigte sich lächelnd und klirrte mit den Sporen und dem Säbel.
»Sie sagten gestern, daß Sie sich ein gestreiftes Kätzchen mit großen Ohren wünschten, ... da habe ich es aufgetrieben. Ihr Wort ist mir Befehl!« Und er verbeugte sich wieder.
Das Kätzchen miaute leise und schnupperte am Fußboden.
»Es ist hungrig!« rief Sinaïda aus. »Bonifatius, Sonja, bringt Milch!«
Ein Mädchen in einem alten gelben Kleid und ausgeblichenem Halstuch brachte eine Untertasse mit Milch und stellte sie vor das Kätzchen. Das Kätzchen fuhr zusammen, kniff die Augen zu und begann zu lecken.
»Was für ein rosiges Zünglein«, sagte Sinaïda, den Kopf beinah bis zum Boden geneigt und das Kätzchen von der Seite betrachtend.
Das Kätzchen war gesättigt und begann zu schnurren, geziert die Pfötchen bewegend. Sinaïda erhob sich und sagte gleichgültig zu dem Mädchen: »Bring das Kätzchen weg.«
»Die Hand für das Kätzchen«, sagte der Husar schmunzelnd und straffte seinen mächtigen, in eine neue Uniform gezwängten Körper.
»Beide«, erwiderte Sinaïda und reichte ihm beide Hände. Während er sie küßte, schaute sie über die Schulter hinweg zu mir.
Ich stand unbeweglich da und wußte nicht, ob ich lachen, etwas sagen oder schweigend darüber hinweggehen sollte. Plötzlich erblickte ich durch die geöffnete Tür unseren Diener Fjodor, der mir Zeichen machte. Ich ging zu ihm.
»Was ist los?« fragte ich.

»Die Frau Mama schickt mich«, flüsterte er, »sie ärgert sich, weil Sie immer noch nicht zurückkommen.«
»Bin ich denn schon lange hier?«
»Über eine Stunde.«
»Über eine Stunde!« wiederholte ich unwillkürlich, kehrte sofort in den Salon zurück und verabschiedete mich.
»Wohin?« fragte Sinaïda, hinter dem Husaren hervorschauend.
»Ich muß nach Hause. Ich richte also aus«, wandte ich mich der alten Frau zu, »daß Sie gegen zwei Uhr zu uns kommen.«
»Ja, das sagen Sie, mein Lieber.«
Die Fürstin holte eilig eine Tabakdose hervor und schnupfte so laut, daß ich zusammenfuhr.
Ich verbeugte mich noch einmal und verließ den Salon mit dem unangenehmen Gefühl im Rücken, das jeder sehr junge Mensch empfindet, wenn er weiß, daß man ihm nachschaut.
»Vergessen Sie nicht, uns wieder zu besuchen, Monsieur Woldemar«, rief Sinaïda mir nach und lachte.
»Weshalb lacht sie immer?« dachte ich, während ich in Fjodors Begleitung nach Hause ging. Er sagte zwar nichts, schritt aber mißbilligend hinter mir her. Meine Mutter schalt und wunderte sich darüber, was ich nur so lange bei dieser Fürstin gemacht hätte. Ich erwiderte nichts und ging in mein Zimmer. Mir war sehr traurig zumute... Ich gab mir Mühe, nicht zu weinen... Ich war eifersüchtig auf den Husaren.

5

Wie verabredet, besuchte die Fürstin meine Mutter und gefiel ihr nicht. Ich war bei diesem Besuch nicht anwesend, aber Mutter erzählte meinem Vater bei Tisch, daß die Fürstin Sassekina ihr den Eindruck einer sehr gewöhnlichen Frau, »une femme très vulgaire«, gemacht habe und ihr mit ihren Bitten, beim Fürsten Sergei ein Wort für sie einzulegen, auf die Nerven gegangen sei. Sie hätte nichts als Prozesse und Geldgeschichten – »des vilaines affaires d'argent« – und scheine eine große Intrigantin zu sein. Mutter fügte hinzu, daß sie sie trotzdem mit ihrer Tochter zum Mittagessen eingeladen habe – als ich die Worte »mit ihrer Tochter« vernahm, steckte ich die Nase tiefer in den Teller –, denn sie sei nun einmal unsere Nachbarin und trüge einen vornehmen Namen. Mein Vater erwiderte daraufhin, daß er sich nun entsinne, was das für eine Dame sei. In seiner Jugend habe er den verstorbenen Fürsten Sassekin, einen gut erzogenen, aber leeren, leichtsinnigen Menschen gekannt. Man habe ihn in der Gesellschaft seines langen Aufenthaltes in Paris wegen »le Parisien« genannt, er sei sehr reich gewesen, habe aber sein ganzes Vermögen verspielt und aus unbekannten Gründen, vielleicht des Geldes wegen – »im übrigen hätte er eine bessere Wahl treffen können«, fügte Vater hinzu und lächelte kalt – die Tochter eines Beamten geheiratet, sich daraufhin in Spekulationen eingelassen und gänzlich ruiniert.

»Wenn sie mich nur nicht anpumpen will«, meinte Mutter.

»Das wäre sehr leicht möglich«, meinte Vater ruhig. »Spricht sie Französisch?«

»Sehr schlecht.«

»Hm! – Übrigens ist es ja gleich! Hast du mir nicht gesagt, du hättest auch ihre Tochter eingeladen? Sie soll ein sehr nettes und gebildetes Mädchen sein.«

»So? Dann gleicht sie nicht der Mutter.«

»Und nicht dem Vater. Der war zwar gebildet, aber dumm.«

Meine Mutter seufzte und wurde nachdenklich. Der Vater schwieg. Ich fühlte mich während dieses Gespräches sehr unbehaglich.

Nach dem Mittagessen ging ich in den Garten, dieses Mal aber ohne Gewehr. Ich hatte mir geschworen, nicht in die Nähe des Sassekinschen Gartens zu gehen, doch eine unwiderstehliche Gewalt zog mich dorthin. Kaum hatte ich den Zaun erreicht, als ich bereits Sinaïda, dieses Mal allein, erblickte. Sie hielt ein Buch in der Hand und ging langsam den Weg entlang, ohne mich zu bemerken.

Beinah hätte ich sie an mir vorbeigehen lassen, plötzlich ermannte ich mich aber und hüstelte.
Sie wandte sich um, blieb jedoch nicht stehen, warf das breite blaue Band ihres Strohhutes mit einer Hand über die Schulter, sah mich an, lächelte leise und senkte den Blick wieder auf das Buch.
Ich nahm die Mütze ab, drückte mich noch ein wenig herum und ging schweren Herzens fort. »Que suis-je pour elle?« dachte ich – Gott weiß weshalb auf französisch.
Bekannte Schritte ertönten hinter mir. Ich wandte mich um und erblickte meinen Vater, der mit schnellen, leichten Schritten auf mich zukam.
»Ist das die junge Fürstin?« fragte er mich.
»Ja.«
»Kennst du sie denn?«
»Ich habe sie heute früh bei der Fürstin gesehen.«
Vater blieb stehen, wandte sich scharf auf den Absätzen um und ging zurück. Nachdem er Sinaïda eingeholt hatte, grüßte er sie höflich. Sie erwiderte seinen Gruß ein wenig überrascht und ließ das Buch sinken. Ich sah, wie ihr Blick ihm folgte. Mein Vater zog sich stets sehr gut und einfach an, seine Kleider hatten eine eigene Note. Niemals war mir seine Gestalt so schlank erschienen, nie hatte sein grauer Hut so schön auf seinen kaum gelichteten Locken gesessen.
Ich wollte Sinaïda entgegengehen, sie aber sah mich nicht einmal an, hob wieder das Buch und entfernte sich.

6

Den ganzen Abend und den nächsten Morgen verbrachte ich in einem Zustand trübseliger Erstarrung. Ich entsinne mich, daß ich zu arbeiten versuchte und mir den Kaidanow vornahm, aber die weitläufigen Zeilen und die Seiten des berühmten Lehrbuches huschten an meinen Augen vorbei, ohne zu meinem Bewußtsein zu gelangen. Zehnmal las ich die Worte: »Julius Cäsar zeichnete

sich durch Heldenmut aus«, begriff sie doch nicht und warf das Buch in die Ecke. Vor dem Mittagessen rieb ich mir Pomade ins Haar, zog den neuen Rock an und band mir eine Krawatte um.
»Weshalb?« fragte mich meine Mutter. »Bist noch kein Student, und wer weiß, ob du überhaupt die Prüfung bestehst! Und die Joppe haben wir dir erst vor kurzem nähen lassen. Sollen wir sie etwa wegwerfen?«
»Es kommen doch Gäste«, flüsterte ich verzweifelt.
»Unsinn! Was sind das schon für Gäste!«
Ich mußte mich fügen und die Joppe anziehen. Aber die Krawatte ließ ich. Die Fürstin und ihre Tochter erschienen eine halbe Stunde vor dem Mittagessen. Die alte Frau hatte über das mir bereits bekannte grüne Kleid einen gelben Schal geworfen und eine altmodische Haube mit flammendroten Bändern aufgesetzt. Sie erzählte sofort von ihren Wechseln, seufzte, beklagte sich über ihre Armut, jammerte in einer geradezu aufdringlichen Art und genierte sich nicht im geringsten. Sie schnupfte ihren Tabak ebenso geräuschvoll wie gestern und rutschte ebenso auf ihrem Stuhl hin und her, anscheinend keinen Augenblick daran denkend, daß sie eine Fürstin war. Dafür benahm sich aber Sinaïda sehr gemessen, beinah hochmütig, wie eine echte Fürstin. Ihr Gesicht war kalt, würdevoll und starr, und ich erkannte weder sie noch ihr Lächeln und ihre Blicke, obwohl sie mir auch in dieser neuen Gestalt schön erschien. Sie trug ein leichtes blaugestreiftes Barège-Kleid, und ihr Haar fiel nach englischer Art in langen, gedrehten Locken an den Wangen herab. Diese Frisur paßte zu ihrem kühlen Gesichtsausdruck. Mein Vater saß während des Essens neben ihr und unterhielt sie mit der ihm eigenen vornehmen und ruhigen Höflichkeit. Hin und wieder streifte sein Blick sie, und auch sie sah ihn von Zeit zu Zeit an, aber stets so sonderbar, fast feindselig. Sie unterhielten sich französisch – ich entsinne mich, daß mich Sainaïdas reine Aussprache damals überraschte. Die Fürstin erlegte sich auch während des Mittagessens keinen Zwang auf, aß sehr viel und lobte die Speisen. Man sah es meiner Mutter an, daß sie ihr mißfiel, und so beantwortete

sie ihre Fragen mit melancholischer Nachlässigkeit, mein Vater aber runzelte hin und wieder die Stirn. Auch Sinaïda mißfiel meiner Mutter. »So eine hochmütige Person«, sagte sie am nächsten Tage. »Und worauf sie stolz ist, avec sa mine de grisette!«
»Anscheinend kennst du keine Grisetten«, bemerkte Vater.
»Gott sei Dank, daß ich sie nicht kenne.«
»Selbstverständlich Gott sei Dank... Aber wie kannst du es dann beurteilen?«
Mich beachtete Sinaïda überhaupt nicht. Bald nach dem Mittagessen verabschiedete sich die Fürstin.
»Ich hoffe auf Ihre Fürsprache, Marja Nikolajewna und Pjotr Wassiljewitsch«, sagte sie zu meinen Eltern in singendem Tonfall. »Was soll man tun! Es hat schöne Zeiten gegeben, doch die sind vorbei. Ich zum Beispiel bin eine Fürstin«, fügte sie mit unangenehmen Lachen hinzu, »aber was hilft es mir, wenn ich nichts zu essen habe?«
Mein Vater verbeugte sich ehrerbietig und begleitete sie bis zur Vorzimmertür. Ich stand in meiner Joppe daneben und starrte wie ein zum Tode Verurteilter den Fußboden an. Sinaïdas Verhalten mir gegenüber hatte mich völlig vernichtet. Wie groß war meine Überraschung, als sie mir im Vorbeigehen mit dem alten freundlichen Ausdruck in den Augen rasch zuflüsterte: »Kommen Sie um acht Uhr zu uns. Haben Sie mich verstanden? Bestimmt!...« Ich machte nur noch eine überraschte Geste, da hatte sie sich bereits entfernt, einen weißen Schal um den Kopf schlingend.

7

Punkt acht Uhr betrat ich im neuen Rock, die Haartolle hochgekämmt, das Vorzimmer des Flügels, in dem die Fürstin wohnte. Der alte Diener betrachtete mich mißbilligend und erhob sich widerwillig von seiner Bank. Aus dem Salon ertönten fröhliche Stimmen. Ich öffnete die Tür und wich erstaunt einen Schritt zurück. In der Mitte des Zimmers stand die junge Fürstin auf einem

Stuhl und hielt einen Herrenhut vor sich. Fünf Männer umringten sie. Sie bemühten sich, in den Hut hineinzugreifen, sie aber hob ihn höher und schüttelte ihn heftig. Als sie mich erblickte, rief sie aus: »Halt! Halt! Da kommt ein neuer Gast! Auch er muß einen Zettel haben!« Sie sprang leicht vom Stuhl und faßte mich am Kragenaufschlag. »Kommen Sie«, sagte sie. »Was stehen Sie da? Messieurs, darf ich Ihnen Monsieur Woldemar, den Sohn unseres Nachbarn, vorstellen! Und hier«, wandte sie sich an mich, der Reihe nach auf ihre Gäste weisend: »sind Graf Malewski, Dr. Luschin, der Dichter Maidanow, Hauptmann a.D. Nirmazki und der Husar Belowsorow, den Sie ja bereits kennen. Ich bitte um Ihr herzliches Wohlwollen für ihn!«

Ich war so verlegen, daß ich mich nicht einmal verbeugte. In Dr. Luschin erkannte ich den schwarzen Mann, der mich so erbarmungslos im Garten beschämt hatte. Die anderen waren mir fremd.

»Graf«, fuhr Sinaïda fort, »schreiben Sie einen Zettel für Monsieur Woldemar.«

»Das ist ungerecht«, erwiderte mit leicht polnischem Akzent der Graf, sein sehr schöner, stutzerhaft gekleideter dunkelblonder Mann mit ausdrucksvollen braunen Augen, einer schmalen Nase und einem dünnen Schnurrbart über einem winzigen Mund. »Er hat sich am Pfänderspiel nicht beteiligt.«

»Ja, es ist ungerecht«, wiederholten Belowsorow und der Hauptmann a.D., ein vierzigjähriger Mann, widerwärtig von Pockennarben entstellt, kraushaarig wie ein Neger, untersetzt und krummbeinig. Sein Militärrock, an dem die Achselstücke fehlten, stand weit offen.

»Habe ich Sie nicht gebeten den Zettel zu schreiben?« wiederholte die junge Fürstin. »Was ist das für ein Aufstand? Monsieur Woldemar ist zum ersten Mal in unserer Gesellschaft, und deshalb gilt heute das Gesetz nicht für ihn. Murrt nicht, schreibt lieber! Ich will es so!«

Der Graf zuckte die Achseln, senkte gehorsam den Kopf und ergriff mit seiner weißen ringgeschmückten Hand eine Feder.

Nachdem er ein Stück Papier abgerissen hatte, schrieb er etwas darauf.

»Gestatten Sie mir wenigstens, Herrn Woldemar zu erklären, worum es sich handelt«, begann Luschin mit spöttischer Stimme, »er sieht ja ganz verwirrt aus. Sehen Sie, junger Mann, wir machen Pfänderspiele. Die junge Fürstin erhält eine Strafe, und derjenige, der das Große Los zieht, hat das Recht, ihre Hand zu küssen. Haben Sie mich verstanden?«

Ich sah ihn nur an und stand immer noch benommen da. Sinaïda sprang wieder auf den Stuhl und schüttelte den Hut. Alle umringten sie, auch ich schloß mich ihnen an.

»Maidanow«, sagte Sinaïda zu einem großen jungen Mann mit hagerem Gesicht, kleinen trüben Äuglein und sehr langem schwarzem Haar, »als Dichter müßten Sie so großzügig sein, Ihren Zettel Monsieur Woldemar abzutreten, damit er mehr Chancen hat.«

Aber Maidanow schüttelte energisch den Kopf und warf seine Tolle zurück. Ich griff als letzter in den Hut, nahm den Zettel und faltete ihn auseinander... Mein Gott, wie wurde mir, als ich das Wort »Kuß« las.

»Kuß!« rief ich unwillkürlich aus.

»Bravo! Er hat gewonnen«, rief die junge Fürstin... »Wie ich mich freue!«

Sie sprang vom Stuhl und schaute mir so süß und strahlend in die Augen, daß mein Herz erbebte.

»Freuen Sie sich auch?« fragte sie mich.

»Ich?...« flüsterte ich.

»Verkaufen Sie mir Ihren Zettel«, krächzte plötzlich Belowsorow direkt über meinem Ohr. »Ich gebe Ihnen hundert Rubel.«

Ich erwiderte dem Husaren mit einem so vernichtenden Blick, daß Sinaïda in die Hände klatschte und Luschin »Bravo!« rief.

»Aber«, fuhr er fort, »als Zeremonienmeister bin ich verpflichtet, dafür zu sorgen, daß alle Regeln gewahrt werden. Monsieur

Woldemar, lassen Sie sich auf ein Knie nieder. So ist es bei uns Brauch.«

Sinaïda stellte sich vor mich hin, neigte den Kopf ein wenig zur Seite, als wollte sie mich besser betrachten, und reichte mir würdevoll die Hand. Alles verschwamm vor meinen Augen, ich wollte mich auf ein Knie niederlassen, fiel aber auf beide Knie und berührte Sinaïdas Finger so ungeschickt mit den Lippen, daß ich mir die Nase ein wenig mit ihren Nägeln zerkratzte.

»Gut!« rief Luschin aus und half mir aufstehen.

Das Pfänderspiel wurde fortgesetzt. Sinaïda bat mich, neben ihr zu sitzen. Was dachte sie sich alles für Strafen aus! Unter anderem sollte sie eine »Statue« darstellen und suchte sich als Sockel den häßlichen Nirmazki aus, befahl ihm, sich auf den Bauch niederzulegen und den Kopf an die Schulter zu drücken. Keinen Augenblick verstummte das Gelächter. Dieser Lärm und dieses Getöse, diese ungezwungene, wilde Lustigkeit und das ungewohnte kameradschaftliche Beisammensein mit mir fast fremden Menschen stiegen mir, einem einsamen, streng erzogenen Jungen, der in einem würdevollen, steifen Herrenhaus großgeworden war, zu Kopf. Ich war berauscht, als hätte ich Wein getrunken. Ich lachte und redete lauter als die anderen, so daß sogar die alte Fürstin, die sich im Nebenzimmer mit einem Notar vom Iwerski-Tor beriet, herauskam, um mich zu betrachten. Ich war so glücklich, daß mich kein Spott und keine mißgünstigen Blicke störten. Sinaïda fuhr fort, mich zu bevorzugen, und ließ mich nicht von ihrer Seite. Bei Abbüßung einer Strafe mußte ich unter demselben Seidentuch neben ihr sitzen und ihr mein »Geheimnis« anvertrauen. Ich entsinne mich noch, wie unsere Köpfe plötzlich von einer warmen, duftenden, matten Dämmerung umschlossen wurden, wie nah und weich ihre Augen strahlten, wie heiß ihre geöffneten Lippen atmeten, wie ihre Zähne schimmerten und ihre Haare mich kitzelten und versengten. Ich schwieg. Sie lächelte geheimnisvoll und listig und flüsterte mir schließlich zu: »Nun wie ist's?« Ich aber errötete noch mehr, lachte, wandte mich ab und konnte vor Seligkeit kaum atmen.

Des Pfänderspiels überdrüssig, begannen wir dann »Taler, Taler, du mußt wandern« zu spielen. Welches Entzücken bemächtigte sich meiner, wenn ich nicht aufpaßte und sie mir heftig auf die Finger schlug. Und ich weiß noch, daß ich mich dann verstellte, als passe ich nicht auf, und sie mich neckte und die vorgestreckten Finger nicht berührte.

Was taten wir nicht alles im Laufe dieses Abends! Wir spielten Klavier, sangen, tanzten, und bildeten ein Zigeunerlager. Nirmazki wurde als Bär verkleidet und mußte Salzwasser trinken, Graf Malewski führte Kartenkunststücke vor, die darin gipfelten, daß er die Karten mischte und sich in einem Skat alle Trümpfe zuteilte, wozu Luschin die Ehre hatte, ihm zu gratulieren. Maidanow trug uns Verse aus seiner Ballade »Der Mörder« vor – es war ja damals die Blütezeit der Romantik – und erzählte uns von seiner Absicht die Ballade in schwarzem Einband mit blutroten Titelbuchstaben herauszugeben. Dem Notar vom Iwerski-Tor wurde vom Schoß weg die Mütze gestohlen, und er mußte einen Kasatschok tanzen, um sie wiederzubekommen. Der alte Bonifatius wurde mit einer Haube geschmückt, und Sinaïda setzte sich seinen Hut auf den Kopf... Unmöglich, alles aufzuzählen! Nur Belowsorow zog sich mit bösem, finsterem Gesicht immer mehr in eine Ecke zurück... Manchmal stieg ihm das Blut zu Kopf, mit blutunterlaufenen Augen stand er da, und wir glaubten jeden Augenblick, nun würde er auf uns losstürzen und uns wie Hobelspäne in alle Himmelsrichtungen auseinanderwerfen. Aber die junge Fürstin sah ihn an, drohte ihm mit dem Finger, und er verkroch sich wieder in seine Ecke.

Wir waren schließlich völlig erschöpft. Obwohl die alte Fürstin – wie sie selber sagte – von keinem Lärm und Getöse mehr aus der Fassung zu bringen war, fühlte auch sie sich müde und verlangte nach Ruhe. Gegen zwölf Uhr nachts wurde das Abendessen serviert, das aus einem alten vertrockneten Käse und Pasteten mit gehacktem Schinken bestand, die mir herrlicher erschienen als alle Pasteten, die ich bisher gegessen. Es gab nur eine Flasche Wein, und auch die war seltsam, dunkel, mit einem ausgebuchte-

ten Hals, und der Wein schimmerte rosa. Übrigens trank ihn niemand. Glücklich und völlig erschöpft verließ ich den Flügel. Zum Abschied drückte mir Sinaïda fest die Hand und lächelte wieder geheimnisvoll.
Schwer und feucht umfing mich die Nacht und strich kühlend über mein erhitztes Gesicht. Ein Gewitter schien im Anzug. Schwarze Wolken wuchsen und glitten über den Himmel dahin, ständig ihre verschwommenen Umrisse verändernd. Ein Windstoß bebte in den dunklen Bäumen, und irgendwo in der Ferne grollte der Donner, feindlich und dumpf. Ich schlich über die Hintertreppe in mein Zimmer. Mein Diener schlief auf dem Fußboden, ich mußte über ihn hinwegsteigen. Er wachte auf, sah mich und berichtete, die Mutter sei wieder böse gewesen und hätte nach mir schicken wollen, aber Vater habe sie davon abgehalten. Ich ging sonst nie zu Bett, ohne ihr gute Nacht zu sagen und mich von ihr segnen zu lassen. Nun, dieses Mal war es nicht mehr zu ändern.
Ich sagte dem Diener, daß ich mich allein hinlegen und ausziehen würde, und löschte die Kerze. Aber ich zog mich nicht aus und legte mich nicht hin.
Ich setzte mich auf einen Stuhl und verharrte lange regungslos, als wäre ich verzaubert. Was ich empfand, war mir so neu und war so süß ... Unbeweglich saß ich da, schaute um mich her, atmete langsam und lachte nur leise hin und wieder, wenn ich mich des Abends erinnerte, oder fühlte mich von Kälteschauern geschüttelt, wenn ich daran dachte, daß ich mich verliebt hatte. Das also war die Liebe! In der Finsternis schimmerte Sinaïdas Gesicht, schwebte an mir vorbei und entschwebte mir doch nicht, ihre Lippen lächelten geheimnisvoll, die Augen betrachteten mich mit einem Seitenblick, fragend, nachdenklich und zärtlich ... wie in dem Augenblick, als ich mich von ihr verabschiedete. Schließlich erhob ich mich, ging zu meinem Bett und legte vorsichtig, ohne mich auszuziehen, den Kopf auf das Kissen, als fürchtete ich, die Seligkeit, die mich erfüllte, durch eine jähe Bewegung zu vertreiben.

Ich legte mich hin, schloß aber nicht einmal die Augen. Bald gewahrte ich den matten Widerschein eines Lichtes, das schwach in mein Zimmer drang... Ich erhob mich und schaute zum Fenster, dessen Kreuz sich deutlich und geheimnisvoll vom milchigen Schimmer der Scheiben abhob. »Ein Gewitter«, dachte ich – und ein Gewitter war es auch, aber weit entfernt, so daß man den Donner nicht vernahm. Über den Himmel zuckten nur lange, weitverzweigte Blitze, deren mattes Licht nicht aufzuflammen, sondern wie die Flügel eines sterbenden Vogels zu flattern und zu zittern schien. Ich ging zum Fenster und blieb dort bis zum Morgengrauen stehen... Keinen Augenblick ließen die Blitze nach, eine echte »Sperlingsnacht«, wie wir in Rußland sagen. Ich schaute auf die Sandebene, die in großem Schweigen vor mir lag, mein Blick verlor sich in der Finsternis des Neskutschny-Parks und glitt über die weit entfernten gelben Häuserfassaden, die im Wetterleuchten aufzuflammen schienen... Ich schaute und konnte mich von dem Bild nicht losreißen... Dieses stumme Zucken der Blitze, die verhaltene Glut ihrer Strahlen schienen der geheimen, stummen Glut meiner Liebe zu entsprechen. Der Morgen graute. Die roten Flammen der Morgenröte brannten am Himmel. Die Blitze wurden immer blasser, je mehr die Sonne sich nahte. Immer seltener zuckten sie auf und verloren sich schließlich im sieghaften, nüchternen Licht des neuen Tages...

Auch in mir schwanden die Blitze. Ich spürte eine große Müdigkeit und Ruhe... aber Sinaïdas Bild schwebte immer noch triumphierend vor mir. Doch auch dieses Bild erschien mir ruhiger und sanfter, wie ein aus Sumpfgräsern aufsteigender Schwan löste es sich von den anderen unansehnlichen Gestalten, von denen es umringt gewesen war. Im Einschlafen umfaßten es meine Gedanken noch einmal voll vertrauensvoller Ehrfurcht...

Oh, diese sanften Gefühle, weichen Klänge, Güte und Verstummen eines bewegten Herzens, schüchterne Freude der ersten Liebe, wo seid ihr?

8

Als ich am nächsten Morgen zum Tee erschien, schalt mich meine Mutter – allerdings weniger, als ich erwartet hatte – und ließ mich vom vorhergehenden Abend berichten. Ich antwortete ihr wortkarg, ließ viele Einzelheiten aus und bemühte mich, allem einen möglichst harmlosen Schein zu verleihen.

»Immerhin sind es Leute, die nicht comme il faut sind«, meinte meine Mutter, »und es ist unnütz, daß du hinläufst, statt dich für deine Prüfung vorzubereiten und zu lernen.«

Da ich wußte, daß Mutters Sorge um meine Prüfungsarbeiten mit diesen wenigen Worten erschöpft sein würde, hielt ich es nicht für notwendig, ihr zu widersprechen, aber nach dem Tee nahm Vater mich am Arm, führte mich in den Garten und ließ sich alles erzählen, was ich bei Sassekins gesehen hatte.

Der Einfluß, den mein Vater auf mich ausübte, war seltsam, und seltsam war auch unser Verhältnis zueinander. Er kümmerte sich kaum um meine Erziehung, kränkte mich aber nie, er achtete meine Freiheit und war sogar – wenn man sich so ausdrücken kann – höflich zu mir ... nur ließ er mich nicht nah an sich heran. Ich liebte ihn, bewunderte ihn, er erschien mir als das Ideal eines Mannes. – Mein Gott, wie leidenschaftlich hätte ich mich ihm angeschlossen, wenn ich nicht immer seine innere Abwehr empfunden hätte. Wollte er jedoch, so konnte er in einem Augenblick, mit einem Wort, einer Bewegung, mein unbegrenztes Vertrauen erwecken. Ich schüttete ihm dann mein Herz aus, ich sprach wie mit einem einsichtigen Freund, einem nachsichtigen Erzieher mit ihm ... Dann verließ er mich aber ebenso unvermittelt ... und wieder spürte ich die innere Abwehr, die sich freundlich und weich, aber entschlossen jede Annäherung verbat.

Manchmal bemächtigte sich seiner eine ausgelassene Fröhlichkeit. Er tobte dann wie ein kleiner Junge mit mir herum – starke körperliche Bewegung liebte er überhaupt –, und einmal, ein einziges Mal, war er sogar so zärtlich zu mir gewesen, daß ich beinah geweint hätte. Aber Fröhlichkeit und Zärtlichkeit verschwanden

spurlos, als hätte ich davon geträumt, und ließen nichts für die Zukunft erhoffen. Manchmal betrachtete ich sein kluges, schönes, helles Gesicht... mein Herz begann zu beben, und mein ganzes Wesen drängte zu ihm. Er schien zu fühlen, was in mir vorging, streichelte mir im Vorübergehen die Wange, ging fort, um sich mit irgend etwas zu beschäftigen, oder erstarrte plötzlich, wie nur er es konnte, und ich verkroch mich dann sofort, von einer starren Kälte erfaßt. Die seltenen Ausbrüche seiner Zuneigung wurden nie durch mein stummes, aber offensichtliches Flehen hervorgerufen: sie kamen gänzlich unerwartet. Als ich später über den Charakter meines Vaters nachdachte, kam ich zu der Schlußfolgerung, daß sowohl ich als auch das Familienleben ihm gleichgültig waren, er liebte etwas anderes und hatte dieses andere in vollen Zügen genossen. »Nimm, was du kannst, aber liefere dich nicht anderen aus. Sich selbst gehören – darin besteht die ganze Lebenskunst«, sagte er mir einmal. Ein anderes Mal, als ich, junger Demokrat, in seiner Gegenwart über die Freiheit philosophierte – er war an diesem Tage freundlich, da konnte man mit ihm über alles reden –, erwiderte er: »Freiheit? Weißt du auch, was dem Menschen die Freiheit zu geben vermag?«
»Was?« fragte ich.
»Der Wille, der eigene Wille, er verleiht dir eine Macht, die schöner als die Freiheit ist. Lerne wollen, und du wirst frei sein und anderen befehlen.«
Mein Vater wollte vor allem leben – und er hat gelebt... Vielleicht ahnte er, daß er sein Leben nicht lange genießen würde: er starb mit zweiundvierzig Jahren.
Ich schilderte meinem Vater ausführlich meinen Besuch bei Sassekins. Er saß auf einer Bank, hörte mir bald aufmerksam, bald zerstreut zu und zeichnete mit der Spitze der Reitgerte im Sand. Er lächelte hin und wieder, sah mich mit hellen, belustigten Blikken an und spornte mich mit Fragen und Ausrufen neckend zum Weitererzählen an. Anfangs traute ich mich gar nicht, Sinaïdas Namen auszusprechen, konnte mich aber nicht länger beherr-

schen und begann sie zu rühmen. Mein Vater lächelte immer noch. Dann wurde er nachdenklich, reckte sich und stand auf. Es fiel mir ein, daß er sich, ehe er das Haus verließ, das Pferd hatte satteln lassen. Er war ein ausgezeichneter Reiter und konnte – lange vor Herrn Rary – die wildesten Pferde bändigen.

»Darf ich mit dir reiten, Papa?« fragte ich ihn.

»Nein«, erwiderte er, und sein Gesicht nahm den gewohnten, gleichgültig-freundlichen Ausdruck an. »Reite allein, wenn du willst, und sage dem Kutscher, daß ich nicht reiten werde.«

Er wandte mir den Rücken zu und entfernte sich rasch. Ich folgte ihm mit dem Blick. Er verschwand hinter dem Tor. Ich sah, wie sein Hut sich am Zaun entlang bewegte, er ging zu Sassekins.

Er blieb nicht länger als eine Stunde bei ihnen, fuhr aber gleich darauf in die Stadt und kehrte erst gegen Abend zurück.

Nach dem Mittagessen begab ich mich zu Sassekins. Im Salon traf ich nur die alte Fürstin an. Als sie mich erblickte, kratzte sie sich den Kopf unter der Haube mit einer Stricknadel und fragte mich, ob ich ihr ein Gesuch abschreiben könne.

»Gern«, erwiderte ich und setzte mich auf eine Stuhlkante.

»Schreiben Sie aber bitte recht große Buchstaben«, sagte die Fürstin und reichte mir ein verschmiertes Blatt. »Und ginge es vielleicht schon heute?«

»Ich schreibe es heute noch ab.«

Die Tür aus dem Nebenzimmer öffnete sich ein wenig, und Sinaïdas Gesicht tauchte auf, blaß, nachdenklich, das Haar nachlässig zurückgeworfen. Sie sah mich mit großen, kalten Augen an und schloß die Tür wieder.

»Sina, Sina«, rief die Alte. Sinaïda antwortete nicht. Ich nahm das Gesuch der alten Frau und verbrachte den ganzen Abend damit.

9

An diesem Abend begann meine Leidenschaft. Ich empfand wohl dasselbe wie ein Mensch, der zum ersten Mal ein Amt übernimmt. Ich war kein Junge mehr, ich war ein Verliebter.

Wie gesagt, begann an diesem Tage meine Leidenschaft. Im wahrsten Sinne des Wortes, hätte ich sagen können; denn auch meine Leiden begannen an diesem Tage. Ich verging vor Sehnsucht, wenn ich Sinaïda nicht sah, vermochte keinen Gedanken zu fassen, alles fiel mir aus der Hand, und ich dachte tagelang nur an sie... war unglücklich, aber auch ihre Gegenwart tröstete mich nicht. Ich war eifersüchtig, war mir meiner Nichtigkeit bewußt, schmollte wie ein Tor und erniedrigte mich töricht. Und trotzdem trieb eine unwiderstehliche Macht mich zu ihr, jedesmal betrat ich mit seligem Beben ihr Zimmer. Sinaïda erriet sofort, daß ich in sie verliebt war, ich dachte auch nicht daran, es zu verheimlichen. Sie ergötzte sich an meiner Leidenschaft, neckte, verwöhnte und quälte mich. Süß ist es, die einzige Quelle, der selbstherrliche und unumschränkte Anlaß höchster Freuden und tiefster Qualen zu sein, war ich doch weiches Wachs in Sinaïdas Händen. Übrigens nicht ich allein, alle Männer, die ins Haus kamen, waren in sie verliebt, waren wie von Sinnen, und alle verstand sie im Zaum zu halten, alle lagen sie demütig zu ihren Füßen. Es bereitete ihr das größte Vergnügen, Hoffnungen und Befürchtungen in ihnen zu erwecken, launisch mit ihnen zu spielen – sie nannte es: ihre Köpfe aneinanderzuschlagen –, und ihre Verehrer dachten nicht einmal an einen Widerstand und unterwarfen sich nur allzugern. Der Charme ihrer Schönheit und Lebhaftigkeit, die seltsame Mischung von Schlauheit und Leichtsinn, Manieriertheit und Natürlichkeit, Ruhe und Ausgelassenheit übte eine hinreißende Anziehungskraft aus. Ein feiner Reiz lag über allem, was sie tat und sagte, über jeder Bewegung, ihr ganzes Wesen verriet eine eigenartige, spielende Kraft. Auch ihr Gesichtsausdruck änderte sich ständig und konnte beinah gleichzeitig Spott, Nachdenklichkeit und Leidenschaft verraten. Die verschiedenartigsten Gefühle huschten leicht und schnell wie Schatten ziehender Wolken an einem sonnigen Tag über ihre Augen und Lippen.

Sie brauchte jeden ihrer Verehrer. Belowsorow, den sie manchmal »mein Tier«, manchmal aber auch nur »der Meinige« nannte, wäre für sie ins Feuer gesprungen. Da er zu seinen geistigen Fähigkeiten und übrigen Tugenden wenig Vertrauen hatte, bot er ihr immerfort die Ehe an und gab ihr zu verstehen, daß die anderen nur davon redeten. Maidanow befriedigte die poetischen Seiten ihres Wesens. Wie beinah alle Dichter, war er eine kühle Natur und suchte sie – sich selbst vielleicht auch – davon zu überzeugen, daß er sie anbete, und besang sie in endlosen Versen, die er ihr mit einem seltsamen Gemisch echter und gekünstelter Begeisterung vorlas. Sie empfand Teilnahme für ihn und machte sich auch ein wenig lustig über ihn. Seinen Versen glaubte sie nicht unbedingt und ließ ihn hinterher Puschkin vorlesen, um – wie sie erklärte – die Luft zu reinigen. Der spöttische Arzt Dr. Luschin, dessen Äußerungen so zynisch klangen, kannte sie am besten und liebte sie am meisten von allen, obwohl er sie häufig direkt und auch hinter ihrem Rücken tadelte. Sie achtete ihn, verstand es aber, ihm nichts durchgehen und ihn mit boshaftem Vergnügen fühlen zu lassen, daß auch er in ihren Händen sei.

»Ich soll eine herzlose Kokette, eine Komödiantin sein«, sagte sie einmal zu ihm in meiner Gegenwart. »Schön! Geben Sie mir Ihre Hand, ich werde eine Stecknadel hineinbohren. Sie werden sich vor diesem jungen Mann schämen, es wird Ihnen weh tun, und doch werden Sie, mein lieber Wahrheitsapostel, dabei lachen!« Luschin errötete, wandte sich ab, biß sich auf die Lippen. Es endete jedoch damit, daß er ihr seine Hand reichte. Sie stach ihn, und er lachte tatsächlich... Auch sie lachte, während sie die Stecknadel ziemlich tief in seine Hand bohrte und ihm in die Augen schaute, die er vergeblich rollte...

Am wenigsten verstand ich das Verhältnis zwischen Sinaïda und dem Grafen Malewski. Er sah gut aus, war geschickt, klug, aber sogar ich, der Sechzehnjährige, fühlte etwas Falsches, Verdächtiges in ihm. Ich wunderte mich, daß Sinaïda es nicht merkte. Vielleicht spürte sie es auch, verachtete jedoch diese Unaufrichtigkeit nicht. Eine falsche Erziehung, merkwürdige Bekanntschaften und Gewohnheiten, die ständige Anwesenheit der Mutter, Armut und Unordnung im Hause, angefangen mit der Freiheit, deren sich das junge Mädchen, im Bewußtsein ihrer Überlegenheit über die Menschen, die sie umgaben, erfreute, hatten diese verächtliche Nachlässigkeit und Anspruchslosigkeit in ihr entwikkelt. Was auch kommen mochte – ob Bonifatius meldete, daß kein Zucker da sei, ob irgendein gemeiner Klatsch ans Tageslicht kam oder die Gäste in Streit gerieten –, sie schüttelte nur ihre Locken, sagte »Unsinn!« und kümmerte sich nicht darum. Dagegen geriet mein Blut in Wallung, wenn Malewski, sich wie ein Fuchs mit listiger Miene in den Hüften wiegend, zu ihr trat, sich graziös auf die Lehne ihres Stuhles stützte und ihr mit selbstzufriedenem und einschmeichelndem Lächeln etwas ins Ohr zu flüstern begann, sie aber, mit auf der Brust gekreuzten Armen, aufmerksam zu ihm aufschaute und lächelnd den Kopf schüttelte.

»Was kann es Ihnen für Freude bereiten, Malewski zu empfangen?« fragte ich sie einmal.

»Er hat einen so entzückenden Schnurrbart«, erwiderte sie. »Aber das verstehen Sie ja nicht.«

»Glauben Sie etwa, daß ich ihn liebe?« fragte sie mich ein anderes Mal. »Nein, Männer, auf die ich herabschauen muß, kann ich nicht lieben. Ich brauche einen Mann, der mich niederzwingt... Aber einen solchen werde ich ja, Gott sei Dank, nicht finden! Nein, ich werde mich nie einem Mann ausliefern, niemals!«

»Also werden Sie nie lieben?«

»Liebe ich Sie denn nicht?« rief sie aus und schlug mir mit ihrem Handschuh auf die Nase.

Ja, Sinaïda machte sich über mich lustig. Im Laufe von drei Wochen sah ich sie täglich. Und was sie nicht alles mit mir anstellte! Zu uns kam sie selten, und ich bedauerte es nicht; denn in unserm Hause verwandelte sie sich in ein wohlerzogenes Fräulein, eine Fürstin, und ich fühlte mich in ihrer Gegenwart gehemmt. Ich fürchtete, mich vor meiner Mutter zu verraten; denn sie liebte Sinaïda nicht und beobachtete uns unfreundlich. Meinen Vater fürchtete ich nicht so sehr, er schien mich gar nicht zu bemerken, redete auch mit ihr nicht viel, aber was er sagte, war klug und be-

deutsam. Ich arbeitete und las nicht mehr, hatte meine Spaziergänge und Ritte in die Umgebung aufgegeben und umkreiste wie ein an den Beinen angebundener Käfer das geliebte Haus. Am liebsten wäre ich ganz dort geblieben, aber das war unmöglich, meine Mutter schalt mich, und manchmal verjagte mich auch Sinaïda. Dann schloß ich mich in meinem Zimmer ein oder flüchtete in das äußerste Ende des Gartens, kletterte auf die Ruine der großen steinernen Orangerie, saß stundenlang mit herunterhängenden Beinen auf der Mauer an der Straße und starrte in die Ferne, ohne etwas zu sehen. Weiße Schmetterlinge flatterten träge über die verstaubten Brennesseln neben mir, ein übermütiger Spatz ließ sich auf einem zerbrochenen roten Ziegelstein in meiner Nähe nieder und zwitscherte aufreizend, mit dem ganzen Körper und dem gespreizten Schwanz hin- und herwippend, mißtrauische Krähen krächzten hin und wieder vom Gipfel einer kahlen Birke, Wind und Sonne spielten mit ihren dünnen Zweigen, ab und zu flogen vereinzelte Töne des friedlichen, wehmütigen Glockengeläutes des Donskoi-Klosters herüber, ich aber saß da, schaute und lauschte, von einem namenlosen Gefühl erfüllt, das alles umfaßte: Trauer, Freude, Vorahnung des Kommenden, Sehnsucht und Angst vor dem Leben. Aber ich begriff diese Gefühle, die in mir gärten, damals noch nicht und hätte sie gar nicht oder nur mit einem Namen, den Sinaïdas, benennen können.
Inzwischen spielte Sinaïda weiter mit mir wie eine Katze mit der Maus. Bald kokettierte sie mit mir, worauf ich vor Aufregung und Rührung verging – dann stieß sie mich wieder zurück, und ich wagte nicht, mich ihr zu nähern, wagte nicht einmal, sie anzuschaun.
Ich erinnere mich, daß sie mich mehrere Tage nacheinander sehr kühl behandelt hatte. Ich war ganz eingeschüchtert, und wenn ich in den Flügel ging, suchte ich mich feige in der Nähe der alten Fürstin aufzuhalten, obwohl sie damals viel schalt und klagte; denn ihre Wechselangelegenheiten standen sehr schlecht, und sie hatte bereits zwei Auseinandersetzungen mit dem Polizeiaufseher gehabt.

Als ich eines Tages durch unseren Garten am Zaun entlangging, erblickte ich Sinaïda, die auf dem Rasen saß, den Kopf auf beide Hände gestützt, und sich nicht regte. Ich wollte mich behutsam entfernen, aber sie hob den Kopf und machte mir eine befehlende Geste. Ich begriff nicht und erstarrte vor Überraschung. Sie wiederholte das Zeichen, worauf ich sofort über den Zaun sprang und erfreut zu ihr lief. Sie hielt mich mit ihrem Blick zurück und deutete auf den Weg, zwei Schritt von ihr entfernt. Verlegen wußte nicht nicht, was ich tun sollte, und kniete am Wegrand nieder. Sie war so blaß, und ihre Züge verrieten einen so bitteren Kummer, eine so große Müdigkeit, daß mein Herz sich zusammenkrampfte und ich unwillkürlich flüsterte: »Was haben Sie?«

Sinaïda streckte die Hand aus, riß einen Grashalm ab, biß ihn durch und warf ihn weit fort.

»Lieben Sie mich sehr?« fragte sie mich schließlich. »Ja?«

Ich erwiderte nichts – wozu sollte ich auch?

»Ja?« wiederholte sie, mich immer noch ansehend. »So ist es. Dieselben Augen«, sagte sie, wurde nachdenklich und verbarg ihr Gesicht in den Händen. »Alles ist mir widerlich geworden«, flüsterte sie, »ans Ende der Welt möchte ich laufen, ich halte es nicht mehr aus, werde damit nicht mehr fertig... Und was erwartet mich in der Zukunft!...

Ach, wie schwer es ist... Mein Gott, wie schwer!«

»Weshalb?« fragte ich zaghaft.

Sinaïda antwortete nicht und zuckte nur die Achseln. Ich kniete immer noch und betrachtete sie mit tiefem Kummer. Jedes ihrer Worte schnitt mir ins Herz. In diesem Augenblick hätte ich gern mein Leben hingegeben, um sie nur nicht so traurig zu sehen. Ich betrachtete sie und malte mir in lebhaften Farben aus, – ohne den Grund ihrer Trauer zu begreifen –, wie sie, von Kummer übermannt, in den Garten geflüchtet und dort auf dem Rasen zusammengebrochen war. – Um uns grünte und leuchtete alles in hellem Glanz, der Wind fuhr raschelnd durch das Laub der Bäume und bewegte hin und wieder einen Zweig des Himbeerstrauches über

Sinaïdas Kopf. Irgendwo gurrten Tauben, Bienen summten und flogen niedrig über dem Rasen dahin. Ein freundlicher Himmel spannte seine Bläue über die Erde – mir aber war so traurig zumute...

»Sagen Sie mir irgendein Gedicht auf«, sagte Sinaïda leise und stützte sich auf den Ellbogen. »Ich mag es, wenn Sie Verse sprechen. Sie haben einen singenden Tonfall, aber das schadet nichts, darin offenbart sich Ihre Jugend. Sagen Sie mir ›Auf Grusiens Hügeln‹ auf, aber setzen Sie sich vorher.«

Ich setzte mich und sprach »Auf Grusiens Hügeln«.

»Der Liebe widerstehen kann es nicht«, wiederholte Sinaïda. »Das ist das Schöne an der Poesie, sie sagt uns das, was es nicht gibt, was aber gleichzeitig nicht nur schöner, sondern auch der Wahrheit näher ist als die Wirklichkeit.«

»... Der Liebe widerstehen kann es nicht – das Herz möcht' widerstehn, doch kann es nicht.« – Sie verstummte wieder, fuhr plötzlich auf und erhob sich. – »Kommen Sie! Maidanow sitzt bei Mama. Er hat mir sein Gedicht mitgebracht, ich aber bin fortgelaufen. Auch er ist jetzt traurig, ... daran läßt sich nichts ändern! Sie werden es eines Tages erfahren... aber seien Sie mir dann nicht böse!«

Sinaïda drückte mir rasch die Hand und lief voran. Wir gingen ins Haus. Maidanow las uns seinen soeben erschienenen »Mörder« vor, aber ich hörte nicht zu. Er stieß seine vierfüßigen Jamben in singendem Tonfall schreiend hervor, die Reime lösten sich ab und klangen leer und laut wie Schellengeläute. Ich betrachtete die ganze Zeit Sinaïda und zerbrach mir den Kopf über ihre letzten Worte.

»Und hat vielleicht ein Nebenbuhler
dich mir entrissen unverhofft?«

rief Maidanow näselnd aus, und unsere Blicke – meiner und Sinaïdas – trafen sich. Sie errötete und senkte die Lider. Ich sah ihr Erröten und wurde kalt vor Schreck. Ich war schon früher eifersüchtig gewesen, aber erst in diesem Augenblick tauchte plötzlich der Gedanke auf, daß sie nun wirklich liebte. »Mein Gott, sie liebt!«

10

Mein wirkliches Leiden begann von diesem Augenblick an. Ich zerbrach mir den Kopf, überlegte, verwarf meine Vermutungen und beobachtete Sinaïda heimlich, soweit es möglich war. Die Veränderung, die in ihr vor sich gegangen war, war offensichtlich. Sie ging allein spazieren und blieb lange fort. Manchmal erschien sie nicht, wenn Gäste da waren, und saß stundenlang allein in ihrem Zimmer. Früher hatte sie das nie getan. Ich wurde plötzlich – oder schien es mir nur, daß ich es wurde? – außerordentlich scharfsinnig. »Ist er es oder ist er es nicht?« fragte ich mich, in Gedanken besorgt ihre Verehrer aufzählend. Graf Malewski schien mir – obwohl ich mich für Sinaïda schämte, es einzugestehen – der Gefährlichste zu sein.

Meine Beobachtungsgabe reichte nicht weiter als meine Nasenspitze, und meine Heimlichkeit täuschte wohl niemanden. Vor allem Dr. Luschin nicht, der mich bald durchschaute. Übrigens hatte auch er sich in letzter Zeit verändert: er war abgemagert, lachte noch ebensooft, aber dumpfer, böser, kürzer; eine nervöse Reizbarkeit war an Stelle der leichten Ironie und des gespielten Zynismus getreten.

»Weshalb kommen Sie eigentlich unentwegt hierher, junger Mann?« fragte er mich eines Tages, als wir in Sassekins Salon allein geblieben waren. – Die junge Fürstin war noch nicht vom Spaziergang zurückgekehrt, und die kreischende Stimme der alten ertönte im Zwischenstock; sie schalt ihr Mädchen. – »Lernen müßten Sie, arbeiten – solange Sie noch jung sind –, und was machen Sie?«

»Sie können ja nicht wissen, ob ich nicht zu Hause arbeite«, erwiderte ich herablassend, aber ein wenig verlegen.

»Was kann das schon für eine Arbeit sein! Sie haben andere Gedanken! Nun, ich bestreite nicht... daß das in Ihrem Alter natürlich ist. Aber Ihre Wahl ist falsch. Sehen Sie denn nicht, was das für ein Haus ist?«

»Ich verstehe Sie nicht«, erwiderte ich.

»Verstehen mich nicht? Um so schlimmer für Sie! Ich halte es für meine Pflicht, Sie zu warnen. Ich alter Junggeselle bin abgebrüht, was kann mir schon passieren, wenn ich herkomme, an mir prallt alles ab. Sie aber sind ein zartes Pflänzchen, und diese Luft ist Gift für Sie! Glauben Sie mir, daß Sie sich anstecken können!«

»Wieso?«

»Wieso? Sind Sie jetzt etwa gesund? Ist Ihr Zustand etwa normal? Glauben Sie, das, was Sie jetzt fühlen, ist gut und nützlich für Sie?«

»Was fühle ich denn?« fragte ich, im geheimen dem Arzt recht gebend.

»Ach, junger Mann, junger Mann!« fuhr der Doktor mit einem Ausdruck fort, als enthielten diese Worte etwas äußerst Kränkendes für mich. »Spielen Sie nicht den Schlauen, Ihnen kann man ja, Gott sei Dank, alles, was Sie denken, vom Gesicht ablesen. Übrigens, was hilft das Reden! Auch ich käme nicht hierher, wenn... – der Arzt biß die Zähne zusammen – ... wenn ich nicht solch ein Sonderling wäre! Aber ich wundere mich nur, daß Sie mit Ihrem Verstand nicht sehen, was um Sie her vor sich geht.«

»Was geht denn vor sich?« fragte ich und war ganz Aufmerksamkeit.

Der Arzt sah mich mit spöttischem Mitleid an.

»Auch ich bin ein Narr«, sagte er, als führe er ein Selbstgespräch. »Wozu sage ich ihm das? Kurz und gut«, fügte er mit erhobener Stimme hinzu, »ich wiederhole Ihnen: die Luft in diesem Hause ist schädlich für Sie. Sie ist Ihnen angenehm, doch auch in einem Gewächshaus duftet es schön, aber leben kann man dort nicht. Hören Sie auf meinen Rat, nehmen Sie Ihren Kaidanow wieder vor!«

Die Fürstin trat ein und beklagte sich über Zahnschmerzen. Dann erschien Sinaïda.

»Schelten Sie sie, Herr Doktor«, sagte die Fürstin. »Sie trinkt den ganzen Tag eisgekühltes Wasser. Ist das etwa gesund? Bei ihren schwachen Lungen!«

»Weshalb tun Sie das?« fragte Luschin.

»Was kann es schaden?«

»Sie können sich erkälten und sterben.«

»Tatsächlich? Im Ernst? Und wenn schon? Warum nicht dieser Weg?«

»So ist es also«, brummte der Arzt.

Die Füstin ging aus dem Zimmer.

»So ist es«, wiederholte Sinaïda. »Meinen Sie, es wäre so lustig zu leben? Schauen Sie sich nur um ... Was ist schön? Oder glauben Sie, daß ich es nicht sehe und nicht fühle? Mir macht es Spaß, eisgekühltes Wasser zu trinken, und Sie wollen mir einreden, es lohne sich, einen Augenblick des Vergnügens – ich rede schon gar nicht von Glück – für dieses Leben zu opfern?«

»Na ja«, meinte Luschin. »Launen und Unabhängigkeitsgelüste ... Diese zwei Worte zeichnen Sie ganz.«

Sinaïda lachte nervös auf.

»Sie kommen einen Tag zu spät, lieber Doktor! Beobachten schlecht, sind zurückgeblieben! Setzen Sie sich eine Brille auf! Nicht um Launen handelt es sich jetzt! Nicht darum, euch oder mich zum Narren zu halten ... als wäre das sehr lustig! Und was die Unabhängigkeitsgelüste betrifft ... Monsieur Woldemar«, rief sie plötzlich und stampfte mit dem Fuß auf, »machen Sie kein so melancholisches Gesicht! Mitleid hasse ich!« Und sie lief rasch aus dem Zimmer.

»Schädlich, schädlich ist die hiesige Atmosphäre für Sie junger Mann«, sagte mir Luschin noch einmal.

11

Am Abend desselben Tages versammelten sich bei Sassekins die gewohnten Gäste. Ich war darunter.

Wir unterhielten uns über Maidanows Gedicht. Sinaïda lobte es aufrichtig. »Aber wissen Sie«, sagte sie zu ihm, »ich hätte als Dichter ein anderes Thema gewählt. Vielleicht ist es Unsinn, doch des Morgens, wenn ich nicht schlafen kann, wenn der Himmel grau und rosa schimmert, kommen mir eigenartige Gedanken. Ich würde zum Beispiel... werden Sie mich auch nicht auslachen?«

»Nein, nein!« riefen wir alle einstimmig.

»Ich würde«, fuhr sie fort, die Arme auf der Brust gekreuzt, den Blick abgewandt, »eine ganze Gesellschaft junger Mädchen nachts in einem großen Boot auf einem stillen Fluß schildern. Der Mond scheint, sie sind alle weiß gekleidet, tragen weiße Blumenkränze und singen... wissen Sie, so etwas wie eine Hymne.«

»Ich verstehe, verstehe, fahren Sie fort«, sagte träumerisch und bedeutsam Maidanow.

»Plötzlich ertönen Lärm, Gelächter, Tamburinklänge, und Fakkeln erglühen am anderen Ufer... Eine Bacchantinnenschar stürmt singend und schreiend heran. Dieses Bild genau zu schildern ist schon Ihre Angelegenheit, Herr Poet! Doch die Fackeln müssen rot sein und stark rauchen, das wünsche ich – und die Augen der Bacchantinnen unter den Kränzen leuchten, diese Kränze sollen aber dunkel sein. Auch Tigerfelle, Schalen und Gold, viel Gold dürfen Sie nicht vergessen!«

»Wo soll denn das Gold sein?« fragte Maidanow, sein glattes Haar zurückwerfend und die Nüstern blähend.

»Wo? Auf den Schultern, den Armen, den Füßen, überall! Man sagt, daß die Frauen im Altertum Gold an den Fußgelenken trugen. Die Bacchantinnen rufen die Mädchen zu sich. Die Mädchen hören mit ihrer Hymne auf – sie können plötzlich nicht mehr weitersingen –, aber sie bleiben regungslos im Boot. Die

Wellen des Stromes tragen sie ans Ufer. Und plötzlich erhebt sich eine von ihnen ganz leise... Das muß gut beschrieben werden, wie sie leise im Mondschein aufsteht und wie ihre Freundinnen erschrecken... Sie schreitet über den Rand des Bootes, die Bacchantinnen umringen sie, stürmen mit ihr davon und verlieren sich in der Finsternis der Nacht... Stellen Sie sich große Rauchwolken vor und ein Chaos... Man hört nur die Schreie der Bacchantinnen und sieht den Kranz der Geflüchteten auf dem Ufer...«

Sinaïda verstummte. – »Oh, sie liebt«, dachte ich wieder.

»Ist das alles?« fragte Maidanow.

»Ja«, erwiderte sie.

»Der Stoff genügt nicht für eine größere Dichtung, ein Poem«, sagte er mit wichtiger Miene. »Aber ich werde Ihre Idee für ein lyrisches Gedicht nehmen.«

»Für ein romantisches Gedicht?« fragte Malewski.

»Ja, natürlich, in Byrons Art.«

»Ich finde Hugo besser als Byron«, sagte der junge Graf nachlässig, »er ist interessanter.«

»Hugo ist ein Schriftsteller ersten Ranges«, erwiderte Maidanow, »und mein Freund Tonkoschejew hat in seinem spanischen Roman ›El Trobador‹...«

»Ach, ist das das Buch mit den umgekehrten Fragezeichen?« erkundigte sich Sinaïda.

»Ja, das ist so Sitte bei den Spaniern. Ich wollte sagen, daß Tonkoschejew...«

»Sie wollen wieder über den Klassizismus und die Romantik streiten«, unterbrach Sinaïda ihn von neuem, »spielen wir lieber...«

»Pfänderspiel?« fragte Luschin.

»Nein, das ist mir zu langweilig. Spielen wir lieber ›Vergleichen‹.«

Dieses Spiel hatte Sinaïda selbst erfunden. Ein Gegenstand wurde genannt, jeder versuchte, ihn mit irgend etwas zu vergleichen, und wer den besten Vergleich gefunden hatte, erhielt einen

Preis. Sie trat ans Fenster. Die Sonne war soeben untergegangen, hoch am Himmel glühten lange rote Wolken.
»Wem gleichen diese Wolken?« fragte Sinaïda und fügte hinzu, ohne eine Antwort abzuwarten: »Ich finde, sie gleichen den Purpursegeln am Goldschiff Kleopatras, als sie Antonius entgegenfuhr. Erinnern Sie sich, Maidanow, Sie erzählten mir vor kurzem davon.«
Wir alle beschlossen, wie Polonius im ›Hamlet‹, daß die Wolken gerade diesen Segeln ähnelten und daß ein besserer Vergleich nicht gefunden werden konnte.
»Wie alt war Antonius damals?« fragte Sinaïda.
»Er war bestimmt ein junger Mann«, sagte Malewski.
»Ja, er war jung«, bestätigte Maidanow.
»Entschuldigen Sie«, rief Luschin aus, »er war über vierzig.«
»Über vierzig«, wiederholte Sinaïda und warf ihm einen schnellen Blick zu.
Ich ging bald nach Hause. – »Sie hat sich verliebt«, flüsterte ich unwillkürlich. »Aber in wen?«

12

Die Tage vergingen. Sinaïda wurde immer seltsamer, und ich verstand sie immer weniger. Eines Tages kam ich zu ihr und sah sie auf einem Stuhl sitzen, den Kopf auf die scharfe Kante eines Tisches gepreßt. Sie richtete sich auf, ihr Gesicht war von Tränen überströmt.
»Ah, Sie sind es«, sagte sie mit einem grausamen Lächeln. »Kommen Sie mal her!«
Ich trat zu ihr. Sie legte ihre Hand auf meinen Kopf, packte mich plötzlich an den Haaren und begann, sie hin und her zu zerren.
»Es tut weh...«, sagte ich schließlich.
»Ah, es tut weh! Und mir tut es nicht weh? Tut's wohl nicht weh?« wiederholte sie.
»Oh!« schrie sie plötzlich auf, als sie sah, daß sie mir ein Büschel

Haare ausgerissen hatte. »Was habe ich getan! Armer Monsieur Woldemar!«
Sie glättete vorsichtig die ausgerissenen Haare und wand sie um den Finger zu einem Ring.
»Ich werde Ihr Haar in mein Medaillon legen und es immer tragen«, sagte sie mit Tränen in den Augen. »Vielleicht wird Sie das ein wenig trösten... Und nun auf Wiedersehen!«
Ich kehrte nach Hause zurück. Dort erwartete mich etwas Unangenehmes. Meine Mutter hatte eine Auseinandersetzung mit meinem Vater. Sie machte ihm Vorwürfe, er aber schwieg höflich und kühl, wie es seine Gewohnheit war, und fuhr dann sehr bald fort. Ich konnte nicht hören, was meine Mutter sagte, hatte auch anderes im Kopf. Ich weiß nur, daß sie mich, nachdem die Unterredung beendet war, in ihr Zimmer rief und sich sehr unzufrieden über meine häufigen Besuche bei der Fürstin äußerte. Sie war ihrer Ansicht nach »une femme capable de tout«. Ich küßte ihre Hand, das tat ich stets, wenn ich ein Gespräch beenden wollte, und ging in mein Zimmer. Sinaïdas Tränen hatten mich aus der Fassung gebracht. Ich wußte nicht mehr, was ich denken sollte, und war selbst bereit zu weinen. Ich war, trotz meiner sechzehn Jahre, immer noch ein Kind. An Malewski dachte ich nicht mehr, obwohl Belowsorow jeden Tag grimmiger wurde und den wendigen Grafen betrachtete wie ein Wolf einen Hammel. Ich dachte im Grunde genommen an nichts und an niemanden. Ich verlor mich in meinen Betrachtungen und suchte die Einsamkeit. Eine besondere Vorliebe hatte ich für die Ruinen des Gewächshauses. Ich pflegte auf die hohe Mauer zu klettern und dort einsam und traurig zu sitzen, ein unglücklicher Jüngling, der sich selbst leid tat und sich an seinen bitteren Empfindungen berauschte, sie aus vollem Herzen genießend.
Eines Tages saß ich wieder auf der Mauer, starrte in die Ferne und lauschte dem Glockenklang... Plötzlich überlief mich etwas – ein Windstoß war es nicht, auch kein Zittern, eher ein Hauch, die Empfindung einer Nähe... Ich senkte den Blick. Unten auf dem Weg schritt eilig, in einem leichten grauen Kleid, mit einem rosa

Sonnenschirm auf der Schulter, Sinaïda. Sie erblickte mich, blieb stehen und schaute, die Krempe ihres Strohhutes hochschiebend, mit ihren samtenen Augen zu mir auf.

»Was machen Sie dort auf dieser Höhe?« fragte sie mich mit einem seltsamen Lächeln. »Sie behaupten doch immer, daß Sie mich lieben. Springen Sie dann zu mir herab auf den Weg, wenn es so ist.«

Kaum hatte Sinaïda diese Worte ausgesprochen, als ich auch schon hinabflog, als hätte mich jemand von hinten gestoßen. Die Mauer hatte eine Höhe von zwei Klaftern. Ich kam beim Fall mit den Beinen auf die Erde, aber der Anprall war so stark, daß ich mich nicht aufrecht halten konnte, ich fiel und verlor für einen Augenblick das Bewußtsein.

Als ich zu mir kam, fühlte ich, ohne die Augen zu öffnen, Sinaïda neben mir. »Mein lieber Junge«, sagte sie, sich über mich beugend, und ihre Stimme klang zärtlich und besorgt. »Wie konntest du das tun? Wie konntest du gehorchen?... Ich liebe dich doch... steh auf.«

Ihre Brust atmete neben der meinen, ihre Hände berührten meinen Kopf, und plötzlich – wie geschah mir? – bedeckten ihre weichen, frischen Lippen mein Gesicht mit Küssen... berührten meine Lippen... Aber nun erriet Sinaïda wohl an dem Ausdruck meines Gesichtes, daß ich wieder zu mir gekommen war, obwohl ich meine Augen immer noch nicht geöffnet hatte, und rief, sich rasch erhebend, aus: »Stehen Sie auf, Sie Schelm, Sie Narr! Was liegen Sie da im Staub herum?«

Ich erhob mich.

»Geben Sie mir meinen Sonnenschirm«, sagte Sinaïda, »schauen Sie, wohin ich ihn geworfen habe, und sehen Sie mich nicht so an!... Er begreift nichts und antwortet nicht«, fügte sie hinzu, als spräche sie mit sich selbst... »Gehen Sie nach Hause, Monsieur Woldemar, bringen Sie Ihre Kleider in Ordnung, und wagen Sie nicht, mir zu folgen, sonst werde ich böse sein und Ihnen nie mehr...«

Sie beendete ihre Rede nicht und entfernte sich rasch. Ich aber ließ mich am Wegrand nieder, meine Füße trugen mich nicht mehr. Die Brennesseln verbrannten meine Hände, mein Rücken schmerzte, Schwindel erfaßte mich, aber nie in meinem späteren Leben habe ich eine so tiefe Seligkeit empfunden wie in diesem Augenblick. Sie zog wie ein süßer Schmerz durch all meine Glieder und entlud sich schließlich in begeisterten Sprüngen und Rufen. Ich war wahrhaftig noch ein Kind.

13

An diesem Tage war ich so froh und stolz, empfand noch so lebhaft Sinaïdas Küsse auf meinem Gesicht, erinnerte mich mit solchem Entzücken ihrer Worte und hätschelte mein unverhofftes Glück so sehr, daß ich gar nicht den Wunsch hatte, sie, die Urheberin dieser neuen Gefühle, zu sehen. Ich meinte, man könne nun nichts mehr vom Schicksal verlangen, es bliebe jetzt nichts übrig, als noch ein letztes Mal tief aufzuatmen und dann zu sterben. Als ich jedoch am nächsten Tage zu meinen Nachbarn ging, bemächtigte sich meiner große Verlegenheit, die ich vergeblich unter der Maske bescheidener Gelassenheit zu verbergen trachtete, einem Menschen angemessen, der damit zu verstehen geben will, daß er ein Geheimnis zu wahren wisse. Sinaïda empfing mich sehr schlicht, ohne jegliche Erregung, drohte mir nur mit dem Finger und fragte mich, ob ich keine blauen Flecke hätte. Meine bescheidene Gelassenheit und Geheimnistuerei verschwanden augenblicklich und damit auch meine Verlegenheit. Selbstverständlich hatte ich nichts Besonderes erwartet, doch ich empfand Sinaïdas Ruhe wie einen Guß kalten Wassers. Ich begriff, daß ich in ihren Augen ein Kind war, und fühlte mich schmerzlich berührt. Sinaïda ging im Zimmer auf und ab, lächelte jedesmal rasch, wenn sie mich anschaute, aber ich sah es ihr an, daß sie mit ihren Gedanken weit fort war ... »Soll ich selber vom gestrigen Vorfall zu sprechen beginnen«, dachte ich, »sie fragen, wohin sie geeilt sei, um endgültig zu erfahren ...« Aber ich tat nichts dergleichen und setzte mich in eine Ecke.

Belowsorow trat ein. Ich freute mich darüber.
»Ich habe kein ruhiges Reitpferd finden können«, sagte er mit rauher Stimme. »Freitag garantiert mir zwar für eins, aber ich bin nicht sicher. Fürchte, daß es nicht der Fall ist!«
»Gestatten Sie mir die Frage: was fürchten Sie?« fragte Sinaïda.
»Was? Sie können ja gar nicht reiten! Gott weiß, was alles geschenen könnte! Was ist das nur wieder für ein Einfall von Ihnen?«
»Das ist schon meine Angelegenheit, Herr Krieger! Ich werde in diesem Fall Pjotr Wassiljewitsch bitten...« Mein Vater hieß Pjotr Wassiljewitsch. Ich wunderte mich, daß sie seinen Namen so leicht und einfach erwähnte, als wäre es selbstverständlich, daß er bereit sein würde, ihr den Gefallen zu tun.
»So ist es also?« sagte Belowsorow. »Sie wollen also mit ihm ausreiten?«
»Ob mit ihm oder mit einem anderen, das geht Sie nichts an. Auf jeden Fall nicht mit Ihnen.«
»Nicht mit mir«, wiederholte Belowsorow. »Wie sie wollen! Und wenn auch! Ich werde für ein Pferd sorgen.«
»Aber nicht irgendeine alte Kuh! Ich habe Sie darauf vorbereitet, daß ich Galopp reiten will.«
»Verraten Sie bitte... mit wem Sie reiten wollen? Doch nicht mit Malewski?«
»Warum nicht, mein Krieger? Nun, beruhigen Sie sich«, fügte sie hinzu, »und funkeln Sie nicht so mit den Augen! Auch Sie nehme ich einmal mit. Sie wissen ja, daß Malewski jetzt für mich nur noch ein... Pfui ist.« Sie schüttelte den Kopf.
»Sie sagen das nur, um mich zu trösten«, brummte Belowsorow.
Sinaïda kniff die Augen zusammen. »Tröstet es Sie wirklich? Oh... oh... oh... mein Krieger!« fügte sie schließlich hinzu, als fehlten ihr die Worte. – »Und Sie, Monsieur Woldemar? Würden Sie uns begleiten?«
»Ich bin nicht gern... in großer Gesellschaft«, murmelte ich mit gesenktem Blick.

»Sie ziehen ein Tête-à-tête vor?... Nun, Freiheit dem Freien, dem Seligen ein Paradies!« sagte sie seufzend. »Gehen Sie und geben Sie sich Mühe, Belowsorow! Ich brauche das Pferd für morgen.«

»Schön! Aber woher nehmen wir das Geld?« mischte sich die Fürstin ein.

Sinaïda runzelte die Stirn.

»Sie bitte ich ja nicht darum, Belowsorow wird es mir leihen.«

»Leihen, leihen...«, brummte die Fürstin und schrie plötzlich aus vollem Halse: »Dunjaschka!«

»Maman, ich habe Ihnen doch ein Glöckchen geschenkt«, bemerkte die junge Fürstin.

»Dunjaschka!« wiederholte die alte Frau.

Belowsorow verbeugte sich. Ich begleitete ihn, als er ging, und Sinaïda hielt mich nicht zurück.

14

Am nächsten Morgen stand ich früh auf, schnitt mir einen Stock zurecht und begab mich in die Umgebung der Stadt. Ich wollte spazierengehen, meinen Kummer vertreiben. Es war ein herrlicher, heller und nicht allzu heißer Tag. Ein frischer, lustiger Wind fegte über die Erde, rauschte leise spielend dahin und bewegte alles, ohne etwas zu beunruhigen. Lange irrte ich durch die Wälder, wanderte über die Berge, und wenn ich mich auch nicht glücklich fühlte, so siegten doch Jugend, schönes Wetter, frische Luft, Freude am schnellen Gehen und das Vergnügen einsamer Rast in dichtem Gras über meine Absicht, mich der Trauer hinzugeben, mit der ich das Haus verlassen hatte. Wieder lebte die Erinnerung an Sinaïdas unvergeßliche Worte und Küsse in mir auf. Der Gedanke, daß – wie immer es auch sei – Sinaïda meiner Entschlossenheit und meinem Heroismus Gerechtigkeit widerfahren lassen müsse, machte mich glücklich... »Andere gelten ihr mehr«, dachte ich. »Meinetwegen! Dafür reden die anderen nur, ich aber habe es durch meine Tat bewiesen! Und was würde ich nicht noch für sie tun!« Meine Phantasie begann zu spielen. Ich stellte mir vor, wie ich sie aus den Händen der Feinde retten, sie blutüberströmt aus dem Gefängnis entführen und zu ihren Füßen sterben würde. Ich dachte an das Bild in unserem Salon – Malek-Adel, der Mathilde raubte –, doch da lenkte ein großer Buntsprecht, der geschäftig den schmalen Stamm einer Birke emporhüpfte und besorgt nach rechts und links hinter ihm hervorlugte, wie ein Cellospieler hinter dem Hals seines Instruments, meine Aufmerksamkeit auf sich.

Dann sang ich »Weiß schimmert der Schnee« und ging auf die damals bekannte Romanze »Ich warte dein, wenn spielend der Zephyr« über. Darauf deklamierte ich laut Jermaks Anrufung der Sterne aus Chomjakows Tragödie, versuchte, etwas Sentimentales zu dichten, dachte mir sogar eine Zeile aus, die den Schluß des Gedichtes bilden sollte: »Oh, Sinaïda, Sinaïda!«, bemühte mich aber vergeblich, noch etwas hinzuzudichten. Inzwischen wurde es Mittagszeit. Ich stieg zum Tal hinab. Ein schmaler Sandweg schlängelte sich dahin und führte in die Stadt. Ich schlug diesen Weg ein ... Dumpfes Pferdegetrappel ertönte hinter mir. Ich sah mich um, blieb unwillkürlich stehen und nahm die Mütze ab: ich erblickte meinen Vater und Sinaïda. Sie ritten nebeneinander. Mein Vater hatte sich zu ihr hinübergebeugt, die Hand auf den Hals des Pferdes gestützt und sprach auf sie ein. Er lächelte. Sinaïda lauschte ihm schweigend, den Blick streng gesenkt, die Lippen zusammengepreßt. Zuerst erblickte ich nur sie. Erst einige Augenblicke später bog Belowsorow, in Husarenuniform und Dolman, auf schaumbedecktem Rappen um die Ecke. Sein feuriges Tier warf den Kopf zurück, schnob und tänzelte. Der Reiter hielt es zurück und gab ihm die Sporen. Ich ging zur Seite. Mein Vater faßte die Zügel straffer, wandte sich von Sinaïda ab, sie hob ihren Blick langsam zu ihm, dann sprengten sie im Galopp davon, Belowsorow mit rasselndem Säbel hinter ihnen her. »Er ist rot wie ein Krebs«, dachte ich. »Und sie ... Warum ist sie so blaß? Reitet den ganzen Vormittag und ist blaß.«

Ich beschleunigte meine Schritte und war kurz vor dem Mittagessen zu Hause. Vater hatte sich schon umgezogen, saß sauber und frisch neben Mutters Sessel und las ihr mit seiner ruhigen, klangvollen Stimme das Feuilleton aus dem »Journal des Débats« vor. Aber Mutter hörte ihm nur unaufmerksam zu, fragte mich, als sie mich erblickte, wo ich den ganzen Tag gesteckt hätte, und fügte hinzu, daß sie es nicht liebe, wenn man sich Gott weiß wo und Gott weiß mit wem herumtreibe. Ich war ja allein, wollte ich erwidern, sah jedoch meinen Vater an und schwieg, ohne recht zu wissen, weshalb.

15

In den nächsten fünf, sechs Tagen sah ich Sinaïda kaum. Sie ließ sagen, sie sei krank. Das hinderte die ständigen Besucher des Flügels jedoch nicht daran, »zum Dienst zu erscheinen«, wie sie sich ausdrückten. Alle taten es, außer Maidanow, der sofort traurig wurde und sich langweilte, wenn er keine Gelegenheit hatte, sich zu begeistern. Belowsorow saß düster in der Ecke, die Uniform fest zugeknöpft, das Gesicht gerötet. Über Malewskis schmales Gesicht irrte ständig ein böses Lächeln, er war bei Sinaïda tatsächlich in Ungnade gefallen, bemühte sich eifrig um die alte Fürstin und fuhr mit ihr sogar in einer schlechten Droschke zum Generalgouverneur. Übrigens erwies sich diese Fahrt als ein Mißerfolg und endete sogar mit einer Unannehmlichkeit für ihn: man erinnerte ihn an eine Geschichte mit irgendwelchen Trainoffizieren, und er mußte erklären, daß er damals noch sehr unerfahren gewesen sei. Luschin kam ein- oder zweimal am Tage, blieb aber nur kurz. Ich fürchtete ihn ein wenig nach unserer letzten Unterredung, empfand aber große Sympathie für ihn. Eines Tages ging er mit mir im Neskutschny-Park spazieren, war sehr gutmütig und liebenswürdig, nannte mir die Namen und Eigenschaften verschiedener Gräser und Blumen und rief plötzlich, sich mit der Hand auf die Stirn schlagend, unvermittelt aus: »Ich Narr dachte, sie sei eine herzlose Kokette! Es scheint doch, daß

manche Menschen es als süß empfinden, sich für andere zu opfern!«
»Was wollen Sie damit sagen?« fragte ich.
»Ihnen gar nichts«, erwiderte Luschin schroff.
Sinaïda mied mich. Mein Erscheinen – ich konnte es mir nicht verhehlen – war ihr peinlich. Sie wandte sich unwillkürlich von mir ab. Ja, sie tat es unwillkürlich, und das schmerzte mich. Aber es war nicht zu ändern. Ich versuchte, ihr nicht unter die Augen zu kommen, und lauerte ihr nur aus der Ferne auf, was mir nicht immer gelang. Etwas Unbegreifliches schien in ihr vorzugehen. Ihr Gesicht, ihr ganzes Wesen hatten sich verändert. Besonders fiel mir diese Veränderung an einem stillen, warmen Abend auf. Ich saß auf einer niedrigen Bank unter einem breiten Holunderbusch. Ich liebte dieses Plätzchen, weil ich von hier aus das Fenster von Sinaïdas Zimmer sehen konnte. So saß ich da, über meinem Kopf bewegte sich im dunklen Grün eilig ein Vögelchen, eine graue Katze schlich vorsichtig mit langgestrecktem Rücken in den Garten, die ersten Käfer summten schwerfällig in der Luft, trotz der Dämmerung noch deutlich zu erkennen. Ich saß, blickte auf das Fenster und wartete, ob es sich öffnen würde. Und es öffnete sich wirklich! Sinaïda erschien. Sie trug ein weißes Kleid, und sie selbst, ihr Gesicht, ihre Schultern und Hände waren so blaß, daß sie weiß erschienen. Lange verharrte sie regungslos und schaute unbeweglich unter gerunzelten Brauen in die Ferne. Ich hatte solchen Blick noch nie bei ihr wahrgenommen. Dann preßte sie die Finger fest aneinander, drückte sie an die Lippen und an die Stirn, riß sie plötzlich auseinander, warf das Haar über die Ohren zurück, schüttelte den Kopf, nickte in wilder Entschlossenheit und schlug das Fenster zu.
Drei Tage darauf traf ich sie im Garten. Ich wollte ihr aus dem Wege gehen, aber sie hielt mich selbst zurück. »Geben Sie mir die Hand«, sagte sie mit der früheren Freundlichkeit. »Wir haben lange nicht miteinander geplaudert.«
Ich sah sie an. Ihre Augen schimmerten, und sie lächelte wie durch ein zartes Wölkchen.

»Sind Sie immer noch krank?« fragte ich sie.
»Nein, das ist jetzt vorüber«, erwiderte sie und riß eine kleine rote Rose ab. »Ich bin ein wenig müde, aber auch das wird vergehen.«
»Und Sie werden wieder so wie früher sein?« fragte ich.
Sinaïda führte die Rose an ihr Gesicht, und es schien mir, daß ihr glühendes Rot sich in ihren Wangen widerspiegelte. »Habe ich mich verändert?« fragte sie.
»Ja«, erwiderte ich leise.
»Ich war sehr kühl zu Ihnen, ich weiß es«, begann Sinaïda. »Aber Sie dürfen es nicht beachten... Ich konnte nicht anders handeln... Doch es lohnt sich nicht, darüber zu reden!«
»Sie wollen nicht, daß ich Sie liebe! Das ist es!« rief ich finster in einem unwillkürlichen Ausbruch der Leidenschaft aus.
»Nein, lieben Sie mich, aber nicht so wie früher.«
»Wie aber?«
»Wir wollen Freunde sein, nicht wahr?« – Sinaïda ließ mich die Rose riechen. – »Ich bin doch viel älter als Sie, ich könnte Ihre Tante sein, wirklich! Und wenn auch nicht die Tante, so doch jedenfalls Ihre älteste Schwester. Sie aber...«
»In Ihren Augen bin ich ein Kind«, unterbrach ich sie.
»Nun ja, aber ein liebes, gutes, kluges Kind, das ich sehr liebe. Wissen Sie was? Ich ernenne Sie heute zu meinem Pagen. Pagen dürfen aber ihren Herrinnen nicht fernbleiben, vergessen Sie das nicht. Und zum Zeichen Ihrer Würde«, fügte sie hinzu, die Rose in mein Knopfloch steckend, »gebe ich Ihnen die Rose, als Zeichen meiner Gnade.«
»Früher empfing ich andere Gnaden von Ihnen«, murmelte ich.
»Ah!« rief Sinaïda aus und sah mich von der Seite an. »Was für ein Gedächtnis Sie haben! Nun, ich bin auch jetzt bereit...«
Und sich zu mir herabbeugend, drückte sie einen reinen, ruhigen Kuß auf meine Stirn.
Ich sah sie nur an. Sie aber wandte sich ab und ging mit den Worten: »Folgen Sie mir, mein Page!«, auf den Flügel zu. Ich folgte

ihr, immer noch staunend. »Ist dieses sanfte, vernünftige Mädchen wirklich noch die Sinaïda, die ich kannte?« fragte ich mich. Auch ihr Gang erschien mir ruhiger, ihre Gestalt würdevoller und schlanker...

Und, Himmel, mit welcher Glut brannte die Liebe wieder in mir!

16

Nach Tisch versammelten sich wieder Gäste im Flügel, und die junge Fürstin erschien. Wie an jenem mir unvergeßlichen Abend war die ganze Gesellschaft anwesend, sogar Nirmazki hatte sich hergeschleppt. Maidanow kam dieses Mal früher als die anderen; er hatte neue Gedichte mitgebracht. Wieder spielten wir das alte Pfänderspiel, aber ohne die früheren seltsamen Einfälle, ohne Lärm und närrisches Treiben; das zigeunerhafte Element fehlte. Sinaïda verlieh unserem Beisammensein eine neue Stimmung. Ich saß als Page neben ihr. Übrigens schlug sie vor, daß derjenige, dessen Pfand gezogen wurde, einen Traum erzähle, den er gehabt, aber dieser Vorschlag war ein Mißerfolg. Die Träume erwiesen sich entweder als langweilig – Belowsorow hatte geträumt, daß er sein Pferd mit Karauschen gefüttert und daß es einen Holzkopf gehabt habe –, oder sie waren unecht und erdichtet. Maidanow gab eine lange Geschichte zum besten, in der Grabgewölbe, Engel mit Leiern, sprechende Blumen und ferner Gesang vorkamen. Sinaïda ließ ihn nicht ausreden. »Wenn der Traum schon ausgedacht werden soll«, erklärte sie, »so mag jeder offen etwas frei Erfundenes erzählen.« – Belowsorow war zuerst an der Reihe.

Der junge Husar wurde verlegen. »Ich kann mir nichts ausdenken«, sagte er.

»Welcher Unsinn!« rief Sinaïda aus. »Stellen Sie sich zum Beispiel vor, Sie wären verheiratet, und erzählen Sie uns, wie Sie die Zeit mit Ihrer Gattin verbringen würden. Sicherlich würden Sie sie einsperren?«

»Ja, das täte ich!«
»Und bei ihr bleiben?«
»Unbedingt!«
»Ausgezeichnet! Wenn sie aber dieses Leben satt hätte und Ihnen untreu würde?«
»Dann würde ich sie töten.«
»Und wenn sie nun durchbrennen würde?«
»Ich würde sie einholen und doch töten.«
Schön! Nehmen wir nun an, ich wäre Ihre Frau. Was täten Sie dann?«
Belosorow schwieg. – »Ich würde mich selber töten...«
Sinaïda lachte. »Ich sehe, daß sie kurzen Prozeß machen.«
Das zweite Pfand zog Sinaïda. Sie hob den Blick zur Decke empor und dachte nach.
»Also hören Sie zu«, begann sie, »was ich mir ausgedacht habe... Stellen Sie sich einen herrlichen Palast, eine Sommernacht und einen wundervollen Ball vor, den die junge Königin gibt. Überall schimmern Gold, Marmor, Kristall, Seidenstoffe, Lichter, Diamanten, Blumen. Weihrauch steigt empor, alle Launen eines prunkliebenden Herzens sind erfüllt.«
»Lieben Sie Luxus?« unterbrach Luschin sie.
»Luxus ist hübsch«, erwiderte sie. »Ich liebe alles Hübsche.«
»Mehr als das Schöne?« fragte er.
»Das ist mir zu hoch, das verstehe ich nicht. Stören Sie mich nicht! – Es ist also ein herrlicher Ball, mit zahlreichen Gästen, die alle schön, jung, tapfer und über alle Maßen in die Königin verliebt sind.«
»Frauen gibt es wohl unter den Gästen nicht?« fragte Malewski.
»Nein, oder warten Sie – doch!«
»Lauter häßliche?«
»Nein, entzückende. Trotzdem sind die Männer alle in die Königin verliebt. Sie ist groß und schlank. Im schwarzen Haar glitzert ein Diadem.«
Ich sah Sinaïda an, und in diesem Augenblick erschien sie mir so

viel größer als die anderen, die weiße Stirn über den reglosen Brauen schien so viel Majestät, so viel Geist und Macht auszustrahlen, daß ich dachte: »Du selbst bist die Königin.«

»Alle drängen sich um sie«, fuhr Sinaïda fort, »alle umwerben sie mit schmeichelnden Reden...«

»Und sie liebt Schmeicheleien?« fragte Luschin.

»Unausstehlicher Mann! Immer unterbricht er mich... Wer liebt denn Schmeicheleien nicht?«

Eine letzte Frage«, sagte Malewski, »hat die Königin einen Mann?«

»Darüber habe ich noch nicht nachgedacht. Nein, wozu sollte sie einen Mann haben!«

»Selbstverständlich«, stimmte Malewski zu. »Wozu sollte sie einen Mann haben!«

»Silence!« rief Maidanow, der sehr schlecht französisch sprach.

»Merci«, erwiderte Sinaïda. »Also die Königin lauscht diesen Reden und der Musik, beachtet aber keinen der Gäste. Sechs Fenster sind weit geöffnet – sie reichen von der Decke bis zum Fußboden –, und hinter ihnen steht der Himmel mit dem Glanz zahlloser Sterne und die Finsternis des Gartens. Die Königin schaut in den Garten. Dort hinter den Bäumen schimmert groß und weiß wie ein Gespenst der Springbrunnen. Die Königin hört durch Stimmengewirr und Musik das leise Plätschern des Wassers, schaut sich ihre Gäste an und denkt: Edel, klug und reich seid ihr, meine Herrschaften! Ihr umringt mich, ihr fangt jedes meiner Worte auf und seid bereit, zu meinen Füßen zu sterben. Ich beherrsche euch... Dort aber, am Springbrunnen, wo das Wasser rauscht, steht der, den ich liebe, der mich beherrscht. Er ist weder in kostbare Gewänder gehüllt noch zieren ihn Edelsteine. Niemand kennt ihn, aber er erwartet mich und ist überzeugt, daß ich kommen werde. Und ich werde kommen! Denn ich will zu ihm gehen, bei ihm bleiben, mich mit ihm in der Finsternis des Gartens verlieren, dort, wo die Bäume flüstern und das Wasser des Springbrunnens leise rauscht...

Sinaïda schwieg.
»Eine ausgedachte Geschichte?« erkundigte sich Malewski listig.
Sinaïda würdigte ihn keines Blickes.
»Was täten wir, meine Herrschaften, wenn wir zu den Gästen gehören und von diesem Glückspilz beim Springbrunnen erfahren würden?« fragte Luschin.
»Halt, halt«, unterbrach Sinaïda ihn. »Was ein jeder von Ihnen täte, kann ich selber sagen. Sie, Belowsorow, würden ihn zu einem Duell fordern; Sie, Maidanow, ein Epigramm verfassen... Übrigens, nein das verstehen Sie nicht zu dichten, es wären lange Jamben in der Art Barbiers, und Sie würden Ihre Verse dem ›Telegraph‹ anbieten. Sie, Nirmazki, würden ihn anpumpen... nein, Sie würden ihm Geld gegen Zinsen leihen. Und Sie, Doktor...« Sie schwieg. »Was Sie täten, weiß ich nicht.«
»Als ihr Hofarzt würde ich Ihrer Majestät raten, keine Bälle zu geben, wenn sie anderes als ihre Gäste im Kopf hat...«
»Sie hätten vielleicht recht. Und Sie, Graf?...«
»Ich?« fragte mit seinem bösen Lächeln Malewski.
»Sie würden ihm vergiftetes Konfekt anbieten.«
Malewskis Gesicht zuckte und nahm auf einen Augenblick einen jüdischen Ausdruck an, aber er brach sofort in lautes Lachen aus.
»Und was Sie betrifft, Woldemar«, fuhr Sinaïda fort. »Übrigens, das reicht. Spielen wir etwas anderes.«
»Monsieur Woldemar würde als der Page Ihrer Majestät die Schleppe der Königin tragen, wenn sie in den Garten läuft«, sagte Malewski giftig.
Ich errötete, aber Sinaïda legte mir rasch ihre Hand auf die Schulter, erhob sich und sagte mit leicht zitternder Stimme. »Ich habe Euer Erlaucht nie das Recht gegeben, frech zu sein. Deshalb bitte ich Sie, sich zu entfernen.« Und sie wies auf die Tür.
»Um Gottes willen, Fürstin«, murmelte Malewski und wurde ganz blaß.

»Die Fürstin hat recht«, rief Belowsorow aus und erhob sich ebenfalls.
»Ich habe wirklich nicht erwartet«, fuhr Malewski fort, »... in meinen Worten war doch nichts... ich dachte nicht daran, Sie zu kränken... Entschuldigen Sie bitte.«
Sinaïda maß ihn mit kaltem Blick und lächelte kühl. »Wenn Sie wollen, bleiben Sie«, sagte sie mit einer geringschätzigen Geste. »Monsieur Woldemar und ich haben uns unnütz aufgeregt. Ihnen macht das Sticheln Freude... wohl bekomm's!«
»Entschuldigen Sie bitte«, wiederholte Malewski. – Ich erinnerte mich an Sinaïdas Handbewegung und dachte wieder, daß eine echte Königin einem Frechling nicht hoheitsvoller hätte die Tür weisen können.
Das Pfänderspiel dauerte nach dieser kleinen Szene nicht mehr lange. Alle fühlten sich unbehaglich, weniger wegen der Szene, ein unerklärliches, schweres Gefühl bedrückte uns. Niemand erwähnte es, aber jeder war sich dessen bei sich und seinem Nachbarn bewußt. Maidanow las uns seine Gedichte vor, und Malewski lobte sie mit übertriebener Begeisterung. »Er will sich in einem guten Licht zeigen«, flüsterte Luschin mir zu. Wir gingen bald danach auseinander. Sinaïda war plötzlich nachdenklich geworden, die Fürstin ließ sagen, sie habe Kopfschmerzen, und Nirmazki beklagte sich über seinen Rheumatismus...
Ich konnte lange nicht einschlafen. Sinaïdas Geschichte hatte mich bis ins Innerste getroffen. »Sollte das eine Anspielung sein?« fragte ich mich. »Und wen meinte sie damit? Gibt es einen, auf den sie anspielen konnte? Wenn ja... was tut man da? Nein, nein, es kann nicht sein!« flüsterte ich, mich von einer Seite auf die andere wälzend... Aber Sinaïdas Gesichtsausdruck während ihrer Erzählung fiel mir ein... Luschins plötzlicher Ausruf im Neskutschny-Park und die unverhoffte Änderung ihres Benehmens gegen mich. Ich verlor mich in Vermutungen. »Wer ist es?« Diese drei Worte schienen in der Finsternis vor mir zu leuchten, es war mir, als schwebe eine drohende Wolke über mir, ich spürte den Druck und wartete auf den Augenblick, wo sie

sich entladen würde. An vieles hatte ich mich in letzter Zeit gewöhnt, vieles bei Sassekins gesehen. Ihre Unordnung, die Kerzenstummel, zerbrochene Messer und Gabeln, der düstere Bonifatius, die zerlumpten Mädchen, die eigenartigen Manieren der Fürstin, ihr ganzes seltsames Leben überraschten mich nicht mehr... Aber daran, was ich jetzt verworren in Sinaïda spürte, konnte ich mich nicht gewöhnen... »Eine Abenteurerin« hatte meine Mutter sie einmal genannt! Sie, meine angebetete Göttin – eine Abenteurerin! Diese Bezeichnung brannte in mir, ich drückte mein Gesicht in das Kissen, als wollte ich ihr dadurch entfliehen, ich war entrüstet... gleichzeitig aber hätte ich vieles dafür geopfert, um dieser Glückspilz am Springbrunnen zu sein!

Mein Blut siedete und jagte heiß durch meine Adern. »Der Garten... der Springbrunnen...«, dachte ich... »ich müßte in den Garten gehen.« Ich zog mich rasch an und schlüpfte aus dem Haus. Die Nacht war dunkel, die Bäume rauschten leise, der Himmel strahlte sanfte Kühle aus, vom Gemüsegarten her duftete es nach Dill. Ich schritt alle Wege ab. Das leise Geräusch meiner Schritte verwirrte und ermunterte mich zugleich. Ich blieb stehen, wartete und lauschte, wie laut und schnell mein Herz schlug. Schließlich näherte ich mich dem Zaun und stützte mich auf eine dünne Latte. Plötzlich – oder schien es mir nur? – huschte, nur einige Schritte entfernt, eine weibliche Gestalt an mir vorbei... Ich starrte angestrengt in die Finsternis, hielt den Atem an... Was war das? Bildete ich mir ein, Schritte zu hören, oder pochte mein Herz wieder so stürmisch? – »Wer ist da?« flüsterte ich kaum hörbar. Was konnte das nun wieder sein? Unterdrücktes Lachen?... Oder nur ein Rauschen in den Bäumen?... Ein Seufzen direkt über meinem Ohr? Mir wurde angst. »Wer ist da?« wiederholte ich noch leiser.

Einen Augenblick war es, als bewege sich die Luft, über den Himmel flammte ein glühender Streifen: eine Sternschnuppe – »Sinaïda?« wollte ich fragen, aber das Wort erstarb mir auf den Lippen. Und plötzlich erstarrte alles um mich her in tiefer Lautlosigkeit, wie es oft um Mitternacht der Fall ist... Sogar die Grillen zirpten nicht mehr in den Büschen, nur ein Fenster klirrte irgendwo. Ich stand noch ein Weilchen da und kehrte in mein Zimmer, in mein kaltes Bett zurück. Ein eigentümliches Gefühl hatte sich meiner bemächtigt, als wäre mir statt eines verabredeten Wiedersehens Einsamkeit zuteil geworden, als wäre ich an einem fremden Glück vorbeigegangen.

17

Am nächsten Tag sah ich Sinaïda nur flüchtig. Sie war mit ihrer Mutter in einer Droschke fortgefahren. Dafür begegnete ich Luschin, der mich übrigens kaum eines Grußes würdigte, und Malewski. Der junge Graf grinste und begann ein freundschaftliches Gespräch mit mir. Von allen Gästen des Nachbarflügels war es ihm als einzigem gelungen, sich bei uns einzudrängen und das Wohlwollen meiner Mutter zu gewinnen. Mein Vater mochte ihn nicht und behandelte ihn mit einer geradezu kränkenden Höflichkeit.

»Ah, Monsieur le page«, begann Malewski, »ich freue mich sehr, Sie wiederzusehen. Was macht Ihre schöne Königin?«

Sein hübsches, frisches Gesicht erschien mir in diesem Augenblick so widerlich, er sah mich so verächtlich an, daß ich ihm gar nicht antwortete.

»Sind Sie mir immer noch böse?« fuhr er fort. »Das ist unnütz! Nicht ich habe Sie zum Pagen ernannt, und übrigens sind es doch nur Königinnen, die Pagen haben. Aber gestatten Sie mir, Ihnen zu sagen, daß Sie Ihre Pflicht schlecht erfüllen.«

»Wieso?«

»Pagen dürfen sich nicht von ihrer Gebieterin entfernen. Sie müssen alles wissen, was sie tut, müssen sie sogar beobachten«, fügte er mit leiser Stimme hinzu, »am Tage und in der Nacht.«

»Was wollen Sie damit sagen?«

»Was ich damit sagen will? Habe ich mich nicht deutlich genug ausgedrückt? Bei Tage... und bei Nacht! Am Tage geht es noch,

hell ist es da und belebt. Aber nachts, nachts bricht das Unglück ein. Ich rate Ihnen, nicht zu schlafen, sondern zu beobachten – beobachten Sie mit allen Kräften, die Ihnen zur Verfügung stehen. Erinnern Sie sich: die Nacht, der Garten, der Springbrunnen – dort muß man aufpassen! Sie werden mir noch dankbar sein!«
Malewski lachte und wandte mir den Rücken zu. Dem, was er gesagt, legte er wahrscheinlich keine besondere Bedeutung bei. Er hatte den Ruf, die Gabe zu besitzen, Leute durch geheimnisvolle Andeutungen meisterhaft an der Nase herumzuführen und sie auf Maskenbällen zum Narren zu halten, wobei ihm die beinah unbewußte Verlogenheit, von der sein ganzes Wesen durchdrungen war, zustatten kam ... Er wollte auch mich necken, aber jedes seiner Worte rann wie Gift durch meine Adern. Das Blut stieg mir zu Kopf. »So ist es also?« sagte ich mir, »auch gut! Deshalb zog es mich so in den Garten! Dann sei es eben so!« rief ich laut aus und schlug mich mit der Faust auf die Brust, obwohl ich im Grunde genommen nicht wußte, was so sein sollte! »Ob Malewski selbst im Garten erscheint?« dachte ich. »Vielleicht hat er sich verplappert, die Frechheit wäre ihm zuzutrauen – oder ein anderer – der Gartenzaun war sehr niedrig, und es bereitete keine Mühe, darüber zu klettern – wehe dem, den ich erwische! Keinem rate ich, mir in die Arme zu laufen! Der ganzen Welt und ihr, dieser Verräterin – ich nannte sie doch Verräterin –, allen werde ich beweisen, daß ich mich zu rächen verstehe!«
Ich kehrte in mein Zimmer zurück, holte aus dem Schreibtisch ein unlängst gekauftes englisches Taschenmesser hervor, betastete die Schärfe der Klinge und steckte es stirnrunzelnd mit kühler, harter Entschlossenheit in meine Tasche, als wären mir solche Angelegenheiten nicht neu. Mein Herz schlug zornig und erstarrte dann, als wäre es versteinert. Bis zum Anbruch der Nacht ging ich mit gerunzelter Stirn und zusammengepreßten Lippen auf und ab, umfaßte das warmgewordene Messer in meiner Tasche und bereitete mich innerlich auf etwas Furchtbares vor! Diese neuen, mir bis dahin so fremden Gefühle interessierten

und erheiterten mich sogar so, daß ich an Sinaïda kaum noch dachte. Die Worte fielen mir ein: »Aleko, du Zigeunerbub, wohin, du schöner Knab'? Bleib lieben...« Und nachher: »Blut klebt an dir?... Was hast du ihm getan?... Nichts...« Mit welch grausamem Lächeln ich dieses »Nichts« wiederholte! Mein Vater war nicht zu Hause, aber Mutter, die sich in letzter Zeit in einer ständig gereizten Stimmung befand, fiel mein merkwürdiges Aussehen auf, und sie fragte mich beim Abendessen: »Was schleichst du 'rum wie die Katze um den heißen Brei?« Ich lächelte nur herablassend und dachte: »Wenn Sie wüßten!« Die Uhr schlug elf. Ich ging in mein Zimmer, zog mich aber nicht aus und erwartete die Mitternacht. Endlich schlug es zwölf. »Nun ist es Zeit«, flüsterte ich mit zusammengebissenen Zähnen und begab mich, die Jacke bis zum Halse zugeknöpft, die Ärmel hochgekrempelt, in den Garten.

Ich hatte mir schon vorher einen Platz ausgesucht, von dem aus ich aufpassen wollte. Am Ende des Gartens, da, wo der Zaun unser Gebiet von dem Sassekinschen trennte und an eine gemeinsame Mauer stieß, wuchs eine einsame Tanne. Unter ihren niedrig herabhängenden, dichten Zweigen konnte ich – soweit es die nächtliche Finsternis erlaubte – gut beobachten, was im Garten geschah. Hier schlängelte sich auch ein Weg hin, der mir stets geheimnisvoll erschienen war. Er führte zum Zaun, der an dieser Stelle Spuren von Füßen, die hinübergestiegen waren, aufwies, und von dort zu einer dicht mit Akazien umstandenen Laube. Ich schlich mich unter die Tanne, lehnte mich an ihren Stamm und begann meine Wache.

Die Nacht war so still wie die vorhergehende. Nur war der Himmel wolkenloser und die Umrisse des Gebüsches und sogar der hohen Blumen leichter zu erkennen. Die ersten Augenblicke der Erwartung waren qualvoll, beinah unheimlich. Ich war zu allem entschlossen und überlegte nur, wie ich handeln mußte. Sollte ich etwa brüllen: »Wohin? Bleib stehn! Gestehe oder stirb!« – oder ihn einfach wortlos niederstechen?...Jeder Laut, jedes Geräusch, jedes Rascheln erschien mir verdächtig, ungewöhnlich... Ich war bereit... Ich beugte mich vor...Aber eine halbe Stunde verging, eine Stunde, mein Blut hatte sich beruhigt, war abgekühlt. Der Verdacht, daß ich das alles vergeblich tat, daß ich sogar ein wenig komisch war und Malewski sich über mich lustig gemacht hatte, schlich sich in meine Seele. Ich verließ mein Versteck und ging durch den Garten. Als wäre er verzaubert, drang kein einziger Laut zu mir, alles schien zu ruhen, sogar unser Hund schlief zusammengerollt am Gartentor. Ich bestieg die Ruine des Gewächshauses, erblickte die Weite des Feldes vor mir, erinnerte mich an Sinaïda und gab mich meinen Betrachtungen hin...

Plötzlich fuhr ich zusammen... Mir schien es, als hätte ich das Knarren einer Tür gehört, dann das leise Knacken eines zerbrochenen Astes. Mit zwei Sprüngen hatte ich die Ruine verlassen und erstarrte. Rasche, leichte, aber vorsichtige Schritte hallten deutlich durch den Garten. Sie näherten sich. »Da ist er... da ist er endlich...«, fuhr es mir durch den Kopf. Krampfhaft zog ich das Messer hervor, öffnete es krampfhaft, rote Funken flimmerten vor meinen Augen, die Haare auf dem Kopf sträubten sich – aus Angst oder vor Wut... Die Schritte kamen direkt auf mich zu, ich bückte mich, neigte mich ihnen entgegen... Eine Gestalt tauchte auf... Mein Gott! Es war mein Vater!

Ich erkannte ihn sofort, obwohl er sich in einen dunklen Mantel gehüllt und den Hut in die Stirn gezogen hatte. Er schlich auf Zehenspitzen an mir vorbei, bemerkte mich nicht, obwohl mich nichts verbarg, aber ich hatte mich so zusammengekauert, daß ich mich wohl kaum vom Erdboden abhob. Der eifersüchtige, zu jedem Mord bereite Othello verwandelte sich plötzlich in einen Schuljungen... Ich war über das plötzliche Erscheinen meines Vaters so erschrocken, daß ich anfangs gar nicht bemerkte, woher er kam und wohin er verschwand. Erst als alles um mich wieder still war, richtete ich mich auf und dachte: »Weshalb geht Vater nachts durch den Garten?« – Vor Entsetzen hatte ich mein Messer ins Gras fallen lassen, suchte es aber nicht einmal. Ich schämte mich sehr. Plötzlich war ich ganz nüchtern geworden.

Auf dem Weg ins Haus ging ich aber trotzdem zu meiner Bank unter dem Holunderstrauch und warf einen Blick auf Sinaïdas Schlafzimmer. Die kleinen, ein wenig gewölbten Scheiben schimmerten mattblau im schwachen Licht, das vom nächtlichen Himmel hierniederfiel. Plötzlich änderte sich ihre Farbe... Hinter ihnen – ich sah es, sah es deutlich – wurde vorsichtig und leise die weiße Jalousie bis zum Fensterbrett heruntergelassen und blieb reglos hängen.

»Was ist denn das?« sagte ich unwillkürlich laut, als ich mich wieder in meinem Zimmer befand. »Ein Traum, ein Zufall oder...« Die Vermutungen, die plötzlich in mir auftauchten, waren so neu und seltsam, daß ich nicht bei ihnen zu verweilen wagte.

18

Am nächsten Morgen stand ich mit Kopfschmerzen auf. Die gestrige Erregung war schweren Zweifeln und einer mir fremden Trauer gewichen, als stürbe etwas in mir.

»Was machen Sie für ein Gesicht? Wie ein Kaninchen, dem man das halbe Hirn herausgenommen hat!« fragte Dr. Luschin mich, als ich ihn traf. Beim Frühstück sah ich verstohlen bald meinen Vater, bald meine Mutter an. Er war ruhig, wie stets; sie, wie gewöhnlich, innerlich gereizt. Ich wartete, ob Vater nicht ein freundliches Gespräch mit mir beginnen würde, wie er es manchmal tat... Aber sogar die alltägliche kühle Liebkosung blieb aus. »Soll ich Sinaïda alles erzählen?« fragte ich mich. »Zwischen uns ist sowieso schon alles aus.« Ich ging zu ihr, aber es gelang mir nicht einmal, mich so mit ihr zu unterhalten, wie ich es gewünscht hätte, geschweige denn, ihr alles zu erzählen. Der Sohn der Fürstin, ein zwölfjähriger Kadett, war aus Petersburg gekommen, um seinen Urlaub bei ihr zu verbringen, und Sinaïda vertraute ihn mir sofort an. »Hier haben Sie einen Kameraden, mein lieber Wolodja.« Sie nannte mich zum erstenmal so. »Er heißt auch Wolodja. Freunden Sie sich an mit ihm. Er ist noch ein

Wildfang, hat aber ein gutes Herz. Zeigen Sie ihm den Neskutschny-Park, gehen Sie mit ihm spazieren, nehmen Sie ihn unter Ihren Schutz. Sie machen das doch, nicht wahr? Sie sind so gut!« Sie legte mir freundlich beide Hände auf die Schultern, und ich war ganz verwirrt. Die Ankunft dieses Jungen verwandelte auch mich in einen Jungen. Ich betrachtete den Kadetten schweigend, und er starrte mich ebenso wortlos an. Sinaïda brach in lautes Lachen aus und stieß uns zueinander. »Umarmt euch doch, Kinder!« – Wir umarmten uns. – »Soll ich Ihnen den Garten zeigen?« fragte ich den Kadetten. »Bitte«, erwiderte er mit heiserer, typischer Kadettenstimme. Sinaïda lachte wieder... Ich stellte fest, daß sie noch nie so schöne Farben gehabt hatte. Ich zog mit dem Kadetten ab. In unserem Garten stand eine alte Schaukel. Ich setzte ihn auf das dünne Brett und begann ihn zu schaukeln. Er saß regungslos in seiner neuen kleinen Uniform aus festem Tuch mit breiten Goldborten und hielt sich am Strick fest. »Öffnen Sie doch etwas den Kragen«, sagte ich. – »Macht nichts, bin's gewohnt«, erwiderte er und hüstelte. Er glich seiner Schwester, vor allem seine Augen erinnerten an sie. Es war mir angenehm, mich mit ihm zu beschäftigen, gleichzeitig aber zerriß eine quälende Trauer mein Herz. »Jetzt bin ich wirklich ein Kind«, dachte ich. »Gestern aber...« Es fiel mir ein, wo ich in der Nacht das Messer hatte fallen lassen, und ich fand es und hob es auf. Der Kadett bat mich, es ihm zu geben, schnitt einen dicken Weidenzweig ab, machte eine Flöte und blies darauf. Othello pfiff auch.

Wie weinte er aber an diesem Abend, dieser Othello, in Sinaïdas Armen, als sie ihn in einer Gartenecke aufstöberte und fragte, weshalb er so traurig sei. Meine Tränen strömten mit solcher Heftigkeit, daß sie sogar erschrak. »Was ist mit Ihnen, Wolodja?« wiederholte sie und wollte meine nasse Wange küssen, als sie bemerkte, daß ich nicht zu weinen aufhörte. Aber ich wandte mich ab und flüsterte schluchzend: »Ich weiß alles. Warum haben Sie mit mir gespielt?... Wozu brauchten Sie meine Liebe?«

»Ich bin vor Ihnen schuldig, Wolodja«, sagte Sinaïda. »Ach, sehr

schuldig sogar...«, fügte sie hinzu und preßte die Hände zusammen. »Wieviel Böses, Finsteres, Schlechtes steckt in mir... Aber jetzt spiele ich nicht mit Ihnen, jetzt liebe ich Sie – Sie ahnen nur nicht, weshalb und wie... Was wissen Sie übrigens?«
Was sollte ich ihr sagen? Sie stand vor mir und schaute mich an, und ich gehörte ihr ganz, von Kopf bis Fuß, sobald sie mich so ansah... Eine Viertelstunde später spielte ich bereits mit dem Kadetten und mit Sinaïda Haschen. Ich weinte nicht, ich lachte, obwohl durch das Lachen hervorgerufene Tränen aus den geschwollenen Lidern drangen. An meinem Hals trug ich an Stelle einer Krawatte Sinaïdas Band. Ich schrie vor Freude, als es mir gelang, sie beim Fangen um die Taille zu fassen. Sie machte alles, was sie wollte, mir mir.

19

Ich würde in große Verlegenheit geraten, wenn ich ausführlich berichten sollte, was in mir in der Woche nach der verunglückten nächtlichen Expedition vor sich ging. Es war eine seltsame, fieberhafte Zeit, ein Chaos der verschiedenartigsten Gefühle: Zweifel, Hoffnungen, Freuden und Leiden wirbelten durcheinander. Ich fürchtete mich, in mein Inneres zu blicken, wenn ein sechzehnjähriger Junge überhaupt in sein Inneres zu blicken vermag, fürchtete mich, Rechenschaft – worüber es auch sei – abzulegen, beeilte mich nur, den Tag bis zum Abend hinzubringen, und nachts verhalf mir der kindliche Leichtsinn zum Schlaf. Ich wollte nicht wissen, ob man mich liebte, und wollte mir nicht eingestehen, daß man mich nicht liebte. Meinem Vater ging ich aus dem Wege, aber Sinaïda zu meiden vermochte ich nicht... Ihre Gegenwart brannte mich wie Feuer... Wozu mußte ich denn wissen, was für ein Feuer es war, in dem ich brannte und verging; war es nicht Seligkeit, so zu brennen und zu vergehen? Ich gab mich den Eindrücken des Tages hin, betrog mich selbst, verbannte die Erinnerungen und schloß die Augen vor dem, was ich kommen fühlte... Diese Qual hätte wohl nicht lange dauern

können. ... Aber ein Ereignis, das wie ein Gewitter über uns hereinbrach, änderte alles und warf mich auf eine neue Bahn.
Als ich eines Tages nach einem längeren Spaziergang zum Mittagessen zurückkehrte, erfuhr ich zu meiner Überraschung, daß ich allein essen würde, da mein Vater abgereist sei und Mutter sich schlecht fühle, nicht zu essen wünsche und sich in ihrem Zimmer eingeschlossen habe. Die Gesichter der Diener verrieten mir, daß etwas Außergewöhnliches geschehen war... Ich wagte nicht, sie auszufragen, wandte mich aber an meinen Freund, den jungen Diener Philipp, einen leidenschaftlichen Verehrer von Gedichten und Meister im Harmonikaspiel. Von ihm erfuhr ich, daß es zwischen meinem Vater und meiner Mutter eine furchtbare Szene gegeben habe – in der Gesindestube konnte man jedes Wort verstehen, und wenn auch manches auf Französisch gesagt wurde, so verstand es das Mädchen Mascha, das fünf Jahre bei einer Schneiderin aus Paris gedient hatte –. Meine Mutter hätte dem Vater Untreue und seine Bekanntschaft mit dem Nachbarfräulein vorgeworfen, Vater hätte sich gerechtfertigt, schließlich aber in seinem Zorn ein hartes Wort gesagt, »anscheinend über ihr Alter«, worüber die Mutter geweint und ihn an den Wechsel, den sie der alten Fürstin gegeben, erinnert hätte, wobei sie sich sehr schlecht über sie und das junge Fräulein geäußert habe. Da hätte Vater gedroht. Und das ganze Unglück sei durch einen anonymen Brief gekommen, fuhr Philipp fort. Man wisse nicht, wer ihn geschrieben habe, sonst hätte es keinen Anlaß gegeben, diese Dinge ans Tageslicht zu bringen.
»Ja, hat es denn etwas gegeben?« brachte ich mühsam hervor, es fror mich an Händen und Füßen, und in der Tiefe meines Herzens schien etwas zu erbeben.
Philipp zwinkerte bedeutungsvoll.
»Ja, gegeben hat's schon was! Ganz verheimlichen läßt sich ja so was nicht! Wie vorsichtig Ihr Herr Papa in solchen Angelegenheiten auch sein mag! Aber man muß doch zum Beispiel einen Wagen mieten... oder sonst was besorgen, ganz ohne Leute kommt man nicht aus.«

Ich schickte Philipp fort und fiel auf mein Bett. Ich weinte nicht und gab mich nicht der Verzweiflung hin, fragte mich nicht, wie das alles geschehen sei, wunderte mich nicht darüber, daß ich nicht alles früher erraten hatte, ich machte meinem Vater nicht einmal Vorwürfe... Was ich erfahren hatte, ging über meine Kraft, diese plötzliche Enthüllung zerschmetterte mich... Alles war aus. All meine Blumen waren mit einem Mal aus der Erde gerissen und lagen nun um mich herum, zerstreut und zerstampft.

20

Am nächsten Tage erklärte meine Mutter, daß sie in die Stadt zurückkehre. – Am Morgen ging mein Vater in ihr Schlafzimmer und blieb dort lange allein mit ihr. Niemand hatte gehört, was er ihr sagte, aber Mutter weinte nicht mehr, sie hatte sich beruhigt, verlangte zu essen, änderte ihren Entschluß jedoch nicht und erschien auch nicht. Ich ging den ganzen Tag spazieren, betrat den Garten nicht und sah den Nachbarflügel kein einziges Mal an. Am Abend war ich Zeuge einer eigentümlichen Szene! Mein Vater führte den Grafen Malewski am Arm durch den Salon ins Vorzimmer und sagte in Gegenwart des Dieners kühl zu ihm: »Vor einigen Tagen ist Euer Erlaucht in einem anderen Hause die Tür gewiesen worden. Ich will mich nicht in irgendwelchen Erklärungen mit Ihnen einlassen, habe aber die Ehre, Ihnen zu erklären, daß ich Sie aus dem Fenster werfe, wenn Sie noch einmal bei mir erscheinen sollten. Ihre Handschrift mißfällt mir!« Der Graf verbeugte sich, biß die Zähne aufeinander, knickte ein und verschwand.

Die Vorbereitungen zum Umzug in der Stadt, wo wir am Arbat ein Haus hatten, begannen. Wahrscheinlich hatte auch Vater keine Lust, länger auf dem Lande zu bleiben. Es war ihm anscheinend gelungen, meine Mutter zu überreden, keinen Skandal zu verursachen. Die Vorbereitungen gingen langsam und still vor sich, Mutter ließ sogar die alte Fürstin grüßen und ihr Bedauern aussprechen, daß ihre Krankheit leider einen Abschiedsbesuch bei ihr verhindere. Ich irrte wie von Sinnen umher und wünschte nur, daß diese Qual bald ein Ende nehmen würde. Ein Gedanke verließ mich nicht: »Wie konnte sie – ein junges Mädchen und immerhin eine Fürstin – so handeln, obwohl sie wußte, daß mein Vater gebunden war, und selber die Möglichkeit hatte, zu heiraten – meinetwegen Belowsorow! Worauf hatte sie gehofft? Wie hatte sie nicht gefürchtet, ihre Zukunft zu vernichten? »Ja«, dachte ich, »das ist echte Liebe, echte Leidenschaft und Treue.« Luschins Worte fielen mir ein: »Für manche ist es süß, sich zu opfern.«

Einmal erblickte ich in einem der Fenster des Nachbarflügels einen hellen Fleck... »Kann das Sinaïdas Gesicht sein?« dachte ich. Ja, es war ihr Gesicht. Ich hielt es nicht aus. Ich konnte mich nicht von ihr trennen, ohne mich von ihr zu verabschieden. Ich wartete einen günstigen Augenblick ab und begab mich in den Flügel.

Im Salon empfing mich die Fürstin mit ihrer gewohnten unangenehmen Nachlässigkeit.

»Was verscheucht denn Ihre Angehörigen so früh, mein Lieber?« fragte sie, beide Nüstern mit Tabak vollstopfend. Ich sah sie an, und mir wurde leichter zumute. Der von Philipp erwähnte Wechsel quälte mich. Sie ahnte nichts – so schien es mir damals jedenfalls. Sinaïda erschien aus dem Nebenzimmer, in einem schwarzen Kleid, sehr blaß, das Haar nicht gelockt. Sie nahm mich schweigend an der Hand und führte mich in ihr Zimmer.

»Ich habe Ihre Stimme gehört und kam sofort heraus«, sagte sie. »Und Ihnen fällt es so leicht, uns zu verlassen, Sie böser Junge?«

»Ich bin gekommen, um mich von Ihnen zu verabschieden, Fürstin«, sagte ich. »Wahrscheinlich für immer. Sie wissen sicherlich, daß wir abreisen.«

Sinaïda sah mich forschend an.

»Ja, ich weiß es. Vielen Dank, daß Sie gekommen sind. Ich dachte schon, ich würde Sie nicht wiedersehen. Denken Sie nicht

schlecht von mir! Ich habe Sie manchmal gequält, doch bin ich nicht so, wie Sie jetzt meinen.«
Sie wandte sich ab und lehnte sich an das Fenster.
»Ich bin wirklich nicht so. Ich weiß, daß Sie schlecht von mir denken.«
»Ich?«
»Ja, Sie... Sie.«
»Ich?« wiederholte ich traurig, und mein Herz erzitterte wieder unter dem Einfluß ihres unbeschreiblichen Charmes. »Ich? Glauben Sie mir, Sinaïda Alexandrowna, was Sie auch tun, wie Sie mich auch quälen mögen, ich werde Sie bis an mein Lebensende lieben und verehren.«
Sie wandte sich mir rasch zu, breitete ihre Arme aus, legte ihre Hände um meinen Kopf und küßte mich leidenschaftlich. Wer weiß, wem dieser lange Abschiedskuß galt, aber ich genoß gierig seine Süße. Ich wußte, daß er sich nie wiederholen würde. »Leben Sie wohl, leben Sie wohl«, wiederholte ich...
Sie wandte sich jäh ab und ging fort. Ich entfernte mich ebenfalls. Das Gefühl, mit dem ich den Flügel verließ, läßt sich nicht beschreiben. Ich wünsche nicht, daß es sich wiederholt, würde mich aber für unglücklich halten, wenn ich es nie empfunden hätte.
Wir zogen in die Stadt. Lange konnte ich mich von dem Erlebten nicht frei machen, lange war ich außerstande, die Arbeit wieder aufzunehmen. Meine Wunde heilte nur langsam, doch war ich meinem Vater eigentlich nicht böse. Im Gegenteil, er schien in meinen Augen noch gewachsen... mögen die Psychologen diesen Widerspruch erklären, wie sie wollen.
Eines Tages ging ich über den Boulevard und traf zu meiner unbeschreiblichen Freude Luschin. Ich liebte ihn wegen seiner Offenheit, außerdem war er mir auch durch die Erinnerungen teuer, die er in mir wachrief. Ich stürzte auf ihn zu.
»Aha!« sagte er und runzelte die Stirn. »Das sind Sie, junger Mann! Lassen Sie sich anschaun! Gelb sind Sie immer noch, aber die Augen sind klarer. Sehen wie ein Mensch und nicht mehr wie

ein Schoßhündchen aus. Das ist gut! Nun, wie geht's? Was macht die Arbeit?«
Ich seufzte. Lügen wollte ich nicht und schämte mich, die Wahrheit zu sagen.
»Tut nichts«, fuhr Luschin fort, »verlieren Sie den Mut nicht. Die Hauptsache ist, richtig leben und sich keiner Leidenschaft hingeben. Was hat man davon? Wohin die Wogen einen auch schleudern mögen, es taugt alles nichts! Und wenn der Mensch auch auf Steinen stehen muß, so soll er es, aber stets nur auf eigenen Füßen.« – Ich huste... »und Belowsorow... wissen Sie es schon?«
»Nein. Wieso?«
»Ist spurlos verschwunden. Man sagt, er sei in den Kaukasus gefahren. Eine Lehre für Sie, junger Mann! Und das Unglück kommt daher, weil die Menschen nie sich rechtzeitig trennen, ihre Netze zu zerreißen vermögen. Sie sind noch gut davongekommen. Lassen Sie sich nicht noch einmal einfangen! Leben Sie wohl!«
»Ich lass' mich nicht mehr einfangen!« dachte ich, »werde sie auch nie wiedersehen.« Aber es war mir beschieden, Sinaïda noch einmal zu begegnen.

21

Mein Vater ritt jeden Tag aus. Er hatte einen prächtigen englischen Rotfuchs mit schlankem Hals und langen Beinen, ein unermüdliches und böses Tier. Es hieß Elektrik. Außer meinem Vater konnte niemand dieses Pferd reiten.
Eines Tages kam er gut gelaunt zu mir, was schon lange nicht der Fall gewesen war. Er wollte ausreiten und hatte bereits die Sporen an den Stiefeln. Ich bat ihn, mich mitzunehmen.
»Spielen wir lieber Bockspringen«, erwiderte mein Vater. »Auf deinem Klepper wirst du mir doch nicht folgen können.«
»Ich komme schon nach, ich lege ebenfalls Sporen an!«
»Nun, meinetwegen!«

Wir ritten los, ich auf einem kleinen munteren zottigen Rappen mit festen Fesseln. Allerdings mußte er galoppieren, wenn Elektrik trabte, aber ich blieb jedenfalls nicht zurück. Ich habe noch nie einen Reiter gesehen, der es meinem Vater gleichgetan hätte. Er saß so schön, nachlässig und leicht im Sattel, daß selbst sein Pferd sich dessen bewußt und stolz darauf zu sein schien. Wir ritten über sämtliche Boulevards, waren im Jungfernfeld, setzten über mehrere Zäune – erst hatte ich Angst davor, da mein Vater aber Feiglinge verachtete, schwand die Angst von selbst –, überquerten zweimal die Moskwa, und ich dachte bereits, daß wir heimkehrten, um so mehr, da meinem Vater die Müdigkeit meines Pferdes aufgefallen war, als er plötzlich in entgegengesetzter Richtung von der Krimschen Furt abbog und am Ufer entlang dahinsprengte. Ich folgte ihm. An einem hohen Bretterstapel angelangt, sprang er ab, ließ auch mich absitzen, gab mir die Zügel seines Pferdes, sagte, ich solle hier auf ihn warten, und verschwand. Ich ging am Ufer auf und ab, führte die Pferde hinter mir her und schalt Elektrik, der immerfort mit dem Kopf an den Zügeln zerrte, sich schüttelte, schnaubte, wieherte und, wenn ich stehenblieb, entweder den Boden mit den Hufen aufwühlte oder meinen Klepper wiehernd in den Hals biß, sich – mit einem Wort – wie ein verwöhntes Vollblut benahm. Mein Vater kehrte immer noch nicht zurück. Vom Fluß stieg eine unangenehme Feuchtigkeit auf, ein feiner Regen rieselte sanft hernieder und bedeckte die langweiligen, dummen grauen Bretter, vor denen ich auf und ab ging, mit dem dunklen Muster winziger Wasserflecken. Verzweiflung packte mich, aber Vater war immer noch nicht da. Ein finnischer Wächter, ebenso grau wie das Holz, mit einem riesigen alten topfförmigen Tschako auf dem Kopf und einer Hellebarde in der Hand – was wohl ein Wächter am Flußufer zu tun haben mochte! –, näherte sich mir, wandte mir sein verschrumpeltes Altweibergesicht zu und fragte: »Was machen Sie hier mit den Pferden, junger Herr? Geben Sie her, ich werde die Zügel halten.«

Ich antwortete nicht. Er bat mich um Tabak. Um ihn loszuwerden – ich verging vor Ungeduld –, machte ich einige Schritte in der Richtung, die mein Vater eingeschlagen hatte, durchschritt die Seitengasse, bog um die Ecke und blieb stehen. Auf der Straße, etwa vierzig Schritt von mir entfernt, stand mein Vater mit dem Rücken zu mir vor dem geöffneten Fenster eines Holzhauses. Er lehnte sich mit der Brust auf das Fensterbrett. Im Zimmer aber saß, halb vom Vorhang verborgen, eine Frau in einem dunklen Kleid und unterhielt sich mit meinem Vater. Diese Frau war Sinaïda.

Ich erstarrte. Das hatte ich nicht erwartet. Meine erste Regung war die Flucht. »Wendet mein Vater sich um, so bin ich verloren«, dachte ich... Aber ein eigentümliches Gefühl, ein Gefühl, das stärker war als Neugierde, Eifersucht und Angst, hielt mich zurück. Ich schaute hin, bemüht, etwas zu hören. Mein Vater schien auf etwas bestehen zu wollen. Sinaïda willigte nicht ein. Ich sehe immer noch ihr trauriges, ernstes, schönes Gesicht mit einem unbeschreiblichen Ausdruck von Hingabe, Trauer, Liebe und einer Art von Verzweiflung – ich finde kein besseres Wort dafür. – Sie antwortete einsilbig, senkte den Blick und lächelte nur ergeben und trotzig. An diesem Lächeln erkannte ich meine alte Sinaïda. Mein Vater zuckte die Achseln und rückte den Hut auf dem Kopf zurecht – stets ein Zeichen größter Ungeduld bei ihm – ..., und ich vernahm die Worte: »Vous devez vous séparer de cette...« Sinaïda fuhr auf und streckte die Hand aus... Und da geschah vor meinen Augen etwas Unbegreifliches. Mein Vater hob plötzlich die Reitpeitsche, mit der er den Staub von den Rockschößen geschlagen hatte, und ein scharfer Hieb pfiff über ihren bis zum Ellbogen entblößten Arm. Ich unterdrückte mühsam einen Schrei, Sinaïda aber fuhr zusammen, sah meinen Vater schweigend an, hob den Arm langsam an ihre Lippen und küßte den sich rötenden Streifen. Mein Vater schleuderte die Peitsche beiseite, lief rasch die Stufen der Treppe hinauf und stürzte ins Haus... Sinaïda wandte sich um, hob die Arme, warf den Kopf zurück und trat ebenfalls vom Fenster weg.

Vor Schreck benommen, mit dem Grauen vor etwas Entsetzlichem, Unbegreiflichem stürmte ich zurück, rannte in die Seitengasse, wobei ich Elektriks Zügel beinah fallen ließ, und erreichte das Flußufer. Ich begriff nichts mehr. Ich wußte, daß mein kalter und zurückhaltender Vater zuweilen von furchtbarem Jähzorn heimgesucht wurde... und doch konnte ich, was ich gesehen hatte, nicht verstehen... Ich wußte aber, daß ich – solange ich auch noch leben sollte – nie Sinaïdas Blick, ihr Lächeln, ihre Bewegung vergessen würde, daß ihr Bild, dieses neue, plötzlich vor mir erstandene Bild, sich ewig meinem Gedächtnis einprägen würde. Gedankenlos starrte ich auf den Fluß und merkte nicht, wie Tränen meine Wangen hinabliefen. »Sie wird geschlagen«, dachte ich, »geschlagen, geschlagen...«

»Nun, was ist denn los, her mit dem Pferd!« vernahm ich hinter mir die Stimme meines Vaters.

Ich reichte ihm mechanisch die Zügel. Er sprang auf Elektrik... das durchgefrorene Pferd bäumte sich und schoß in einem riesigen Sprung – es werden wohl vier Meter gewesen sein – nach vorn... aber mein Vater bändigte es bald, drückte ihm die Sporen in die Flanken und schlug ihm mit der Faust auf den Hals...

»Verdammt, nun habe ich meine Peitsche nicht«, murmelte er.

Ich erinnerte mich des pfeifenden Peitschenschlages von vorhin und fuhr zusammen.

»Wo hast du sie?« fragte ich meinen Vater nach einer kurzen Weile.

Mein Vater antwortete nicht und sprengte davon. Ich holte ihn ein. Unbedingt wollte ich sein Gesicht sehen.

»Hast dich ohne mich gelangweilt?« fragte er, die Worte zwischen zusammengepreßten Zähnen hervorstoßend.

»Ein wenig. Wo hast du denn deine Peitsche verloren?« fragte ich wieder.

Mein Vater warf mir einen raschen Blick zu. »Ich habe sie nicht verloren«, sagte er. »Ich habe sie fortgeworfen.« Er wurde nachdenklich und senkte den Kopf... und da sah ich zum ersten und vielleicht auch zum letztenmal, wieviel Zärtlichkeit und Trauer seine strengen Züge auszudrücken vermochten.

Er sprengte wieder davon, und nun konnte ich ihn nicht mehr einholen. Ich traf eine Viertelstunde nach ihm zu Hause ein.

»Das ist also Liebe«, dachte ich wieder, als ich in der Nacht vor meinem Schreibtisch saß, auf dem sich bereits Bücher und Hefte zu türmen begannen, »das ist Leidenschaft!... Wie sollte man sich nicht empören... wie konnte man so einen Schlag von irgendeiner – und sei es auch der geliebtesten – Hand ertragen! Und doch scheint es möglich zu sein, wenn man liebt... Ich aber... ich dachte...«

Der letzte Monat hatte viel zu meiner inneren Reife beigetragen, und meine Liebe mit all ihren Aufregungen und Leiden erschien mir klein, kindisch und armselig im Vergleich zu diesem Unbekannten, das ich nur zu erraten vermochte, das mich als etwas Fremdes, Schönes, aber Grausames schreckte, wie ein finsteres Gesicht, dessen Züge man vergeblich in der Finsternis zu betrachten sucht.

In dieser Nacht hatte ich einen seltsamen und schauerlichen Traum. Es schien mir, als betrete ich ein niedriges, dunkles Zimmer... Vater stehe mit einer Peitsche in der Hand und stampfe mit dem Fuß. In einer Ecke kauere Sinaïda, einen roten Strich, dieses Mal nicht auf dem Arm, sondern auf der Stirn... Hinter den beiden aber erhebe sich blutüberströmt Belowsorow, öffne die blassen Lippen und drohe meinem Vater...

Zwei Monate darauf kam ich auf die Universität, und ein halbes Jahr später starb mein Vater an einem Schlaganfall in Petersburg, wohin er soeben mit meiner Mutter und mir gezogen war. Einige Tage vor seinem Tode hatte er einen Brief aus Moskau erhalten, der ihn sehr erregt hatte... Er wandte sich mit einer Bitte an Mutter und soll sogar geweint haben – er, mein Vater, geweint! Am Morgen des Tages, an dem ihn der Schlaganfall traf, hatte er einen Brief in französischer Sprache an mich begonnen: »Mein Sohn«, schrieb er mir, »fliehe Frauenliebe, fliehe dieses Glück, dieses Gift...« Meine Mutter schickte nach seinem Tode eine bedeutende Summe nach Moskau.

22

Viele Jahre waren seitdem vergangen, Ich hatte gerade die Universität beendet und wußte noch nicht recht, was ich anfangen, welchen Weg ich wählen sollte. Einstweilen lungerte ich tatenlos umher. Eines Abends traf ich Maidanow im Theater. Er hatte geheiratet und eine Stelle angenommen, sich aber sonst nicht verändert. Er begeisterte sich ebenso grundlos wie früher und ließ ebenso plötzlich den Mut sinken.

»Wissen Sie übrigens«, fragte er mich, »daß Frau Dolskaja hier ist?«

»Welche Frau Dolskaja?«

»Erinnern Sie sich ihrer nicht mehr? Die ehemalige Fürstin Sassekina, in die wir alle – Sie übrigens auch – verliebt waren? Auf dem Lande, neben dem Neskutschny-Park.«

»Ist sie mit Dolski verheiratet?«

»Ja.«

»Und ist hier im Theater?«

»Nein, aber in Petersburg. Sie ist vor einigen Tagen hergekommen und will ins Ausland reisen.«

»Wie ist ihr Mann?« fragte ich.

»Ein prachtvoller Bursche, mit Vermögen. Ein Moskauer, Kollege von mir. Sie werden begreifen, daß sie nach dieser Geschichte... Sie müssen sie ja kennen« – Maidanow lächelte –, »nicht so leicht eine gute Partie machen konnte. Es hatte doch Folgen gegeben... Aber mit ihrer Klugheit vermochte sie auch das Unmögliche... Besuchen Sie sie, sie wird sich freuen. Sie ist sehr hübsch geworden.«

Maidanow gab mir Sinaïdas Adresse. Sie wohnte im Hotel Demuth. Alte Erinnerungen wurden wieder in mir wach... ich nahm mir fest vor, sogleich am nächsten Tage meine frühere Liebe zu besuchen. Aber geschäftliche Angelegenheiten hinderten mich daran. Eine Woche verging, die zweite, und als ich mich schließlich in das Hotel Demuth begab und nach Frau Dolskaja fragte, eruhr ich, daß sie vor vier Tagen

ganz plötzlich an den Folgen einer Entbindung gestorben war.
Es ging mir wie ein Stich durchs Herz. Der Gedanke, daß ich sie hätte sehen können und nicht gesehen hatte und nun nie mehr wiedersehen würde, dieser bittere Gedanke bohrte mit der Gewalt eines unabweisbaren Vorwurfs in mir. »Gestorben!« wiederholte ich und sah den Portier benommen an. Dann schlich ich mich leise auf die Straße und ging fort, ich wußte selbst nicht, wohin. In lebendigen Bildern stieg die Vergangenheit vor mir auf. »Das war also das Ende, das Ziel, dem dieses junge, strahlende Leben entgegengestrebt war«, dachte ich und stellte mir diese treuen Züge, diese Augen, diese Locken in einem engen Kasten, in der feuchten Finsternis der Erde, hier ganz in meiner Nähe vor, in der Nähe des Lebenden, und vielleicht nur wenige Schritte von meinem Vater entfernt... Daran dachte ich und strengte meine Phantasie an, aber dennoch:

Voll Gleichmut sprach ein Mund die Todeskunde, und voller Gleichmut hört ich sie.

Oh, Jugend, Jugend! Alles erscheint dir gleichgültig, alle Schätze der Welt sind dein Besitz, sogar die Trauer ist dir lieb, sogar der Gram steht dir. Selbstbewußt bist du und keck. »Ich bin, ich lebe«, sagst du, »schaut nur her!« Aber deine Tage laufen dahin, verlieren sich spurlos im Zeitlosen, und alles in dir vergeht wie schmelzender Schnee oder Wachs in der Sonne... Und vielleicht besteht das Geheimnis deines Reizes nicht in der Möglichkeit, alles zu tun, sondern in der Möglichkeit, zu denken, was du alles tun wirst, besteht darin, Kräfte in den Wind zu verstreuen, die du nicht anders zu verwenden wußtest, und auch darin, daß ein jeder von uns sich für einen Verschwender hält und im Ernst das Recht beansprucht, zu sagen: »Oh, was hätte ich nicht alles getan, wenn ich nicht so viel Zeit unnütz verloren hätte!«
So war es auch mit mir... wieviel hatte ich erhofft, ersehnt, wie reich mir meine Zukunft vorgestellt, als ich, nur mit einem Seuf-

zer und ein wenig Traurigkeit, den plötzlich wiedererstandenen Wahn meiner ersten Liebe bestattete?

Und was war von allem, was ich erhofft, in Erfüllung gegangen? Jetzt, da die Abendschatten sich über mein Leben senken, gibt es für mich nichts Lebendigeres, Teureres als die Erinnerung an jenes rasch davoneilende Gewitter eines Frühlingsmorgens.

Aber ich tue mir unrecht, wenn ich mich so verleumde. Auch damals, in jener leichtfertigen Jugendzeit, war ich gegen die traurige Stimme, die mich anrief, gegen den feierlichen Klang, der aus dem Grabe zu mir aufstieg, nicht taub gewesen. Ich entsinne mich, daß ich einige Tage, nachdem ich die Nachricht von Sinaïdas Tod erhalten hatte, einem inneren Bedürfnis folgend, beim Sterben einer armen, alten Frau zugegen war, die in unserem Hause wohnte. Mit Lumpen bedeckt, auf harten Brettern, einen Sack unter dem Kopf, rang sie mühsam und schwer mit dem Tode. Ihr ganzes Leben war im bitteren Kampf mit den Nöten des Alltags vergangen, sie hatte keine Freude gekannt, kein Glück genossen – da hätte man meinen sollen, sie müßte sich auf den Tod, die Ruhe, die Befreiung vom Leiden freuen. Aber solange ihr alter Körper noch widerstand, solange die Brust sich noch qualvoll unter der eisigen Hand des Todes hob und senkte, solange die letzten Kräfte sie noch nicht verlassen hatten, bekreuzigte sich die Greisin und flüsterte: »Herr, vergib mir meine Sünden!« Erst mit dem letzten Bewußtseinsfunken schwand der Ausdruck der Angst und des Grauens vor dem Tode aus ihren Augen. Und ich entsinne mich, daß mich hier, am Sterbelager dieser armen, alten Frau, Angst um Sinaïda erfaßte und ich den Wunsch empfand, für sie, für meinen Vater und für mich zu beten.

MUMU

In einem grauen Hause mit weißen Säulen, Zwischengeschoß und verfallenem, schiefem Balkon, das in einer abgelegenen Straße Moskaus stand, lebte einst, von zahlreichem Gesinde umgeben, eine verwitwete Landedelfrau. Ihre Söhne gingen in Petersburg ihren Dienstpflichten nach, die Töchter waren verheiratet; sie fuhr selten aus und verbrachte einsam die letzten Jahre ihres armseligen und langweiligen Alters. Ihr Tag, freudlos und trüb, war längst vorbei; doch auch ihr Lebensabend war schwärzer als die Nacht.

Von allen ihren leibeigenen Bedienten war die bemerkenswerteste Persönlichkeit der Hausknecht Gerassim, ein Mann von der Gestalt eines Hünen, zwei Arschin zwölf Werschok groß und taubstumm von Geburt. Die Gutsherrin hatte ihn aus ihrem Dorfe hergenommen, wo er, getrennt von seinen Brüdern, allein in einer kleinen Hütte hauste und wohl zu den verläßlichsten Fronbauern zählte. Mit ungewöhnlichen Kräften begabt, schaffte er für vier – die Arbeit ging ihm gut von der Hand, und es war ein Vergnügen, ihm dabei zuzuschauen, sei es, daß er pflügte, wobei er seine riesigen Handflächen auf den Hakenpflug stemmte und den festen Schoß der Erde allein, ohne Hilfe seines Pferdchens, aufzureißen schien, sei es, daß er um Peter-und-Paul so gewaltig mit der Sense werkte, als wolle er zumindest ein junges Birkenwäldchen von den Wurzeln hauen, oder daß er hurtig und ohne Unterbrechung mit einem drei Arschin langen Dreschflegel dreinhämmerte und seine langen und harten Schultermuskeln wie Hebel auf und nieder schnellten. Das ständige Schweigen verlieh seinem unermüdlichen Schaffen eine feierliche

Gewichtigkeit. Er war ein prächtiger Bauer, und wäre nicht sein unseliges Leiden gewesen, jedes Mädchen hätte ihn gern geheiratet...

Aber da brachte man nun Gerassim nach Moskau, kaufte ihm Stiefel, ließ ihm einen Rock für die Sommerzeit und einen Schafpelz für den Winter nähen, gab ihm Schaufel und Besen in die Hand und setzte ihn als Hausknecht ein.

Anfangs behagte ihm sein neues Leben ganz und gar nicht. Von Kindesbeinen an war er an Feldarbeit, an die ländliche Lebensweise gewöhnt. Durch sein Gebrechen der menschlichen Gemeinschaft entfremdet, war er stumm und mächtig wie ein Baum auf fruchtbarer Flur herangewachsen... In die Stadt verschlagen, konnte er nicht begreifen, wie ihm geschehen – gelangweilt und verständnislos stand er da wie ein glotzender junger Ochse, den man eben von der Weide geholt, wo ihm das saftige Gras bis zum Bauch reichte, den man geholt und in einen Eisenbahnwaggon verfrachtet hatte –, und schon jagte er dahin, während sein wohlgenährter Körper bald von Rauch und Funken, bald von dicken Dampfwolken umspielt wurde, dahin mit Rattern und Pfeifen, doch wohin die Fahrt ging – der Herrgott weiß es! Gerassim erschien seine Beschäftigung auf dem neuen Posten nach all der schweren Landarbeit als Kleinigkeit; in einer halben Stunde hatte er alles erledigt, und dann blieb er wohl inmitten des Hofes stehen und gaffte mit aufgesperrtem Munde alle Vorbeigehenden an, als wolle er von ihnen Aufschluß über seine rätselhafte Lage erlangen, oder verschwand plötzlich in irgendeinen Winkel und warf sich, Schaufel und Besen weit von sich schleudernd, mit dem Gesicht zu Boden und lag so stundenlang reglos auf der Erde wie ein gefangenes Tier. Allein der Mensch gewöhnt sich an alles, und auch Gerassim gewöhnte sich schließlich an das Stadtleben. Viel gab es nicht für ihn zu tun; seine ganze Tätigkeit bestand darin, den Hof sauberzuhalten, zweimal am Tage eine Tonne Wasser zu holen, Brennholz für Haus und Küche herbeizuschaffen und zu spalten, ferner, keinen Fremden einzulassen und des Nachts alles zu bewachen. Und man muß sagen, daß er seine

Pflichten eifrig erfüllte: auf dem Hofe lagen niemals Holzspäne umher oder gar Kehricht; blieb die ihm unterstellte lahme Wasserkarrenmähre mal zur schmutzigen Jahreszeit irgendwo mit der Tonne stecken, so ruckte er bloß mit seiner Schulter an und stieß damit nicht nur den Kastenwagen, sondern auch sogleich das Pferd von der Stelle; war er beim Holzspalten, dann klang sein Beil wie Glas, und nach allen Seiten flogen Splitter und Holzscheite; und was das Einlassen von Fremden angeht, so hatte er sich, als er eines Nachts zwei Diebe erwischte und mit den Köpfen gegeneinandergestoßen hatte– wobei er derart verfahren war, daß man sie hernach nicht mehr zur Polizei abzuführen brauchte –, in der ganzen Nachbarschaft beträchtliche Achtung verschafft; selbst tagsüber Vorbeikommende, die durchaus keine Gauner, sondern einfach hier Fremde waren, fuhren beim Anblick des furchteinflößenden Hausknechts zurück und schrien ihn an, als ob er ihr Schreien hören könnte. Mit allen übrigen Bedienten stand Gerassim, wenn auch nicht gerade in einem freundschaftlichen Verhältnis – sie fürchteten sich nämlich vor ihm –, so doch auf vertrautem Fuße; sie waren für ihn einfach die Seinen. Sie verständigten sich mit ihm durch Zeichen, und er verstand sie; denn er führte alle Befehle genauestens aus, er kannte aber auch seine Rechte, und niemand wagte es, sich je bei Tisch auf seinen Platz zu setzen. Gerassim war überhaupt von strengem und ernstem Wesen und liebte es, überall Ordnung zu sehen; selbst die Hähne durften sich nicht in seiner Gegenwart raufen – sonst, wehe ihnen! Traf er sie beim Kampf, so packte er sie im Nu bei den Beinen, wirbelte sie ein dutzendmal in der Luft rundum und warf sie beiseite. Auf dem Hofe der gnädigen Frau gab es auch Gänse; aber die Gans ist bekanntlich ein gewichtiger und bedächtiger Vogel; Gerassim empfand Achtung für sie, pflegte und fütterte sie; er selbst hatte etwas von einem würdigen Gänserich. Man hatte ihm ein Kämmerchen über der Küche zugewiesen, das er sich nach seinem eigenen Geschmack einrichtete; er stellte ein selbstgezimmertes Bett aus Eichenbrettern auf vier Holzklötzen hinein – ein richtiges Hünenbett; hundert Pud mochte man darauflegen – es hätte sich nicht gebogen; unter dem Bett befand sich eine massive Truhe; in der Ecke stand ein Tischchen von gleich haltbarer Beschaffenheit und neben dem Tischchen ein dreifüßiger Stuhl, der so fest und stämmig war, daß Gerassim selber ihn manchmal in die Höhe hob, um ihn herabfallen zu lassen, worauf er stets schmunzelte. Das Kämmerchen wurde mit einem Vorhängeschloß zugesperrt, das in seiner Form an Kalatschengebäck erinnerte, nur daß es schwarz war; den Schlüssel dazu trug Gerassim ständig bei sich am Gürtel. Er sah es nicht gern, daß man zu ihm hineinging.

So verstrich ein Jahr, nach dessen Ablauf es für Gerassim ein kleines Ereignis gab.

Die alte Herrin, bei der er als Hausknecht lebte, folgte noch in allem den altertümlichen Gebräuchen und hielt eine zahlreiche Dienerschaft: in ihrem Hause gab es nicht nur Wäscherinnen, Näherinnen, Tischler, Schneider und Schneiderinnen, es war sogar ein Sattler da, der gleichzeitig als Heilkundiger für das Vieh und die Leute diente, sodann ein Hausarzt für die gnädige Frau und endlich auch ein Schuster namens Kapiton Klimow, ein hoffnungsloser Trinker. Klimow hielt sich für ein gekränktes und nicht seinem Wert gemäß geachtetes Geschöpf, für einen gebildeten Menschen, der in die Hauptstadt gehöre und nicht tatenlos in irgendeinem entlegenen Winkel Moskaus leben dürfe; und wenn er trinke, so tue er dies, wie er sich selbst in eindringlicher Redeweise auszudrücken pflegte, wobei er sich an die Brust schlug, nur aus Gram. Da kam eines Tages die Rede auf ihn, als die gnädige Frau mit ihrem Haushofmeister Gawrilo sprach, einem Menschen, der, seinen gelblichen Äuglein und seiner Entenschnabelnase nach zu urteilen, schon vom Schicksal selbst bestimmt schien, Vorgesetzter zu sein. Die alte Dame bedauerte die sittliche Verderbtheit Kapitons, den man gerade tags zuvor irgendwo auf der Straße aufgelesen hatte.

»Wie wär's, Gawrilo«, begann sie plötzlich, »sollten wir ihn nicht verheiraten, was meinst du? Vielleicht wird er dann gesetzter.«

»Warum nicht verheiraten? Das läßt sich machen, gnädige Frau«, antwortete Gawrilo, »das wär' sogar sehr gut.«

»Ja; nur, wer wird ihn denn nehmen?«

»Gewiß, gnädige Frau. Übrigens wie es Ihnen beliebt. Er ist doch immerhin sozusagen zu irgendwas noch zu gebrauchen; das Dutzend macht er ja noch voll.«

»Ihm gefällt, scheint's, Tatjana?«

Gawrilo wollte etwas erwidern, preßte aber die Lippen aufeinander.

»Ja!... Soll er um Tatjana anhalten«, entschied die alte Dame, während sie befriedigt eine Prise Tabak schnupfte, »hörst du?«

»Sehr wohl«, sagte Gawrilo und entfernte sich.

In sein Zimmer zurückgekehrt – es befand sich in einem Seitenflügel und war fast ganz mit eisenbeschlagenen Truhen vollgestellt –, schickte Gawrilo zunächst seine Frau hinaus, setzte sich dann ans Fenster und dachte nach. Die unvermittelte Anordnung seiner Herrin hatte ihn sichtlich in Bestürzung versetzt. Endlich erhob er sich und ließ Kapiton rufen. Kapiton erschien... Allein, bevor wir dem Leser ihr Gespräch wiedergeben, scheint es uns angebracht, mit wenigen Worten zu berichten, wer diese Tatjana war, die Kapiton heiraten sollte, und weshalb der Befehl der gnädigen Frau den Haushofmeister arg in Verlegenheit brachte.

Tatjana, die als Wäscherin beschäftigt war – übrigens vertraute man ihr allein als einer vorzüglichen und sehr geschickten Wäscherin die Feinwäsche an –, zählte achtundzwanzig Jahre, war klein, schmächtig, blond und trug ein Muttermal auf der linken Wange. Muttermale auf der linken Wange betrachtet man in Rußland als ein schlimmes Zeichen, als Vorboten von Unglück im Leben... Tatjana konnte sich in der Tat nicht eines leichten Schicksals rühmen. Seit frühester Jugend hatte man sie hart angefaßt: sie arbeitete für zwei, und nie war jemand gut zu ihr gewesen; sie wurde schlecht gekleidet, bekam sehr wenig Lohn und hatte nahezu gar keine Angehörigen: ein alter Haushälter, der, nunmehr für seinen Dienst unbrauchbar, auf dem Dorfe zurückgelassen lebte, war ihr Onkel, ihre anderen Onkel arbeiteten als

Bauern – und das war alles. Einst galt sie als ein schönes Mädchen, doch ihre Schönheit war sehr bald verblüht. Sie hatte ein stilles oder, besser gesagt, verschüchtertes Wesen; sich selber gegenüber empfand sie völlige Gleichgültigkeit, vor anderen aber fürchtete sie sich über alle Maßen; sie war nur darauf bedacht, mit ihrer Arbeit rechtzeitig fertig zu werden, nie schwatzte sie mit jemandem und zitterte schon beim Namen der Herrin, obgleich jene sie fast gar nicht von Angesicht kannte. Als man Gerassim vom Dorfe herbrachte, fiel sie beim Anblick seiner riesigen Gestalt vor Schrecken bald in Ohnmacht, gab sich alle erdenkliche Mühe, ihm nicht zu begegnen, und pflegte sogar die Augen zuzukneifen, wenn es sich manchmal traf, daß sie an ihm auf dem Wege vom Hause zur Waschküche vorbeieilen mußte. Anfangs schenkte Gerassim ihr weiter keine besondere Aufmerksamkeit, allmählich begann er ihr zuzulächeln, wenn sie ihm begegnete, dann fing er an, ihr nachzuschauen, und schließlich wandte er überhaupt kein Auge mehr von ihr. Sichtlich gefiel sie ihm: ob durch ihren sanften Gesichtsausdruck oder durch ihr schüchternes Auftreten – der Herrgott mag es wissen! Einmal geschah es – sie ging über den Hof, eine gestärkte Bluse der gnädigen Frau behutsam mit gespreizten Fingern haltend –, daß sie plötzlich jemand kräftig am Ellbogen anfaßte; sie wandte sich um und schrie hell auf: hinter ihr stand Gerassim. Einfältig lachend und zärtlich unartikuliert stammelnd, überreichte er ihr ein Pfefferkuchenhähnchen, dessen Schwanz und Flügel vergoldet waren. Sie wollte es anfangs nicht nehmen, doch drückte er ihr den Pfefferkuchen gewaltsam in die Hand, schüttelte den Kopf, ging davon und stammelte ihr, sich umwendend, noch einmal etwas sehr Freundliches zu. Von diesem Tage an ließ er ihr keine Ruhe mehr: wohin sie auch gehen mochte, stets war er da, kam auf sie zu, lächelte, stammelte wie gewöhnlich, fuhr mit den Händen umher, zog auf einmal ein Band aus der Tasche hervor und schenkte es ihr, oder er fegte mit seinem Besen den Staub von ihrem Weg. Das arme Mädchen wußte schon gar nicht mehr ein noch aus. Bald hatte das ganze Haus erfahren, was der stumme

Hausknecht anstellte; es regnete Spötteleien, Scherze und Sticheleien auf Tatjana hernieder. Gerassim jedoch zu verspotten getrauten sich die wenigsten: er liebte Späße nicht; und auch sie ließ man in Ruhe, wenn er zugegen war. Wohl oder übel geriet das Mädchen unter seinen Schutz. Wie alle Taubstummen war er sehr scharfsichtig und verstand ganz genau, wenn man über ihn oder über sie lachte. Einmal nahm sich bei Tisch die Hausmeisterin, Tatjanas Vorgesetzte, das Mädchen vor, zog sie auf, wie man so sagt, und trieb es so arg, daß die Arme nicht mehr wußte, wohin mit ihren Augen, und beinah vor Ärger weinte. Plötzlich erhob sich Gerassim, streckte seine riesige Pranke aus, legte sie auf den Kopf der Hausmeisterin und blickte ihr mit solch finstrer Wildheit ins Gesicht, daß sie sich sogleich zum Tisch niederduckte. Alle waren verstummt. Gerassim ergriff wieder seinen Löffel und aß seine Kohlsuppe weiter. »Sieh einer an, dieser taube Teufel, dieser Waldunhold!« murmelten alle halblaut, während die Hausmeisterin aufstand und in die Mägdestube ging. Und ein andermal, als er bemerkt hatte, daß sich Kapiton – derselbe Kapiton, von dem eben die Rede war – etwas zu freundlich mit Tatjana abgab, rief ihn Gerassim mit dem Finger zu sich, führte ihn in den Wagenschuppen, ergriff eine in der Ecke stehende Deichsel an einem Ende und drohte ihm ein bißchen, aber sehr vielsagend. Seit jener Zeit wollte niemand mehr mit Tatjana ein Gespräch anknüpfen. Und all das sah man ihm einfach nach. In der Tat, die Hausmeisterin fiel wohl damals, sowie sie in die Mägdestube kam, in Ohnmacht und stellte es im großen und ganzen so geschickt an, daß Gerassims grobes Benehmen noch am gleichen Tage der gnädigen Frau zu Ohren gelangte; doch die launenhafte Greisin lachte nur ein paarmal auf und ließ die Hausmeisterin zu ihrer tiefsten Kränkung noch einmal berichten »wie er dich mit seinem schweren Patschhändchen niedergedrückt hat«, und am nächsten Tage schickte sie Gerassim einen Silberrubel. Sie mochte ihn gut leiden, weil er ein zuverlässiger und starker Wächter war. Obwohl Gerassim sie ordentlich fürchtete, baute er doch auf ihre Gunst und hatte sich bereits vorgenommen, zu ihr zu gehen, um sie um Erlaubnis zu bitten, Tatjana heiraten zu dürfen. Er wartete lediglich noch auf den neuen Rock, den ihm der Haushofmeister versprochen hatte, damit er anständig gekleidet vor der Herrin erscheine, als es dieser nun auf einmal in den Sinn kam, Tatjana an Kapiton zu verheiraten.

Der Leser wird nunmehr leicht selbst den Grund der Betretenheit begreifen, die sich des Haushofmeisters Gawrilo nach der Unterredung mit der Herrin bemächtigt hatte. »Die gnädige Frau«, dachte er, als er am Fenster saß, »kann freilich Gerassim gut leiden« – Gawrilo wußte dies ganz genau, weshalb er selber auch ihm gegenüber nachsichtig war –, »dennoch ist er ein stummes Geschöpf, und ich kann doch der Herrin nicht berichten, daß dieser Gerassim schon der Tatjana nachläuft. Ja, und zu guter Letzt, wirklich, was wäre das auch für ein Ehemann? Andererseits braucht aber dieser Waldunhold, der Herr verzeih mir's bloß zu erfahren, daß sie Tatjana dem Kapiton geben wollen, und er wird im Hause alles kurz und klein schlagen, wahrhaftig. Man kann's ihm ja nicht einmal verständlich machen, geschweige denn ihn, solch einen Teufel – Gott, verzeih mir Sündigen –, irgendwie überzeugen ... Freilich ...«
Da unterbrach Kapitons Erscheinen Gawrilos Gedankenkette. Der leichtsinnige Schuster trat ein, legte die Hände auf den Rükken, lehnte sich lässig an die vorspringende Mauerecke neben der Tür, kreuzte das rechte Bein übers linke und nickte mit dem Kopf, als ob er bei sich denke: Da bin ich also. Sie wünschen?
Gawrilo blickte Kapiton an und begann, mit den Fingern auf den Fensterpfosten zu trommeln. Kapiton kniff nur ein wenig seine zinngrauen Äuglein zusammen, ohne sie jedoch niederzuschlagen, ja, er lächelte sogar ein wenig und strich mit der Hand durch sein weißblondes Haar, das sich dennoch nach allen Seiten sträubte. Dabei schien er bei sich zu meinen: Na ja, ich bin's. Was starrst du denn?
»Schön«, sprach ihn Gawrilo an und schwieg dann, »schön schaust du aus, das muß man sagen!«

Kapiton zuckte nur mit den Schultern. »Und du, siehst du vielleicht besser aus?« dachte er bei sich.
»Nun, schau dich mal an, schau dich nur an«, fuhr Gawrilo vorwurfsvoll fort, »nun, wie siehst du aus?«
Kapiton musterte seelenruhig seinen schäbigen und zerrissenen Rock, die mit Flicken besetzte Hose, betrachtete besonders aufmerksam seine durchlöcherten Stiefel, zumal den, auf dessen Spitze sich sein rechtes Bein so elegant stützte, und richtete den Blick wieder auf den Haushofmeister. »Wie denn?«
»Wie denn?« echote Gawrilo. »Wie denn? Da fragst du noch: wie denn? Wie ein Teufel siehst du aus, Gott verzeih mir Sündigem; ja, so siehst du aus.«
Kapiton begann geschwind mit den Augen zu zwinkern. »Schimpfen Sie nur, schimpfen Sie nur zu, Gawrilo Andreïtsch«, dachte er erneut bei sich.
»Du bist doch schon wieder mal betrunken gewesen«, begann Gawrilo. »Schon wieder mal? Wie? Na, antworte!«
»Schwacher Gesundheit wegen war ich in der Tat der Wirkung geistiger Getränke unterworfen«, erwiderte Kapiton.
»Schwacher Gesundheit wegen?... Du wirst zu wenig bestraft – das ist alles. Und dabei warst du in Petersburg in der Lehre... Allerhand hast du da gelernt. Du ißt dein Brot nur umsonst.«
»Was dies anbelangt, Gawrilo Andreïtsch, so ist nur einer mein Richter, und zwar der Herrgott selbst, und niemand sonst. Der allein weiß, was für 'n Mensch ich hier auf Erden bin und ob ich mein Brot umsonst esse. Und was das erwähnte Trinken betrifft, so bin in diesem Falle nicht ich schuld, sondern vielmehr ein Bekannter; der hat mich nämlich dazu verleitet und ist dann verduftet, das heißt weggegangen, und ich...«
»Und du, sauberer Vogel, bist auf der Straße liegengeblieben! Ach, du Liederjan, du! Nun, es dreht sich jetzt aber nicht darum«, fuhr der Haushofmeister fort, »sondern um folgendes: Der gnädigen Frau...«, hier stockte er, »der gnädigen Frau erscheint es wünschenswert, daß du heiratest. Hörst du? Sie meint, du würdest gesetzter, wenn du heiratest. Verstanden?«

»Freilich, versteh' ich.«
»Na ja. Meiner Meinung nach sollte man dich lieber mal ein bißchen fester anpacken. Doch das ist ihre Sache. Nun, wie steht's? Bist du einverstanden?«
Kapiton grinste.
»Heiraten ist 'ne gute Sache für unsereins, Gawrilo Andreïtsch; und ich, meinerseits, tu's gern mit größtem Vergnügen.«
»Na schön«, erwiderte Gawrilo und dachte für sich: »Man muß es ihm lassen, dieser Mensch versteht wirklich, sich akkurat auszudrücken«. – »Da wäre nur eins«, fuhr er laut fort, »man hat dir nämlich eine Braut ausgesucht, mit der es seine Schwierigkeiten hat.«
»Und gestatten Sie die Frage, wer ist's denn?...«
»Tatjana.«
»Tatjana?...«
Kapiton riß die Augen auf und löste sich von der Wand. »Nun, was regst du dich denn so auf?... Ist sie dir etwa nicht recht?«
»Wie sollte sie mir nicht recht sein, Gawrilo Andreïtsch! An dem Mädel ist nichts auszusetzen, ein fleißiges und stilles Mädel... Aber Sie wissen doch selbst, Gawrilo Andreïtsch, jener Waldunhold, das Steppenungeheuer da, der ist doch hinter ihr her...«
»Ich weiß, mein Lieber, ich weiß alles«, unterbrach ihn ärgerlich der Haushofmeister, »ja, aber...«
»Aber bedenken Sie bloß, Gawrilo Andreïtsch! Er schlägt mich ja tot, bei Gott, er schlägt mich tot, wie eine Fliege schlägt er mich breit; schon die Hand, die er hat, geruhen Sie nur selbst zu betrachten, was für Hände er hat; das sind geradezu Hände wie am Minin-und-Posharski-Denkmal. Er ist ja taub; schlägt er zu, hört er's nicht einmal, wie er schlägt! Grad wie im Traume haut er doch mit seinen riesigen Fäusten um sich. Und man hat keinerlei Möglichkeit, ihn zur Ruhe zu bringen; warum? weil er, wie Sie selber wissen, Gawrilo Andreïtsch, taub ist und dazu dumm wie Bohnenstroh. Ein Tier ist das, ein Holzgötze, Gawrilo Andreïtsch – schlimmer als ein Götze... ein Baumstamm: wofür muß ich nun auch noch durch ihn zuschanden kommen? Frei-

lich, mir ist jetzt schon alles einerlei: was hat unsereins nicht schon alles ausgehalten und ertragen, wie einen Kolomnaer Topf hat man mich verschmiert – trotzdem bin ich immer noch ein Mensch und in der Tat nicht irgendein elender Topf.«

»Ich weiß, ich weiß, brauchst es nicht weiter auszumalen...«

»Herr, du mein Gott!« fuhr der Schuster voll Eifer fort. »Wann hat das bloß ein Ende! Herrgott, wann? Ein Unglücksrabe bin ich, ein ewiger Unglücksrabe! Das Schicksal, mein Schicksal, wenn man daran denkt! Als ich jung war, kriegte ich von meinem deutschen Lehrmeister Schläge, in meinen besten Jahren haben mich meine Kameraden geprügelt, und zu guter Letzt ist mir im reifen Alter so was zugedacht...«

»Ach, du alter Schlappschwanz«, sagte Gawrilo, »was schwatzt du so lang und breit daher, genug!«

»Wie denn, Gawrilo Andreïtsch! Nicht die Prügel fürchte ich, Gawrilo Andreïtsch. Mag mich der Herr des Hauses in seinen vier Wänden bestrafen, mir aber von den Leuten den Gruß geben, dann zähle ich immer noch als Mensch, aber von wem werd' ich denn hier was abkriegen...«

»Nun mach dich endlich fort«, schnitt ihm Gawrilo ungeduldig das Wort ab. Klimow kehrte sich um und schleppte sich träge hinaus.

»Und gesetzt den Fall, er wäre nicht da«, rief ihm der Haushofmeister nach, »wärst du dann damit einverstanden?«

»Ich erkläre mich einverstanden«, erwiderte Kapiton und entfernte sich.

Seine Redegewandtheit ließ ihn selbst in den schlimmsten Lebenslagen nicht im Stich.

Der Haushofmeister durchmaß einige Male das Zimmer. »Nun, ruft mir jetzt Tatjana«, sagte er schließlich.

Wenige Augenblicke danach trat kaum hörbar Tatjana ein und blieb an der Schwelle stehen.

»Was steht zu Diensten, Gawrilo Andreïtsch?« brachte sie mit leiser Stimme hervor.

Der Haushofmeister blickte sie aufmerksam an.

»Na, Tanjuscha«, sagte er, »möchtest du gern heiraten? Die gnädige Frau hat einen Bräutigam für dich ausgesucht.«
»Jawohl, Gawrilo Andreïtsch. Und wen haben die gnädige Frau mir als Bräutigam bestimmt?« fügte sie unsicher hinzu.
»Kapiton, den Schuster.«
»Wie Sie befehlen.«
»Er ist ein leichtsinniger Mensch – das stimmt. Die Herrin hofft jedoch in dieser Hinsicht auf dich.«
»Wie Sie befehlen.«
»Da ist aber noch eine Schwierigkeit... dieser taube Auerhahn, unser Garaska, läuft dir doch nach. Womit hast du bloß diesen Bären betört? Der schlägt dich am Ende gar noch tot, dieser Bär.«
»Er schlägt mich tot. Gawrilo Andreïtsch, bestimmt schlägt er mich tot.«
»Schlägt dich tot... Na, das wollen wir doch mal sehn. Wie kannst du so was sagen: Er schlägt mich tot. Hat er etwa ein Recht, dich totzuschlagen, bedenk doch selbst.«
»Das weiß ich nicht, Gawrilo Andreïtsch, ob er ein Recht hat oder nicht.«
»So ein Mädchen! Du hast ihm doch so nichts versprochen...«
»Was belieben Sie?«
Der Haushofmeister schwieg und dachte bei sich: »Du unschuldige Seele!« – »Nun gut«, fügte er hinzu, »wir werden uns später noch sprechen, aber nun geh, Tanjuscha; ich sehe, du bist wirklich ein bescheidenes Mädchen.«
Tatjana wandte sich um, stützte sich leicht gegen den Türrahmen und ging hinaus.
»Ach, vielleicht vergißt die gnädige Frau auch bis morgen die ganze Heiratsgeschichte«, dachte der Haushofmeister, »was soll ich mich da aufregen? Mit diesem Lümmel werden wir allemal fertig; wenn was passiert, holen wir eben die Polizei...« – »Ustinja Fjodorowna!« rief er mit lauter Stimme seine Frau: »Stellen Sie doch mal den Samowar auf, meine Verehrteste...«
Tatjana kam fast den ganzen Tag nicht aus der Waschküche her-

aus. Erst weinte sie ein bißchen, wischte dann aber die Tränen ab und machte sich wie immer wieder an ihre Arbeit. Kapiton hockte bis tief in die Nacht hinein mit einem düster dreinschauenden Freunde in der Wirtschaft und erzählte ihm aufs genauste, wie er in Petersburg bei einem Herrn gelebt hatte, der ein prächtiger Mensch war und sehr auf Ordnung achtete, dabei geruhte er nur den einen kleinen Fehler zu haben: er trank gern ein bißchen viel, und was das weibliche Geschlecht anbetraf, da war er über alles erhaben... Der düstere Zechgenosse hatte ihm bisher bloß murmelnd zugestimmt; als aber Kapiton schließlich erklärte, daß er morgen aus einem bestimmten Anlaß Hand an sich legen müsse, bemerkte sein düsterer Gefährte, es wäre Zeit, schlafen zu gehen. So gingen sie verstimmt und schweigend voneinander.

Die Hoffnungen des Haushofmeisters erfüllten sich indessen nicht. Die alte Dame beschäftigte der Gedanke an Kapitons Heirat dermaßen, daß sie sich sogar nachts mit einer ihrer Gesellschafterinnen darüber unterhielt, die man einzig und allein für den Fall, daß die gnädige Frau unter Schlaflosigkeit leide, im Hause hielt und die wie ein Nachtkutscher tagsüber schlief. Als Gawrilo nach dem Tee bei ihr zum Vortrag erschien, war ihre erste Frage: »Und was macht unsere Heirat, geht's voran?« Selbstverständlich antwortete er, daß es vorzüglich vorangehe und daß Kapiton heute noch sein Ansuchen vorbringen werde. Die Herrin war nicht recht auf dem Posten und gab sich nicht lange mit Geschäftsdingen ab. Der Haushofmeister kehrte in sein Zimmer zurück und ließ sogleich den Rat zusammentreten. Die Angelegenheit erforderte in der Tat besondere Erörterung. Tatjana widersetzte sich natürlich nicht, aber Kapiton erklärte vor aller Ohren, daß er nur einen Kopf habe und nicht deren zwei oder drei... Gerassim folgte allen finsteren und erregten Blickes, wich nicht von der Treppe zur Mägdestube und schien zu ahnen, daß man nichts Gutes gegen ihn im Schilde führe. Die Teilnehmer der Versammlung, zu der auch der alte Schenkwirt mit Spitznamen Onkel Schwänzel zugegen war, an den sich alle achtungsvoll um

Rat wandten, obgleich sie von ihm lediglich »Ja sieh einer an! Ja, ja, ja!« zu hören pflegten, sperrten vorerst sicherheitshalber und für alle Fälle Kapiton in den kleinen Abstellraum mit der Wasserreinigungsmaschine und schickten sich dann an, gewaltig nachzudenken. Es wäre natürlich ein leichtes, einfach Gewalt anzuwenden; aber Gott bewahre! Das würde Lärm geben, die Herrin würde sich beunruhigen – um Gottes willen! Was tun? Sie dachten hin und dachten her und hatten schließlich einen Einfall. Mehrfach hatte man schon bemerkt, daß Gerassim Betrunkene nicht ausstehen konnte... Wenn er am Tore saß, pflegte er sich stets entrüstet abzukehren, sobald einer unsicheren Schrittes, den Mützenschirm auf dem Ohr, an ihm vorbeischwankte, der schwer geladen hatte. Es wurde beschlossen, Tatjana beizubringen, sie solle sich betrunken stellen und taumelnd an Gerassim vorbeischwanken. Lange wollte das arme Mädchen nicht darauf eingehen, doch man überredete sie schließlich; überdies sah sie selbst, daß sie ihren Verehrer anders nicht loswerden konnte. Sie machte sich auf. Kapiton wurde aus dem Abstellraum herausgelassen: die Angelegenheit ging ihn ja immerhin an. Gerassim saß am Tor auf einem Prellstein und stocherte mit der Schaufel auf der Erde herum... Aus allen Winkeln und hinter den Fenstervorhängen äugte man auf ihn...

Die List gelang vortrefflich. Als er Tatjana erblickte, nickte er ihr zuerst wie gewöhnlich mit freundlichem Gestammel zu, dann starrte er sie an, ließ die Schaufel niederfallen, sprang auf, trat zu ihr, wobei er sein Gesicht dem ihren ganz nah brachte... Sie begann vor Angst noch mehr zu schwanken und schloß die Augen... Er packte sie bei der Hand, zerrte sie über den ganzen Hof und hinein ins Zimmer, wo die Ratssitzung stattfand, und stieß sie gradwegs auf Kapiton zu. Tatjana war schier starr vor Schrekken... Gerassim verharrte einen Augenblick, schaute sie an, winkte mit der Hand ab, lachte leise auf und verschwand schwer stampfend in sein Kämmerchen. Einen ganzen Tag kam er nicht hervor. Der Vorreiter Antipka erzählte später, er habe durch einen Spalt gesehen, wie Gerassim, auf dem Bett sitzend, seine

Hand an die Wange gestützt, leise, getragen und nur zuweilen unartikuliert stammelnd, vor sich hinsang, das heißt sich mit geschlossenen Augen hin und her wiegte und den Kopf bewegte, wie es Fuhrleute und Treidler tun, wenn sie ihre schwermütigen Weisen anstimmen. Antipka wurde unheimlich zumute, und er verschwand von seinem Spalt. Als aber Gerassim am anderen Tage sein Kämmerchen verließ war an ihm keine besondere Veränderung zu bemerken. Er schien bloß etwas finsterer geworden, während er Tatjana und Kapiton nicht die geringste Beachtung schenkte. Am selben Abend begaben sich die beiden, jeder nach altem Brauch eine Gans unterm Arm, zur Gutsherrin, und in einer Woche heirateten sie. Selbst am Tage der Hochzeit änderte sich Gerassims Benehmen in keiner Weise; nur kam er vom Fluß ohne Wasser zurück: er hatte unterwegs irgendwie die Tonne zerschlagen; und zur Nachtzeit putzte und striegelte er im Stall sein Pferd so eifrig, daß es wie ein Halm im Winde schwankte und unter seinen eisernen Fäusten von einem Bein auf das andere stampfte.

All dies trug sich im Frühjahr zu. Es verstrich dann noch ein Jahr, in dessen Verlauf sich Kapiton nun endgültig dem Trunke ergab und als zu ganz und gar nichts mehr tauglicher Mensch samt seiner Frau mit einem Wagentroß in ein entferntes Dorf geschickt wurde. Am Tage der Abreise spielte er anfangs sehr den starken Mann und versicherte, wohin man ihn auch schicken möge, selbst dorthin, wo sich die Füchse gute Nacht sagen, er werde doch nicht untergehen – aber dann sank ihm der Mut, er hob an zu jammern, daß man ihn zu ungebildeten Menschen bringe, und wurde schließlich so schwach, daß er sich nicht einmal mehr die eigene Mütze aufsetzen konnte; eine mitleidige Seele drückte sie ihm auf die Stirn, schob den Mützenschirm zurecht und klopfte sie von oben fest. Als alles bereit war und die Bauersleute schon die Zügel in den Händen hielten und nur auf das Abfahrtszeichen »Mit Gott!« warteten, kam Gerassim aus seinem Kämmerchen, trat zu Tatjana und schenkte ihr zum Andenken ein rotes baumwollenes Tuch, das er für sie im vorigen Jahr gekauft. Tatjana, die bis zu jenem Augenblick alle Wechselfälle ihres Lebens mit großem Gleichmut ertragen hatte, verlor da jedoch ihre Fassung, brach in Tränen aus und tauschte, als sie in den Wagen stieg, mit Gerassim den Abschiedskuß, dreimal nach christlichem Brauch. Er wollte sie eigentlich bis zum Stadttor begleiten und schritt so auch erst neben ihrem Wagen her, doch an der Krimfurt blieb er plötzlich stehen, winkte mit der Hand und schritt am Flußufer entlang. Es ging auf den Abend zu. Er schlenderte gemächlich seines Weges und schaute auf das Wasser. Plötzlich meinte er, im Schlamm unmittelbar am Ufer etwas zappeln zu sehen. Er bückte sich und erblickte ein ganz junges Hündchen, weiß mit schwarzen Flecken, das trotz aller Anstrengungen nicht aus dem Wasser gelangen konnte, sich abquälte, immer wieder zurückrutschte und dabei am ganzen Leibe, der völlig durchnäßt und abgemagert war, zitterte. Gerassim besah sich das unglückliche Tierchen, ergriff es mit der Hand, schob es an die Brust unter seinen Rock und lief mit großen Schritten nach Haus. In seinem Kämmerchen legte er dann das gerettete Hündchen aufs Bett, bedeckte es mit seinem schweren Bauernkittel, eilte erst in den Pferdestall nach Stroh und darauf in die Küche, um ein Schälchen Milch zu holen. Behutsam nahm er den Kittel beiseite, breitete das Stroh aus und setzte das Milchschälchen aufs Bett. Das arme Hündlein war etwa ganze drei Wochen alt, die Augen hatten sich erst vor kurzer Zeit geöffnet; ein Auge schien sogar ein wenig größer als das andere; es verstand noch nicht, aus einem Schälchen zu trinken, es zitterte nur und drückte die Augen halb zu. Gerassim nahm es mit zwei Fingern sacht am Kopfe und schob es mit seinem Schnäuzchen an die Milch. Das kleine Wesen begann auf einmal gierig zu trinken, wobei es schnaubte, sich schüttelte und sich verschluckte. Gerassim schaute unverwandt zu und mußte plötzlich so lachen ... Die ganze Nacht gab er sich mit ihm ab, bettete es und rieb es trokken, bis er endlich selbst neben ihm in einen frohen und ruhigen Schlaf sank.

Keine Mutter umhegte je ihr Kind liebevoller als Gerassim seinen Zögling – der sich als eine kleine Hündin erwies. Die erste Zeit war das Tierchen sehr schwächlich, schmächtig und unansehnlich, doch allmählich erholte es sich und machte sich heraus; nach acht Monaten aber hatte es sich, dank der unermüdlichen Pflege seines Retters, in eine sehr nette kleine Hündin spanischer Rasse mit langen Ohren, buschigem, geschwungenem Schweife und großen, ausdrucksvollen Augen verwandelt. Sie hing liebevoll an Gerassim und wich keinen Augenblick von ihm, ständig folgte sie ihm schweifwedelnd. Er hatte ihr auch einen Namen gegeben – die Stummen wissen ja, daß ihr Gestammel die Aufmerksamkeit der anderen auf sich lenkt –, er hatte sie Mumu genannt. Alle Leute im Hause gewannen sie lieb und riefen sie gleichfalls Mumunja. Sie war außergewöhnlich klug und zu allen freundlich, doch liebte sie allein Gerassim. Gerassim selber war in das Hündchen ganz vernarrt... und es war ihm schon unangenehm, wenn andere es streichelten: ob er etwas für Mumu fürchtete, oder ob er eifersüchtig war – weiß der Herrgott! Morgens weckte sie ihn, indem sie an einem Zipfel zog, sie führte ihm am Zügel die alte Wasserkarrenmähre herbei, mit der sie in guter Freundschaft lebte, mit wichtiger Miene ging sie mit ihm zum Fluß, bewachte seine Schaufel und seinen Besen und ließ niemanden an sein Kämmerchen. Er sägte eigens für sie eine Öffnung in die Tür; sie schien auch zu fühlen, daß sie nur in Gerassims Kammer richtig zu Hause war und sprang, kaum hereingekommen, stets sogleich mit einem zufriedenen Ausdruck aufs Bett. Nachts schlief sie keineswegs, doch bellte sie nicht einfach los wie mancher dumme Hofköter, der, auf den Hinterpfoten hockend, mit erhobener Schnauze und zugekniffenen Augen bloß so aus Langweile die Sterne, gewöhnlich dreimal nacheinander, anbellte – o nein! Mumus feine Stimme gab niemals unnütz Laut: entweder hatte sich ein Fremder dem Zaun genähert, oder irgendwo war ein verdächtiger Lärm oder ein Geräusch entstanden... Mit einem Wort, sie war trefflich wachsam. Es gab wohl auf dem Hofe außer ihr noch einen alten Hund, der Woltschok hieß und dessen Fell dunkelbraune Tupfen auf hellem Grund hatte, doch man ließ ihn niemals, sogar nachts nicht, von der Kette, und wegen Altersschwäche begehrte er auch gar keine Freiheit mehr – er lag zusammengerollt in seiner Hundehütte und stieß nur bisweilen ein heiseres, fast lautloses Bellen aus, das aber sogleich wieder abbrach, als ob er selbst seine ganze Nutzlosigkeit empfände. Ins Herrenhaus ging Mumu nie, und wenn Gerassim Brennholz in die Zimmer schaffte, blieb sie stets zurück und erwartete ihn ungeduldig an der Freitreppe, spitzte beim kleinsten Geräusch an der Tür die Ohren und wandte den Kopf bald nach rechts, bald nach links...

So verstrich noch ein Jahr. Gerassim verrichtete weiterhin seine Obliegenheiten als Hausknecht und war mit seinem Schicksal sehr zufrieden, als sich plötzlich etwas Unerwartetes ereignete... Es war an einem schönen Sommertage, die Gutsbesitzerin spazierte mit ihrem Anhang im Gastzimmer auf und ab. Sie war guter Laune, lachte und scherzte; die Gesellschafterinnen lachten und scherzten ebenfalls, empfanden jedoch dabei keine sonderliche Freude: man hatte es im Hause gar nicht sehr gern, wenn die Herrin ihr fröhliches Stündchen überkam, da sie dann von jedermann sofort ein vollkommen gleiches Empfinden forderte und aufgebracht war, wenn irgendein Gesicht nicht vor Vergnügen strahlte; außerdem währten aber auch diese Ausbrüche von Frohsinn bei ihr nie sehr lange und machten gewöhnlich bald einer trüben und verstimmten Gemütsverfassung Platz. An jenem Tage war sie beim Aufstehen besonders glücklich gewesen; denn die vier Buben hatten ihr Erfüllung der Wünsche geweissagt – sie legte stets des Morgens Karten –, auch der Tee schien ihr besonders wohlschmeckend, wofür das Stubenmädchen einige lobende Worte und einen Zehner erhielt. Miß süßlichem Lächeln auf den faltigen Lippen spazierte die alte Dame durchs Gastzimmer und trat zum Fenster. Davor befand sich ein kleiner Vorgarten, und gerade auf dem mittelsten Beet unter einem Rosenstrauch lag Mumu und nagte eifrig an einem Knochen. Die gnädige Frau erblickte das Tier.

»Mein Gott!« rief sie plötzlich aus. »Was ist denn das für ein Hund?«
Die Gesellschafterin, die Arme, an die die Herrin ihre Frage gerichtet hatte, wand sich in jener quälenden Unruhe, welche sich Untergebener gewöhnlich bemächtigt, wenn sie den Ausruf eines Vorgesetzten noch nicht recht zu deuten wissen. »I... i... ch weiß nicht, gnädige Frau«, murmelte sie, »der gehört, glaube ich, dem Stummen...«
»Mein Gott!« unterbrach sie die Herrin. »Ist das ein allerliebstes Hündchen! Lassen Sie es sogleich herbringen. Hat er's schon lange? Ja, wie kommt es eigentlich, daß ich das Hündchen bis jetzt noch nie gesehen habe?... Lassen Sie es herbringen.«
Die Gesellschafterin flatterte eilends ins Vorzimmer.
»Schnell, schnell!« rief sie aufgeregt dem Diener zu, »bring geschwind Mumu her! Sie ist im Vorgarten.«
»Ah, Mumu heißt das Hündchen«, sagte die Herrin, »ein sehr schöner Name.«
»Ach, ein sehr schöner, gnädige Frau«, erwiderte die Gesellschafterin. »Beeil dich Stephan!«
Stephan, ein handfester Bursche, der als Lakai beschäftigt wurde, stürzte Hals über Kopf in den Vorgarten, um Mumu zu ergreifen, diese aber entschlüpfte flink seinen Fingern und sprang, was das Zeug hielt, erhobenen Schwanzes zu Gerassim, der eben bei der Küche ein Faß ausschüttete und ausklopfte, wobei er es in seinen Händen wie eine Kindertrommel umkippte. Stephan lief hinter dem Hund her und suchte ihn unmittelbar vor den Füßen seines Besitzers zu erhaschen; doch das flinke Tier wollte sich von keinem Fremden fassen lassen, sprang immer wieder davon und entwand sich. Gerassim schaute lächelnd dem Durcheinander zu; schließlich richtete sich Stephan unwillig auf und setzte ihm hastig durch Zeichen auseinander, daß die gnädige Frau nach seinem Hund geschickt habe. Gerassim war etwas erstaunt, doch rief er Mumu heran, hob sie vom Boden auf und übergab sie Stephan. Der Diener brachte Mumu ins Gastzimmer und setzte sie aufs Parkett. Die gnädige Frau begann sie mit zärtlicher Stimme

zu locken. Mumu, die ihr Lebtag noch nicht in solch prächtigen Räumen gewesen, war ganz verschüchtert und flüchtete zur Tür; dort jedoch vom diensteifrigen Stephan weggestoßen, schmiegte sie sich zitternd an die Wand.
»Mumu, Mumu, nun komm zu mir, komm zum Frauchen«, sagte die alte Dame, »na, komm, du Dummerchen... brauchst doch keine Angst zu haben...«
»Komm, Mumu, komm zur gnädigen Frau«, wiederholten die Gesellschafterinnen, »nun komm doch.«
Mumu aber blickte gedrückt um sich und rührte sich nicht vom Fleck.
»Bringt ihr etwas zu fressen«, sagte die Herrin. »Was für ein dummes Hundchen! Will nicht zur Herrschaft gehn. Wovor hat es denn Angst?«
»Ihr ist dies noch ungewohnt«, brachte eine der Gesellschafterinnen zaghaft mit süßlicher Stimme vor.
Stephan brachte ein Schälchen mit Milch, setzte es vor Mumu hin, die jedoch die Milch nicht einmal beschnüffelte, sondern am ganzen Leib zitterte und wie zuvor um sich blickte.
»Ach, was bist du bloß für eine!« sagte die alte Dame, während sie auf den Hund zutrat, um ihn zu streicheln, Mumu aber wandte ihr auf einmal ruckartig den Kopf zu und zeigte die Zähne. – Die gnädige Frau zog flugs ihre Hand zurück...
Es entstand ein kurzes bestürztes Schweigen. Mumu winselte schwach wie klagend und entschuldigend auf... Die Herrin trat zurück und zeigte eine finstere Miene. Die jähe Bewegung des Hundes hatte sie erschreckt.
»Ach!« schrien die Gesellschafterinnen im Chor auf. »Sie hat Sie doch nicht etwa gebissen, um Gottes willen! (Mumu hatte in ihrem Leben noch nie jemanden gebissen.) – Ach, ach!«
»Schafft ihn hinaus«, sagte die Greisin mit veränderter Stimme, »diesen abscheulichen Köter! Wie bösartig er ist!« Und langsam sich umwendend, schritt sie in ihr Kabinett. Die Gesellschafterinnen warfen einander zaghafte Blicke zu und schickten sich an, ihr zu folgen, doch sie blieb stehen, sah sie kalt an und sprach:

»Was soll das? Ich hab' euch ja nicht gebeten«, und ging davon.

Verzweifelt winkten die Gesellschafterinnen Stephan zu; jener packte Mumu und warf sie schleunigst zur Tür hinaus, Gerassim gerade vor die Füße – und eine halbe Stunde später herrschte bereits tiefe Stille im ganzen Haus, während die alte Dame mit einer Miene, finsterer als eine Gewitterwolke, auf ihrem Diwan saß.
Man glaubt kaum, welche Kleinigkeiten manchmal den Menschen verstimmen können.
Bis zum Abend war die Herrin schlechter Laune, redete mit niemandem, nahm keine Karten zur Hand und hatte eine unruhige Nacht. Sie meinte, man habe ihr nicht das gleiche Eau de Cologne gereicht wie sonst, auch rieche ihr Kissen nach Seife, und sie zwang die Hausmeisterin, die ganze Wäsche durchzuschnüffeln – mit einem Wort, sie war erregt und sehr aufgebracht. Am nächsten Morgen ließ sie Gawrilo eine Stunde früher rufen als gewöhnlich.
»Sag mal, ich bitte dich«, begann sie, kaum daß dieser, nicht ohne inneres Beben, die Schwelle ihres Kabinetts überschritten hatte, »was für ein Hund hat die ganze Nacht bei uns auf dem Hof gebellt? Ich habe kein Auge zutun können!«
»Ein Hund... was für ein Hund... vielleicht der Hund des Stummen, gnädige Frau«, brachte er mit nicht ganz sicherer Stimme hervor.
»Weiß ich, ob das nun der Hund des Stummen oder jemandes anderen war, jedenfalls hat er mich nicht schlafen lassen. Ja, es wundert mich ohnehin, wozu wir so eine Masse Hunde brauchen! Das möchte ich wissen! Wir haben doch unsern Hofhund!«
Gewiß, gnädige Frau, wir haben den Woltschok.«
»Na, was brauchen wir mehr, wozu noch einen Hund? Das gibt bloß Unordnung. Es ist eben kein richtiger Vorgesetzter im Haus – das ist's. Und wozu braucht denn der Stumme einen Hund? Wer hat es ihm erlaubt, auf meinem Hof Hunde zu hal-

ten? Gestern trat ich ans Fenster, und da lag er doch im Vorgarten, hatte irgend etwas Ekliges dahingeschleppt, woran er nagte – und ich habe dort meine Rosen ...« Die Gutsherrin schwieg.
»Daß er heute noch von hier verschwindet ... hörst du?«
»Jawohl, gnädige Frau.«
»Heute noch. Doch jetzt geh. Zum Vortrag werd' ich dich nachher rufen lassen.«
Gawrilo ging hinaus.
Als der Haushofmeister durchs Gastzimmer ging, stellte er ordnungshalber die Zimmerglocke von einem Tisch auf den anderen, schneuzte im Salon heimlich seine Entenschnabelnase und trat ins Vorzimmer, wo auf der Kastenbank Stephan in der Stellung eines erschlagenen Kriegers auf einem Schlachtengemälde schlief und dabei seine nackten Füße unter dem Rock, dessen er sich statt einer Decke bediente, steif hervorstreckte. Der Haushofmeister rüttelte ihn auf und gab ihm mit gedämpfter Stimme einen Befehl, den Stephan halb mit Gähnen, halb mit Lachen beantwortete. Der Haushofmeister entfernte sich, während Stephan aufsprang, seinen Rock und die Stiefel anzog, hinausging und sich in der Freitreppe aufstellte. Keine fünf Minuten waren vergangen, da erschien Gerassim mit einem riesigen Bündel Brennholz auf dem Rücken in Begleitung der von ihm unzertrennlichen Mumu. – Die alte Dame hatte angeordnet, ihr Schlafzimmer und ihr Kabinett sogar im Sommer zu heizen. – Gerassim drehte sich an der Tür seitwärts, stieß sie mit der Schulter auf und schob sich mit seiner Last ins Haus, während Mumu wie gewöhnlich stehenblieb, um auf ihn zu warten. Im Nu warf sich Stephan, der diesen günstigen Augenblick abgepaßt, wie der Habicht auf das Kücklein, auf Mumu, drückte sie mit der Brust zu Boden, bekam sie mit den Händen zu fassen und lief mit ihr, gleich ohne Mütze, über den Hof, nahm die erste beste Droschke und fuhr im Trab zum Trödelmarkt. Dort hatte er bald einen Käufer gefunden, dem er den Hund für einen halben Rubel überließ, doch nur unter der Bedingung, daß er ihn zumindest acht Tage an der Leine halte, und kehrte sofort zurück. Noch ehe er

das Haus erreicht hatte, verließ er jedoch die Kutsche, machte einen Bogen um den Hof und sprang von der hinteren Gasse über den Zaun in den Hof; er getraute sich nicht durchs Eingangstor zu gehen, denn da hätte er auf Gerassim stoßen können.
Seine Furcht war übrigens ganz unnötig: Gerassim war bereits nicht mehr auf dem Hofe. Als er aus dem Hause kam, vermißte er sofort Mumu; er konnte sich nicht entsinnen, daß sie jemals nicht seine Rückkehr abgewartet, lief überallhin, sie zu suchen, rief sie auf seine Art... stürzte in sein Kämmerchen, auf den Heuboden, rannte auf die Straße hinaus – dahin und dorthin... Spurlos verschwunden! Er wandte sich an die Bedienten, erkundigte sich mit höchst verzweifelten Zeichen nach ihr, indem er einen halben Arschin hoch vom Boden zeigte und ihren Umriß mit den Händen andeutete... Manche wußten wirklich nicht, wo Mumu geblieben war, und schüttelten nur die Köpfe, andere wußten es und lachten zur Antwort, der Haushofmeister jedoch setzte eine ganz besonders wichtige Miene auf und begann, auf die Kutscher einzuschreien. Da lief Gerassim vom Hofe weg.
Die Dämmerung brach schon herein, als er zurückkehrte. Seinem erschöpften Aussehen, seinem unsicheren Gang und seiner staubbedeckten Kleidung nach konnte man meinen, daß er durch halb Moskau gejagt war. Er verweilte vor den Fenstern des Herrenhauses, schickte einen Blick zur Freitreppe, auf der ein halbes Dutzend Bediente beieinander standen, wandte sich ab und stammelte noch einmal »Mumu!« Doch von Mumu keine Spur. Er ging davon. Alle blickten ihm nach, aber keiner lächelte mehr, keiner sagte ein Wort... und der neugierige Vorreiter Antipka erzählte am anderen Morgen in der Küche, der Stumme habe die ganze Nacht gestöhnt.
Am nächsten Tag blieb Gerassim gänzlich unsichtbar, so daß der Kutscher Potap statt seiner nach Wasser fahren mußte, worüber sich jener sehr ungehalten zeigte. Die gnädige Frau fragte Gawrilo, ob ihr Auftrag ausgeführt sei. Gawrilo erwiderte, es sei geschehen. Am anderen Morgen verließ Gerassim sein Kämmerchen und nahm seine Arbeit wieder auf. Er kam zum Mittags-

tisch, aß und verschwand wieder ohne Gruß. Sein Gesicht, das wie bei allen Taubstummen ohnedies schon unbelebt war, schien nun gleichsam versteinert. Nach Tisch verließ er abermals den Hof, jedoch nicht sehr lange, und begab sich, wieder heimgekehrt, geradewegs auf den Heuboden. Die Nacht brach herein, eine klare Mondnacht. Schwer seufzend und sich unablässig von einer Seite zur anderen wälzend, lag Gerassim da, als er auf einmal zu spüren glaubte, daß es ihn am Rockschoß zupfte; er fing am ganzen Körper an zu zittern, richtete jedoch nicht den Kopf auf, ja drückte sogar die Augen fest zu, aber da zupfte es ihn nochmals, stärker als zuvor, er fuhr hoch – vor ihm tänzelte mit einem abgerissenen Stück Leine am Hals Mumu. Ein gedehnter Freudenschrei entrang sich seiner Brust; er ergriff Mumu und preßte sie in seine Arme; sie hatte ihm im gleichen Augenblick Nase, Augen und Bart beleckt... Er verharrte kurze Zeit im Nachsinnen, stieg dann behutsam vom Heuboden herab, schaute sich um, und als er sich vergewissert hatte, daß ihn niemand sah, schlich er weiter und gelangte glücklich in seine Kammer. Gerassim hatte schon vorher geahnt, daß der Hund nicht von allein entlaufen war, sondern auf Geheiß der Herrin weggeschafft worden sein mußte; die anderen hatten ihm mittels Zeichen dargelegt, wie Mumu ihr die Zähne gezeigt, und so beschloß er, seine Vorkehrungen zu treffen. Zunächst einmal gab er Mumu Brot zu fressen, liebkoste sie und legte sie an ihren Platz, dann begann er zu grübeln und sann die ganze Nacht hindurch, wie sie sich am besten verborgen halten ließe. Schließlich hatte er sich folgendes ausgedacht: er wollte sie den ganzen Tag in seiner Kammer einsperren, nur hin und wieder nach ihr schauen und sie des Nachts ausführen. Die Öffnung in der Tür stopfte er fest mit seinem alten Kittel zu und arbeitete beim Morgengrauen schon auf dem Hofe, als wäre nichts geschehn, wobei er sogar – welch einfältige List! – seine bisherige Niedergeschlagenheit weiter zur Schau trug. Dem armen Tauben konnte es ja auch nicht in den Sinn kommen, daß sich Mumu durch ihr Winseln verraten mußte: und in der Tat, bald wußten alle im Hause, daß der Hund des

Stummen zurückgekehrt war und bei ihm eingeschlossen sitze. Doch aus Mitleid ihm und Mumu gegenüber, zum Teil vielleicht auch aus Furcht vor ihm, ließen sie ihn nicht wissen, daß sein Geheimnis entdeckt sei. Allein der Haushofmeister kratzte sich im Nacken, winkte dann aber mit der Hand: »Na, meinetwegen, was geht's mich an! Vielleicht erfährt's die gnädige Frau nicht!« Dafür war auch der Stumme an jenem Tage so eifrig an der Arbeit wie noch nie: er säuberte den ganzen Hof und kratzte ihn ab, rupfte alles Gras bis aufs letzte Hälmchen aus, zog eigenhändig sämtliche Pflöcke des Vorgartenzauns aus dem Erdreich, um sich zu vergewissern, ob sie fest genug säßen, und rammte sie dann wieder ein; mit einem Wort, er wirtschaftete derart herum und war so geschäftig, daß sein Eifer selbst die Aufmerksamkeit der Gutsherrin erregte. Im Laufe des Tages besuchte Gerassim ein paarmal verstohlen seinen eingesperrten Liebling; als es Nacht geworden war, legte er sich gemeinsam mit Mumu in seiner Kammer schlafen, nicht aber auf dem Heuboden, und ging erst in der zweiten Stunde hinaus, um mit ihr etwas an der frischen Luft auf und ab zu spazieren. Nachdem er bereits ziemlich lange mit ihr auf dem Hof herumgeschlendert war und sich schon anschickte, wieder hineinzugehen, gab es plötzlich hinterm Zaun nach dem Seitengäßchen zu ein Geräusch. Mumu spitzte die Ohren, begann zu knurren, lief zum Zaun, schnupperte und stimmte ein lautes, durchdringendes Gebell an. Irgendeinem Betrunkenen war es eingefallen, an dieser Stelle zu nächtigen. Zur gleichen Zeit war die gnädige Frau nach einer anhaltenden »nervösen Erregung« eben erst eingeschlummert: diese Zustände bekam sie stets nach einem überreichlichen Abendessen. Das plötzliche Bellen hatte sie aus dem Schlafe gestört; ihr Herz wurde unruhig und klopfte unregelmäßig. »Mädchen, he, Mädchen!« ächzte sie, »he, Mädchen!« Die erschreckten Dienstmädchen stürzten zu ihr ins Schlafzimmer. »Ach, ach, ich sterbe!« brachte sie hervor, wehleidig die Hände ringend. – »Wieder, schon wieder dieser Hund!... Ach, laßt den Doktor holen. Sie wollen mich umbringen... Der Hund, wieder der Hund! Ach!« und sie warf den Kopf zurück, was eine Ohnmacht bedeuten sollte. Man stürzte davon, um den Doktor, das heißt den Hausarzt Chariton, zu holen. Dieser Arzt, dessen ganze Kunst darin bestand, daß er Stiefel mit weichen, geräuschlosen Sohlen trug, delikat den Puls zu fühlen verstand, vierzehn Stunden am Tag verschlief, in der übrigen Zeit aber in einem fort seufzte und die gnädige Frau immerzu mit Kirschlorbeertropfen traktierte – dieser Arzt also kam sogleich herbeigeeilt, räucherte mit gesengten Federn, und kaum hatte die gnädige Frau die Augen geöffnet, reichte er ihr auch schon auf einem silbernen Tablett ein Gläschen mit den hochgeschätzten Tropfen. Die Herrin nahm sie, hob aber gleich wieder mit weinerlicher Stimme ihr Gejammer über den Hund, über Gawrilo, über ihr Schicksal an sowie darüber, daß alle sie, eine arme, alte Frau, im Stich gelassen, niemand Mitleid mit ihr habe und alle ihren Tod wollten. Unterdessen setzte die unselige Mumu ihr Bellen fort, während Gerassim sich vergebens mühte, sie vom Zaune wegzulocken.

»Da... da... schon wieder...«, stotterte die gnädige Frau und verdrehte abermals die Augen nach oben. Der Arzt flüsterte einem Dienstmädchen etwas zu, das darauf zum Vorzimmer flog und Stephan aus dem Schlafe rüttelte. Stephan lief, Gawrilo zu wecken, der seinerseits in der ersten Aufregung das ganze Haus aufscheuchte.

Gerassim wandte sich um, und da sah er die huschenden Lichter und Schatten in den Fenstern, nahm, in seinem Herzen nichts Gutes ahnend, Mumu unter den Arm, eilte in seine Kammer und sperrte sich ein. Einige Augenblicke später rüttelten ihrer fünf an seiner Tür, doch als sie merkten, daß sie fest verriegelt war, ließen sie davon ab. Gawrilo kam ganz außer Atem herbeigelaufen, befahl den Bedienten, bis zum Morgen hier zu bleiben und Wache zu halten, er selbst aber stürzte zur Mägdestube und ließ der Herrin durch die älteste Gesellschafterin, Ljubow Ljubimowna, mit der zusammen er Tee, Zucker und andere Waren zu unterschlagen und überzuberechnen pflegte, melden, daß der Hund unglücklicherweise von irgendwoher wieder zugelaufen sei, er morgen jedoch nicht mehr am Leben sein werde und daß die gnädige Frau doch die Güte haben möchte, ihm nicht zu zürnen, und völlig beruhigt sein könne. Die Herrin hätte sich wahrscheinlich nicht so bald beruhigt, allein der Arzt hatte ihr in seiner Eile statt zwölf Tropfen volle vierzig ins Glas gegeben: die Wirkung der Kirschlorbeertropfen stellte sich bald ein – eine Viertelstunde später war die gnädige Frau bereits in festem und ruhigem Schlaf; Gerassim aber lag ganz bleich auf seinem Bett und preßte fest Mumus Schnauze zu.

Am nächsten Morgen erwachte die gnädige Frau ziemlich spät. Gawrilo harrte ihres Erwachens, um den Befehl zum entscheidenden Sturm auf Gerassims Schlupfwinkel geben zu können, er selbst aber machte sich auf ein heftiges Donnerwetter gefaßt. Es entlud sich jedoch kein Donnerwetter. Im Bett liegend, ließ die Herrin die älteste Gesellschafterin zu sich rufen.

»Ljubow Ljubimowna«, begann sie mit leiser und schwacher Stimme: zuweilen liebte sie es, sich als verfolgte und vereinsamte Märtyrerin hinzustellen; es braucht wohl nicht erwähnt zu werden, daß sich dann aller im Hause ein höchst betretenes Gefühl bemächtigte; »Ljubow Ljubimowna, Sie sehen, in welchem Zustand ich hier liege; gehen Sie, meine gute Seele, zu Gawrilo Andreïtsch, sprechen Sie mit ihm, ob ihm denn wirklich irgend so ein Köter mehr wert ist als die Nachtruhe, ja das Leben seiner Herrin? Ich möchte dies nicht glauben«, fügte sie mit dem Ausdruck tiefer Bewegtheit hinzu, »gehen Sie, meine gute Seele, seien Sie so lieb, gehen Sie zu Gawrilo Andreïtsch.«

Ljubow Ljubimowna begab sich in Gawrilos Zimmer. Man weiß nicht, was sie miteinander besprochen haben, jedoch kurze Zeit später rückte ein ganzer Trupp Leute in Richtung auf Gerassims Kammer über den Hof: voran marschierte Gawrilo, der seine Schirmmütze in der Hand hielt, obgleich es durchaus windstill war; ihm zur Seite schritten die Diener und die Köche; aus dem Fenster schaute Onkel Schwänzel und leitete das Unternehmen, das heißt, er fuchtelte lediglich mit den Armen umher; hinterdrein sprang, allerlei Unfug treibend, eine Schar Bengel, von denen die Hälfte fremd und bloß herbeigelaufen war. Auf der schmalen Stiege, die zu Gerassims Kämmerchen führte, saß ein Wachtposten; an der Tür standen, mit Knütteln bewaffnet, zwei weitere. Man erstieg die Treppe und besetzte sie in ihrer ganzen Länge. Gawrilo trat zur Tür, pochte mit der Faust dagegen und rief: »Mach auf!«

Ein gepreßtes Bellen wurden vernehmlich, doch keine Antwort.

»Aufmachen, habe ich gesagt!« wiederholte er.

»Aber, Gawrilo Andreïtsch«, bemerkte Stephan von unten, »er ist doch taub und hört nichts.«

Alle mußten lachen.

»Hm, was machen wir da!« erwiderte Gawrilo von oben. »In seiner Türe dort hat er ein Loch«, gab Stephan zur Antwort, »stochern Sie doch mal mit einem Stock drin herum.«

Gawrilo bückte sich.

»Er hat's mit einem Kittel verstopft, das Loch.«

»Stoßen Sie doch den Kittel nach innen.«

Da ertönte wieder ein gedämpftes Bellen.

»Seht ihr, seht, der antwortet gleich selber«, bemerkte einer aus der Menge, und wieder wurde gelacht.

Gawrilo kratzte sich hinterm Ohr.

»Nein, mein Lieber«, fuhr er schließlich fort, »den Kittel kannst du selber hineinstoßen, wenn du willst.«

»Was ist denn dabei? Bitte schön.«

Und schon war Stephan hinaufgeklettert, nahm den Stock zur Hand, stieß den Kittel hinein und begann, mit dem Stock durch die Öffnung zu stochern, wozu er sagte: »Herauskommen, herauskommen!« Er rührte noch mit dem Stock herum, als plötzlich die Tür der Kammer aufgerissen wurde – das ganze Gesinde stürzte kopfüber die Stiege hinunter, Gawrilo zuallererst. Onkel Schwänzel klappte sein Fenster zu.

»Na, na, na, na«, schrie Gawrilo vom Hofe aus, »sieh dich vor, du, hüte dich!...«

Gerassim stand reglos auf seiner Schwelle. Die Menge umringte den Fuß der Treppe. Gerassim blickte, die Hände leicht in die Seiten gestützt, von seiner Höhe auf alle diese Leutchen, die Jakken nach deutscher Art trugen, herab; in seinem roten Bauernhemd erschien er im Vergleich zu ihnen wie ein Riese. Gawrilo machte einen Schritt vorwärts.

»Sieh dich vor, mein Lieber«, sagte er, »mach mir bloß keinen Unfug.«

Und dann schickte er sich an, ihm mittels Zeichen auseinanderzusetzen, daß die Herrin auf jeden Fall seinen Hund von ihm verlange: »Gib ihn«, sprach er, »augenblicklich her, sonst wehe dir.«

Gerassim blickte ihn an, wies auf den Hund, machte mit der Hand ein Zeichen, als ob er eine Schlinge um seinen Hals zusammenzöge, und sah den Haushofmeister mit fragendem Gesicht an.

»Ja, ja«, erwiderte jener, mit dem Kopfe nickend, »ja, auf jeden Fall.«

Gerassim schlug die Augen nieder, dann reckte er sich auf, wies abermals auf den Hund, der die ganze Zeit, unschuldig mit dem Schwanze wedelnd und neugierig die Ohren spitzend, neben ihm stand, wiederholte das Zeichen des Erdrosselns am Hals und schlug sich bedeutsam auf seine Brust, wie um zu versichern, daß er es selbst übernehmen werde, Mumu zu töten.

»Du willst mich täuschen«, gab Gawrilo ihm darauf durch Handgebärden zu verstehen.

Gerassim blickte ihn mit einem verächtlichen Lächeln an, schlug sich abermals an seine Brust und warf die Tür zu. Alle schauten sich schweigend an.

»Was soll denn das heißen?« begann Gawrilo. »Er hat sich eingeschlossen?«

»Lassen Sie ihn, Gawrilo Andreïtsch«, sagte Stephan, »er tut es, wenn er's versprochen hat. Er ist nun mal so... Er hält, was er einmal versprochen hat. Nicht wie unsereins ist er in solchen Sachen. Was wahr ist, bleibt auch wahr. Ja«.

»Ja«, wiederholten alle und nickten mit den Köpfen. »So ist's.

Ja.« Onkel Schwänzel tat sein Fenster auf und sagte auch: »Ja«.
»Na, meinetwegen, wir werden ja sehen«, erwiderte Gawrilo, »aber die Wache bleibt trotzdem noch hier. He du, Jeroschka!« fuhr er, zu einem blassen Menschen in einem gelben Nankingröckchen gewandt, fort, der als Gärtner eingesetzt war: »Was hast du schon zu tun! Nimm einen Stock und bleib hier sitzen; und wenn das Geringste geschieht, komm gleich zu mir gelaufen!«
Jeroschka nahm einen Stock und setzte sich auf die letzte Treppenstufe. Die Menge zerstreute sich bis auf ein paar Neugierige und die Bengel, während Gawrilo ins Haus zurückkehrte und der Herrin durch Ljubow Ljubimowna melden ließ, daß alles ausgeführt sei, und für alle Fälle selbst den Vorreiter nach dem Polizeidiener schickte. Die gnädige Frau knüpfte einen kleinen Knoten in ihr Schnupftuch, goß etwas Eau de Cologne darauf, roch daran, rieb sich dann die Schläfen, trank ihren Tee und schlief, noch unter der Wirkung der Kirschlorbeertropfen, wieder ein.
Eine Stunde nach diesen Vorfällen ging die Tür des Kämmerchens auf, und Gerassim zeigte sich. Er hatte seinen Festtagsrock an und führte Mumu an der Leine. Jeroschka trat zur Seite und ließ ihn vorbeigehen. Gerassim lenkte seine Schritte zum Tor. Die Bengel und alle, die auf dem Hofe waren, folgten ihm schweigend mit ihren Blicken. Er kehrte sich nicht einmal um, seine Mütze setzte er erst auf der Straße auf. Gawrilo schickte ihm ebendenselben Jeroschka als Beobachter hinterher. Jeroschka sah von fern, wie er mit seinem Hund in einem Wirtshaus verschwand, und wartete, bis er wieder heraustrat. Im Wirtshaus kannte man Gerassim und verstand seine Zeichen. Er bestellte Kohlsuppe mit Fleisch und setzte sich, wobei er sich mit den Armen auf den Tisch stützte. Mumu stand bei seinem Stuhl und blickte ihn still mit ihren kleinen klugen Augen an. Ihr Fell glänzte schön, woran man erkennen konnte, daß sie eben erst gekämmt worden war. Man brachte Gerassim die Kohlsuppe. Er

brockte Brot hinein, schnitt das Fleisch klein und stellte den Teller auf den Boden. Mit gewohnter Artigkeit, die Suppe kaum mit ihrer kleinen Schnauze berührend, machte sich Mumu ans Fressen. Gerassim schaute ihr lange zu; zwei dicke Tränen rollten plötzlich aus seinen Augen: die eine tropfte auf das steile Stirnchen des Hundes, die andere in die Kohlsuppe. Er bedeckte sein Gesicht mit der Hand. Mumu leerte den Teller zur Hälfte und wandte sich, das Maul leckend, zur Seite. Gerassin erhob sich, zahlte die Suppe und ging, begleitet von dem etwas erstaunten Blick des Kellners, hinaus. Als Jeroschka Gerassim erblickte, sprang er schleunigst hinter eine Ecke, ließ ihn vorbeigehen und folgte ihm wieder.

Gerassim ging ohne Eile seines Wegs, Mumu ließ er dabei nicht von der Leine. An einer Ecke der Straße verharrte er wie unentschlossen, und auf einmal eilte er mit großen Schritten direkt der Krimfurt zu. Unterwegs schwenkte er in den Hof eines Hauses ein, an dem gerade ein Seitenflügel angebaut wurde, und holte sich von da zwei Ziegelsteine, die er unterm Arm trug. Von der Krimfurt wandte er sich zum Flußufer, das er bis zu einer Stelle entlangging, wo zwei kleine Ruderboote an Pflöcken angebunden waren – er hatte sie schon früher bemerkt –, er sprang in eins von ihnen und Mumu tat das gleiche. Irgendein lahmer Alter kam aus der Hütte hervor, die in der Ecke eines Gemüsegartens stand, und schrie ihn an. Gerassim aber nickte nur mit dem Kopf und legte sich so mächtig in die Riemen, daß er, obgleich er gegen die Strömung des Flusses ruderte, im Handumdrehn an die hundert Klafter zurückgelegt hatte. Der Alte stand noch lange da, kratzte sich dann den Rücken zuerst mit der linken, dann mit der rechten Hand und kehrte schließlich hinkend in seine Hütte zurück.

Gerassim aber ruderte und ruderte. Schon hatte er Moskau hinter sich gelassen. Schon erstreckten sich längs der Ufer Wiesen, Gemüsegärten, Felder und Wälder; Bauernhütten lagen verstreut. Landluft wehte ihm entgegen. Er ließ die Ruder fahren, drückte seinen Kopf an Mumu, die vor ihm auf einem trockenen Sitzbrett saß – der Boden war mit Wasser bedeckt –, und verharrte reglos, die mächtigen Arme über ihrem Rücken verschränkt, während die Fluten den Kahn sacht zur Stadt zurücktrugen. Schließlich richtete sich Gerassim auf, wand hastig, mit schmerzzerquältem, erbittertem Gesichtsausdruck einen Strick um die mitgenommenen Ziegelsteine, legte eine Schlinge, steifte sie Mumu um den Hals, hielt sie über die Fluten und blickte sie ein letztes Mal an... Zutraulich und ohne Furcht sah sie ihn an und wedelte leise mit dem Schwänzchen. Er wandte sich ab, schloß die Augen und löste die Hände... Gerassim hatte nichts gehört, weder das kurze Aufwinseln Mumus beim Fall noch das schwere Klatschen des Wassers; für ihn war selbst der lärmende Tag so still und stumm wie für uns nicht einmal die stillste Nacht, und als er die Augen wieder auftat, spielten auf dem Flusse wie zuvor die kleinen Wellen, die einander nachzujagen schienen; wie zuvor plätscherten sie und pochten an die Planken des Bootes, und nur fern dahinten, dem Ufer zu, verloren sich die letzten weiten Ringe.

Als Jeroschka Gerassim aus dem Gesicht verloren hatte, war er sofort heimgekehrt und hatte alles berichtet, was er gesehen.

»Na ja«, bemerkte Stephan, »er ertränkt ihn. Da kann man ganz beruhigt sein. Wenn er was versprochen hat...«

Im Laufe des Tages hatte niemand Gerassim gesehen. Er kam auch nicht zum Mittagessen. Der Abend brach herein; alle versammelten sich zum Abendessen, er aber erschien nicht.

»Was ist der wunderlich, dieser Gerassim!« meinte eine dicke Wäscherin mit piepsender Stimme: »Wie kann man nur wegen 'nem Hund so viel Kram machen!... Wirklich!«

»Gerassim ist ja hier gewesen«, brachte plötzlich Stephan hervor, während er mit dem Löffel seine Grütze zusammenkratzte.

»Wie? Wann?«

»Ja, so vor zwei Stunden. Bestimmt. Ich bin ihm am Tor begegnet, er ging gerade wieder weg, aus dem Hof kam er. Ich wollte ihn wegen seinem Hunde fragen, er hatte aber, glaube ich, keine gute Laune. Na, und da hat er mir 'nen Stoß gegeben; sicher wollte er mich bloß zur Seite schieben; sollte wohl heißen: laß mich in Ruh – das war aber so'n gehöriger Puff, den er mir aufs

Rückgrat setzte, alle Achtung, daß ich au-au-au schrie!« Und mit einem unwillkürlichen Lächeln krümmte sich Stephan und rieb sich den Nacken. »Ja«, setzte er hinzu, »eine Handschrift hat er, eine gesegnete Handschrift, das muß man ihm lassen.«
Alle lachten über Stephan und erhoben sich vom Abendbrot, um schlafen zu gehen.
Unterdessen schritt zur selben Zeit, ein Bündel auf der Schulter und einen langen Stock in der Hand, ein Wandersmann von Riesengestalt rüstig und unermüdlich die T...sche Landstraße entlang. Es war Gerassim. Er eilte heim, ohne sich umzusehen, eilte seinem Dorf, seiner Heimat zu. Nachdem er die arme Mumu ertränkt hatte, war er in seine Kammer gelaufen, hatte geschwind ein paar Habseligkeiten in eine alte Pferdedecke gepackt, daraus ein Bündel geschnürt, es auf die Schulter geladen und sich davongemacht. Den Weg hatte er sich damals gut gemerkt, als man ihn nach Moskau gebracht; das Dorf, aus dem die Herrin ihn hatte kommen lassen, lag ganze fünfundzwanzig Werst von der Landstraße entfernt. Er marschierte auf ihr unerschütterlich guten Muts, voll verzweifelter und zugleich froher Entschlossenheit. Er ging seines Weges, weit das Hemd an der Brust geöffnet; sein Auge war dürstend, unentwegt vorwärts gerichtet. Er eilte, als erwarte ihn in der Heimat die alte Mutter, als riefe sie ihn nach langer Wanderschaft durch ferne Länder, unter fremden Menschen zu sich... Die Sommernacht, die nun hereinbrach, war still und lau; nach der einen Seite, dort, wo die Sonne versunken war, zog sich am Horizont noch ein heller Saum dahin, der vom letzten Widerschein des scheidenden Tages in ein zartes Rot getaucht war – auf der anderen Seite senkte sich schon ein blaues, graues Dunkel herab. Von da kam die Nacht. Ringsum riefen Hunderte von Wachteln, und die Wiesenschnarrer lärmten um die Wette... Gerassim konnte sie nicht hören, wie auch nicht das feine nächtliche Flüstern der Bäume, an denen ihn seine sehnigen Beine vorübertrugen; doch er spürte den vertrauten Duft des reifenden Korns, den die dunklen Felder ausatmeten, er spürte, wie der Wind, der ihm entgegenwehte – der Wind der Heimat –, zärt-

lich sein Gesicht umschmeichelte, in seinem Haupt- und Barthaar spielte; er sah vor sich helleuchtend den Weg – den Weg nach Haus, der sich pfeilgerade dahinstreckte; er sah am Himmelszelt die unzähligen Sterne, die auf ihn herabfunkelten, und schritt munter und stark wie ein Löwe fürbaß, so daß, als die aufgehende Sonne den immer noch wacker ausschreitenden Wandersmann mit ihren jungen rötlichen Strahlen übergoß, Moskau bereits fünfunddreißig Werst hinter ihm lag...
Zwei Tage später war er schon daheim in seiner kleinen Hütte, zur größten Verwunderung einer Soldatenfrau, die man da einquartiert hatte. Nachdem er vor den Heiligenbildern sein Gebet verrichtet, suchte er sogleich den Dorfschulzen auf. Dieser war anfangs wohl erstaunt; doch eben hatte die Heuernte begonnen; so drückte man Gerassim, der als vortrefflicher Arbeiter bekannt war, auf der Stelle eine Sense in die Hand – und er machte sich nach seiner alten Art ans Mähen, und zwar so, daß es den Bauern durch Mark und Bein fuhr, wenn sie seinen Schwung und Schnitt sahen...
In Moskau aber bemerkte man am Tage nach der Flucht, daß Gerassim verschwunden war. Man drang in sein Kämmerchen ein, durchsuchte es und meldete es Gawrilo. Dieser kam herbei, besah sich alles, zuckte mit den Achseln und kam zu dem Schluß, daß der Stumme entweder davongelaufen sei oder sich zusammen mit seinem albernen Hunde ertränkt habe. Man benachrichtigte die Polizei und meldete es der Herrin. Die gnädige Frau wurde sehr zornig, brach in Tränen aus, befahl, ihn um jeden Preis ausfindig zu machen, versicherte, sie habe niemals angeordnet, den Hund zu töten, und gab schließlich Gawrilo einen derartigen Verweis, daß jener den ganzen Tag nur noch den Kopf schüttelte und dazu »Nu!« sagte, bis Onkel Schwänzel ihn dann durch ein »Nu-nu!« wieder zur Vernunft brachte. Endlich kam vom Lande Nachricht, daß Gerassim dort eingetroffen sei. Die gnädige Frau beruhigte sich etwas; erst wollte sie den Befehl erteilen, ihn unverzüglich nach Moskau zurückzuschaffen, dann erklärte sie jedoch, daß sie einen so undankbaren Menschen so-

wieso nicht brauchen könne. Übrigens starb sie bald darauf; und den Erben war Gerassim ganz einerlei; sie entließen auch die anderen Leibeigenen ihrer Mutter und setzten sie auf Zins. Gerassim aber lebt bis auf den heutigen Tag als Häusler in seiner einsamen Hütte; noch immer gesund und kräftig, arbeitet er nach wie vor für vier, und wie früher hat er sein gewichtiges und gesetztes Wesen. Allein die Nachbarsleute haben bemerkt, daß er seit seiner Rückkehr aus Moskau auf allen Umgang mit Frauen verzichtet, ja sie nicht einmal anschaut und sich keinen Hund mehr hält. – »Übrigens kann er heilfroh sein«, meinen die Bauern, »daß er das Weibsvolk nicht braucht; und einen Hund – was soll er sich einen Hund halten! Auf seinen Hof schleppt man nicht einmal mit Gewalt einen Dieb!« So spricht der Volksmund von der Riesenstärke des Stummen.

ASJA

I

Ich war damals fünfundzwanzig Jahre alt – begann N. N. seine Erzählung –, und das ist, wie Sie sehen, schon lange her. Endlich war ich frei und konnte ins Ausland fahren, nicht um »meine Bildung zu vollenden«, wie es damals hieß, sondern ich wollte Gottes schöne Welt kennenlernen. Jung, gesund, froh und wohlhabend, kannte ich keine Sorgen, lebte in den Tag hinein und genoß das blühende Leben. Auf den Gedanken, daß ich keine Pflanze sei und es den Menschen nicht vergönnt ist, die Blüte ihrer Jugend und ihres Glückes lange zu genießen, kam ich gar nicht. Die Jugend ißt golden glänzende Honigkuchen und vergißt, daß sie nicht das tägliche Brot sind. Es kommt aber die Zeit, da auch das Brot fehlt. Doch es hat keinen Zweck, viele Worte darüber zu verlieren.

Planlos reiste ich umher, blieb, wo es mir gefiel, und fuhr weiter, sobald ich den Wunsch verspürte, neue Gesichter zu sehen; ja, auf die Gesichter kam es mir vor allem an. Nur die Menschen interessierten mich, ich haßte berühmte Kunstdenkmäler und Sammlungen; der Anblick eines Lohndieners erfüllte mich mit Trauer und Zorn, und im Dresdner »Grünen Gewölbe« verlor ich beinahe den Verstand. Die Natur wirkte stark auf mich, aber ihre sogenannten Schönheiten, den Anblick mächtiger Berge, Felsen und Wasserfälle, liebte ich nicht; sie durften sich mir nicht aufdrängen und nicht stören. Doch die lebendigen Gesichter der Menschen, ihre Reden, Bewegungen, ihr Lachen, das zog mich an und verlieh meinem Dasein Freude und Inhalt. In einer großen Menge fühlte ich mich stets wohl, es war mir ein Vergnügen, dahin zu gehen, wohin die anderen gingen, da zu schreien, wo andere schrien, und dabei gleichzeitig den Schreienden zuzusehen. Es war mir ein Genuß, die Menschen zu beobachten... ich beobachtete sie nicht nur, ich nahm ihren Anblick in mich auf, mit freudiger, unersättlicher Neugierde... Aber nun weiche ich vom Thema ab.

Vor zwanzig Jahren lebte ich in der kleinen Stadt S. am linken Rheinufer. Ich suchte Einsamkeit. Eine junge Witwe, die ich in einem Bad kennengelernt, hatte mein Herz gewonnen. Sie war sehr schön und klug, kokettierte mit allen und auch mit mir jungem Sünder, ermutigte mich anfangs sogar und kränkte mich dann tief, als sie meine Liebe einem rotwangigen bayrischen Leutnant opferte. Offen gestanden war die Wunde nicht sehr tief, aber ich hielt es für meine Pflicht, mich eine Zeitlang in Einsamkeit der Trauer zu ergeben – in der Jugend findet man auch daran Gefallen –, und ließ mich in S. nieder.

Dieses Städtchen gefiel mir wegen seiner Lage am Fuß zweier Berge, wegen seiner altersgrauen Mauern und Türme, der uralten Linden und der steilen Brücke über ein helles Nebenflüßchen des Rheins, vor allem aber wegen seines ausgezeichneten Weins. Reizende blonde deutsche Mädchen promenierten nach Sonnenuntergang – es war Juni – in den engen Gäßchen und grüßten die Ausländer mit einem freundlichen »Guten Abend«. Manche von ihnen gingen auch dann nicht nach Hause, wenn der Mond hinter den Giebeldächern der kleinen Häuser emporstieg und die kleinen Pflastersteine sich im reglosen Glanz der blassen Strahlen deutlich abzeichneten. Zu dieser Stunde wanderte ich gern durch die Straßen. Vom klaren Himmel sah der Mond unverwandt auf sie herab, und die Stadt schien diesen Blick zu fühlen; friedlich, aber mit wachen Sinnen lag sie da, übergossen von seinem Licht, diesem sanften und doch die Seele leicht erregenden Licht. Der Hahn auf dem hohen gotischen Kirchturm leuchtete in mattem Gold, und dasselbe Gold funkelte im schwarzen Glanz der Wellen. Schmale Kerzen schimmerten bescheiden in den Fenstern unter dunklen Schieferdächern, geheimnisvoll streckten Weinreben ihre krausen Fühler aus, eine Gestalt huschte im Schatten des alten Brunnens auf dem dreieckigen Marktplatz vorüber, das schläfrige Trompeten des Nachtwächters ertönte plötzlich in der Stille, ein gutmütiger Hund knurrte leise, die Luft kühlte wohltuend das Gesicht, und die Linden dufteten so süß, daß man unwillkürlich tiefer atmete und das Wort »Gretchen« sich halb als Anruf, halb als Frage auf die Lippen drängte.

Das Städtchen S. liegt zwei Kilometer vom Rhein entfernt. Oft ging ich zu dem majestätischen Fluß und verbrachte manche Stunde auf der Steinbank unter einer gewaltigen, einsamen Esche, in Gedanken an die hinterlistige Witwe versunken. Aus den Zweigen lugte das kindliche Gesicht einer Madonna mit rotem, von Schwertern durchbohrtem Herzen. Am anderen Ufer lag das Städtchen L., ein wenig größer als der Ort, in dem ich wohnte.

Eines Abends saß ich auf meiner Lieblingsbank, in den Anblick des Flusses, des Himmels und der Weinberge versunken. Blonde Buben kletterten an den Planken eines Bootes herum, das an Land gezogen war und mit dem geteerten Kiel nach oben lag. Langsam glitten kleine Schiffe mit schwach geblähten Segeln den Strom entlang, von grünlichen Wellen umspült, die leise anschwellend und rauschend an mir vorbeizogen. Plötzlich vernahm ich Musik. Ich lauschte. Im Städtchen L. wurde ein Walzer gespielt, der Baß brummte in abgerissenen Tönen, leise sang die Geige, munter pfiff die Flöte.

»Was ist das?« fragte ich einen alten Mann, der gerade kam. Er trug eine gestickte Weste, blaue Strümpfe und Schnallenschuhe.

»Das?« fragte er und schob seine Pfeife aus einem Mundwinkel in den anderen, »das sind Bonner Studenten, die ihren Kommers abhalten.«

»Diesen Kommers sehe ich mir an«, dachte ich. »Übrigens bin ich noch nie in L. gewesen.« Ich suchte einen Fährmann und ließ mich übersetzen.

2

Vielleicht weiß nicht jeder, was ein Kommers ist. Das ist ein feierliches Gelage, zu dem die Studenten einer Landsmannschaft zusammenkommen. Fast alle Teilnehmer am Kommers erscheinen in der von alters her üblichen Tracht der deutschen Studenten: Rock, hohe Stiefel und kleine Mütze mit farbigem Rand; sie versammeln sich gewöhnlich zum Mittagessen unter dem Vorsitz des Seniors und zechen bis zum frühen Morgen, trinken, singen ihre Lieder: den Landesvater, das Gaudeamus, rauchen, beschimpfen die Philister; manchmal lassen sie auch ein Orchester spielen.

Gerade solch ein Kommers fand in L. vor dem kleinen Gasthaus »Zur Sonne« statt, im Garten, der unmittelbar an der Straße lag. Über dem Gasthaus und dem Garten wehten Fahnen; die Studenten saßen an Tischen unter gestutzten Linden; eine riesige Bulldogge lag unter einem der Tische; etwas abseits in einer Efeulaube waren die Musikanten untergebracht, eifrig spielend und sich des öfteren mit Bier stärkend. Auf der Straße vor dem niedrigen Gartenzaun hatten sich viele Leute versammelt: die braven Bürger von L. wollten die Gelegenheit, die angereisten Gäste anzustaunen, nicht ungenutzt lassen. Ich mischte mich unter die Zuschauermenge. – Es machte mir Spaß, die Gesichter der Studenten zu betrachten; ihre Umarmungen, Ausrufe, die unschuldige Koketterie der Jugend, die feurigen Blicke, das grundlose Lachen – dieses schönste Lachen der Welt –, die schäumende Lebensfreude, der Drang in die Ferne – wohin es auch gehen möge, nur vorwärts –, all dieser gutmütige Übermut rührte und reizte mich. »Ob ich nicht zu ihnen gehe?« fragte ich mich.

»Asja, hast du nun genug?« fragte plötzlich hinter mir eine männliche Stimme in russischer Sprache.

»Warten wir noch ein bißchen«, erwiderte eine weibliche Stimme in derselben Sprache.

Ich wandte mich schnell um. Mein Blick fiel auf einen hübschen

jungen Mann. Er trug eine Mütze und eine weite Jacke und stand Arm in Arm mit einem nicht sehr großen jungen Mädchen, dessen Gesicht zur Hälfte von einem Strohhut beschattet war.
»Sind Sie Russen?« entfuhr es mir unwillkürlich.
Der junge Mann lächelte und sagte: »Ja, wir sind Russen.«
»Das hätte ich nicht erwartet... an diesem weltfremden Ort...«, fing ich an.
»Wir auch nicht«, unterbrach er mich. »Doch um so besser. Gestatten Sie, daß ich mich vorstelle. Mein Name ist Gagin, und das ist meine...«, er stockte einen Augenblick, »meine Schwester. Darf ich um Ihren Namen bitten?«
Ich nannte meinen Namen, und wir kamen ins Gespräch. Ich erfuhr, daß Gagin, der gleich mir zum Vergnügen umherreiste, vor einer Woche nach L. gekommen und da hängengeblieben war. Aufrichtig gesagt, ich mache auf der Reise nicht gern Bekanntschaft mit Russen, ich erkenne sie schon von weitem an ihrem Gang, am Schnitt der Kleidung, vor allem aber an ihrem Gesichtsausdruck. Für gewöhnlich ungemein selbstzufrieden und verächtlich, oft gebieterisch, werden sie plötzlich unsicher und zaghaft... zucken zusammen, die Augen irren unruhig hin und her... »Mein Gott! Habe ich mich nicht verplappert, lacht man nicht über mich?« scheinen die schweifenden Blicke zu fragen. Wenige Sekunden – und die alte Würde ist wiederhergestellt, um nur ab und zu stumpfsinniger Verwunderung zu weichen. Ja, ich ging den Russen aus dem Wege; Gagin aber gefiel mir auf den ersten Blick. Es gibt auf der Welt solch glückliche Gesichter, die jeder gern sieht, der Blick ihrer Augen scheint zu wärmen und zu streicheln. Gagin hatte solch Gesicht, nett, freundlich, mit großen, milden Augen und weichem, lockigem Haar. Ohne daß man sein Gesicht sah, erriet man am bloßen Klang der Stimme, daß er lächelte.
Das Mädchen, das er seine Schwester genannt hatte, schien mir auf den ersten Blick sehr reizend. Sie war von graziösem Wuchs, wohl aber noch nicht voll entwickelt, und sah ihrem Bruder gar nicht ähnlich.

»Wollen Sie zu uns kommen?« wandte sich Gagin an mich, »ich meine, wir haben die Deutschen genug beobachtet. Unsere Leute hätten wohl die Scheiben zerschlagen und die Stühle zertrümmert, diese aber sind gar zu bescheiden. Was meinst du, Asja, gehen wir nach Hause?«
Das Mädchen nickte zustimmend.
»Wir wohnen vor der Stadt«, fuhr Gagin fort, »in einem Häuschen oben im Weinberg. Es ist sehr nett bei uns, Sie werden sehen. Die Wirtin hat uns dicke Milch versprochen. Bald ist es Nacht, Sie werden die Fahrt über den Rhein im Mondschein viel mehr genießen.«
Wir machten uns auf den Weg und schritten durch das niedrige Stadttor (eine uralte Steinmauer umgab die Stadt von allen Seiten, sogar die alten Schießscharten waren noch nicht alle eingefallen). Nachdem wir etwa hundert Schritt an einer niedrigen Mauer entlanggegangen waren, blieben wir vor einem schmalen Pförtchen stehen. Gagin schloß auf und führte uns einen steilen Pfad bergauf. Die Abhänge zu beiden Seiten waren mit Wein bepflanzt; die Sonne war eben untergegangen, und die grünen Reben schimmerten noch in ihrer Glut, die die hohen Stöcke, den trockenen, mit Steinen besäten Boden und die weiße Wand des winzigen Hauses in Flammen tauchte. Das Häuschen mit schwarzen Querbalken und vier Fenstern stand ganz oben auf dem Berge, den wir erklommen. »Hier wohnen wir!« rief Gagin, als wir uns dem Häuschen näherten, »und da kommt auch schon die Wirtin mit der Milch. Guten Abend, Madame!... Wir wollen gleich essen; vorher jedoch«, fügte er hinzu, »sehen Sie sich um... was sagen Sie zu dieser Aussicht?«
Die Aussicht war in der Tat wunderbar. Vom grünen Schimmer der Reben umrahmt, glitzerte der Rhein wie Silber. An einer Stelle spiegelte sich das Feuer des Sonnenuntergangs. Deutlich zeichneten sich die Häuser und Straßen des kleinen Städtchens ab, das sich ans Ufer schmiegte, weit dehnten sich Felder und Hügel. Noch schöner war es aber hier oben. Vor allem bezauberte mich die Reinheit und Tiefe des Himmels, die durchsichti-

ge, leuchtende Klarheit der Luft. Frisch und leicht wogte sie, als freue sie sich der Höhe.
»Sie haben sich ein prächtiges Quartier ausgesucht«, sagte ich.
»Das hat Asja gefunden«, erwiderte Gagin. »Nun, Asja«, fuhr er fort, »spiele die Hausfrau. Laß alles hierher bringen. Wir wollen im Freien essen. Hier hört man die Musik besser. Haben Sie es auch bemerkt«, sagte er zu mir, »in der Nähe taugt mancher Walzer gar nichts – rohe und banale Töne –, aber aus der Ferne klingt er wunderbar und bewegt alle romantischen Saiten der Seele.«
Asja – eigentlich hieß sie Anna, aber Gagin nannte sie Asja, und darum sei es mir gestattet, sie ebenfalls so zu nennen –, Asja ging ins Haus und kam bald mit der Wirtin zurück. Sie trugen zu zweien ein großes Tablett mit einem Topf Milch, Tellern, Löffeln, Zucker, Beeren, Brot. Wir setzten uns und begannen zu essen. Asja hatte den Hut abgenommen; ihr schwarzes, nach Knabenart gestutztes und gekämmtes Haar fiel in großen Locken auf Hals und Schultern. Anfangs erschien sie mir schüchtern, aber Gagin sagte: »Zier dich nicht so, Asja, er beißt nicht.«
Sie lächelte, und bald darauf redete sie mich selbst an. Ich habe nie ein Wesen gesehen, was so geschäftig war wie sie. Nicht einen Augenblick saß sie still; sie stand auf, lief ins Haus, kam zurück, sang vor sich hin, lachte auf, und zwar ganz merkwürdig: es war, als lache sie nicht über das, was sie hörte, sondern über allerlei Gedanken, die ihr durch den Kopf gingen. Ihre großen Augen blickten frei, hell und kühn, nur bisweilen kniff sie die Lider leicht zusammen, und dann wurde ihr Blick plötzlich tief und zärtlich.
Wir schwatzten zwei Stunden. Der Tag war erloschen, die goldenen Flammen wichen einem klaren zarten Rosa, das zum trüben Grau der Dämmerung verblaßte und sich in der schwarzen Finsternis der Nacht verlor. Unsere Rede aber floß dahin, sanft und friedlich wie die Luft, die uns umwehte. Gagin ließ eine Flasche Rheinwein holen; wir tranken sie ohne Hast. Die Musik klang immer noch zu uns herüber, doch ihre Töne schienen uns süßer

und zarter; Lichter glühten in der Stadt und über dem Wasser auf. Asja senkte plötzlich den Kopf, so daß ihre Locken über die Augen fielen, verstummte und seufzte; dann sagte sie, sie wolle schlafen gehen, und verschwand ins Haus; ich sah aber, wie sie lange ohne Licht vor dem geschlossenen Fenster stand. Der Mond stieg auf, und seine Strahlen tanzten flimmernd in den Wogen des Rheins, alles wurde heller, nur die Schatten vertieften sich und verliehen der Erde ein fremdes Antlitz. Sogar der Wein in unseren Gläsern schimmerte geheimnisvoll. Der Wind hatte sich wie ein fluglahmer Vogel gelegt, ein warmer Duft stieg von der nächtlichen Erde auf.

»Es ist Zeit«, rief ich, »sonst finde ich am Ende keinen Fährmann mehr!«

»Ja«, sagte Gagin.

Wir gingen den steilen Pfad abwärts. Plötzlich rollten Steine hinter uns: Asja kam uns nach.

»Schläfst du denn nicht?« fragte der Bruder, aber sie lief ohne Antwort an uns vorbei. Die letzten erlöschenden Pechpfannen, von den Studenten im Wirtshausgarten angezündet, beleuchteten von unten die Blätter der Bäume und verliehen ihnen ein festlich-phantastisches Aussehen. Wir fanden Asja am Ufer; sie sprach mit dem Fährmann. Ich sprang ins Boot und verabschiedete mich von meinen neuen Bekannten. Gagin versprach, mich am folgenden Tage zu besuchen; ich drückte seine Hand und streckte sie auch Asja hin; sie sah mich aber nur an und nickte. Das Boot stieß ab und wurde vom schnellen Strom ergriffen. Der Fährmann, ein rüstiger Greis, tauchte die Ruder kraftvoll in die dunkle Flut.

»Sie sind durch einen Mondstrahl gefahren und haben ihn zerbrochen!« rief Asja mir zu.

Ich senkte den Blick; um das Boot plätscherten schwarz die Wellen.

»Leben Sie wohl!« hörte ich wieder ihre Stimme.

»Bis morgen!« rief Gagin.

Das Boot legte an. Ich stieg aus und sah mich um. Drüben war niemand mehr zu sehen. Der Mondstrahl zog sich wieder als goldene Brücke über den ganzen Fluß. Wie zum Abschied tönten die Klänge eines alten Lannerschen Walzers herüber. Gagin hatte recht: ich fühlte alle Saiten meiner Seele im Einklang mit den lockenden Melodien erbeben. Durch dunkle Felder schritt ich heim, langsam die würzige Luft atmend, und erreichte, von der süßen Sehnsucht großer, gegenstandsloser Erwartung berauscht, das Haus. Ich war glücklich. Aber weshalb? Ich wünschte nichts und dachte an nichts... ich war einfach glücklich.

Nahezu lachend im Überschwang angenehmer und heiterer Empfindungen, schlüpfte ich ins Bett und hatte schon die Augen geschlossen, als mir plötzlich einfiel, daß ich den ganzen Abend nicht ein einziges Mal an meine grausame Schöne gedacht hatte... »Was soll das bedeuten?« fragte ich mich, »bin ich denn nicht verliebt?« Aber nachdem ich mir diese Frage gestellt hatte, schlief ich sofort ein wie ein Kind in der Wiege.

3

Am nächsten Morgen – ich war schon wach, aber noch nicht aufgestanden – klopfte jemand mit einem Stock an mein Fenster, und eine Stimme, die ich sofort als diejenige Gagins erkannte, sang:

»Du schläfst? Meine Laute
verscheucht deinen Schlaf.«

Ich eilte, ihm die Tür zu öffnen.

»Guten Tag«, sagte Gagin eintretend, »ich habe Sie recht früh aufgestöbert, aber schauen Sie, welch ein Morgen! Frische Luft, Tau, Lerchensang...«

Mit seinem krausen, glänzenden Haar, dem bloßen Hals und den rosigen Backen war er selbst frisch wie der Morgen.

Ich kleidete mich an, wir gingen in den Garten, setzten uns auf die Bank, ließen uns Kaffee geben und kamen bald ins Gespräch. Gagin erzählte mir seine Zukunftspläne; er besaß ein bedeutendes Vermögen, war ganz unabhängig und hatte daher beschlossen, sich der Malerei zu widmen; er bedauerte nur, daß er so spät darauf gekommen sei und viel Zeit unnütz vergeudet habe; auch ich sprach von meinen Absichten und weihte ihn bei der Gelegenheit in das Geheimnis meiner unglücklichen Liebe ein. Er hörte mir nachsichtig zu, ohne jedoch tiefere Teilnahme an meiner Liebe zu verraten. Er seufzte wohl aus Höflichkeit ein paarmal mit mir, schlug dann aber vor, zu ihm zu kommen und seine Studien anzusehen. Ich war sogleich einverstanden.

Wir fanden Asja nicht vor. Sie war, wie die Wirtin sagte, zur »Ruine« gegangen, den etwa zwei Werst von L. entfernten Überresten einer Ritterburg. Gagin zeigte mir all seine Mappen. Seine Entwürfe verrieten Lebenswahrheit, Weite und Freiheitsdrang; aber nicht einer von ihnen war beendet, und die Zeichnung schien mir flüchtig und ungenau. Ich sagte ihm ganz offen meine Meinung.

»Ja, ja«, fiel er mit einem Seufzer ein, »Sie haben recht; alles ist schlecht und unreif. Was soll man tun? Ich habe nichts richtig studiert, und die verdammte slawische Nachlässigkeit kommt noch dazu! Solange man von der Arbeit träumt, schwebt man wie ein Adler in den Lüften, man glaubt, die Erde aus den Angeln heben zu können; geht man aber an die Ausführung, so wird man schwach und matt.«

Ich suchte ihn aufzumuntern, er machte aber eine abwehrende Handbewegung, packte seine Blätter zusammen und warf sie auf das Sofa.

»Aus mir kann etwas werden, wenn ich Ausdauer und Geduld habe«, brummte er zwischen den Zähnen, »wenn nicht, bleibe ich ein unfertiger Landjunker. Wollen wir lieber nachsehen, wo Asja steckt.«

Wir gingen.

4

Der Weg zur Ruine schlängelte sich am Abhang einer schmalen Waldschlucht entlang. Unten rauschte ein Bach und sprang glucksend über Geröll, als strebe er eilig nach der Vereinigung mit dem mächtigen Fluß, dessen schimmernde Glätte friedlich hinter der dunklen Linie schroff zerschnittener Gebirgskämme glänzte. Gagin lenkte meine Aufmerksamkeit auf einige schön beleuchtete Punkte, und seine Worte verrieten, wenn auch nicht den Maler, so immerhin einen Künstler. Bald erblickten wir die Ruine. Auf einem Berggipfel ragte ein viereckiger schwarzer, fester Turm auf, in dem ein tiefer Riß klaffte. Moosbewachsene Mauern stießen an diesen Turm; hier und da rankte Efeu empor; aus den altersgrauen Schießscharten und zusammengebrochenen Gewölben drängten verkümmerte Bäumchen hervor. Ein steiniger Pfad führte zu dem guterhaltenen Tor. Wir näherten uns, als plötzlich eine weibliche Gestalt vor uns auftauchte, schnell über einen Trümmerhaufen lief und sich auf einen Mauervorsprung unmittelbar über dem Abgrund setzte. »Da ist ja Asja!« rief Gagin, »sie ist verrückt!« Wir durchschritten das Tor und traten in einen kleinen Hof, der zur Hälfte mit wilden Apfelbäumen und Brennesseln bewachsen war. Auf dem Vorsprung saß tatsächlich Asja. Sie wandte uns ihr Gesicht zu und lachte, rührte sich aber nicht vom Platze. Gagin drohte ihr mit dem Finger, und ich tadelte sie laut für ihre Unvorsichtigkeit.

»Lassen Sie das«, flüsterte Gagin mir zu; »necken Sie sie nicht. Sie kennen sie nicht, sonst klettert sie noch auf den Turm. Bewundern Sie lieber die Geschäftstüchtigkeit der hiesigen Bevölkerung.«

Ich sah mich um. In einer Ecke im Schutze eines winzigen Holzverschlags saß eine alte Frau mit einem Strickstrumpf und guckte über ihre Brillengläser zu uns herüber. Sie verkaufte den Touristen Bier, Kuchen und Selterwasser. Wir setzten uns auf eine Bank und tranken recht kaltes Bier aus schweren Zinnkrügen. Asja saß immer noch unbeweglich, die Füße eingezogen und den

Kopf in einen Musselinschal gehüllt; der Umriß ihres schlanken Körpers hob sich deutlich und schön vom klaren Himmel ab; ich betrachtete sie aber mit einem gewissen Widerwillen. Schon am vergangenen Tage hatte ich etwas Gekünsteltes, Unnatürliches in ihr entdeckt. »Sie will uns überraschen«, dachte ich, »wozu? Was ist das für ein Unsinn?« Als hätte sie meine Gedanken erraten, warf sie mir plötzlich einen schnellen, durchdringenden Blick zu, lachte wieder, sprang mit zwei Sätzen von der Mauer, lief auf die Alte zu und bat sie um ein Glas Wasser.

»Meinst du vielleicht, ich will es trinken?« fragte sie ihren Bruder. »Nein, die Blumen auf der Mauer will ich damit begießen!«

Gagin antwortete nicht; sie aber kletterte, das Glas in der Hand, über die Trümmer, blieb ab und zu stehen, bückte sich und verspritzte mit komischer Wichtigtuerei Wasser aus dem Glase; die Tropfen glänzten hell im Sonnenlicht. Ihre Bewegungen waren sehr graziös, aber ich ärgerte mich immer noch über sie, obwohl ich mich über ihre Leichtigkeit und Gewandtheit freuen mußte. An einer gefährlichen Stelle schrie sie absichtlich auf und brach dann in lautes Gelächter aus... Ich ärgerte mich noch mehr.

»Sie klettert wie eine Ziege«, brummte die Alte vor sich hin, für einen Augenblick von ihrem Stumpf aufschauend.

Endlich hatte Asja das Glas geleert und kam schelmisch schwankend zu uns zurück. Ein sonderbares Lächeln zuckte leicht um ihre Brauen, Nüstern und Lippen; halb herausfordernd, halb spöttisch kniff sie die dunklen Augen zu.

»Sie finden mein Betragen unpassend«, schien ihr Gesicht zu sagen, »mir ist das gleich; ich weiß, daß Sie sich an meinem Anblick erfreuen.«

»Fein, Asja, fein«, sagte Gagin halblaut.

Sie schien sich plötzlich zu schämen, senkte die langen Wimpern und setzte sich bescheiden, mit schuldbewußter Miene zu uns. Jetzt konnte ich ihr Gesicht zum erstenmal genau betrachten. Es war das veränderlichste Gesicht, das ich je gesehen: nur wenig später war es blaß und blickte ernst, fast traurig; ihre Züge erschienen mir größer, strenger, schlichter. Sie war ganz still geworden. Wir gingen um die Ruine – Asja hinter uns her – und bewunderten die Aussicht. Inzwischen nahte die Mittagsstunde. Als er die Alte bezahlte, ließ Gagin sich noch einen Krug Bier geben und rief mir mit neckendem Lächeln zu: »Auf das Wohl Ihrer Herzensdame!«

»Hat er denn... haben Sie denn solch eine Dame?« fragte Asja plötzlich.

»Wer hat sie nicht?« erwiderte Gagin.

Asja sann einen Augenblick nach. Ihr Gesicht veränderte sich, wieder zeigte sich das herausfordernde, beinah freche Lächeln.

Auf dem Rückweg lachte und tollte sie noch mehr. Sie riß einen langen Zweig ab, legte ihn wie ein Gewehr über die Schulter, band den Schal um den Kopf. Ich erinnere mich noch, wie eine große Familie blonder, steifer Engländer uns entgegenkam: Wie auf Kommando starrten sie Asja mit ihren kühlen, gläsernen Augen überrascht an, sie aber stimmte – wohl ihnen zum Trotz – laut ein Liedchen an. Zu Hause angelangt, ging sie sofort in ihr Zimmer und kam erst zum Mittagessen wieder, in ihrem besten Kleide, sorgfältig gekämmt, geschnürt und in Handschuhen. Bei Tisch hielt sie sich sehr würdevoll, beinah steif, kostete kaum von den Speisen und trank Wasser aus einem Weinglas.

Offensichtlich wollte sie mir eine neue Rolle vorspielen – die Rolle eines feinen, wohlerzogenen Fräuleins. Gagin hinderte sie nicht; man sah deutlich, daß er es gewohnt war, ihr in allem nachzugeben. Er blickte nur von Zeit zu Zeit mit leichtem Achselzucken zu mir herüber und lächelte gutmütig, als wolle er sagen: »Sie ist ein Kind; seien Sie nicht zu streng.« Kaum war das Mittagessen beendet, so stand Asja auf, machte uns einen Knicks, setzte ihren Hut auf und fragte Gagin, ob sie zu Frau Luise gehen dürfe.

»Seit wann bittest du um Erlaubnis?« erwiderte er mit einem etwas verlegenen Lächeln, »langweilst du dich etwa in unserer Gesellschaft?«

»Nein, aber ich hatte Frau Luise schon gestern versprochen, sie zu besuchen; zudem meinte ich, ihr würdet euch zu zweien gemütlicher fühlen; Herr N.« – sie zeigte auf mich – »erzählt dir vielleicht noch etwas.« Sie ging.

»Frau Luise«, begann Gagin und bemühte sich, meinem Blick auszuweichen, »ist die Witwe eines hiesigen Bürgermeisters, eine gute, übrigens unbedeutende, alte Frau. Sie hat Asja sehr liebgewonnen. Asja hat eine Leidenschaft, sich Leuten aus niederen Kreisen anzuschließen, und die Ursache ist, wie ich bemerkt habe, stets der Stolz. Sie wird sehr von mir verwöhnt, wie Sie sehen«, fügte er nach kurzem Schweigen hinzu, »aber was soll man tun? Ich kann nicht streng sein, vor allem zu ihr nicht. Ich bin verpflichtet, nachsichtig gegen sie zu sein.«

Ich schwieg. Gagin wechselte das Thema. Je näher ich ihn kennenlernte, desto besser gefiel er mir. Ich verstand ihn bald. Er war ein echt russischer Charakter, offen, ehrlich, schlicht, aber leider etwas ernergielos, ohne Ausdauer und inneres Feuer. Die Jugend loderte in ihm nicht als helle Flamme, sie leuchtete sanft. Er war sehr liebenswürdig und intelligent, aber ich konnte mir nicht vorstellen, wie er sich als reifer Mann ausnehmen würde... Künstler werden... ohne bittere, ständige Arbeit gibt es keinen Künstler... »und arbeiten«, dachte ich, wenn ich seine weichen Gesichtszüge betrachtete und seiner langsamen Rede lauschte, »nein, arbeiten wirst du nicht, du verstehst dich nicht einzuschränken!« Aber liebgewinnen mußte man ihn: man fühlte sich förmlich zu ihm hingezogen. So verbrachten wir vier Stunden, saßen nebeneinander auf dem Sofa, gingen langsam vor dem Hause auf und ab, und in diesen vier Stunden wurden wir endgültig Freunde.

Die Sonne sank, es war Zeit, daß ich heimkehrte. Asja war noch immer nicht zurück.

»Das ist ein unbändiges Ding!« sagte Gagin. »Wenn's Ihnen recht ist, begleite ich Sie. Wir sprechen unterwegs bei Frau Luise vor; ich erkundige mich, ob sie noch da ist. Der Umweg ist nicht groß.«

Wir gingen in die Stadt, bogen in eine enge, krumme Quergasse

ein und blieben vor einem Hause stehen, das nur zwei Fenster breit war, aber drei Stockwerke zählte. Das erste Stockwerk sprang über dem Erdgeschoß vor, das zweite und dritte noch mehr; das ganze Haus mit seinem alten Schnitzwerk, den zwei dicken Pfeilern unten, dem spitzen Ziegeldach und dem schnabelartigen, vorgestreckten Dachreiter sah wie ein großer zusammengekrümmter Vogel aus. »Asja!« rief Gagin, »bist du hier?«
Ein erleuchtetes Fenster im zweiten Obergeschoß klirrte und ging auf, wir erblickten Asjas dunkles Köpfchen. Hinter ihr zeigte sich das zahnlose schmaläugige Gesicht einer alten Frau.
»Hier bin ich«, sagte Asja, sich kokett aufs Fensterbrett stützend, »ich fühle mich hier sehr wohl. Da, nimm!« fügte sie hinzu und warf Gagin einen Geraniumstengel zu, »bilde dir ein, ich wäre deine Herzensdame!« Frau Luise lachte.
»N. geht nach Hause«, erwiderte Gagin, »er will sich von dir verabschieden.«
»Wirklich?« sagte Asja, »dann gib ihm meinen Stengel, ich komme gleich nach Hause.«
Sie schlug das Fenster zu und gab, wie es schien, Frau Luise einen Kuß. Gagin reichte mir schweigend den Stengel. Ich schob ihn ebenso schweigend in die Tasche, ging zur Fähre hinunter und war bald am anderen Ufer.
Ich erinnere mich, daß ich nach Hause schlenderte, ohne an etwas Bestimmtes zu denken, doch mit einem sonderbar schweren Gefühl, als hätte mich plötzlich ein starker, wohlbekannter, aber in Deutschland seltener Geruch überrascht. Ich blieb stehen und erblickte ein kleines Hanfbeet am Wege. Sein Geruch erinnerte mich an die heimatliche Steppe und weckte leidenschaftliche Sehnsucht in meiner Seele. Ich wollte russische Luft atmen, über russische Erde schreiten. »Was tue ich hier? Warum treibe ich mich im fremden Lande unter fremden Leuten herum?« rief ich aus, und die tote Last, die ich auf dem Herzen gefühlt hatte, löste sich plötzlich in bitterer, brennender Erregung auf. Ich kam in einer ganz anderen Stimmung als am vergangenen Tage nach Hause, war beinahe zornig und konnte mich lange nicht beruhi-

gen. Ein mir selbst unbegreiflicher Ärger hatte mich gepackt. Endlich setzte ich mich, dachte an meine tückische Witwe – mit dem pflichtgemäßen Gedanken an diese Dame wurde jeder Tag beschlossen – und nahm einen ihrer Briefe zur Hand. Aber ich öffnete ihn nicht, meine Gedanken bewegten sich sofort in anderer Richtung. Ich dachte ... dachte an Asja. Es fiel mir ein, daß Gagin im Gespräch auf einige Hindernisse angespielt hatte, die ihm die Rückkehr nach Rußland erschwerten. »Ist sie auch wirklich seine Schwester?« fragte ich laut.

Ich kleidete mich aus, legte mich zu Bett und versuchte einzuschlafen, aber eine Stunde später saß ich aufrecht im Bett, den Arm auf das Kissen gestützt, und dachte an das »launische Mädchen mit dem gezwungenen Lachen ...« – »Sie ähnelt der kleinen Raffaelschen Galatea in der Farnesina«, flüsterte ich, »ja, und sie ist nicht seine Schwester.«

Der Brief der Witwe aber lag friedlich auf dem Fußboden und schimmerte weiß im Mondlicht ...

5

Am nächsten Morgen begab ich mich wieder nach L. Ich redete mir ein, daß ich Gagin besuchen wollte, insgeheim aber lockte es mich zu sehen, was Asja tut, ob sie wieder solche »Possen treiben« werde wie tags zuvor. Ich fand beide in der Wohnstube, und seltsam – vielleicht, weil ich in der Nacht und am Morgen viel an Rußland gedacht hatte? –, Asja machte den Eindruck eines einfachen russischen Mädchens, fast wie aus der Gesindestube. Sie trug ein altes Kleidchen, das Haar war glatt hinter die Ohren gekämmt, und sie saß am Fenster, unverwandt über den Strickrahmen gebeugt, bescheiden, still, als hätte sie sich ihr Leben lang mit nichts anderem beschäftigt. Sie sprach fast nicht, blickte ruhig auf ihre Arbeit, und ihre Züge hatten einen so unbedeutenden, alltäglichen Ausdruck, daß ich unwillkürlich an unsere heimischen Katjas und Maschas denken mußte. Um die Ähnlichkeit vollständig zu machen, sang sie noch mit halblauter Stimme:

»Mütterlein, lieb Mütterlein«. Ich betrachtete ihr gelbliches, mattes Gesichtchen, dachte an die gestrigen Träume und hatte das Gefühl, etwas verloren zu haben. Das Wetter war herrlich. Gagin erklärte, er werde heute im Freien nach der Natur zeichnen; ich fragte ihn, ob er mir gestatte, ihn zu begleiten, oder ob ich ihn stören würde.

»Im Gegenteil«, sagte er. »Sie können mir manchen guten Rat geben.«

Er setzte einen runden Hut à la van Dyck auf, zog ein Hemd an, nahm den Zeichenkarton unter den Arm und machte sich auf den Weg; ich ging langsam hinter ihm her. Asja blieb zu Hause. Beim Fortgehen bat Gagin sie, dafür zu sorgen, daß die Suppe nicht zu wässerig ausfalle; Asja versprach, in der Küche nachzusehen. Gagin wanderte in das mir bereits bekannte Tal und machte sich daran, eine alte hohle Eiche zu zeichnen. Ich legte mich ins Gras und holte ein Buch hervor, las jedoch nicht mehr als zwei Seiten, er aber verkritzelte nur sein Papier; wir unterhielten uns die ganze Zeit, und zwar, soweit ich es beurteilen konnte, recht klug und feinsinnig über die Frage, wie man arbeiten müssen, was zu vermeiden und was zu beachten wäre und worin überhaupt die Bedeutung des Künstlers in unserem Jahrhundert läge. Gagin erklärte schließlich, er wäre heute »nicht in Stimmung«, warf sich neben mich ins Gras, und nun strömten unsere jugendlichen Reden frei dahin, jene leidenschaftlichen, bald nachdenklichen, bald begeisterten, aber fast immer unklaren Reden, in denen der russische Mensch sich so gern ergeht. Als wir uns zur Genüge ausgeschwatzt hatten und ein Gefühl der Befriedigung uns erfüllte, als hätten wir wirklich etwas geleistet, kehrten wir nach Hause zurück. Ich fand Asja, wie ich sie verlassen hatte. So sehr ich mich bemühte, sie zu beobachten – ich bemerkte nichts von Koketterie, nichts von bewußtem Komödienspiel; diesmal konnte ich ihr keine Unnatürlichkeit vorwerfen. »Aha!« sagte Gagin, »heute heißt es fasten und sich kasteien.«

Gegen Abend gähnte sie etliche Male ganz offenherzig und zog sich zurück. Ich selbst verabschiedete mich bald von Gagin und gab mich, zu Hause angekommen, keinerlei Träumereien hin: dieser Tag war von nüchternen Empfindungen beherrscht. Ich erinnere mich aber, daß ich beim Schlafengehen unwillkürlich laut sagte: »Dieses Mädchen ist das reine Chamäleon!« Und nach einigem Überlegen fügte ich hinzu: »Und sie ist doch nicht seine Schwester.«

6

Zwei Wochen waren seitdem vergangen. Ich hatte Gagins jeden Tag besucht. Asja schien mir aus dem Wege zu gehen, erlaubte sich jedoch keine der kleinen Unarten mehr, die mich in den ersten zwei Tagen unserer Bekanntschaft so überrascht hatten. Sie schien insgeheim betrübt oder verlegen zu sein und lachte auch weniger. Ich beobachtete sie aufmerksam.

Sie sprach recht gut Deutsch und Französisch; es war aber aus allem zu ersehen, daß sie von klein auf nicht unter weiblicher Leitung gestanden und überhaupt eine merkwürdige, ungewöhnliche Erziehung erhalten hatte, die von der, die Gagin genossen, sehr abwich. Trotz seines van Dyck-Hutes und seiner Bluse war er der richtige weiche, verzärtelte großrussische Aristokrat, sie aber glich durchaus keinem adligen Fräulein, in ihren Bewegungen war etwas Unruhiges; diese wilde Pflanze war erst kürzlich gepfropft worden, der Most war noch in Gärung. Von Natur schamhaft und zaghaft, ärgerte sie sich über ihre eigene Schüchternheit und zwang sich in ihrem Ärger zu kühnem und vorlautem Auftreten, was ihr nicht immer gelang. Mehrere Male brachte ich die Rede auf ihr Leben in Rußland, ihre Vergangenheit; sie antwortete ungern auf meine Fragen, ich erfuhr aber, daß sie vor der Reise ins Ausland lange auf dem Lande gelebt hatte. Einmal traf ich sie allein mit einem Buche. Den Kopf auf beide Hände gestützt und die Finger tief ins Haar vergraben, verschlang sie die Zeilen mit den Augen. »Bravo!« sagte ich, herantretend, »wie fleißig Sie sind!« Sie hob den Kopf und sah mich

würdevoll und streng an. »Sie meinen, ich könnte immer nur lachen«, sagte sie und wollte gehen.
Ich warf einen Blick auf den Titel des Buches, es war ein französischer Roman.
»Ich kann Ihre Wahl aber nicht gutheißen«, bemerkte ich.
»Was soll man denn lesen?« rief sie und warf das Buch auf den Tisch. »Dann will ich lieber Unsinn machen«, fügte sie hinzu und lief in den Garten.
Am selben Tage abends las ich Gagin »Hermann und Dorothea« vor, Asja huschte zuerst immer nur um uns herum, dann blieb sie plötzlich stehen, horchte auf, setzte sich leise neben mich und hörte der Lektüre bis zum Schluß zu. Am Tag darauf war sie nicht wiederzuerkennen, bis ich erriet, was ihr plötzlich in den Sinn gekommen war: sie wollte häuslich und sittsam wie Dorothea sein. Jedenfalls blieb sie mir ein halbes Rätsel. In ihrer starken, fast bis zum äußersten gesteigerten Eigenliebe fesselte sie mich, auch wenn ich böse auf sie war. Meine Überzeugung, daß sie nicht Gagins Schwester war, verstärkte sich immer mehr. Er behandelte sie auch nicht wie ein Bruder: er war zu freundlich, zu nachsichtig und seine Haltung ein wenig gezwungen. Ein sonderbarer Zufall schien meinen Verdacht zu bestätigen.
Als ich eines Abends zu dem Weinberg kam, wo Gagins wohnten, fand ich das Pförtchen verschlossen. Ohne lange zu überlegen, begab ich mich zu einer schon früher wahrgenommenen schadhaften Stelle an der Mauer und kletterte hinüber. Nicht weit davon, abseits vom Wege, befand sich eine kleine Akazienlaube; ich hatte sie eben erreicht und wollte schon vorübergehen... da vernahm ich plötzlich Asjas Stimme, die leidenschaftlich und unter Tränen folgende Worte sprach: »Nein, ich will keinen lieben außer dir; nein, nein, nur dich will ich lieben – und für alle Zeit.«
»Laß doch, Asja, beruhige dich«, sagte Gagin, »du weißt, daß ich dir glaube.«
Die Stimmen drangen aus der Laube. Ich sah sie beide durch das undichte Geflecht der Zweige. Sie bemerkten mich nicht.

»Dich, dich allein«, wiederholte sie, fiel ihm um den Hals, küßte ihn unter krampfhaftem Schluchzen und schmiegte sich an seine Brust.

»Laß doch, laß doch«, wiederholte er, mit der Hand leicht über ihr Haar streichend.

Einige Augenblicke stand ich unbeweglich. Plötzlich fuhr ich auf. Sollte ich zu ihnen gehen? »Nimmermehr!« fuhr es mir durch den Kopf. Schnellen Schrittes wandte ich mich zurück zur Mauer, kletterte hinüber und lief beinahe nach Hause. Ich lächelte, rieb mir die Hände, staunte über den Zufall, der meine Vermutungen plötzlich bestätigt hatte – ich zweifelte keinen Augenblick an ihrer Richtigkeit –, in meinem Herzen aber stieg ein Gefühl der Bitterkeit auf. »Die können sich aber meisterhaft verstellen«, dachte ich. »Und warum? Weshalb wollen sie mich betrügen, zum besten halten? Von ihm hatte ich es nicht erwartet... Und was für ein leidenschaftliches Bekenntnis war das?«

7

Ich schlief schlecht, stand am nächsten Morgen früh auf, schnallte mein Reiseränzlein um, sagte meiner Wirtin, sie solle mich zur Nacht nicht erwarten, und wanderte in die Berge, den Fluß aufwärts, an dem das Städtchen S. liegt. Die Berge, Ausläufer des Hunsrück, sind in geologischer Beziehung sehr interessant; besonders bemerkenswert sind sie durch die Regelmäßigkeit und Reinheit der Basaltschichten; aber es war mir nicht um geologische Studien zu tun. Ich legte mir keine Rechenschaft darüber ab, was eigentlich in mir vorging; nur über ein Gefühl war ich mir im klaren: ich wollte Gagin und seine angebliche Schwester nicht mehr sehen. Ich redete mir ein, die einzige Ursache meiner plötzlichen Abneigung wäre der Ärger über ihre Hinterlist. Wer hatte sie gezwungen, sich für Geschwister auszugeben? Übrigens gab ich mir Mühe, nicht an sie zu denken; ohne mich zu beeilen, streifte ich über Berg und Tal, saß lange in ländlichen Wirtschaften und unterhielt mich friedlich mit Wirten und

Gästen, oder ich streckte mich auf einem platten erwärmten Stein aus und sah, wie die Wolken über mir segelten; denn es war wunderbares Wetter. So verbrachte ich drei Tage, und zwar recht vergnügt, obwohl mein Herz mitunter schwer war. Die friedliche Natur jener Gegend war das richtige für meine seelische Verfassung.

Ich überließ mich völlig dem leisen Spiel des Zufalls, den von selbst mir zuströmenden Eindrücken; ohne Hast wechselnd, zogen sie durch meine Seele und hinterließen schließlich ein Gefühl, in dem alles zusammenfloß, was ich in diesen drei Tagen gesehen, gefühlt, gehört hatte – alles: der zarte Harzgeruch in den Wäldern, das Geschrei und Hämmern der Spechte, das unermüdliche Plaudern der klaren Bäche mit ihren bunten Forellen auf sandigem Boden, die nicht allzukühnen Umrisse der Berge, die düsteren Felsen, die reinlichen Dörfer mit ihren ehrwürdigen alten Kirchen und Bäumen, die Störche auf den Wiesen, die lauschigen Mühlen mit schnell kreisenden Rädern, die freundlichen Gesichter der Landleute, ihre blauen Hemden und grauen Strümpfe, die knarrenden, langsamen Karren, mit fetten Pferden, manchmal auch Kühen bespannt, die jungen langhaarigen Wanderer auf den reinlichen, mit Apfel- und Birnbäumen bestandenen Landstraßen...

Sogar jetzt noch tut es mir wohl, meiner damaligen Eindrücke zu gedenken. Ich grüße dich aus der Ferne, du bescheidenes Fleckchen deutschen Landes, mit deiner schlichten Behaglichkeit, den unzähligen Spuren fleißiger Hände, geduldiger, nicht überhasteter Arbeit... Ich grüße dich! Friede sei mit dir!

Am Abend des dritten Tages kehrte ich nach Hause zurück. Ich vergaß zu erwähnen, daß ich aus Ärger über die Gagins das Bild der unbarmherzigen Witwe in meinem Herzen zu neuem Leben zu erwecken suchte – aber meine Bemühungen waren vergeblich. Ich erinnere mich, wie ich einmal, als ich von ihr zu träumen begann, plötzlich ein etwa fünfjähriges Bauernmädchen vor mir sah, mit rundem, neugierigem Gesichtchen, unschuldig aufgerissenen Äuglein. Es sah mich so kindlich-treuherzig an... Ich mußte mich vor diesem reinen Blick schämen, konnte vor ihm nicht lügen, und so sagte ich endgültig meiner verflossenen Göttin Lebewohl.

Zu Hause fand ich ein Briefchen von Gagin vor. Er war über meinen plötzlichen Entschluß verwundert, machte mir Vorwürfe, daß ich ihn nicht mitgenommen hätte, und bat mich, zu ihnen zu kommen, sobald ich zurückgekehrt sei. Ich war wenig erfreut über diesen Brief, begab mich aber sogleich am nächsten Tage nach L.

8

Gagin begrüßte mich sehr herzlich und überschüttete mich mit freundschaftlichen Vorwürfen. Asja aber hatte mich kaum erblickt, als sie auch schon in lautes, völlig grundloses Gelächter ausbrach, um dann nach ihrer Gewohnheit davonzulaufen. Gagin wurde verlegen, brummte ihr nach, sie wäre verrückt, und bat mich in ihrem Namen um Entschuldigung. Ich gestehe, daß ich mich sehr über Asja ärgerte: ohnedies war ich nicht in der besten Stimmung, und nun wieder dieses unnatürliche Lachen, die seltsamen Grimassen! Ich gab mir aber den Anschein, als hätte ich nichts bemerkt, und berichtete Gagin von meiner kleinen Wanderung. Er wiederum erzählte, was er in meiner Abwesenheit getrieben hatte. Doch unsere Unterhaltung wollte nicht recht in Fluß kommen; Asja trat ins Zimmer und lief wieder hinaus; ich erklärte endlich, ich hätte eine dringende Arbeit und müßte nach Hause. Gagin suchte mich erst zurückzuhalten, erbot sich dann aber, nachdem er mich scharf angeblickt hatte, mich zu begleiten. Im Flur trat Asja plötzlich auf mich zu und reichte mir die Hand; ich drückte ihre Finger leicht und verbeugte mich kaum. Gagin und ich ließen uns über den Rhein setzen, und als wir bei meiner geliebten Esche mit dem Madonnenbild angelangt waren, setzten wir uns auf die Bank, um die Aussicht zu genießen. Und hier entspann sich ein bedeutsames Gespräch.

Erst wechselten wir ein paar Worte, dann verstummten wir, vom

Anblick des schimmernden Flusses gefesselt. »Sagen Sie«, fing Gagin plötzlich mit seinem seltsamen Lächeln an, »was halten Sie von Asja? Nicht wahr, sie muß Ihnen etwas sonderbar vorkommen?«

»Ja«, antwortete ich einigermaßen verwundert. Ich hatte nicht erwartet, daß er von ihr sprechen würde.

»Man muß sie sehr genau kennenlernen, um über sie urteilen zu können«, sagte er, »sie hat ein gutes Herz, aber einen tollen Kopf. Es ist schwer mit ihr auszukommen. Übrigens darf man ihr nicht alle Schuld beimessen, und wenn Sie ihre Geschichte kennten...«

»Ihre Geschichte?« unterbrach ich ihn, »ist sie denn nicht Ihre...«

Gagin sah mich an.

»Denken Sie etwa, sie wäre nicht meine Schwester?... Nein«, fuhr er fort, ohne sich um meine Verlegenheit zu kümmern, »sie ist wirklich meine Schwester, meines Vaters Tochter. Hören Sie mich an. Ich habe Vertrauen zu Ihnen und will Ihnen alles erzählen.

Mein Vater war ein sehr guter, kluger, gebildeter und – unglücklicher Mensch. Das Schicksal hat ihn nicht schlechter behandelt als manchen andern, aber er vermochte schon dem ersten Schlage nicht zu widerstehen. Er hatte früh aus Liebe geheiratet; seine Frau, meine Mutter, starb bald, ich war damals ein Kind von sechs Monaten. Der Vater brachte mich auf sein Gut und verließ es sechs Jahre lang nicht. Er beschäftigte sich selbst mit meiner Erziehung und hätte sich nie von mir getrennt, wenn nicht sein Bruder, mein Onkel, uns auf dem Gute besucht hätte. Dieser Onkel lebte ständig in Petersburg und bekleidete ein ziemlich hohes Amt. Er überredete meinen Vater, mich ihm, dem Onkel, nach Petersburg mitzugeben, da der Vater um nichts in der Welt das Gut verlassen wollte. Der Onkel erklärte ihm, wie schädlich es für einen Knaben in meinem Alter sei, in völliger Einsamkeit zu leben, daß ich mit einem so trübsinnigen und schweigsamen Erzieher wie meinem Vater hinter meinen Altersgenossen zurückbleiben müsse, daß auch mein Charakter sich leicht ungünstig entwickeln könne. Mein Vater widersetzte sich diesen Mahnungen seines Bruders lange Zeit, gab aber schließlich nach. Ich weinte, als ich vom Vater Abschied nahm, ich liebte ihn, obgleich ich nie ein Lächeln auf seinem Antlitz gesehen hatte... Aber als ich in Petersburg war, vergaß ich unser düsteres, freudloses Haus sehr bald. Ich besuchte die Militärschule und trat dann in ein Garderegiment ein. Jedes Jahr kam ich für einige Wochen auf unser Gut und fand den Vater jedesmal trauriger, in sich gekehrter, nachdenklicher und schüchterner. Er ging täglich in die Kirche und hatte das Sprechen fast verlernt. Bei einem Besuch – ich war damals schon über zwanzig Jahre alt – sah ich zum erstenmal in unserem Hause ein mageres schwarzäugiges Mädchen von etwa zehn Jahren: Asja. Der Vater sagte, sie sei ein Waisenkind, das er aufziehen wolle, geradeso drückte er sich aus. Ich beachtete sie damals kaum; sie war scheu, behend und schweigend wie ein kleines wildes Tier, und kaum trat ich ins Lieblingszimmer meines Vaters – einem riesengroßen finsteren Raum, in dem einst meine Mutter gestorben war und wo selbst bei Tage Kerzen brennen mußten –, so versteckte sie sich sofort hinter seinem großen Lehnstuhl oder hinter dem Bücherschrank. Es fügte sich so, daß in den nächsten drei, vier Jahren mein Dienst mich verhinderte, aufs Land zu fahren. Ich bekam jeden Monat vom Vater einen kurzen Brief; Asja erwähnte er selten und immer nur ganz flüchtig. Er war schon über fünfzig Jahre alt, sah aber immer noch wie ein junger Mann aus. Stellen Sie sich also mein Entsetzen vor: Eines Tages erhalte ich ganz unerwartet einen Brief vom Gutsinspektor, mein Vater sei todkrank, und ich möge so schnell wie möglich kommen, um ihn noch zu sehen. Ich stürzte Hals über Kopf hin, traf den Vater zwar noch lebend, aber schon in den letzten Zügen. Er freute sich ungemein über mein Kommen, legte seine abgemagerten Arme um mich, sah mir lange in die Augen mit einem halb fragenden, halb flehenden Blick, und nachdem er mir mein Wort abgenommen hatte, seine letzte Bitte zu erfüllen, befahl er seinem alten Kammerdiener, Asja herein-

zuführen. Der Alte brachte sie: sie konnte sich kaum auf den Füßen halten und zitterte am ganzen Leibe.
›Hier‹, stieß mein Vater mühsam hervor, ›hinterlasse ich dir meine Tochter, deine Schwester. Du wirst alles von Jakob erfahren‹, fügte er hinzu und wies auf den Kammerdiener.
Asja warf sich schluchzend über das Bett... Eine halbe Stunde später war mein Vater tot.
Ich erfuhr nun folgendes: Asja war ein Kind meines Vaters und der früheren Zofe meiner Mutter, Tatjana. Ich erinnere mich dieser Tatjana noch lebhaft, sehe ihre hohe, schlanke Gestalt vor mir, ihr wohlgeformtes, strenges, kluges Gesicht mit den großen dunklen Augen. Sie galt als ein stolzes und sprödes Mädchen. Soviel ich aus den ehrfurchtsvollen Andeutungen Jakobs verstehen konnte, hatte sich mein Vater ihr wenige Jahre nach dem Tode meiner Mutter genähert. Tatjana wohnte damals schon nicht mehr im Herrenhause, sondern bei ihrer verheirateten Schwester, der Kuhmagd. Mein Vater gewann sie sehr lieb und wollte sie, nachdem ich das Gut verlassen hatte, sogar heiraten, aber sie weigerte sich, seine Frau zu werden, sosehr er auch bat.
›Die selige Tatjana Wlassjewna‹, berichtete Jakob, an der Tür stehend, die Hände auf dem Rücken gefaltet, ›war eine sehr vernünftige Frau und wollte Ihren Herrn Vater nicht in Ungelegenheiten bringen. Wie kann ich Ihnen zur Gattin taugen? Was bin ich für eine gnädige Frau? pflegte sie zu sagen, ich selbst habe es oft gehört.‹
Tatjana wollte nicht einmal in unser Haus übersiedeln, sie blieb mit Asja bei ihrer Schwester. Als Kind hatte ich Tatjana nur an Feiertagen in der Kirche gesehen. Im dunklen Kopftuch, einen gelben Schal um die Schultern, stand sie in der Menge, dicht am Fenster – ihr strenges Profil zeichnete sich scharf vom hellen Glas ab –, und betete demütig und würdevoll, sich nach alter Sitte tief zu Boden neigend. Als der Onkel mich mitnahm, war Asja erst zwei Jahre alt, und als neunjähriges Kind verlor sie ihre Mutter.

Kaum war Tatjana gestorben, so nahm mein Vater Asja zu sich ins Haus. Er hatte schon früher den Wunsch geäußert, sie bei sich zu haben, aber Tatjana hatte ihm auch das verweigert. Stellen Sie sich nun vor, was in Asja vorgehen mußte, als sie zum gnädigen Herrn kam. Sie hat heute noch nicht den Augenblick vergessen, da man ihr zum ersten Mal ein seidenes Kleid anzog und ihr die Hand küßte. Die Mutter hatte sie, solange sie lebte, streng gehalten; beim Vater genoß sie volle Freiheit. Er war ihr Lehrer, außer ihm sah sie niemand. Er verwöhnte sie nicht, das heißt, er verhätschelte sie nicht, aber er liebte sie leidenschaftlich und verbot ihr nie etwas; er glaubte in ihrer Schuld zu stehen. Asja begriff bald, daß sie die Hauptperson im Hause, daß der gnädige Herr ihr Vater war, sie begriff aber ebensobald das Schiefe ihrer Lage; ihr Stolz und ihr Selbstbewußtsein entwickelten sich stark, ebenso das Mißtrauen, schlechte Angewohnheiten faßten Wurzel, die Schlichtheit schwand. Sie wollte – sie gestand es mir einmal selbst –, daß die ganze Welt ihre Herkunft vergesse, sie schämte sich ihrer Mutter und schämte sich ihrer Scham und war doch wieder stolz auf sie. Sie sehen, daß sie vieles wußte und weiß, was sie in ihren Jahren nicht wissen sollte... Ist sie daran schuld? Die jungen Kräfte regten sich in ihr, ihr Blut war heiß, und niemand widmete sich ihrer Erziehung. Volle Unabhängigkeit in allem! Ist sie leicht zu ertragen? Sie wollte nicht schlechter als die anderen jungen Damen sein, stürzte sich auf Bücher, und was kam dabei heraus? Das falsch begonnene Leben verlief auch weiterhin falsch; aber ihr Herz verdarb nicht, ihr Geist blieb gesund.

Und nun stand ich zwanzigjähriger Junge mit dem dreizehnjährigen Kinde da! In den ersten Tagen nach dem Tode des Vaters wurde sie bei dem bloßen Klang meiner Stimme geradezu von Fieberschauern gepackt, meine Liebkosungen machten sie traurig, und nur allmählich gewöhnte sie sich an mich. Freilich, später, als sie sich überzeugt hatte, daß ich sie wirklich für meine Schwester ansah und wie eine Schwester liebte, schloß sie sich mir mit leidenschaftlicher Zuneigung an, sie kennt keine halben Gefühle.

Ich nahm sie mit nach Petersburg. So schwer mir die Trennung von ihr fiel – bleiben konnte sie nicht bei mir; ich brachte sie in einem der besten Pensionate unter. Asja begriff die Notwendigkeit der Trennung, erkrankte aber bald darauf und starb beinahe. Später gewöhnte sie sich jedoch ein und hielt es im Pensionat vier Jahre aus, blieb aber zu meiner Überraschung so, wie sie gewesen war. Die Vorsteherin beklagte sich des öfteren über sie: ›Man kann sie nicht strafen‹, sagte sie, ›und mit Freundlichkeit ist auch nichts zu erreichen.‹ Asja war außerordentlich intelligent, lernte ausgezeichnet, besser als alle Gefährtinnen, wollte sich aber nicht fügen und anpassen, war eigensinnig, hielt sich von den anderen fern ... Ich konnte ihr das nicht allzusehr zum Vorwurf machen, in ihrer Lage mußte sie entweder die Demütige oder die Stolze spielen. Nur einer einzigen Mitschülerin schloß sie sich an, einem häßlichen, verängstigten, armen Mädchen. Die anderen – meist Kinder aus guter Familie – liebten sie nicht, neckten sie und stichelten, soviel sie konnten. Asja gab nie nach. Einmal in der Religionsstunde sprach der Lehrer von den menschlichen Lastern. ›Schmeichelei und Feigheit sind die schlimmsten Laster‹, erklärte Asja laut. So ging sie ihren eigenen Weg, nur ihre Manieren waren besser geworden, obgleich sie auch in dieser Beziehung anscheinend nicht allzugroße Fortschritte gemacht hatte.
Endlich wurde sie siebzehn Jahre alt, im Pensionat konnte sie nicht länger bleiben. Ich befand mich in einer ziemlich schwierigen Lage. Da kam mir ein glücklicher Gedanke: den Dienst quittieren, für ein oder zwei Jahre ins Ausland ziehen und Asja mitnehmen. Gedacht, getan, und so sind wir beide jetzt am Rhein, wo ich mich bemühe, ein Maler zu werden, und sie – ihr wunderliches Wesen weitertreibt. Ich hoffe aber nun, daß Sie sie nicht allzu streng beurteilen werden; denn wenn sie sich auch den Anschein gibt, die Meinung Fremder sei ihr gleichgültig, schätzt sie diese Meinung doch, besonders aber die Ihrige.«
Und Gagin lächelte wieder in seiner stillen Art. Ich drückte ihm kräftig die Hand.
»So ist es«, fuhr Gagin fort, »ich habe es nicht leicht mit ihr. Ein

Pulverfaß, das jeden Augenblick in die Luft gehen kann! Bisher hat ihr noch niemand gefallen. Aber wehe, wenn sie einmal jemanden liebt! Manchmal weiß ich nicht, wie ich mich verhalten soll. Vor einigen Tagen fiel ihr ein, mir Vorwürfe zu machen, ich wäre kalt und gleichgültig geworden. Sie erklärte, sie liebe mich und würde mich in alle Ewigkeit lieben... Und dann brach sie in Tränen aus.«

»Also das war's...«, fing ich an, verstummte aber rechtzeitig.

»Sagen Sie mir«, fragte ich Gagin, »da wir nun einmal offen miteinander reden: hat ihr wirklich niemand bisher gefallen? Hat sie in Petersburg keine jungen Leute gesehen?«

»Eben die gefielen ihr ganz und gar nicht. Nein, Asja braucht einen Helden, einen ungewöhnlichen Menschen – oder einen malerischen Hirten in einer Bergschlucht. Übrigens, ich bin wieder ins Schwatzen gekommen und halte Sie auf«, fügte er hinzu und erhob sich.

»Gehen wir zu Ihnen«, schlug ich vor, »ich möchte noch nicht nach Hause.«

»Und Ihre Arbeit?«

Ich antwortete nicht. Gagin lachte gutmütig auf, und wir kehrten nach L. zurück. Als ich den bekannten Weinberg und das weiße Häuschen auf der Höhe sah, empfand ich eine süße – ja, wirklich süße – Freude im Herzen, als hätte man mir heimlich Honig eingeträufelt. Nach dem Gespräch mit Gagin fühlte ich mich ganz erleichtert.

9

Asja kam uns auf der Schwelle des Hauses entgegen; ich glaubte, sie würde uns lachend empfangen; aber sie stand bleich und stumm mit niedergeschlagenen Augen da.

»Da ist er wieder«, sagte Gagin, »und merk es dir: er wollte selbst zurückkommen.«

Asja sah mich fragend an. Ich streckte ihr die Hand entgegen und drückte diesmal ihre kalten Finger sehr fest. Sie tat mir leid; ich begriff jetzt vieles, was mich an ihr irregemacht hatte: ihre innere Unruhe, ihr ungeschicktes Benehmen, ihre Neigung zum Posieren, alles war mir nun verständlich. Ich hatte einen Blick in diese Seele geworfen, ein heimlicher Kummer bedrückte sie, verworren regte sich ihr unerfahrenes Selbstgefühl, aber ihr ganzes Wesen strebte nach Wahrheit. Ich begriff, weshalb das eigenartige Mädchen mich so fesselte; es war nicht nur der wilde Reiz des Ursprünglichen, den ihr ganzer Körper auszustrahlen schien, auch ihr Wesen gefiel mir.

Gagin kramte in seinen Zeichnungen. Ich schlug Asja einen Gang durch den Weinberg vor. Sie stimmte sofort mit einer heiteren, beinahe ergebenen Bereitwilligkeit zu. Wir stiegen den Berg halb hinab und setzten uns auf eine breite Steinplatte.

»Haben Sie sich ohne uns nicht gelangweilt?« fing Asja an.

»Und Sie ohne mich?« fragte ich.

Asja sah mich von der Seite an.

»Ja«, erwiderte sie. »Ist es schön in den Bergen?« fuhr sie hastig fort, »sind sie hoch? Höher als die Wolken? Erzählen Sie mir, was Sie gesehen haben. Sie haben es meinem Bruder erzählt, ich habe aber nichts gehört.«

»Warum gingen Sie denn fort?« bemerkte ich.

»Ich ging... weil... Jetzt gehe ich nicht mehr fort«, fügte sie mit zutraulicher Freundlichkeit hinzu. »Sie waren heute böse.«

»Ich?«

»Ja, Sie.«

»Wieso denn, ich bitte Sie...«

»Ich weiß nicht, warum, aber Sie waren böse, auch als Sie fortgingen. Es tat mir sehr leid, daß Sie so gehen konnten, und ich bin so froh, daß Sie wiedergekommen sind.«

»Ich ebenfalls«, sagte ich.

Asja zuckte die Achseln, wie Kinder, wenn sie sich wohlfühlen.

»Oh, ich habe die Gabe, alles zu erraten«, fuhr sie fort, »ich erriet manchmal aus Papas Husten im Nebenzimmer, ob er mit mir zufrieden war oder nicht.«

Bis zu diesem Tage hatte Asja mit mir niemals von ihrem Vater gesprochen. Ihre Worte verblüfften mich.
»Liebten Sie Ihren Vater sehr?« fragte ich und fühlte plötzlich zu meinem großen Ärger, wie ich errötete.
Sie antwortete nicht und errötete ebenfalls. Wir schwiegen beide. Unten auf dem Rhein zog ein in graue Rauchwolken gehüllter Dampfer unsere Aufmerksamkeit auf sich. Langsam glitt er dahin.
»Warum erzählen Sie mir nichts?« flüsterte Asja.
»Weshalb haben Sie heute gelacht, als Sie mich erblickten?« fragte ich.
»Ich weiß es nicht. Manchmal möchte ich weinen, und statt dessen lache ich... Sie dürfen mich nicht danach... nicht nach meinem Benehmen beurteilen. Ach ja, was ist das für eine Geschichte von der Lorelei? Ist das in der Ferne nicht ihr Felsen? Man sagt, sie hätte erst alle Männer ertrinken lassen und sich dann selbst in den Rhein gestürzt, als sie einen liebgewann. Mir gefällt dieses Märchen. Frau Luise erzählt mir allerlei Geschichten. Sie hat einen schwarzen Kater mit gelben Augen...«
Asja hob den Kopf und schüttelte die Locken.
»Ach, wie glücklich bin ich!« sagte sie.
In diesem Augenblick drangen abgerissene, eintönige Laute zu uns herauf. Hunderte von Stimmen wiederholten gleichzeitig und in regelmäßigen Abständen die Weise eines Bittgesangs: ein Zug von Wallfahrern mit Kreuzen und Fahnen pilgerte unten die Straße entlang.
»Wenn ich doch mit ihnen gehen könnte«, sagte Asja und lauschte den allmählich verklingenden Stimmen.
»Sind Sie so fromm?«
»In die Ferne ziehen, beten, eine große Heldentat vollbringen«, fuhr sie fort. »Die Tage vergehen, das Leben schwindet dahin, und was haben wir geleistet?«
»Sie sind ehrgeizig«, sagte ich, »Sie wollen nicht umsonst gelebt haben, Sie wollen eine Spur hinterlassen...«
»Ist das unmöglich?«

»Unmöglich«, hätte ich fast wiederholt. Aber ich blickte in ihre hellen Augen und sagte nur: »Versuchen Sie es.«

»Sagen Sie«, begann Asja wieder nach einer kurzen Pause, in der ein Schatten über ihr blaßgewordenes Gesicht lief. »Gefiel Ihnen jene Dame sehr?... Erinnern Sie sich nicht? Mein Bruder trank auf ihr Wohl in der Ruine am zweiten Tage unserer Bekanntschaft.«

Ich lachte.

»Ihr Bruder scherzte, mir hat noch keine einzige Dame gefallen, wenigstens gefällt mir jetzt keine.«

»Was gefällt Ihnen an den Frauen?« fragte Asja und warf in unschuldiger Neugier den Kopf zurück.

»Welch seltsame Frage!« rief ich aus.

Asja wurde etwas verlegen.

»Ich hätte Sie nicht so fragen sollen, nicht wahr? Verzeihen Sie, ich bin gewohnt, alles hervorzusprudeln, was mir in den Kopf kommt. Darum fürchte ich mich zu reden.«

»Reden Sie, um Gottes willen, ohne Scheu«, fiel ich ein, »ich bin so froh, daß Sie endlich nicht mehr schüchtern sind!«

Asja schlug die Augen nieder und lachte leise und leicht, ich hatte dieses Lachen noch nie von ihr gehört.

»Erzählen Sie doch«, fuhr sie fort, die Falten ihres Kleides glatt streichend und über den Knien ordnend, als beabsichtige sie, noch lange sitzen zu bleiben, »erzählen Sie oder tragen Sie etwas vor, wissen Sie, wie Sie uns neulich aus dem ›Onegin‹ vortrugen...«

Sie sann plötzlich nach.

> »Es weben Schatten um das Kreuz
> und meiner armen Mutter Grab«,

sagte sie halblaut.

»Bei Puschkin heißt es anders«, bemerkte ich.

»Ich würde gern Tatjana sein«, sagte sie immer noch nachdenklich. »Erzählen Sie doch!« rief sie dann lebhaft. Aber ich war nicht zum Erzählen aufgelegt. Ich betrachtete sie. Sanft und ruhig saß sie da, vom hellen Glanz der Sonne umwoben. Und um uns strahlte alles freudig, über uns die helle Klarheit des Himmels, unter uns Wasser und Erde, sogar die Luft schien dieses selige Leuchten auszustrahlen.

»Schauen Sie, wie herrlich es ist«, sagte ich, unwillkürlich die Stimme senkend.

»Ja, sehr schön!« antwortete sie ebenso leise, ohne mich anzusehen. »Wenn wir beide Vögel wären, wie würden wir uns aufschwingen, wie flögen wir davon! ... Wir tauchten ein in dieses Blau ... Doch wir sind keine Vögel.«

»Aber Flügel können uns wachsen«, erwiderte ich.

»Wie?«

»Kommt Zeit, kommt Rat. Es gibt Gefühle, die uns über die Erde erheben. Seien Sie ganz ruhig, Ihnen wachsen noch einmal Flügel.«

»Und Ihnen?«

»Wie soll ich es sagen ... Ich glaube, bisher habe ich noch nicht fliegen können.«

Asja wurde wieder nachdenklich. Ich beugte mich leicht zu ihr hinüber.

»Können Sie Walzer tanzen?« fragte sie plötzlich.

»Freilich«, erwiderte ich einigermaßen verblüfft.

»So kommen Sie doch, kommen Sie ... Ich will meinen Bruder bitten, einen Walzer zu spielen ... Wir wollen uns dabei denken, daß wir fliegen, daß uns Flügel gewachsen sind.«

Sie lief dem Hause zu. Ich eilte ihr nach, und wenige Augenblicke später drehten wir uns schon im engen Zimmer zu den süßen Klängen Lanners. Asja tanzte ausgezeichnet, mit voller Hingabe. Die Strenge ihrer ernsten Mädchenzüge war dem weichen Zauber eines Frauenantlitzes gewichen. Lange noch spürte meine Hand die Berührung ihres zarten Körpers, hörte ich ihren schnellen Atem, so nah an meinem Gesicht, sah ich den unverwandten Blick der dunklen, beinah geschlossenen Augen im blassen lebhaften Antlitz, um das die dunklen Locken wehten.

10

Ich verbrachte diesen Tag ausgezeichnet. Wir tobten wie ausgelassene Kinder umher. Asja war nett und natürlich, und Gagin freute sich über sie. Ich verließ sie erst spät. Als mein Boot in der Mitte des Rheins war, bat ich den Fährmann, es stromabwärts treiben zu lassen. Der Alte hob die Ruder, und nun glitten wir dahin über den königlichen Strom. Ich sah mich um, lauschte, Erinnerungen stiegen in mir auf, eine innere Unruhe ergriff mich plötzlich. Ich schaute zum Himmel empor, aber auch seine Klarheit verriet keine Ruhe und war im flimmernden Sternenlicht nur zitternde Bewegung, die in hellen, bebenden Lichtwogen herabfloß. Ich neigte mich zu den schwarzen Fluten, doch in ihrer kalten, dunklen Tiefe tanzte, wie von Angst gepeitscht, das Licht der Sterne. Von allen Seiten drang heimliche Erregung auf mich ein und steigerte sich in mir. Ich stützte mich auf den Bootsrand... Das Rauschen des Windes, das leise Plätschern der Wellen im Kielwasser wirkten aufreizend, und der frische Atem der Fluten kühlte mein Gesicht nicht. Am Ufer sang eine Nachtigall, und das süße Gift ihrer Triller schien in mein Blut zu dringen. Tränen, nicht nur von der Begeisterung hervorgerufen, stiegen in meine Augen. Was ich empfand, war nicht jenes verworrene Gefühl allumfassenden Verlangens, das der Seele Flügel verleiht, damit sie in Liebe und Verständnis zur Umwelt zu tönen beginne... Nein, es war die Sehnsucht nach dem Glück. Noch wagte ich dieses Gefühl nicht näher zu bezeichnen, aber Glück, Glück bis zur Übersättigung – danach verlangte ich, danach sehnte ich mich... Inzwischen glitt das Boot dahin, und der alte Fährmann saß über seine Ruder gebeugt und schien zu schlafen.

11

Als ich am nächsten Tage zu Gagin ging, fragte ich mich nicht, ob ich Asja liebe, ich dachte aber viel über sie nach, ihr Schicksal beschäftigte mich, ich freute mich unserer unerwarteten Annäherung. Ich fühlte, daß ich sie erst gestern wirklich kennengelernt hatte, bis dahin war sie mir aus dem Wege gegangen. Und nun, da sie mir endlich ihr Herz erschlossen, erstrahlte ihr Antlitz in einem neuen, hellen Licht, voll eines geheimnisvollen, schüchternen Zaubers.

Rüstig schritt ich den bekannten Weg entlang, schaute immer wieder nach dem weißen Häuschen aus, dachte nicht an die Zukunft und nicht einmal an den kommenden Tag, mir war so wohl zumute.

Asja errötete, als ich ins Zimmer trat. Sie trug ein hübsches Kleid, zu dem aber ihr Gesichtsausdruck nicht paßte; denn sie sah traurig aus. Und ich war so froh gewesen! Es kam mir sogar vor, als wolle sie ihrer Gewohnheit nach davonlaufen; aber sie nahm sich zusammen und blieb. Gagin befand sich in jenem seltsamen Zustand künstlerischer Glut und Ekstase, der Dilettanten wie ein Krampf erfaßt, wenn sie glauben, es wäre ihnen endlich gelungen, »die Natur am Schopf zu packen«, wie sie es nennen. Er stand zerzaust, mit Farbe befleckt vor der ausgespannten Leinwand und fuhr mit dem Pinsel wild hin und her, begrüßte mich mit einem fast grimmigen Kopfnicken, trat zurück, kniff die Augen zu und stürzte sich wieder auf seine Malerei. Ich störte ihn nicht und setzte mich zu Asja. Langsam wandte sie mir ihre dunklen Augen zu.

»Sie sind heute nicht so wie gestern«, bemerkte ich nach mehreren vergeblichen Versuchen, ein Lächeln auf ihren Lippen hervorzurufen.

»Nein«, erwiderte sie langsam mit dumpfer Stimme. »Das macht nichts. Ich habe schlecht geschlafen, habe die ganze Nacht nachgedacht.«

»Worüber?«

»Ach, alles mögliche, es ist meine Gewohnheit von Kindheit an, noch aus der Zeit, als ich bei meiner Mutter war...«

Sie sprach das Wort Mutter nur mit Mühe aus und wiederholte dann: »Als ich bei meiner Mutter war... habe ich darüber nachgedacht, warum niemand wissen kann, was mit ihm geschehen wird. Manchmal sieht man auch das Unheil kommen und kann sich doch nicht retten... Und weshalb darf man nie die ganze Wahrheit sagen?... Dann dachte ich daran, daß ich nichts weiß und lernen muß. Ich muß erzogen werden, ich bin so schlecht erzogen. Spiele nicht Klavier, zeichne nicht, nähe sogar schlecht, habe keinerlei Begabung, sehr langweilig muß es mit mir sein.«

»Sie sind ungerecht gegen sich selbst«, entgegnete ich. »Sie haben viel gelesen, sind gebildet, und mit Ihrer Klugheit...«

»Bin ich klug?« fragte sie mit so naiver Wißbegierde, daß ich wider Willen lachen mußte, sie aber lächelte nicht einmal. »Bruder, bin ich klug?« fragte sie Gagin.

Er antwortete ihr nicht, sondern arbeitete weiter, die Pinsel immerfort wechselnd und den Arm hochhebend.

»Ich weiß mitunter selbst nicht, was in meinem Kopf vorgeht«, fuhr Asja mit derselben nachdenklichen Miene fort. »Manchmal fürchte ich mich vor mir selbst. Ach, ich wollte... Ist es wahr, daß Frauen nicht viel lesen sollen?«

»Nicht viel, aber...«

»Sagen Sie mir, was soll ich lesen? Sagen Sie, was soll ich tun? Ich will alles tun, was Sie mir sagen«, fügte sie hinzu, mit unschuldigem Vertrauen zu mir aufblickend.

Ich wußte nicht sogleich, was ich ihr erwidern sollte.

»Langweilen Sie sich mit mir?«

»Ich bitte Sie...«, fing ich an.

»Danke«, erwiderte Asja, »ich dachte schon, ich langweile Sie!« Und ihre kleine heiße Hand drückte die meine kräftig.

»N...!« schrie Gagin plötzlich. »Ist dieser Hintergrund nicht zu dunkel?«

Ich trat zu ihm, Asja stand auf und ging hinaus.

12

Sie kam nach einer Stunde wieder, blieb an der Tür stehen und winkte mir.

»Wären Sie traurig, wenn ich stürbe?« fragte sie.

»Was haben Sie heute für Gedanken!« rief ich aus.
»Ich bilde mir ein, daß ich bald sterben werde; manchmal scheint es mir, als verabschiede sich alles um mich her von mir. Sterben ist besser, als so weiterzuleben!... Ach, schauen Sie mich nicht so an, ich verstelle mich wirklich nicht, sonst werde ich mich wieder vor Ihnen fürchten.«
»Haben Sie sich denn vor mir gefürchtet?«
»Ich bin nicht daran schuld, wenn ich so seltsam bin«, entgegnete sie. »Ich kann schon nicht mehr lachen...«
Sie blieb traurig und sorgenvoll bis zum Abend. Etwas ging in ihr vor, was ich nicht begriff. Ihr Blick war oft auf mich gerichtet, mein Herz zuckte unter diesem rätselhaften Blick leise zusammen. Sie schien ruhig, mich aber drängte es immer wieder, ihr zu sagen, sie solle sich nicht aufregen. Ich freute mich an ihrem Anblick, ich entdeckte einen rührenden Reiz in ihren bleichen Zügen, in ihren unentschlossenen Bewegungen, sie aber bildete sich ein, ich wäre schlechter Laune.
»Wissen Sie«, sagte sie, kurz bevor ich mich von ihr verabschiedete, »mich quält der Gedanke, daß Sie mich für leichtsinnig halten... Glauben Sie in Zukunft alles, was ich sage, aber seien auch Sie aufrichtig zu mir. Immer werde ich Ihnen die Wahrheit sagen, ich gebe Ihnen mein Ehrenwort.«
Dieses Ehrenwort rief wieder meine Heiterkeit hervor.
»Ach, lachen Sie nicht«, sagte sie lebhaft, »sonst sage ich heute, was Sie gestern zu mir sagten: ›Warum lachen Sie?‹« Und nach kurzem Schweigen fügte sie hinzu: »Sie sprachen gestern von Flügeln... erinnern Sie sich noch?... Die Flügel sind mir gewachsen, doch weiß ich nicht, wohin ich fliegen soll.«
»Ich bitte Sie«, rief ich aus, »alle Wege stehen Ihnen offen.«
Asja sah mir forschend in die Augen.
»Sie denken heute schlecht von mir«, sagte sie mit gerunzelter Stirn.
»Ich? Schlecht? Von Ihnen?!«
»Ihr seid ja beide so schwermütig. Was ist los?« unterbrach Gagin mich. »Soll ich wieder einen Walzer spielen wie gestern?«

»Nein, nein«, rief Asja aus und preßte ihre Hände krampfhaft aneinander, »heute nicht, auf keinen Fall!«
»Ich zwinge dich ja nicht, reg dich nicht auf.«
»Auf keinen Fall«, wiederholte sie erblassend.
»Kann es sein, daß sie mich liebt?« dachte ich, als ich mich den schnell dahinrollenden dunklen Wogen des Rheins näherte.

13

»Liebt sie mich wirklich?« fragte ich am nächsten Tage, als ich kaum erwacht war. Ich wollte nicht in mein Inneres schauen und fühlte, daß ihr Bild, das Bild des »Mädchens mit dem gezwungenen Lachen«, sich meines Herzens bemächtigt hatte und diese Herrschaft nicht sobald aufgeben würde. Ich ging nach L. und blieb den ganzen Tag dort, sah Asja aber nur flüchtig. Sie fühlte sich nicht wohl und hatte Kopfschmerzen. Für einen Augenblick erschien sie mit verbundener Stirn, bleich, mager, die Augen halb geschlossen, lächelte matt und sagte: »Das vergeht schon, alles vergeht, nicht wahr?« Dann verschwand sie wieder. Ich empfand plötzlich eine innere Leere und Traurigkeit, wollte jedoch nicht fortgehen und kehrte erst spät heim, ohne sie gesehen zu haben.
Den ganzen nächsten Morgen befand ich mich in einem Zustand, den ich als halbwaches Träumen bezeichnen möchte. Ich wollte arbeiten, aber es gelang mir nicht, wollte nichts tun und nichts denken; auch das mißlang. Ich streifte durch die Stadt, kam nach Hause, lief wieder hinaus.
»Sind Sie Herr N.?« vernahm ich plötzlich eine Kinderstimme hinter mir. Ich sah mich um: vor mir stand ein kleiner Junge. »Von Fräulein Annette«, sagte er und reichte mir ein Briefchen.
Ich öffnete es und erkannte Asjas unregelmäßige, hastige Schriftzüge. »Ich muß Sie unbedingt sehen«, schrieb sie mir, »kommen Sie heute um vier Uhr zu der steinernen Kapelle an der Straße, die zur Ruine führt. Ich habe heute eine große Unvor-

sichtigkeit begangen. Kommen Sie um Gottes willen, Sie werden alles erfahren... Sagen Sie dem Boten ›ja‹.«
»Haben Sie etwas auszurichten?« fragte der Knabe.
»Sag dem Fräulein: Ja«, erwiderte ich. Der Knabe lief davon.

14

Ich kam in mein Zimmer, setzte mich und überlegte. Mein Herz schlug heftig. Mehrere Male überlas ich Asjas Briefchen. Ich sah nach der Uhr: es war noch nicht zwölf. Die Tür ging auf, Gagin trat ein.
Sein Gesicht war finster. Er faßte meine Hand und drückte sie kräftig. Er schien sehr erregt.
»Was ist mit Ihnen?« fragte ich.
Gagin nahm einen Stuhl und setzte sich mir gegenüber. »Vor drei Tagen«, begann er mit gezwungenem Lächeln und stockend, »habe ich Sie durch meine Erzählung überrascht, heute werden Sie noch mehr staunen. Einem andern gegenüber würde ich es kaum wagen... so ohne weiteres... Aber Sie sind ein anständiger Kerl und mein Freund, nicht wahr? Hören Sie also: Meine Schwester Asja ist in Sie verliebt.«
Ich zuckte zusammen und richtete mich auf.
»Ihre Schwester, sagen Sie...«
»Ja, ja«, fiel Gagin ein. »Ich sage Ihnen, sie ist verrückt und bringt auch mich noch um den Verstand. Aber glücklicherweise kann sie nicht lügen – und vertraut mir. Ach, was hat dieses Mädchen für eine Seele... aber sie richtet sich zugrunde, unbedingt.«
»Sie täuschen sich«, fing ich an.
»Nein, ich täusche mich nicht. Gestern hat sie beinah den ganzen Tag gelegen, nichts gegessen, sich aber nicht beklagt... Das tut sie nie. – Ich machte mir keine Sorgen, obwohl sie am Abend ein wenig fieberte. Heute um zwei Uhr nachts weckte mich unsere Wirtin. ›Gehen Sie zu Ihrer Schwester‹, sagte sie, ›sie fühlt sich schlecht!‹ – Ich lief hin und fand Asja angezogen, in Tränen auf-

gelöst und fiebernd vor. Ihr Kopf war heiß, die Zähne schlugen wie im Schüttelfrost aufeinander. ›Was ist mit dir?‹ fragte ich. ›Bist du krank?‹ Sie fiel mir um den Hals und flehte mich an, sie so bald wie möglich fortzubringen, wenn mir daran liege, sie am Leben zu erhalten... Ich begriff nichts, versuchte sie zu beruhigen... sie schluchzte immer leidenschaftlicher... und plötzlich gestand sie mir unter Tränen... gestand mir, daß sie Sie liebt. – Glauben Sie mir, wir vernünftigen Leute können uns die Tiefe und Stärke dieses Empfindens gar nicht vorstellen, es bricht ebenso unerwartet und unwiderstehlich über sie herein wie ein plötzliches Gewitter... Sie sind ein netter Mensch«, fuhr Gagin fort, »aber warum Asja Sie so liebt, kann ich offen gestanden nicht begreifen. Sie sagt, sie hätte sich vom ersten Tage an zu Ihnen hingezogen gefühlt. Darum weinte sie auch neulich, als sie mir schwor, nur mich zu lieben. Sie glaubte, Sie verachteten sie, wüßten wahrscheinlich, wer sie ist; sie fragte mich, ob ich Ihnen ihre Geschichte erzählt hätte. Ich verneinte natürlich, aber ihr Ahnungsvermögen ist erschreckend. Sie will nur eins: schnell fort von hier. Ich saß bis zum Morgen bei ihr und versprach ihr, morgen abzureisen; dann erst schlief sie ein. Lange habe ich überlegt... und den Entschluß gefaßt, mit Ihnen zu sprechen. Meiner Ansicht nach hat Asja recht, das beste ist, wir reisen beide ab. Und ich hätte es bereits getan, wenn mir nicht ein Gedanke gekommen wäre, der mir Einhalt gebot, vielleicht... wie kann ich's wissen... gefällt Ihnen meine Schwester? Weshalb sollte ich dann abreisen? – Und da beschloß ich, jede falsche Scham beiseite lassend – übrigens war mir auch manches aufgefallen –, Sie zu fragen...« Der arme Gagin wurde verlegen. »Entschuldigen Sie bitte«, fügte er hinzu: »Ich bin solche Unterhaltungen nicht gewöhnt...« Ich ergriff seine Hand.

»Sie wollen wissen, ob mir Ihre Schwester gefällt?« fragte ich mit fester Stimme. – »Ja, sie gefällt mir.«

»Aber«, sagte er stockend. »Sie werden sie nicht heiraten?«

»Wie können Sie in dieser Frage eine sofortige Antwort verlangen? Urteilen Sie selbst, ob ich jetzt...«

»Ich weiß, ich weiß«, unterbrach Gagin mich. »Ich habe kein Recht dazu, und meine Frage war nicht angebracht... Aber was soll ich tun? Mit Feuer scherzt man nicht. Sie kennen Asja nicht, sie ist imstande, krank zu werden, durchzubrennen, sich heimlich mit Ihnen zu treffen... Eine andere würde alles geheimhalten und abwarten, aber so ist sie nicht. Sie erlebt zum erstenmal, das ist das Schlimme! Sie würden meine Befürchtungen begreifen, hätten Sie gesehen, wie sie heute zu meinen Füßen schluchzte.«

Ich überlegte. Gagins Worte »heimlich mit Ihnen zu treffen« saßen wie ein Hieb. Es schien mir unehrenhaft, seiner Offenheit nicht mit gleicher Offenheit zu begegnen.

»Ja«, sagte ich endlich. »Sie haben recht. Vor einer Stunde erhielt ich einen Brief von Ihrer Schwester. Hier ist er.«

Gagin nahm den Zettel, überflog ihn und ließ die Hände sinken. Seine Überraschung hätte erheiternd wirken können, aber mir war nicht zum Lachen zumute.

»Ich wiederhole, Sie sind ein edler Mensch«, sagte er, »aber was geschieht nun? Wie? Sie will abreisen, schreibt Ihnen und macht sich Vorwürfe wegen Ihrer Unvorsichtigkeit... Wann hat sie übrigens Zeit zum Schreiben gehabt? Was will sie von Ihnen?« Ich beruhigte ihn, und wir erörterten so sachlich wie möglich, was nun zu unternehmen sei. Endlich einigten wir uns: Um weiteres Unheil zu verhüten, sollte ich zur Kapelle kommen und mich mit Asja ehrlich aussprechen. Gagin verpflichtete sich, zu Hause zu bleiben und nicht zu verraten, daß er von ihrem Brief wisse, abends wollten wir wieder zusammenkommen.

»Ich verlasse mich ganz auf Sie«, sagte Gagin und drückte mir kräftig die Hand, »schonen Sie Asja und mich. Aber morgen reisen wir doch«, fügte er hinzu und stand auf; »denn Sie heiraten Asja nicht.«

»Geben Sie mir Zeit bis zum Abend«, erwiderte ich.

»Meinetwegen, aber heiraten werden Sie sie nicht.«

Er ging. Ich warf mich aufs Sofa und schloß die Augen. Ein Chaos verworrener Eindrücke bedrängte mich. Ich ärgerte mich über Gagins Offenheit, ärgerte mich über Asja; ihre Liebe freute und verwirrte mich gleichzeitig. Ich konnte nicht begreifen, was sie veranlaßt hatte, dem Bruder alles zu gestehen, die Notwendigkeit einer schnellen, beinahe augenblicklichen Entscheidung quälte mich...

»Ein siebzehnjähriges Mädchen mit ihrem Chatakter heiraten! Ja, wie ist denn das möglich!« sagte ich, als ich aufstand.

15

Zur verabredeten Stunde ließ ich mich über den Rhein setzen. Die erste Person, die mir auf dem anderen Ufer begegnete, war derselbe Knabe, der am Morgen bei mir gewesen war. Er schien mich zu erwarten.

»Von Fräulein Annette«, flüsterte er und reichte mir einen neuen Zettel.

Asja teilte mir mit, daß wir uns an einem anderen Ort treffen müßten. Ich sollte nach anderthalb Stunden ins Haus der Frau Luise kommen, unten klopfen und in den zweiten Stock steigen.

»Soll ich wieder ›ja‹ sagen?« fragte mich der Junge.

»Ja«, wiederholte ich und ging am Ufer entlang. Ich hatte keine Zeit, nach Hause zu gehen, und keine Lust, durch die Straßen zu irren. Außerhalb der Stadtmauer befand sich ein kleiner Garten mit einer einfachen Kegelbahn und ein paar Tischen für Biertrinker. Ich begab mich dahin. Ein paar ältere Männer kegelten, die hölzernen Kugeln rollten donnernd die Bahn entlang, hin und wieder vernahm man Beifallsrufe. Eine hübsche Kellnerin mit verweinten Augen brachte mir einen Krug Bier, ich sah ihr ins Gesicht. Sie wandte sich ab und ging fort.

»Ja, ja«, sagte ein dicker, rotbackiger Mann, der am Nebentisch saß, »unser Hannchen ist heute sehr betrübt: ihr Bräutigam ist Soldat geworden.«

Ich blickte zu ihr hinüber. Sie war in eine Ecke geflüchtet und saß dort, den Kopf auf die Hand gestützt, die Tränen rannen über ihre Finger. Jemand verlangte Bier, sie brachte ihm einen Krug und kehrte auf ihren alten Platz zurück. Ihr Kummer steckte mich an. Meine Gedanken an die bevorstehende Zusammenkunft waren sorgenvoll und trübe. Ich dachte nicht mit leichtem Herzen an das Wiedersehen mit Asja; denn ich durfte mich nicht der Freude unserer gegenseitigen Liebe hingeben, sondern mußte eine schwere Pflicht erfüllen und mein Wort halten. »Mit ihr darf man nicht scherzen.« Gagins Worte waren wie glühende Pfeile in mein Herz gedrungen. Und hatte ich mich nicht vor einigen Tagen nach Glück gesehnt, in dem Boot, das die Strömung dahintrug? Dieses Glück konnte Wirklichkeit werden, ich aber schwankte, stieß es zurück, mußte es zurückstoßen ... Es brach so plötzlich über mich herein, und das verwirrte mich. Ich gestehe, daß ich mich vor Asja, diesem leidenschaftlichen anziehenden Geschöpf mit der seltsamen Vergangenheit und der eigenartigen Erziehung, fürchtete. Zweierlei Empfindungen kämpften gegeneinander, die verabredete Stunde rückte aber immer näher.

»Ich kann sie nicht heiraten«, beschloß ich endlich. »Und ich werde ihr auch nicht verraten, daß ich sie liebe.«

Ich stand auf, drückte dem armen Hannchen einen Taler in die Hand – sie dankte mir nicht einmal – und begab mich nach dem Hause der Frau Luise. Schon breiteten sich die Dämmerungsschatten aus, und der schmale Streifen Himmel über der dunklen Straße glänzte im Widerschein der Abendröte. Ich klopfte leise an die Tür, sie öffnete sich sofort. Ich trat über die Schwelle und befand mich in einem dunklen Raum.

»Hierher!« vernahm ich eine Stimme, die Stimme einer alten Frau. »Sie werden erwartet.«

Ich tastete mich zwei Schritte vorwärts, eine knochige Hand ergriff meine Hand.

»Sind sie es, Frau Luise?« fragte ich.

»Ich bin es«, antwortete dieselbe Stimme, »ich bin es, mein schöner junger Herr.« Die Alte führte mich eine steile Treppe hinauf. Im matten Schein, der aus dem winzigen Fenster fiel, erkannte ich das runzlige Gesicht der Bürgermeisterswitwe. Ein widerliches, hinterhältiges Lächeln verzog ihre eingefallenen Lippen und verengte die trüben Augen. Sie wies auf eine kleine Tür. Ich öffnete sie mit krampfhafter Gebärde und schloß sie hinter mir.

16

In dem Zimmerchen war es ziemlich dunkel, und ich erblickte Asja nicht sofort. In einen langen Schal gehüllt, saß sie auf einem Stuhl vor dem Fenster, den abgewandten Kopf wie ein verschüchtertes Vögelchen beinah versteckt. Sie atmete rasch und zitterte. Unsägliches Mitleid ergriff mich. Ich trat zu ihr. Sie wandte den Kopf noch mehr ab.

»Anna Nikolajewna«, sagte ich.

Sie richtete sich plötzlich ganz gerade auf, wollte mir ins Gesicht sehen – und konnte es nicht. Ich ergriff ihre Hand, sie war kalt und lag wie tot in der meinen.

»Ich wollte...«, fing Asja an und bemühte sich zu lächeln, allein die bleichen Lippen gehorchten ihr nicht, »ich wollte... Nein, ich kann nicht«, sagte sie und verstummte. Ihre Stimme brach bei jedem Wort.

Ich setzte mich neben sie.

»Anna Nikolajewna«, wiederholte ich und wußte nichts hinzuzufügen.

Wir schwiegen. Ich hielt immer noch ihre Hand und sah sie an. Sie saß nach wie vor zusammengekrümmt da, atmete schwer und biß sich auf die Unterlippe, um nicht zu weinen, um die emporquellenden Tränen zurückzudrängen. Ich sah sie an. Ihre schüchterne Reglosigkeit verriet rührende Hilflosigkeit, als hätte sie sich, eine furchtbare Müdigkeit überwindend, mit Aufbietung ihrer letzten Kraft zum Stuhl geschleppt. Ich fühlte, wie mein Herz weich wurde.

»Asja«, sagte ich leise.

Sie schaute langsam zu mir auf... Oh, dieser Blick einer liebenden Frau, wer könnte ihn je beschreiben! Die Augen flehten mich an, vertrauten, fragten und verrieten eine grenzenlose Hingabe... Ich konnte ihrem Zauber nicht widerstehen. Eine Flamme schien mein Blut aufzupeitschen. Ich beugte mich herab und drückte meine Lippen auf ihre Hand...

Der zitternde Laut, den ich vernahm, glich einem schweren Seufzer. Ich spürte eine schwache Hand auf meinem Kopf, die wie Espenlaub zitterte, sah auf und erblickte ihr Gesicht. Wie hatte es sich verändert! Die Angst war verschwunden, der Blick war in weite Fernen gerichtet und entführte auch mich dahin, die Lippen öffneten sich ein wenig, die Stirn war blaß wie Marmor, die Locken zurückgeschoben, als hätte sie ein Wind zurückgeweht. Ich vergaß alles, riß sie an mich, ihre Hand, ihr ganzer Körper gaben willig nach, der Schal glitt von ihrer Schulter, ihr Kopf lag an meiner Brust, unter meinen brennenden Lippen.

»Dein...«, flüsterte sie.

Meine Hände glitten über ihren Leib. Da durchzuckte mich der Gedanke an Gagin wie ein Blitz.

»Was tun wir?« rief ich aus und prallte wie im Krampf zurück. »Ihr Bruder... weiß ja alles... Er weiß, daß wir uns treffen...«

Asja sank auf den Stuhl.

»Ja«, fuhr ich fort, stand auf und ging in die andere Ecke des Zimmers. »Ihr Bruder weiß alles. Ich mußte ihm alles sagen...«

»Sie mußten?« fragte sie undeutlich. Sie schien noch so verwirrt, daß sie mich nicht verstand.

»Ja, ja«, wiederholte ich mit einer gewissen Erbitterung, »und daran sind Sie allein schuld, Sie allein. Warum haben Sie unser Geheimnis verraten? Wer zwang Sie, alles Ihrem Bruder zu sagen? Er war heute bei mir und teilte mir die Unterhaltung mit.«

Ich bemühte mich, Asja nicht anzusehen, und ging mit großen Schritten im Zimmer auf und ab. »Jetzt ist alles verloren, alles, alles.«

Asja wollte sich erheben.

»Bleiben Sie«, rief ich, »bleiben Sie, ich bitte Sie darum. Sie haben es mit einem ehrenhaften Mann zu tun, ja, mit einem ehrenhaften... Aber sagen Sie mir um Gottes willen, weshalb Sie so erregt waren? Haben Sie eine Veränderung an mir bemerkt? Ich konnte mich vor Ihrem Bruder nicht verstellen, als er mich heute aufsuchte.«

»Was rede ich?« dachte ich, und der Gedanke, daß ich ein ehrloser Schurke sei, daß Gagin von unserer Verabredung wußte, daß alles entstellt, seines Zaubers enthüllt, verraten sei, bedrängte mich.

»Ich habe meinen Bruder nicht gerufen«, flüsterte Asja erschrokken, »er ist von selbst gekommen.«

»Sehen Sie, was Sie angerichtet haben«, fuhr ich fort, »jetzt wollen Sie abreisen...«

»Ja, ich muß abreisen, ich habe Sie nur hierher gebeten, um mich von Ihnen zu verabschieden.«

»Meinen Sie etwa, es fällt mir leicht, mich von Ihnen zu trennen?« entgegnete ich.

»Warum haben Sie es dem Bruder gesagt?« wiederholte Asja bestürzt.

»Ich sage Ihnen doch – ich konnte nicht anders handeln. Hätten Sie sich nicht selbst verraten...«

»Ich hatte mich in meinem Zimmer eingeschlossen«, erwiderte sie treuherzig, »ich wußte nicht, daß die Wirtin einen zweiten Schlüssel hatte.«

Die naive Entschuldigung für ihr Verhalten erzürnte mich beinah in diesem Augenblick... heute kann ich kaum ohne Rührung daran denken. Armes, ehrliches, aufrichtiges Kind!

»Und nun ist alles aus«, fing ich wieder an. »Alles! Nun müssen wir uns trennen!«

Ich sah Asja verstohlen an... ihr Gesicht errötete. Ich merkte, sie schämte und fürchtete sich, ich fühlte es. Ich selbst redete wie im Fieber und lief im Zimmer hin und her.

»Sie haben das Gefühl, das zu reifen begann, nicht zur Entfaltung kommen lassen, haben das Band zwischen uns zerrissen, hatten kein Vertrauen zu mir, zweifelten an mir...«

Während ich redete, beugte sich Asja immer mehr vor. Plötzlich sank sie in die Knie, verbarg den Kopf in den Händen und brach in Schluchzen aus. Ich lief auf sie zu, versuchte sie aufzuheben, aber sie wehrte sich. Ich ertrage Frauentränen nicht, bei ihrem Anblick verliere ich die Fassung.

»Anna Nikolajewna, Asja!« wiederholte ich, »ich bitte Sie, ich flehe Sie an, um Gottes willen, hören Sie auf...« Ich ergriff wieder ihre Hand...

Zu meiner größten Überraschung sprang sie plötzlich auf, stürzte zur Tür – und verschwand...

Als Frau Luise einige Minuten später hereinkam, stand ich immer noch, wie vom Donner gerührt, mitten im Zimmer. Ich begriff nicht, wie die Zusammenkunft so schnell, so dumm enden konnte, ehe ich auch nur den hundertsten Teil dessen gesagt hatte, was ich sagen wollte, sagen mußte, als ich selbst noch nicht wußte, zu welchem Ergebnis sie führen würde...

»Ist das Fräulein fort?« fragte Frau Luise, die gelben Brauen bis zu den Stirnlocken emporziehend.

Ich sah sie an wie ein Narr und ging hinaus.

17

Ich lief aus der Stadt, geradewegs ins Freie. Zorn, wilder Zorn nagte an mir. Ich machte mir die bittersten Vorwürfe. Wie hatte ich nicht begreifen können, aus welchem Grund Asja den Ort unserer Begegnung geändert hatte, wie hatte ich es nicht würdigen können, was es sie gekostet hatte, zu dieser Alten zu gehen, warum hatte ich sie nicht zurückgehalten! Ich war mit ihr in diesem dunklen, dumpfen Zimmer gewesen und hatte die Kraft, die Härte besessen, sie von mir zu stoßen, ihr sogar Vorwürfe zu machen... Ihr Bild verfolgte mich, ich bat sie in Gedanken um Verzeihung. Die Erinnerung an das bleiche Gesicht, die feuchten, bangen Augen, die gelösten Locken um den gebeugten Hals, die leichte Berührung meiner Brust durch ihren Kopf – diese Erinnerung brannte in mir. »Dein!« hörte ich sie flüstern. »Ich habe nach meinem Gewissen gehandelt«, suchte ich mich zu beruhigen... Lüge! Wollte ich wirklich diesen Ausgang? War ich denn imstande, mich von ihr zu trennen? Konnte ich sie verlieren? »Narr! Narr!« wiederholte ich erbittert.

Inzwischen wurde es Nacht. Mit großen Schritten näherte ich mich dem Hause, in dem Asja wohnte.

18

Gagin kam mir entgegen.

»Haben Sie meine Schwester gesehen?« rief er mir schon von weitem zu.

»Ist sie nicht zu Hause?« fragte ich.

»Nein.«

»Ist sie nicht zurückgekehrt?«

»Nein. Verzeihen Sie«, fuhr Gagin fort, »aber ich konnte mich nicht länger beherrschen, bin gegen unsere Abmachung zur Kapelle gegangen und fand sie dort nicht. Ist sie nicht gekommen?«

»An der Kapelle war sie nicht.«

»Sie haben sie also nicht gesehen?«

Ich mußte gestehen, daß ich sie gesehen hatte.

»Wo?«

»Bei Frau Luise. Wir trennten uns vor einer Stunde«, fügte ich hinzu, »ich war überzeugt, sie sei nach Hause gegangen.«

»Warten wir«, sagte Gagin.

Wir gingen ins Haus, setzten uns nebeneinander und schwiegen. Es war sehr peinlich. Ständig sahen wir uns um, blickten zur Tür, horchten. Gagin erhob sich endlich.

»Unerträglich!« rief er aus, »ich bin außer mir. Sie bringt sich um, bei Gott! Kommen Sie, suchen wir sie.«

Wir gingen hinaus. Draußen war es bereits dunkel.

»Worüber haben Sie denn mit ihr geredet?« fragte Gagin, den Hut tiefer in die Stirn rückend.

»Ich habe sie nur fünf Minuten gesehen«, erwiderte ich, »und habe mit ihr wie verabredet gesprochen.«
»Wissen Sie«, sagte er, »wir gehen lieber getrennt, so stoßen wir eher auf sie. Jedenfalls kommen Sie nach einer Stunde wieder her.«

19

Ich stieg eilig den Weinberg hinunter und rannte in die Stadt. Rasch durchlief ich die Straßen, guckte überall hinein, sogar in Frau Luises Fenster, kehrte an den Rhein zurück und ging am Ufer entlang... Hin und wieder begegnete mir eine weibliche Gestalt, aber Asja war nirgends zu sehen. Der Ärger war einer geheimen Angst gewichen, die mich quälte, und nicht sie allein... nein, ich empfand Reue, brennendes Bedauern und Liebe – jawohl! die allerzärtlichste Liebe. Ich rang die Hände, ich rief Asjas Namen in die Finsternis der Nacht, erst halblaut, dann immer lauter; ich wiederholte hundertmal, daß ich sie liebte, schwor, mich nie von ihr zu trennen, und hätte alles in der Welt dafür gegeben, noch einmal ihre kalte Hand zu halten, ihre leise Stimme zu hören, sie wieder vor mir zu sehen... Sie war mir so nahe, so nahe gewesen, war mit freudiger Entschlossenheit, mit unschuldigem Herzen zu mir gekommen und hatte mir ihre unberührte Jugend gebracht... Ich aber hatte mich des Glückes beraubt, ihr liebes Gesicht vor Freude und Seligkeit erglühen zu sehen. Dieser Gedanke raubte mir beinah den Verstand.
»Wo kann sie hingegangen sein, was hat sie sich angetan?« rief ich in hilfloser Verzweiflung... Etwas Weißes schimmerte am Wasser dicht am Ufer auf. Ich kannte die Stelle: ein halb in die Erde versunkenes Steinkreuz mit einer alten Inschrift stand über dem Grabe eines Mannes, der vor siebzig Jahren hier ertrunken war... Mein Herzschlag stockte... Ich lief zum Kreuz, die weiße Gestalt verschwand; »Asja!« schrie ich. Meine wilde Stimme erschreckte mich, aber niemand antwortete...

Ich beschloß, hinaufzugehen, um zu erfahren, ob Gagin sie gefunden hatte.

20

Als ich den Pfad durch den Weinberg hastig emporstieg, sah ich Licht in Asjas Zimmer... Das beruhigte mich etwas.
Ich näherte mich dem Haus, die Tür war verschlossen. Ich klopfte. Ein unbeleuchtetes Fenster im unteren Stockwerk wurde vorsichtig geöffnet, und Gagins Kopf erschien.
»Gefunden?« fragte ich ihn.
»Sie ist zurückgekommen«, antwortete er flüsternd, »ist in ihrem Zimmer und kleidet sich aus. Alles ist in Ordnung.«
»Gott sei Dank!« rief ich in unbeschreiblicher Freude, »Gott sei Dank! Nun ist alles wieder gut! Aber wir müssen noch vieles besprechen!«
»Ein andermal«, erwiderte er und zog das Fenster leise an sich, »ein andermal, und nun leben Sie wohl.«
»Bis morgen«, sagte ich, »morgen muß sich alles entscheiden.«
»Leben Sie wohl«, wiederholte Gagin. Das Fenster wurde geschlossen.
Fast hätte ich ans Fenster geklopft. Ich wollte Gagin sofort sagen, daß ich um die Hand seiner Schwester bitte... Aber ein derartiger Heiratsantrag in solcher Stunde... »Bis morgen«, dachte ich, »morgen bin ich glücklich...«
Morgen bin ich glücklich! Das Glück kennt kein Morgen, es hat auch kein Gestern, es erinnert sich des Vergangenen nicht und denkt nicht ans Künftige, es hat nur eine Gegenwart – und nicht einmal einen Tag, nur den Augenblick!
Ich weiß nicht, wie ich nach S. kam. Es waren nicht meine Füße, die mich trugen, es war nicht das Boot, das mich über den Fluß setzte, starke, breite Flügel hoben mich empor. Ich kam an dem Busch vorbei, in dem die Nachtigall sang, ich blieb stehen und hörte lange zu: es war mir, als sänge sie von meiner Liebe und von meinem Glück.

21

Als ich mich am nächsten Morgen Asjas Häuschen näherte, sah ich voller Bestürzung, daß Fenster und Türen geöffnet waren und Papierfetzen vor der Türschwelle umherlagen. Ein Mächen erschien mit einem Besen in der Hand. Ich ging auf sie zu.
»Abgereist!« sprudelte sie hervor, noch ehe ich gefragt hatte, ob Gagin zu Hause sei.
»Abgereist?« wiederholte ich. »Wieso abgereist? Wohin?«
»Heute früh um sechs sind die Herrschaften abgereist, ohne zu sagen, wohin. Warten Sie – Sie sind doch Herr N.?«
»Ja, ich bin Herr N.«
»Bei der Wirtin liegt ein Brief für Sie.« Das Mädchen ging die Treppe hinauf und kam mit einem Brief zurück. »Hier, bitte schön.«
»Das ist doch ganz unmöglich... Wie können sie...?« begann ich. Das Mädchen sah mich blöde an und kehrte weiter.
Ich öffnete den Brief. Er war von Gagin. Asja hatte keine Zeile hinzugefügt. Er fing mit der Bitte an, ihm wegen der plötzlichen Abreise nicht zu zürnen, er wäre überzeugt, daß ich nach reiflicher Überlegung seinen Entschluß billigen würde. Er fände keinen anderen Ausweg aus einer Lage, die schwierig und gefährlich werden könne. »Gestern abend«, schrieb er, »während wir beide schweigend auf Asja warteten, kam ich endgültig zu der Überzeugung, daß die Trennung notwendig sei. Es gibt Vorurteile, die ich achte, ich verstehe, daß Sie Asja nicht heiraten können. Sie hat mir alles gesagt, um ihrer Ruhe willen mußte ich ihren wiederholten, dringenden Bitten nachgeben.« Am Schluß des Briefes sprach er sein Bedauern aus, daß unsere Bekanntschaft so schnell abgebrochen werden mußte, wünschte mir alles Gute und flehte mich an, nicht nach ihnen zu forschen.
»Was für Vorurteile?« rief ich aus, als ob er mich hören könne. »Welch ein Unsinn! Wer gab ihm das Recht, sie mir zu entführen?...« Ich faßte mich an den Kopf...
Das Dienstmädchen rief laut nach der Wirtin, ihr Erschrecken

brachte mich wieder zur Besinnung. Nur ein Gedanke brannte in mir: sie finden, sie wiederfinden, koste es, was es wolle. Diesen Schlag hinnehmen, mich in diese Lösung fügen war unmöglich. Ich erfuhr von der Wirtin, daß sie um sechs Uhr morgens mit dem Dampfboot rheinabwärts gefahren wären, und begab mich nach dem Schiffahrtskontor; dort hörte ich, daß sie Karten nach Köln gelöst hätten. Ich ging nach Hause, um sofort meine Sachen zu packen und ihnen nachzureisen. Mein Weg führte mich an Frau Luises Haus vorbei... Plötzlich hörte ich, wie jemand meinen Namen rief. Ich hob den Kopf und erblickte im Fenster desselben Zimmers, wo ich mich gestern mit Asja getroffen hatte, die Bürgermeisterswitwe. Sie lächelte mir in ihrer widerwärtigen Weise zu und rief mich. Ich wandte mich ab und wollte weitergehen, aber sie schrie mir nach, sie hätte etwas für mich. Ich trat ins Haus. Wie soll ich schildern, was ich empfand, als ich dieses Zimmer wieder erblickte...

»Eigentlich sollte ich Ihnen das nur geben, wenn Sie mich von selber aufsuchen«, sagte sie, einen kleinen Zettel zeigend. »Da Sie aber ein so netter, junger Mann sind... Da haben Sie ihn!« Ich ergriff den Zettel.

Auf dem winzigen Blättchen standen folgende, hastig mit Bleistift hingekritzelte Worte:

»Leben Sie wohl, wir sehen uns nie wieder. Ich gehe nicht aus Stolz – nein, ich kann nicht anders. Hätten Sie mir nur ein einziges Wort gesagt, als ich gestern weinte, so wäre ich geblieben. Sie sagten es nicht. Vielleicht ist es besser so... Leben Sie wohl.«

Ein Wort... O ich Narr! Dieses Wort... Ich hatte es gestern unter Tränen immer wieder ausgesprochen, hatte es dem Wind entgegengeschleudert und in die einsamen Felder geschrien... aber ihr hatte ich es nicht gesagt... hatte ihr nicht gestanden, daß ich sie liebe... Ja, damals konnte ich dieses Wort nicht aussprechen. Als ich mich mit ihr in dem verhängnisvollen Zimmer getroffen hatte, war mir meine Liebe noch nicht bewußt geworden, auch später nicht, als ich mit ihrem Bruder bedrückt und schweigend dagesessen hatte. Mit ungeheurer Kraft flammte die Gewißheit erst in mir auf, als ich sie, von der Möglichkeit eines Unglücks erschreckt, zu suchen begann... Da war es aber zu spät... »Das ist ausgeschlossen«, wird mancher sagen. Ich weiß nur, daß es so ist. Asja wäre nicht fortgefahren, wenn sie auch nur einen Schimmer Koketterie besessen hätte und wenn ihre Lage nicht unmöglich gewesen wäre. Was jede andere Frau ertragen hätte, konnte sie nicht ertragen, ich aber hatte es nicht begriffen. Ein böser Dämon verschloß mir den Mund und drängte das Geständnis zurück, als ich Gagin zum letztenmal im verdunkelten Fenster sah. Der letzte Faden, an den ich mich noch hätte halten können, glitt aus meinen Händen.

Am selben Tage kehrte ich mit meinem Koffer nach L. zurück und fuhr mit dem Dampfer nach Köln. Ich erinnere mich noch, wie das Schiff abstieß und ich in Gedanken von diesen Straßen, von all den Stätten, die ich nie vergessen sollte, Abschied nahm – und wie ich da plötzlich Hannchen erblickte. Sie saß am Ufer auf einer Bank. Ihr Gesicht war bleich, aber nicht traurig, ein junger hübscher Bursche stand neben ihr und erzählte ihr lachend etwas; am andern Rheinufer aber blickte meine kleine Madonna bekümmert aus dem dunklen Grün der alten Esche.

22

In Köln fand ich Gagins Spuren. Ich erfuhr, daß sie nach London gefahren seien, und folgte ihnen dahin, aber in London blieb alles Suchen erfolglos. Lange wollte ich mich nicht fügen, wehrte mich hartnäckig gegen mein Geschick, mußte aber schließlich jede Hoffnung aufgeben, sie zu finden.

Ich habe sie nie mehr gesehen, bin Asja nie wieder begegnet. Verworrene Gerüchte über sie gelangten zu mir, sie aber war aus meinem Dasein verschwunden. Ich weiß nicht einmal, ob sie noch lebt.

Vor einigen Jahren erblickte ich auf einer Auslandsreise in einem Eisenbahnwagen flüchtig eine Frau, deren Gesicht mich lebhaft an die teuren Züge erinnerte... vielleicht hatte mich eine zufäl-

lige Ähnlichkeit getäuscht. In meiner Erinnerung lebt Asja als jenes Mädchen weiter, das ich in der schönsten Zeit meines Lebens gekannt und zum letztenmal, über die Lehne des niedrigen Holzstuhls gebeugt, gesehen habe.
Offen gestanden trauerte ich ihr damals nicht lange nach und gelangte sogar zu der Überzeugung, das Schicksal hätte es gut gemeint, als es mich von Asja trennte. Ich tröstete mich mit dem Gedanken, daß ich mit ihr nicht glücklich geworden wäre. Damals war ich noch jung, und die Zukunft, die kurze, rasch dahineilende Zukunft, erschien mir unendlich. »Kann sich, was einst gewesen ist, nicht wiederholen?« dachte ich. »Vielleicht sogar herrlicher, beglückender?« ... Ich habe viele Frauen gekannt, aber das Gefühl, das Asja in mir geweckt hatte, ein Gefühl, so zärtlich, leidenschaftlich und tief, wiederholte sich nie mehr. Nein, kein Augenpaar vermochte die Augen Asjas zu ersetzen, deren Blick so viel Liebe verriet; keinem Herzen, das an meiner Brust geruht, vermochte mein Herz mit so freudigem Beben entgegenzuschlagen. Zu der Einsamkeit eines alternden Junggesellen verurteilt, verbringe ich still die letzten, leeren Jahre meines Lebens. Wie ein Heiligtum bewahre ich Asjas Zettel und die vertrocknete Geraniumblüte, die sie mir einst aus dem Fenster zuwarf. Immer noch entströmt ihr ein leiser Duft, und die Hand, die ich nur einmal an meine Lippen gedrückt, modert vielleicht schon längst unter der Erde... Und was ist aus mir geworden? Aus jenen seligen, bewegten Tagen, diesen beflügelten Hoffnungen und Bestrebungen? So überlebt ein vertrocknetes Pflänzchen Glück und Leiden eines Menschenlebens – überlebt den Menschen selbst.

EIN KÖNIG LEAR DER STEPPE

Wir waren unser sechs, die sich an einem Winterabend bei einem alten Universitätsfreund eingefunden hatten. Wir kamen auf Shakespeare, auf seine aus den Tiefen des menschlichen Seins geschaffenen Typen zu sprechen und staunten besonders über ihre Lebensechtheit und wie häufig sie im alltäglichen Leben waren. Ein jeder von uns nannte die Hamlets, Othellos und Falstaffs, die ihm begegnet waren, und einige wollten sogar einen Richard III. und Macbeth – letztere allerdings nur innerhalb der Grenzen des Möglichen – gekannt haben.

»Ich aber, meine Herren«, rief unser Gastgeber, ein älterer Mann, »ich habe sogar einen König Lear gekannt!«

»Wie das?« fragten wir.

»Ja, wie das so kommt. Soll ich Ihnen die Geschichte erzählen?«

»Wir bitten darum!«

Und unser Freund begann sofort mit seiner Erzählung:

I

Meine Kindheit und meine erste Jugend verbrachte ich bis zum fünfzehnten Lebensjahr auf dem Lande, auf dem Gut meiner Mutter, einer reichen Gutsbesitzerin im ...schen Gouvernement. Den nachhaltigsten Eindruck jener schon so fernen Zeit hinterließ mir wohl die Gestalt unseres Nachbarn, eines gewissen Martyn Petrowitsch Charlow. Es wäre auch schwer, diesen Eindruck zu verwischen; nie ist mir solch ein Mann begegnet. Stellen Sie sich einen Riesen vor! Auf dem mächtigen Körper saß ein wenig schräg, ohne jede Andeutung eines Halses, der Kopf eines Ungeheuers, darüber sproß ein Heufuder wirren gelbgrauen Haares, beinah an den struppigen Augenbrauen beginnend. Aus dem großflächigen blauroten Gesicht – dessen Haut wie geschält glänzte – ragte eine mächtige Knollennase, blinzelten hochmütig winzige blaue Äuglein und öffnete sich ein kleiner, aber schiefer Mund mit aufgesprungenen Lippen, wie das Gesicht blaurot gefärbt. Die Stimme aus diesem Mund, zwar heiser, aber mächtig und dröhnend, erinnerte an das Klirren von Eisenstäben, die im Wagen über schlechtes Pflaster gefahren werden – und Charlow sprach stets so, als rufe er jemandem jenseits eines breiten Grabens im Sturm etwas zu. Es war schwer zu sagen, was Charlows Gesicht ausdrückte, es glich einer Ebene, die man mit einem Blick nicht übersehen kann. Unangenehm wirkte es jedoch nicht und verriet sogar Würde, nur war es gar seltsam und ungewöhnlich. Und was hatte er für Hände, geradezu Polster! Diese Hände und Füße! Ich entsinne mich, daß ich Martyn Petrowitschs zwei Ellen breiten Rücken nur mit ehrfürchtigem Schrecken betrachtete, ebenso seine Schultern, die Mühlsteinen glichen, vor allem verblüfften mich aber die Ohren. Die reinsten Riesenbrezeln mit allen Windungen und Ausbuchtungen, sie wurden von den Wangen förmlich in die Höhe gehoben. Martyn Petrowitsch trug Sommer wie Winter einen kurzen Rock aus grünem Tuch, mit einem Tscherkessenriemen gegürtet, und geteerte Stiefel. Eine Krawatte hatte ich nie an ihm gesehen, worum hätte er sie auch schlingen sollen! Er atmete langsam und schwer wie ein Stier, schritt aber lautlos daher. Kam er ins Zimmer, so schien er zu fürchten, alles umzuwerfen und zu zerschlagen. Aus diesem Grunde bewegte er sich vorsichtig seitwärts, beinah schleichend. Seine Kräfte waren herkulisch, deshalb erfreute er sich großer Achtung im ganzen Umkreis; denn unser Volk verehrt immer noch Kraft und Heldentum. Es hatten sich sogar Legenden über ihn gebildet. Man erzählte, es wäre ihm eines Tages im Walde ein Bär begegnet, und er hätte ihn beinah niedergerungen; einen Dieb, den er bei seinen Bienen erwischte, hätte er mit Pferd und

Wagen über den Zaun geschleudert, und vieles andere. Charlow prahlte nie mit seiner Kraft. »Ist meine Hand gesegnet, so ist es Gottes Werk«, pflegte er zu sagen. Er war stolz, allerdings nicht auf seine Kraft, vielmehr auf seinen Stand, seine Herkunft, seinen Verstand.

»Unser Geschlecht stammt von einem Wscheden ab – so sprach er das Wort ›Schwede‹ aus –, vom Wscheden Charlus«, versicherte er. »Zur Zeit Iwan Wassiljewitschs des Blinden (damals also schon!) wanderte er in Rußland ein. Und dieser Wschede Charlus wollte kein finnischer Graf bleiben, ein russischer Edelmann wollte er sein und ließ sich in das Goldene Buch eintragen. Da stammen wir Charlows her!... Und aus diesem Grund sind wir Charlows alle blond, blauäugig und hellen Angesichts. Die reinsten Schneemänner!«

»Aber, Martyn Petrowitsch«, widersprach ich ihm, »einen Iwan Wassiljewitsch den Blinden hat es nie gegeben, nur Iwan Wassiljewitsch den Schrecklichen. Der Blinde hieß Großfürst Wassili Wassiljewitsch.«

»Lügst«, erwiderte Charlow gelassen. »Wenn ich es sage, stimmt's.«

Eines Tages beschloß meine Mutter, ihn wegen seiner tatsächlich bemerkenswerten Uneigennützigkeit zu loben.

»Ach, Natalja Nikolajewna«, sagte er beinah zornig, »da haben Sie einen Grund zum Loben gefunden! Wir Herren dürfen uns nicht anders benehmen, damit kein Leibeigener, kein Pächter, kein anderer Untergebener auch nur wage, Schlechtes von uns zu denken! Ich, ein Charlow, der von dorther stammt« – er wies mit dem Finger in die Höhe –, »soll kein Ehrgefühl besitzen! Wie wäre das möglich!«

Ein anderes Mal kam ein durchreisender Staatsbeamter, der meine Mutter besuchte, auf den Gedanken, Martyn Petrowitsch aufzuziehen. Charlow hatte sich wieder seinem Lieblingsthema, dem Schweden Charlus und seiner Ankunft in Rußland, zugewandt...

»Zur Zeit des Erbsenkönigs?« unterbrach ihn der Staatsbeamte.

»Nein, zur Zeit Iwan Wassiljewitschs des Blinden.«

»Ich dachte, Ihr Geschlecht sei noch älter und reiche bis in die Zeit der Sintflut zurück, als es noch Mastodonten und Megatherien gab...«

Diese gelehrten Ausdrücke waren Martyn Petrowitsch völlig fremd, aber er begriff, daß der Staatsbeamte sich über ihn lustig machte.

»Vielleicht«, unterbrach er ihn, »unser Geschlecht ist allerdings sehr alt: zur Zeit, als mein Ahne nach Moskau kam, lebte dort – so sagt man – ein Dummkopf, so groß wie Eure Exzellenz, und solche Dummköpfe werden nur alle tausend Jahre einmal geboren.«

Der Staatsbeamte schäumte vor Wut. Charlow aber bog den Kopf zurück, schob das Kinn vor, prustete vor Lachen und empfahl sich. Zwei Tage später erschien er wieder. Meine Mutter machte ihm Vorwürfe. »Eine gute Lehre für diesen Mann, Gnädigste«, unterbrach Charlow sie. »Greif nicht an, eh' du nicht weißt, mit wem du es zu tun hast. Er ist noch jung, muß seine Lehre haben!« – Der Staatsbeamte war beinah ebenso alt wie Charlow, aber der Riese pflegte alle Menschen für minderjährig zu halten. Sein Selbstbewußtsein war außerordentlich, und er fürchtete niemanden. – »Wer kann mir etwas tun? Wo in aller Welt gibt es solch einen Menschen?« fragte er und brach plötzlich in ein kurzes, aber ohrenbetäubendes Lachen aus.

2

Meine Mutter war sehr wählerisch, wenn es sich um ihren Bekanntenkreis handelte, aber Charlow empfing sie mit besonderer Herzlichkeit und verzieh ihm manches; er hatte ihr vor fünfundzwanzig Jahren das Leben gerettet, als er ihren Wagen am Rande einer tiefen Schlucht, in die die Pferde bereits abgeglitten waren, festgehalten hatte. Sielen und Geschirr waren gerissen, aber Martyn Petrowitsch ließ das Rad, das er gepackt, nicht fahren, obwohl das Blut unter seinen Nägeln hervorspritzte. Meine Mutter hatte ihn auch, als er bereits über vierzig war, mit einer siebzehnjährigen Waise verheiratet, die in ihrem Hause erzogen worden war. Martyn Petrowitschs Frau war schmächtig – es wurde erzählt, er hätte sie auf einer Hand in sein Haus getragen – und lebte nicht lange, gebar ihm aber zwei Töchter. Auch nach ihrem Tode protegierte meine Mutter Martyn Petrowitsch, sie brachte seine älteste Tochter in einem Pensionat des Gouvernements unter, fand einen Mann für sie und hatte bereits einen anderen für die zweite Tochter in Aussicht. Charlow war ein tüchtiger Landwirt, besaß dreihundert Desjatinen Land und hatte sich nach und nach ganz anständig eingerichtet. Und wie die Bauern ihm gehorchten! Darüber brauchen wir kein Wort zu verlieren! Seines mächtigen Körperumfangs wegen ging Charlow selten zu Fuß, es war, als könnte die Erde ihn nicht tragen! Mit einer niedrigen, schmalen Droschke fuhr er überallhin und kutschierte selbst eine ausgemergelte dreißigjährige Stute mit einer Narbe auf der Schulter. Sie war in der Schlacht bei Borodino, in der ein Wachtmeister des Chevalier-Garderegiments sie geritten, verwundet worden. Dieses Pferd lahmte auf allen vier Füßen gleichzeitig, konnte nicht im Schritt gehen, bewegte sich nur im Zuckeltrab mit Galoppsprüngen und fraß Wermut und Beifuß am Wegrand, was ich noch nie bei einem anderen Pferd gesehen habe. Ich weiß, daß ich mich stets darüber wunderte, wie die halbtote Stute diese ungeheure Last schleppen konnte. Ich wage das Gewicht meines Nachbars gar nicht zu nennen. Hinter Martyn Petrowitsch kauerte stets sein braungebrannter kleiner Laufbursche Maximka. Gesicht und Körper an den Herrn gepreßt, die nackten Füße auf die Deichsel des Wagens gestemmt, schien er ein Blättchen oder Würmchen zu sein, das zufällig an der vor ihm aufragenden Körpermasse klebengeblieben war. Dieser kleine Bursche rasierte Martyn Petrowitsch auch einmal in der Woche. Zur Ausübung dieser Operation stieg er – wie erzählt wurde – auf einen Tisch. Manche Spaßvögel behaupteten sogar, daß er um das Kinn seines Herrn laufen mußte. Charlow liebte es nicht, lange zu Hause zu sitzen. Deshalb sah man ihn des öfteren in seinem unvermeidlichen Wagen, die Zügel in der einen Hand – die andere stützte er geckenhaft, den Ellbogen nach außen gedreht, aufs Knie –, eine winzige alte Schirmmütze hoch oben auf dem Kopf. Munter schaute er mit seinen Bärenäuglein in die Runde, rief den Bauern, Bürgern und Kaufleuten, die ihm begegneten, mit Stentorstimme etwas zu; die Popen, die er nicht leiden konnte, bedachte er mit kräftigen Redensarten, und als er mir eines Tages begegnete – ich war mit einem Gewehr unterwegs –, schrie er einem am Wegrain sitzenden Hasen ein so drohendes »Hallo!« zu, daß es bis zum Abend in meinen Ohren gellte.

3

Wie ich bereits gesagt habe, empfing meine Mutter Martyn Petrowitsch stets herzlich. Sie wußte, wie sehr er sie verehrte. »Eine Herrin! Eine Gebieterin! Ein Pflänzchen unseres Feldes«, pflegte er von ihr zu sagen. Er pries sie als Wohltäterin, sie aber sah in ihm den treuen Riesen, der nicht gezögert hätte, sie gegen eine Schar feindlicher Bauern zu schützen... Und obwohl ein derartiger Zusammenstoß völlig unwahrscheinlich war, vertrat meine früh verwitwete Mutter die Ansicht, daß man solch einen männlichen Beschützer, in Ermangelung eines anderen, nicht verachten dürfe. Außerdem war er ein aufrichtiger Mann, schmeichelte niemanden, lieh sich kein Geld, trank nicht und war auch nicht dumm, obwohl er keinerlei Bildung genossen hatte. Meine Mutter hatte großes Vertrauen zu ihm. Als sie eines Tages auf den Gedanken kam, ein Testament zu machen, nahm sie ihn als Zeugen, und er begab sich nur aus diesem Grunde sofort wieder nach Hause, um seine runde Eisenbrille zu holen, ohne die er nicht schreiben konnte. Aber trotz Brille dauerte es eine Viertelstunde, bis er stöhnend und ächzend seinen Namen und Stand geschrieben hatte, mit riesengroßen viereckigen und vielverschnörkelten Buchstaben. Als er fertig war, erklärte er, er sei müde, Schreiben sei ebenso anstrengend wie Flöhe fangen... Ja, Mutter achtete ihn sehr... Weiter als bis ins Eßzimmer wurde er aber bei uns nicht vorgelassen. Ein allzu strenger Geruch ging von ihm aus: er roch nach Erde, Walddickicht und Sumpfschlamm. »Der richtige Waldschrat«, beteuerte meine Wärterin. Zum Essen wurde Martyn Petrowitsch ein besonderer Tisch in einer Ecke aufgestellt – worüber er nie gekränkt war –, er wußte, daß es die anderen störte, neben ihm zu sitzen, zudem war es ihm beim Essen angenehmer; denn er aß, wie meiner Ansicht nach niemand seit Polyphems Zeiten gegessen. Vorsorglich stellte man ihm zu Beginn des Mittagessens stets einen Topf Grütze hin, der an die sechs Pfund enthielt, »sonst würdest du mir alles ratzekahl aufessen«, pflegte meine Mutter zu sagen. – »Das tu' ich sowieso«, erwiderte Martyn Petrowitsch lächelnd.

Mutter hörte sich gern seine Betrachtungen über wirtschaftliche Angelegenheiten an, aber auf die Dauer konnte sie seine Stimme nicht ertragen.

»Was ist das nur, mein Lieber«, rief sie, »wenn du dich wenigstens davon kurieren lassen würdest. Ich bin vollkommen betäubt. Diese Trompete!«

»Natalja Nikolajewna, Wohltäterin«, erwiderte Martyn Petrowitsch meistens, »bin ich denn Herr meiner Kehle? Und welche Arzenei könnte mir helfen? Überlegen Sie sich das bitte! Da schweige ich lieber ein bißchen.«

Sicherlich hätte keine Arzenei Martyn Petrowitschs Organismus überhaupt beeinflussen können. Er war ja auch nie krank gewesen.

Zu erzählen verstand er nicht und liebte es auch nicht. »Von langen Reden kriegt man Atemnot«, meinte er vorwurfsvoll. Nur wenn man auf das Jahr 1812 zu sprechen kam – er hatte im Landsturm gedient und eine Bronzemedaille erhalten, die er an Feiertagen am Wladimirbändchen trug –, nur wenn man ihn über die Franzosen ausfragte, erzählte er ein paar Anekdoten, obwohl er anschließend stets behauptete, kein echter Franzose hätte russisches Land betreten, nur lauter Marodeure, von Hunger getrieben, von denen er viele im Walde verdroschen habe.

4

Aber selbst dieser unerschütterliche, selbstbewußte Riese kannte Augenblicke der Schwermut und des Nachsinnens. Ohne jeglichen Grund wurde er plötzlich traurig, schloß sich allein in seinem Zimmer ein und summte dröhnend – ja, er summte im wahrsten Sinne des Wortes wie ein ganzer Bienenschwarm – oder rief seinen Burschen Maximka und befahl ihm, aus dem einzigen Buch, das sich in sein Haus verirrt hatte, aus einem zerfledderten Band der Nowikowschen Zeitschrift »Mußestunden des Arbeitsamen«, laut vorzulesen oder zu singen. Und Maximka, der durch eine merkwürdige Laune des Schicksals buchstabieren konnte, begann, mit der üblichen Trennung einzelner Silben und falscher Betonung der Worte, Sätze wie folgende schreiend hervorzustoßen: »Der lei-den-schaft-li-che Mensch ziehet aus jenem lee-ren Rau-me, den er in den Ge-schöpfen findet, ent-gegen-ge-setz-te Schluß-fol-ge-run-gen. Jedes Ge-schöpf für sich – so sagt er – ver-mag mich nicht glück-lich zu ma-chen«, und so weiter. Oder er fing mit einem dünnen Stimmchen ein trauriges Lied an, dem man nur die Laute: »I-i-e-a-aa-O-u-bi-i-i-la« entnehmen konnte, Martyn Petrowitsch aber nickte, gedachte der Vergänglichkeit und dessen, daß alles zu Staub zerfallen und wie Gras verwelken müsse. Dahin ging alles und kehrte nicht wieder. Einmal fiel ihm ein Bild in die Hände, das eine brennende Kerze darstellte, auf die aus allen vier Himmelsrichtungen Winde mit aufgeblähten Backen bliesen. Darunter standen die Worte: »So ist das Menschenleben!« Von diesem Bild entzückt, hängte er es in seinem Zimmer auf, drehte es aber gewöhnlich, wenn ihn seine Schwermut nicht mehr plagte, mit der Vorderseite zur Wand, damit es seinen Frieden nicht störe. Charlow, dieser Koloß, fürchtete den Tod! Übrigens flüchtete er auch im Zustand der Melancholie selten zur Religion oder zum Gebet, auch dann verließ er sich lieber auf seinen gesunden Menschenverstand. Er verriet keine ausgesprochene Frömmigkeit, ließ sich selten in der Kirche sehen. Allerdings begründete er sein Fortbleiben mit der

Erklärung, er fürchte, die anderen durch seinen Umfang aus der Kirche hinauszudrängen. Der Schwermutsanfall endete meistens damit, daß Martyn Petrowitsch zu pfeifen begann und plötzlich mit dröhnender Stimme den Wagen anzuspannen befahl und in die Nachbarschaft fuhr, übermütig die freie Hand über dem Kopf schwenkend, als wollte er damit sagen: Uns ist nun alles gleich! – Ja, er war ein echter Russe!

5

Meistens sind Kraftmenschen wie Martyn Petrowitsch phlegmatisch. Er dagegen regte sich leicht auf. Vor allem reizte ihn der Bruder seiner Frau, der sich halb als Narr, halb als Kostgänger in unserem Hause eingenistet hatte, ein gewisser Bytschkow, seit Kindesbeinen »Souvenir« genannt, sogar von den Dienstboten, die ihn Souvenir Timofeïtsch anredeten. Seinen wirklichen Namen kannte er, glaube ich, schon selbst nicht mehr. Er war ein elender Mensch, von allen verachtet, ein richtiger Schmarotzer! Auf einer Seite fehlten ihm sämtliche Zähne, was seinem Gesicht ein schiefes Aussehen verlieh. Stets war er in Bewegung, schoß hin und her, drängte sich in die Kinderstube oder ins Kontor, ins Dorf zum Popen, in die Stube des Bürgermeisters und wurde überall fortgejagt, duckte sich aber nur, blinzelte mit seinen schielenden Äuglein und lachte ein gemeines, dünnes Lachen; es klang, als spüle man eine Flasche. Meiner Ansicht nach wäre Souvenir, hätte er Geld gehabt, ein ganz schlechter Mensch geworden: gewissenlos, böse, grausam sogar. Die Armut hatte ihn – er mochte es wollen oder nicht – gezähmt. Nur an Feiertagen wurde ihm gestattet zu trinken. Auf Befehl meiner Mutter wurde er anständig angezogen, da er abends Pikett und Boston mit ihr spielte. Souvenir wiederholte fortwährend: »Gestatten Sie... ich... sofort, sofort!« – »Was soll denn sofort geschehen?« fragte meine Mutter ihn verärgert. Dann verschränkte er die Arme hinter dem Rücken, erschrak und flüsterte: »Wie Sie befehlen.« – Seine Passion war, an den Türen zu horchen, zu klatschen und zu foppen, andere Sorgen hatte er nicht, und seine Art, sich über andere lustig zu machen, war so, als besitze er das Recht dazu und wolle sich rächen. Martyn Petrowitsch nannte er »Brüderchen« und ging ihm über alle Maßen auf die Nerven. – »Weshalb haben Sie mein Schwesterlein Margarita Timofejewna unter die Erde gebracht?« belästigte er kichernd seinen Schwager. Eines Tages saß Martyn Petrowitsch im Billardzimmer, einem kühlen Raum, in dem noch nie eine Fliege gesehen worden war und den unser Nachbar, ein Feind von Sonne und Hitze, deshalb außerordentlich schätzte. Er saß zwischen der Wand und dem Billardtisch. Souvenir drängte sich an seinem Bauch vorbei, neckte ihn und trieb Narrenspäße... Martyn Petrowitsch wollte ihn zurückstoßen und schob ihn mit beiden Händen fort. Zu seinem Glück gelang es Souvenir zu entwischen; die Hände seines Schwagers trafen nämlich den Rand des schweren ländlichen Billards, und der Tisch löste sich aus allen sechs Schrauben und stürzte herab... Zu welchem Breiklumpen wäre Souvenir zermalmt worden, wäre er in diese mächtigen Hände geraten!

6

Mich plagte schon längst die Neugierde, was für ein Haus Martyn Petrowitsch besaß und wie er es eingerichtet hatte. Eines Tages bot ich ihm meine Begleitung bis Jeskowo an – so hieß sein Gut. »Schau mal an, willst dir mein Reich wohl ansehen!« erwiderte Martyn Petrowitsch. »Bitte schön. Ich zeige dir den Garten, das Haus, die Scheune und die Tenne, alles! Bin reich an Hab und Gut!« Wir fuhren hin. Unser Dorf war nur drei Werst von Jeskowo entfernt. – »Hier ist mein Reich«, donnerte Martyn Petrowitsch plötzlich, bestrebt, seinen unbeweglichen Kopf zu wenden, und die Arme auseinanderbreitend. »Alles gehört mir!« Charlows Besitz befand sich auf dem Gipfel eines abschüssigen Hügels, unten klebten an einem Teich ein paar elende Bauernhäuser. Auf einem Floß am Ufer klopfte ein altes Weib im karierten Bauernrock ein fest zusammengedrehtes Wäschebündel.

»Axinja, schrie Martyn Petrowitsch so laut, daß eine Krähenschar krächzend aus einem Haferfeld aufflatterte. »Wäschst wohl die Hosen deines Mannes?«
Die Frau wandte sich sofort um und verbeugte sich tief. »Ja, die Hosen«, ertönte ihre schwache Stimme.
»Recht so! – Schau her«, fuhr Martyn Petrowitsch fort, im leichten Trab an einem halbverfaulten Zaun entlangfahrend, »das ist mein Hanf und dort der der Bauern. Siehst du den Unterschied? Und hier ist mein Garten. Die Apfelbäume habe ich selbst gepflanzt, die Weiden auch. Hier hat es vorher keinen einzigen Baum gegeben, so ist's, kannst bei mir lernen.«
Wir bogen in den mit Brettern eingezäunten Hof ein. Direkt dem Tor gegenüber ragte ein uralter Hausflügel mit einem Strohdach und einer kleinen Treppe auf Pfählen empor. Abseits stand ein zweiter neuer Flügel, mit einem winzigen Zwischengeschoß, ebenfalls auf Hühnerfüßen.
»Hier kannst du wieder bei mir lernen«, sagte Charlow, »schau, in was für Katen unsere Väter gelebt haben, ich aber habe mir so einen Palast gebaut.«
Der »Palast« glich eher einem Kartenhäuschen. Fünf oder sechs Hunde, einer zottiger und häßlicher als der andere, begrüßten uns mit lautem Gebell. – »Schäferhunde«, sagte Martyn Petrowitsch, »echte aus der Krim. Seid still, ihr Irrsinnigen! Hänge euch alle auf!«
Auf der Treppe des neuen Flügels erschien ein junger Mann in langem Nankingrock, der Mann der ältesten Tochter Martyn Petrowitschs. Er eilte behende zum Wagen, stützte mit der einen Hand ehrerbietig den aussteigenden Schwiegervater und machte mit der anderen sogar eine Geste, als wollte er das Riesenbein halten, das Martyn Petrowitsch, ein wenig vorgebeugt, über den Sitz schwang. Dann half er mir vom Pferd.
»Anna«, rief Charlow, »der Sohn von Natalja Nikolajewna erweist uns die Ehre. Er muß bewirtet werden. Wo steckt denn Jewlampijuschka?« (Anna war die älteste, Jewlampija die jüngste Tochter.)

»Ist nicht zu Hause, ist ins Feld gegangen, um Kornblumen zu pflücken«, erwiderte Anna, aus dem Fenster neben der Tür schauend.

»Habt ihr Quark?« fragte Charlow.

»Ja.«

»Auch Sahne?«

»Ebenfalls.«

»Stell alles auf den Tisch, inzwischen zeige ich ihm mein Arbeitszimmer. – Bitte hierher, hierher«, fügte er hinzu, sich an mich wendend und mit dem Zeigefinger winkend. In seinem Haus duzte er mich nicht, ein Hausherr mußte doch höflich sein. Er führte mich durch einen Korridor. »Hier hause ich«, sagte er, sich seitwärts durch die breite Tür schiebend, »das ist mein Arbeitszimmer. Herzlich willkommen!«

Das Zimmer erwies sich als groß, ohne Wandverputz und beinah leer. An den Wänden hingen an unregelmäßig eingeschlagenen Nägeln zwei Peitschen, ein dreieckiger, vor Alter braunrot schimmernder Hut, ein einläufiges Gewehr, ein Säbel, ein eigenartiges blechgeschmücktes Pferdegeschirr und das Bild mit der brennenden Kerze. In einer Ecke stand ein Holzsofa, mit einem bunten Teppich bedeckt. Hunderte von Fliegen summten laut unter der Decke, übrigens war das Zimmer kühl, aber durchtränkt von dem eigentümlichen Geruch, der Martyn Petrowitsch entströmte.

»Nicht wahr, ein schönes Zimmer?« fragte Charlow.

»Sehr schön.«

»Schau, das ist ein holländisches Pferdegeschirr«, fuhr Charlow fort, mich aufs neue duzend. »Ein herrliches Pferdegeschirr! Habe es bei einem Juden eingetauscht. Sieh es dir mal an.«

»Ein gutes Pferdegeschirr.«

»Und so praktisch! Riech doch nur, was für ein Leder!« Ich schnupperte. Es stank nur nach ranzigem Tran.

»Nehmen Sie Platz – dort auf dem Stühlchen, seien Sie mein Gast«, sagte Charlow, ließ sich auf dem Sofa nieder, schloß die Augen, als wollte er schlafen, und schnarchte sogar. Ich betrachtete ihn schweigend und kam aus dem Staunen nicht heraus: das reinste Gebirge. Er fuhr plötzlich zusammen.

»Anna«, rief er, und sein Riesenbauch hob und senkte sich wie eine Woge im Meer. »Was ist denn los? Eil dich! Hast du nicht gehört?«

»Alles ist fertig, Vater, bitte schön«, ertönte die Stimme der Tochter.

Ich wunderte mich im geheimen über die Schnelligkeit, mit der Martyn Petrowitschs Befehle ausgeführt wurden, und folgte ihm ins Wohnzimmer, wo auf der rot und weiß gemusterten Tischdecke der Imbiß bereitstand: Quark, Sahne, Weißbrot und sogar Ingwer mit Puderzucker. Während ich mich dem Quark widmete, brummte Martyn Petrowitsch freundlich: »Iß, Freundschen, iß, verschmähe unsere ländlichen Speisen nicht!«

Er setzte sich an die Ecke des Tisches und schien wieder einzunicken. Vor mir stand regungslos, den Blick gesenkt, Anna Martynowna, und durch das Fenster konnte ich sehen, wie ihr Mann meinen Klepper im Hofe herumführte und eigenhändig die Kette seines Zaumzeugs putzte.

7

Meine Mutter liebte die älteste Charlowa nicht und nannte sie eine hochmütige Person. Anna Martynowna besuchte uns nur selten und benahm sich in Gegenwart meiner Mutter feierlich und kühl, obwohl sie ihr die Erziehung im Pensionat verdankte und am Hochzeitstage tausend Rubel in Banknoten und einen allerdings etwas abgetragenen gelben türkischen Schal von ihr erhalten hatte. Sie war mittelgroß, dürr, sehr lebhaft, schnell in ihren Bewegungen, mit dichtem dunkelblondem Haar, einem schönen braungebrannten Gesicht, in dem die blaßblauen schmalen Augen seltsam, aber angenehm anmuteten. Ihr Nase war gerade und fein, die Lippen schmal und das Kinn spitz. Jeder, der sie betrachtete, hätte bestimmt gedacht: »Wie klug, aber bös du bist!« Trotzdem hatte sie etwas Anziehendes, sogar die dunklen Leberflecke, die ihr Gesicht bedeckten, paßten zu ihrem Typ und verstärkten den Eindruck, den sie hervorrief. Die Hände unter dem Tuch verschränkt, sah sie verstohlen von oben nach unten zu mir hin (ich saß und sie stand), ein ungutes Lächeln irrte über ihre Lippen und Wangen, auf denen der Schatten der langen Wimpern lag. »Ach, du verwöhntes Herrensöhnchen!« schien dieses Lächeln zu sagen. Ihre Nasenflügel weiteten sich bei jedem Atemzug, auch das war eigentümlich an ihr. Und doch schien mir, daß ich vor Freude bis zur Decke springen würde, wenn Anna Martynowna mich lieben oder auch nur mit ihren schmalen, harten Lippen küssen würde. Ich wußte, daß sie sehr streng war und viel von ihren Mägden verlangte, die sie wie das Feuer fürchteten. Aber was ging mich das an! Insgeheim erregte Anna Martynowna meine Phantasie... Übrigens war ich damals fünfzehn Jahre alt geworden, und in diesem Alter...

Martyn Petrowitsch fuhr wieder auf.

»Anna«, rief er, »klimpere doch ein bißchen auf dem Klavier... Junge Herren lieben das.«

Ich wandte mich um. Im Zimmer stand die klägliche Nachahmung eines Klaviers.

»Ja, Vater«, erwiderte Anna Martynowna, »was soll ich aber spielen? Es wird ihn langweilen.«

»Was hast du im Pensionat gelernt?«

»Ich habe alles vergessen... auch sind die Saiten geplatzt.«

Anna Martynownas Stimme klang sehr angenehm, hell und etwas kläglich... wie die eines Raubvogels.

»Nun«, sagte Martyn Petrowitsch und dachte nach, »nun«, begann er wieder, »dann wollen Sie sich vielleicht die Tenne ansehen? Wolodka wird Sie herumführen. – He, Wolodka!« rief er seinem Schwiegersohn zu, der immer noch auf dem Hof mit meinem Pferd promenierte, »führe ihn zur Tenne... und überhaupt... zeige ihm die ganze Wirtschaft. Ich aber werde ein wenig schlafen. Ja! Viel Vergnügen!«

Er verließ das Zimmer, und ich folgte ihm. Anna Martynowna deckte behende und anscheinend verärgert den Tisch ab. An der

Türschwelle wandte ich mich um und verbeugte mich, sie aber schien meine Verbeugung nicht zu bemerken und lächelte wieder, dieses Mal noch böser.
Ich nahm die Zügel aus Wolodkas Hand und führte mein Pferd selbst. Gemeinsam gingen wir zur Tenne, kehrten aber, da wir dort nichts Sehenswertes entdeckten und er in mir keine besondere Vorliebe für die Landwirtschaft vermutete, durch den Garten auf den Weg zurück.

8

Ich kannte Charlows Schwiegersohn gut. Er hieß Sljotkin, Wladimir Wassiljewitsch, war Waise, Sohn eines kleinen Beamten, unterstützte meine Mutter in geschäftlichen Angelegenheiten und war von ihr erzogen worden. Zuerst hatte man ihn in der Kreisschule untergebracht, dann trat er ins Familienkontor ein, wurde darauf in die Verwaltung staatlicher Magazine übernommen, und schließlich verheiratete meine Mutter ihn mit Martyn Petrowitschs Tochter. Mutter nannte ihn »Jüdchen«, und er war wirklich mit seinem krausen Haar, seinen schwarzen Pflaumenaugen, der Adlernase und den breiten, roten Lippen ein jüdischer Typ. Nur seine Hautfarbe war hell, und er sah überhaupt gut aus. Er war diensteifrig und hilfsbereit, solange sein persönlicher Vorteil dadurch nicht gefährdet wurde. War es aber der Fall, so geriet er außer sich vor Habgier und weinte sogar. Eines Lappens wegen konnte er den ganzen Tag quengeln, erinnerte hundertmal an ein gegebenes Versprechen, war gekränkt und klagte, wenn es nicht sofort erfüllt wurde. Gern streifte er mit einem Gewehr im Feld umher, und gelang es ihm, einen Hasen oder eine Ente zu erlegen, so steckte er seine Beute mit besonderem Hochgenuß in seine Jagdtasche und murmelte: »Nun ist es aus! Jetzt entgehst du mir nicht mehr! *Mir* wirst du jetzt dienen.«
»Ein schönes Roß«, sagte er lispelnd, als er mir beim Aufsitzen half. »Hätte ich doch solch Pferd! Aber woher! So viel Glück

habe ich nicht. Wenn Sie Ihr Mütterchen drum bitten, wenn Sie sie vielleicht einmal daran erinnern würden!«
»Hat sie Ihnen ein Pferd versprochen?«
»Wenn sie es getan hätte! Nein, aber ich nehme an, daß sie angesichts ihrer unendlichen Güte...«
»Wenden Sie sich doch an Martyn Petrowitsch.«
»An Martyn Petrowitsch?« wiederholte Sljotkin gedehnt. »Für ihn bin ich nicht mehr als der nichtsnutzige Maximka! Wie das Gesinde hält er uns, und wir sehen keinen Lohn für unsere Mühen.«
»Wirklich?«
»Ja, mein Ehrenwort! Sagt er: ›Mein Wort ist heilig‹, so erübrigt sich jedes weitere Wort! Ob man bittet oder nicht, es bleibt sich gleich. Auch meine Frau, Anna Martynowna, wird nicht von ihm bevorzugt wie Jewlampija Martynowna.«
»Mein Gott«, unterbrach er sich plötzlich und schlug verzweifelt die Hände zusammen, »schauen Sie nur! Da hat doch irgendein Bösewicht ein Halbachtel von unserem Hafer abgemäht. So was! Und hier soll man leben! Räuber, Räuber! Ist schon die Wahrheit, wenn man sagt, trau weder Jeskowo, Beskowo, Jerin noch Belin! (So hießen die Dörfer der Umgebung.) Ach, ach, was ist das! Ein Verlust von einem Rubel, anderthalb, vielleicht sogar zwei.«
Sljotkin schluchzte beinah. Ich gab dem Pferd die Sporen und ritt davon.
Sljotkins Klagen drangen noch an mein Ohr, als ich plötzlich an einer Wegbiegung Charlows zweiter Tochter, Jewlampija, begegnete, die Annas Worten zufolge ins Feld gegangen war, um Kornblumen zu pflücken. Ein dichter Kranz dieser Blumen umwand ihren Kopf. Wir grüßten uns schweigend. Jewlampija war auch hübsch, nicht weniger als ihre Schwester, aber ein anderer Typ. Hochgewachsen und kräftig war sie und alles an ihr groß: der Kopf, die Hände und Füße, die schneeweißen Zähne und vor allem die vorstehenden, verschleierten Augen, dunkelblau wie Glasperlen. Alles an ihr war monumental – nicht umsonst

war sie die Tochter Martyn Petrowitschs –, aber hübsch. Mit ihrem dicken blonden Zopf wußte sie anscheinend nichts anzufangen und wand ihn dreimal um den Kopf. Sie hatte einen entzükkenden Mund, frisch wie eine Rose, himbeerfarben, und wenn sie sprach, hob sich die Mitte der Oberlippe auf reizende Art. Aber der Blick ihrer großen Augen verriet etwas Wildes und Strenges. »Wildes Kosakenblut«, pflegte Martyn Petrowitsch von ihr zu sagen. Ich fürchtete sie ein wenig... Diese majestätische Schönheit erinnerte mich an ihren Vater.
Nachdem ich ein Weilchen weitergeritten war, hörte ich, wie sie mit einer gleichmäßigen, starken und ein wenig scharfen, bäuerlichen Stimme zu singen begann. Dann verstummte sie plötzlich. Ich wandte mich und sah vom Gipfel des Hügels, daß sie neben Charlows Schwiegersohn vor dem angemähten Haferfeld stand. Sljotkin gestikulierte heftig und wies auf das Feld, sie aber rührte sich nicht. Die Sonne fiel hell auf ihre hohe Gestalt, und der Kornblumenkranz schimmerte in leuchtendem Blau auf ihrem Kopf.

9

Ich glaube, ich habe bereits erwähnt, daß meine Mutter auch für die zweite Tochter Charlows einen Bräutigam gefunden hatte. Es war unser ärmster Nachbar, ein Major a.D. Shitkow, Gawrilo Fedulytsch, ein nicht mehr junger Mann und wie er sich empfehlend, nicht ohne Selbstgefälligkeit vorstellte: »gewitzigt, doch an Kummer gewöhnt«. Er konnte kaum lesen und war sehr dumm, hoffte jedoch im geheimen, Verwalter bei meiner Mutter zu werden; denn er glaubte sich dazu berufen, Vollstreckungsbeamter zu sein. »Viel verstehe ich nicht, aber den Bauern das Fell gerben, das kann ich aufs feinste«, pflegte er beinah zähneknirschend zu sagen, »denn daran habe ich mich gewöhnt, früher im Dienst.«
Wäre Shitkow nicht so dumm gewesen, so hätte er begriffen, daß er keinerlei Aussichten hatte, als Verwalter bei meiner Mutter angestellt zu werden; denn er hätte an Stelle des tüchtigen und

charakterfesten Polen Kwizinski treten müssen, zu dem meine Mutter volles Vertrauen hatte. Shitkow hatte ein langes Pferdegesicht, staubfarbenes, blondes Haar umwucherte es ganz und bedeckte sogar die Wangen bis unter die Augen, und auch beim strengsten Frost war es mit Schweißtropfen wie mit Tau bedeckt. Beim Anblick meiner Mutter nahm er sofort Haltung an, sein Kopf zitterte vor lauter Eifer, die Riesenhände trommelten leicht auf den Schenkeln, und seine ganze Gestalt war Ausdruck unbedingter Hingabe: »Befiehl... ich folge dir!« Meine Mutter gab sich keine Illusionen über seine Fähigkeiten hin, was sie jedoch nicht daran hinderte, sich um seine Hochzeit mit Jewlampija zu kümmern.

»Wirst du aber mit ihr fertig werden, mein Lieber?« erkundigte sie sich eines Tages bei ihm.

Shitkow lächelte selbstzufrieden.

»Ich bitte Sie, Natalja Nikolajewna! Eine ganze Kompanie gehorchte mir, ging wie am Schnürchen. Das ist doch nichts dagegen! Kinderleicht!«

»Das war eine Kompanie, ich rede aber von einem wohlgeborenen Fräulein, einer Gattin«, erwiderte meine Mutter unzufrieden.

»Um Himmels willen, Natalja Nikolajewna!« rief Shitkow wieder. »Das verstehe ich ausgezeichnet. Mit einem Wort: ein Fräulein, ein zartes Wesen.«

»Nun«, entschied meine Mutter schließlich, »Jewlampija wird sich nichts gefallen lassen.«

10

An einem Junitage, der sich bereits dem Abend zuneigte, meldete der Diener Martyn Petrowitsch. Meine Mutter war überrascht, wir hatten ihn seit einer Woche nicht gesehen, aber er besuchte uns nie so spät. »Hoffentlich ist nichts geschehen!« rief sie leise. Martyn Petrowitschs Gesicht hatte einen so ungewöhnlichen Ausdruck und war so nachdenklich und blaß, als er ins Zimmer stolperte und sich sofort auf einen Stuhl fallen ließ, daß meine Mutter ihre Worte unwillkürlich laut wiederholte. Martyn Petrowitsch starrte sie mit seinen kleinen Bärenäuglein an, schwieg, seufzte schwer, schwieg wieder ein Weilchen und erklärte schließlich, daß er wegen einer Angelegenheit gekommen ... die ... solcher Art sei ... aus folgenden Gründen ...

Nachdem er diese unzusammenhängenden Worte gemurmelt, erhob er sich plötzlich und verließ das Zimmer.

Meine Mutter klingelte und befahl dem eintretenden Diener, Martyn Petrowitsch sofort nachzulaufen und herzubringen, er aber hatte seinen Wagen bereits bestiegen und war fortgefahren.

Am anderen Morgen wollte meine Mutter, die das seltsame Benehmen Martyn Petrowitschs und sein ungewöhnlicher Gesichtsausdruck überrascht und bestürzt hatten, einen Boten zu ihm schicken, als er plötzlich wieder vor ihr stand. Dieses Mal schien er ruhiger zu sein.

»Erzähle, mein Lieber, erzähle«, rief meine Mutter, kaum daß sie ihn gesehen hatte. »Was ist geschehen? Gestern habe ich wirklich gedacht: Mein Gott, dachte ich, der Alte wird doch nicht seinen Verstand verloren haben?«

»Den Verstand habe ich nicht verloren, Gnädigste«, erwiderte Martyn Petrowitsch, »so ein Mensch bin ich nicht. Ich muß Sie aber um Ihren Rat bitten.«

»Worüber?«

»Ich weiß nur nicht, ob Ihnen solches Ansinnen angenehm sein wird ...«

»Sprich, Vater, sprich, aber sprich einfach! Rege mich nicht auf. Was redest du da von ›solchem Ansinnen‹? Rede, wie dir der Schnabel gewachsen ist. Oder hat dich die Melancholie wieder gepackt?«

Charlow runzelte die Stirn.

»Nein, nicht die Melancholie, die kommt zur Zeit des Neumonds, aber erlauben Sie mir die Frage, meine Gnädigste, was denken Sie über den Tod?«

Meine Mutter fuhr entsetzt auf. »Worüber?«

»Über den Tod. Kann jemand vom Tode verschont werden?«
»Was hast du dir ausgedacht, Martyn Petrowitsch? Wer von uns sollte unsterblich sein! Du bist ein Riese – aber auch dein letztes Stündlein schlägt eines Tages.«
»Das schlägt, das schlägt«, stimmte Charlow ihr zu und senkte den Blick. »Ich hab' geträumt...«, sagte er schließlich gedehnt.
»Was erzählst du da?« unterbrach Mutter ihn.
»Geträumt hab' ich«, wiederholte er. »Ich habe doch Wahrträume.«
»Du?«
»Ja, ich! Wußten Sie es nicht?« – Charlow seufzte. – »Nun also... Vor einer Woche, kurz vor Beginn der Fastenzeit, legte ich mich nach dem Mittagessen hin, um ein bißchen auszuruhen, und schlief ein. Plötzlich erblickte ich im Traum ein Rappenfohlen, das zu tänzeln und die Zähne zu fletschen begann. Ein Fohlen, schwarz wie ein Käfer.« Charlow verstummte.
»Nun?« fragte Mutter.
»Da wendet sich das Fohlen plötzlich mir zu und schlägt aus, trifft den linken Ellbogen direkt an der schmerzhaften Stelle... Ich erwachte und konnte weder den linken Arm noch das linke Bein bewegen. Ein Schlaganfall, dachte ich. Aber schließlich gelang es mir, mich zu bewegen, doch kribbelte es noch lange wie von Ameisen in meinen Gelenken und kribbelt auch jetzt noch. Sobald ich die Faust öffne, spür' ich's.«
»Dir ist wohl der Arm eingeschlafen, Martyn Petrowitsch.«
»Nein, meine Gnädigste, das ist nicht der Fall. Eine Warnung soll es sein... und heißt: Gedenke des Todes!«
»Was redest du da«, begann meine Mutter.
»Eine Warnung! Sei bereit, o Mensch! Und deshalb möchte ich Ihnen, Gnädigste, sofort folgendes melden: Da ich nicht wünsche«, brüllte Charlow plötzlich, »daß der besagte Tod mich, den Knecht Gottes, Martyn, unvorbereitet trifft, bin ich zu diesem Entschluß gelangt: noch jetzt, solange ich lebe, teile ich mein Gut zwischen meinen beiden Töchtern Anna und Jewlampija,

wie Gott der Herr es meiner Seele eingibt.« Martyn Petrowitsch verstummte, ächzte und fügte hinzu: »Unverzüglich!«
»Nun, eine gute Tat«, meinte meine Mutter. »Aber meiner Ansicht nach brauchst du dich nicht so zu beeilen.«
»Da ich in dieser Angelegenheit die Absicht habe«, fuhr Martyn Petrowitsch mit erhobener Stimme fort, »Recht und Ordnung walten zu lassen, so bitte ich Ihr Söhnchen Dmitri Semjonowitsch ergebenst – Sie, meine Gnädige, wage ich nicht zu bemühen, und bei meinem Verwandten Bytschkow erachte ich es als dessen Pflicht –, bitte ich also Ihr Söhnchen, bei der Abfassung der formellen Urkunde und bei der Übernahme des Besitzes durch meine beiden Töchter, die verehelichte Anna und die ledige Jewlampija, zugegen zu sein, welches formelle Ereignis übermorgen um zwölf Uhr mittags auf meinem Gut Jeskowo, auch Kosjulkino genannt, in Gegenwart der zuständigen Behörden, die bereits eingeladen sind, stattfindet.«
Nur mit Mühe konnte Martyn Petrowitsch diese von vielen Seufzern unterbrochene, anscheinend auswendig gelernte Rede beenden... Die Luft schien ihm auszugehen, und sein blaß gewordenes Gesicht lief wieder tiefrot an. Mehrmals wischte er sich den Schweiß von der Stirn.
»Hast du die Teilungsurkunde bereits aufgesetzt?« fragte Mutter ihn. »Wann hast du Zeit dazu gehabt?«
»Ach... ich habe weder gegessen noch getrunken... So hab' ich's geschafft.«
»Hast du sie selbst geschrieben?«
»Wolodka... ach... hat mir geholfen.«
»Und hat auch das Gesuch eingereicht?«
»Ja, die Kammer hat es bewilligt und dem Kreisgericht übergeben, und die Abteilung des Amtsgerichtes hat schon... ach!... den Termin festgelegt.«
Mutter lächelte. – »Ich sehe, daß du alles richtig geordnet hast, Martyn Petrowitsch – und so schnell noch dazu! Hast wohl dabei mit Geld nicht gespart?«
»Nein, gnädige Frau.«

»Siehst du! Und willst dich noch mit mir beraten! Nun, Mitenka kann ja hinfahren, ich schicke auch Souvenir mit und werde es Kwizinski sagen... Und Gawrilo Fedulytsch hast du nicht eingeladen?«

»Gawrilo Fedulytsch... Herrn Shitkow... auch er hat eine Einladung erhalten. Als Bräutigam meiner Tochter gehört es sich so.«

Anscheinend war Martyn Petrowitschs Vorrat an Beredsamkeit erschöpft. Außerdem hatte ich stets den Eindruck gehabt, daß er keine besondere Sympathie für den von meiner Mutter auserwählten Bräutigam empfand, vielleicht erhoffte er eine vorteilhaftere Partie für seine Jewlampijuschka.

Er erhob sich und machte eine Verbeugung. »Ich danke für Ihre Zustimmung.«

»Wo eilst du denn hin?« fragte Mutter. »Setz dich, ich lass' einen Imbiß servieren.«

»Vielen Dank«, erwiderte Charlow, »aber ich kann nicht... Ach... ich muß nach Hause.«

Rückwärts schreitend, wollte er sich nach alter Gewohnheit seitwärts durch die Tür schieben.

»Warte, warte«, fuhr meine Mutter fort. »Willst du dein Gut etwa restlos unter den Töchtern verteilen?«

»Selbstverständlich, restlos.«

»Nun, und du, ... wo wirst du leben?«

»Wo?« Charlow winkte ganz erregt mit den Händen ab. »In meinem Hause, wo denn sonst! Wo ich bisher gelebt habe! Dort bleibe ich! Was kann es da für eine Veränderung geben?«

»Hast du so viel Vertrauen zu deinen Töchtern und deinem Schwiegersohn?«

»Meinen Sie Wolodka? Diesen Waschlappen? Mit dem mache ich ja, was ich will!... Der hat keine Macht über mich. Und meine Töchter werden mich bis zum Tode mit Essen, Trinken und Kleidern versorgen... Um Gottes willen! Als wäre das nicht ihre selbstverständliche Pflicht! Lange werde ich ihnen ja nicht zur Last fallen. Der Tod steht nicht hinter den Bergen, hinter meinem Rücken steht er.«

»Den Tod bestimmt Gott der Herr«, meinte Mutter. »Ihre Pflicht ist es selbstverständlich. Entschuldige, Martyn Petrowitsch, aber deine Älteste ist recht hochmütig und auch die Jüngste blickt nicht gerade sanftmütig...«
»Aber Natalja Nikolajewna«, unterbrach Charlow sie. »Was sagen Sie da?... Meine Töchter sollen... Und ich... Sie sollten mir nicht mehr gehorchen? Fällt ihnen nicht im Traume ein!... Sich widersetzen? Wem? Ihrem Vater?... Sie sollten das wagen? Wie schnell kann ich sie dann verfluchen! In Angst und Demut haben sie ihr Leben verbracht, und nun sollten sie plötzlich... Mein Gott!«
Charlow hustete und ächzte.
»Schon gut, schon gut«, beeilte sich meine Mutter ihn zu beruhigen. »Aber ich begreife immer noch nicht, weshalb du das Gut schon jetzt unter ihnen aufteilen willst. Nach deinem Tode erhalten sie es sowieso. Sicherlich ist deine Melancholie an dem Entschluß schuld.«
»Ach, Gnädigste«, erwiderte Charlow ärgerlich, »meine Melancholie hat's Ihnen angetan! Hier wirkt eine höhere Kraft, Sie aber reden von der Melancholie! Ich habe mir das ausgedacht, um noch zu Lebzeiten persönlich zu entscheiden, wer was bekommt, womit ich jeden belohne, auf daß er es besitze, Dankbarkeit gegen mich empfinde – und es als Gnade von mir, dem Vater, empfange.«
Charlows Stimme brach wieder ab.
»Bruhige dich, beruhige dich, mein Lieber, sonst erscheint das Fohlen tatsächlich noch.«
»Ach, Natalja Nikolajewna, reden Sie nicht von dem Fohlen!« stöhnte Charlow. »Das war der Tod, der mich holt. Nun will ich mich empfehlen. Und übermorgen werde ich die Ehre haben, Sie, mein junger Herr, zu begrüßen.«
Martyn Petrowitsch verließ das Zimmer. Meine Mutter schaute ihm nach und schüttelte bedeutungsvoll den Kopf.
»Das gibt nichts Gutes«, flüsterte sie, mir zugewandt. »Hast du bemerkt, wie er die Augen zusammenkneift, wenn er spricht, als

blende ihn die Sonne. Ein böses Zeichen! So ein Mensch hat ein schweres Herz, und Unglück droht ihm. Fahr übermorgen mit Wikenti Ossipowitsch und Souvenir hin.«

11

Am festgesetzten Tage fuhr unser großer, mit sechs braunen Pferden bespannter Viersitzer mit dem dicken, graubärtigen »Leibkutscher« Alexeïtsch auf dem Bock lautlos vor die Freitreppe unseres Hauses. Die Wichtigkeit der von Charlow beabsichtigten Handlung, die Feierlichkeit, mit der er uns zu der Zeremonie eingeladen, verfehlten nicht ihre Wirkung auf meine Mutter. Sie ordnete deshalb selbst an, gerade diesen für außergewöhnliche Ereignisse bestimmten Wagen anzuspannen, und befahl mir und Souvenir, uns festlich zu kleiden. Offenbar wollte sie ihrem Schützling Ehre erweisen. Kwizinski trug allerdings stets einen Frack und ein weißes Halstuch. Während der ganzen Fahrt schnatterte Souvenir wie eine Elster, kicherte, überlegte, ob das Brüderlein ihm etwas hinterlassen würde, und beschimpfte ihn im selben Atemzug als Götzen und Ungeheuer. Kwizinski, ein düsterer, cholerischer Mann, hielt es schließlich nicht mehr aus. »Was für ein Vergnügen bereitet es Ihnen, solchen Unsinn zu schwatzen?« sagte er mit seinem deutlichen polnischen Akzent. »Und können Sie ohne diese unnützen – das war sein Lieblingswort – Albernheiten nicht still sitzen?« – »Sofort, sofort«, murmelte Souvenir unzufrieden und starrte mit seinen Schlitzaugen aus dem Fenster. Eine Viertelstunde war noch nicht vergangen, die gleichmäßig trabenden Pferde hatten unter den dünnen Riemen des neuen Geschirrs kaum zu schwitzen begonnen, als wir das Charlowsche Gutshaus erblickten. Unser Wagen rollte durch das weit geöffnete Tor in den Hof. Der winzige Vorreiter, dessen Beine kaum bis zur Mitte des Pferdeleibes reichten, hopste zum letztenmal im weichen Sattel mit einem kindlich jubelnden Schrei in die Höhe, die Ellbogen des alten Alexeïtsch spreizten und hoben sich gleichzeitig, wir vernahmen ein leichtes

Schnalzen, der Wagen hielt. Kein Hund empfing uns mit Gebell, sogar die Hofjungen in ihren langen, über dicken Bäuchen auseinanderklaffenden Hemden waren verschwunden. Charlows Schwiegersohn erwartete uns auf der Türschwelle. Ich entsinne mich, daß mich vor allem die zu beiden Seiten der Tür aufgepflanzten Birken beeindruckten. Sie standen da, als wäre es Pfingsten. »Das Fest der Feste«, näselte Souvenir, als erster aus dem Wagen steigend. Ja, alles hatte ein festliches Gepräge. Charlows Schwiegersohn trug eine Halsbinde aus Plüsch mit einem Atlasband und einen ungewöhnlich engen schwarzen Frack, und der hinter seinem Rücken auftauchende Maximka hatte sein Haar so reichlich mit Kwaß benetzt, daß es tropfte. Wir betraten das Wohnzimmer und erblickten Martyn Petrowitsch, der in der Mitte des Raumes thronte – ja, er thronte im wahrsten Sinne des Wortes. Ich weiß nicht, was Souvenir und Kwizinski beim Anblick seiner mächtigen Gestalt empfanden, mein Gefühl grenzte an Ehrfurcht. Martyn Petrowitsch trug einen grauen Waffenrock, wahrscheinlich aus dem Jahr 1812, mit einem schwarzen hohen Kragen. Eine Bronzemedaille zierte seine Brust, der Säbel hing an seiner Seite. Die linke Hand ruhte auf dem Säbelknauf, mit der rechten stützte er sich auf den mit rotem Tuch bezogenen Tisch. Zwei beschriebene Papierbogen lagen vor ihm. Charlow saß unbeweglich und schnaufte nicht einmal. Wie würdevoll war seine Haltung, wie selbstsicher angesichts seiner unbegrenzten, unantastbaren Macht! Er begrüßte uns nur mit einem flüchtigen Nicken, sagte heiser: »Ich bitte«, und wies mit dem Zeigefinger der Linken auf eine Stuhlreihe. Rechts standen seine beiden Töchter im Sonntagsstaat: Anna in einem grünlich-lila Kleid mit einem gelben seidenen Gürtel, Jewlampija in einem rosa Kleid mit roten Schleifen. Neben ihnen stand Shitkow in seiner neuen Uniform mit zahlreichen Schweißtropfen auf dem behaarten Gesicht, in den Augen wie üblich Stumpfsinn und gierige Erwartung. Links saß der Geistliche, in einer abgetragenen tabakfarbenen Soutane, ein alter Mann mit struppigem braunem Haar. Das Haar, die traurigen, trüben Augen, die groben, schwieligen

Hände, die wie eine schwere Last auf seinen Knien lagen, und die unter der Soutane hervorschauenden geteerten Stiefel verrieten sein schweres, arbeitsreiches und freudloses Leben; denn seine Gemeinde war sehr arm. Neben ihm hatte sich der Chef der Landpolizei niedergelassen, fett, blaß, unordentlich, mit kurzen, dicken Händen und Füßen, schwarzen Augen, einen gestutzten schwarzen Schnurrbart und einem ewigen Lächeln auf dem Gesicht, das, wenn auch heiter, stets gemein wirkte.
Er hatte den Ruf, bestechlich und ein Tyrann zu sein, war aber nicht nur bei den Gutsbesitzern, sondern auch bei den Bauern beliebt. Er schaute ungeniert mit etwas spöttischem Lächeln in die Runde, anscheinend belustigte ihn die ganze »Prozedur«. Übrigens interessierte ihn nur der bevorstehende Imbiß mit dem Schnaps. Der neben ihm sitzende Notar dagegen, ein ausgemergelter Mann mit langem Gesicht und schmalem Backenbart, der von den Ohren bis zur Nase reichte, wie er zur Zeit Alexanders I. getragen wurde, beteiligte sich mit ganzem Herzen an den Anordnungen Martyn Petrowitschs und wandte seine großen, ernsten Augen nicht von ihm. Von der angestrengten Aufmerksamkeit und seiner Teilnahme hingerissen, spitzte und bewegte er die Lippen, ohne sie jedoch zu öffnen. Souvenir setzte sich zu ihm und begann eine Unterhaltung im Flüsterton, nachdem er mir zuvor berichtet hatte, der Notar bekleide den höchsten Freimaurergrad im Gouvernement. Die Kommission des Landgerichts besteht bekanntlich aus dem Chef der Landpolizei, dem Notar und dem Landkommissar. Letzterer fehlte hier jedoch oder hielt sich so verborgen, daß ich ihn nicht sehen konnte. Übrigens wurde er bei uns im Kreis der »Nichtexistierende« genannt. Ich setzte mich neben Souvenir, Kwizinski neben mich. Das Gesicht des praktischen Polen verriet Ärger über die Zeitvergeudung für dieses sinnlose Unternehmen ... »Nun ja, die gnädige Frau! Russische Herrschaftsphantasien!« schien er zu flüstern. »Zum Teufel mit ihnen!«

12

Als wir alle Platz genommen hatten, hob Martyn Petrowitsch die Schultern, räusperte sich, blickte mit seinen Bärenäuglein in die Runde, atmete laut und begann also: »Verehrte Herrschaften! Ich habe Sie aus folgendem Grunde hergebeten: Ich werde alt, meine Herrschaften, Unpäßlichkeiten bemächtigen sich meiner... Auch eine Warnung ist mir bereits zuteil geworden, die Todesstunde naht wie ein Dieb in der Nacht... Ist es nicht so, Vater?« wandte er sich an den Geistlichen.

Der Geistliche fuhr auf. »So ist es, so ist es«, lispelte er und schüttelte den dünnen Bart.

»Und deshalb«, fuhr Martyn Petrowitsch plötzlich mit erhobener Stimme fort, »wünsche ich nicht, daß mich der besagte Tod überrascht, und habe beschlossen...« Martyn Petrowitsch wiederholte wörtlich die Rede, die er vor zwei Tagen meiner Mutter gehalten hatte. »Kraft meines Entschlusses«, brüllte er noch lauter, »habe ich diese Urkunde – er schlug auf die Papiere auf dem Tisch – aufgesetzt und die zuständigen Behörden als Zeugen geladen. Worin mein Wille besteht, geht aus folgenden Punkten hervor. Ich habe die mir zugemessene Zeit regiert, nun kann ich abtreten.«

Martyn Petrowitsch setzte seine runde eiserne Brille auf die Nase, ergriff eins der beschriebenen Blätter und begann: »Teilungsurkunde des Besitzes des Edelmannes aus altem Adel und Fahnenjunkers a.D. Martyn Charlow, von ihm selbst in vollem Besitz seiner Geisteskräfte nach eigenem Ermessen aufgesetzt, worin genau festgelegt wird, welche Ländereien seinen beiden Töchtern Anna und Jewlampija – verneigt euch! (sie verneigen sich) – zugeteilt werden. Und worinnen ferner angegeben wird, auf welche Art das Hofgesinde, das übrige Vermögen und das lebende Inventar zwischen genannten Töchtern aufgeteilt wird. Eigenhändig unterschrieben!«

»Hat es selbst verfaßt und wünscht es deshalb der schönen Worte wegen vorzulesen«, flüsterte mit seinem unvermeidlichen Lächeln der Chef der Landpolizei Kwizinski zu. »Die amtliche Urkunde ist ordnungsgemäß abgefaßt, ohne all diese Floskeln!« Souvenir wollte kichern...

»Meinem Willen entsprechend«, warf Charlow ein, dem die Bemerkung des Polizeichefs nicht entgangen war.

»In allen Punkten Ihrem Willen entsprechend«, erwiderte dieser eilig und vergnügt, »nur dürfen Sie die Formalitäten keinesfalls umgehen. Martyn Petrowitsch. Die überflüssigen Einzelheiten sind ausgemerzt. Die Kommission kann sich nicht mit bunten Kühen und türkischen Erpeln befassen.«

»Komm her«, krächzte Charlow, sich an seinen Schwiegersohn wendend, der uns ins Zimmer gefolgt und mit unterwürfiger Miene an der Tür stehengeblieben war. Er eilte sofort zu seinem Schwiegervater.

»Da nimm und lies. Mir fällt es schwer. Aber wehe, wenn du dich versprichst! Alle Anwesenden müssen es verstehen.«

Sljotkin ergriff das Blatt mit beiden Händen und begann erregt, aber deutlich und ausdrucksvoll die Teilungsurkunde zu lesen. Darin wurde der Besitz der beiden Töchter mit größter Genauigkeit angeführt und festgestellt, wie die Teilung vor sich gehen sollte. Hin und wieder unterbrach Charlow die Lektüre mit den Worten: »Schau, das ist für deine Mühe, Anna!« Oder: »Das schenke ich dir, Jewlampijuschka!«, worauf sich die Schwestern verneigten, Anna beinah bis zur Erde, Jewlampija nur mit dem Kopf. Charlow betrachtete sie mit düsterer Würde. »Das Gutshaus – gemeint war das neue Häuschen – wird nach uraltem Brauch der Jüngsten, Jewlampija, zugeteilt.« – Die Stimme des Vorlesers wurde schrill und zitterte, als er die für ihn unangenehmen Worte las, Shitkow aber leckte sich die Lippen. Jewlampija warf ihm einen Seitenblick zu. Wäre ich Shitkow gewesen, dieser Blick hätte mir nicht gefallen. Der allen russischen Schönen eigene Ausdruck der Verachtung hatte eine neue Nuance bekommen. Für sich selbst beanspruchte Martyn Petrowitsch die von ihm bisher bewohnten Zimmer, den Unterhalt in Naturalien und zehn Rubel Banknoten monatlich für Stiefel und Kleider.

Den letzten Satz der Teilungsurkunde wünschte Charlow selbst vorzulesen. »Und diesen meinen väterlichen Willen sollen meine Töchter erfüllen und heilig und unverbrüchlich befolgen wie ein göttliches Gebot, da ich nach Gott dem Herrn ihr Vater und Oberhaupt und niemandem Rechenschaft schuldig bin. Werden sie meinen Willen erfüllen, so bleibt ihnen mein väterlicher Segen, sollten sie es jedoch nicht tun, was der Herrgott verhüten möge, so ereilt sie mein väterlicher Fluch heute und in aller Ewigkeit. Amen.« Charlow hob das Blatt über seinen Kopf. Anna fiel sofort behende auf die Knie und schlug mit dem Kopf gegen den Fußboden, ihr Mann folgte ihr eilfertig. – »Nun und du?« wandte sich Charlow an Jewlampija. Sie errötete und verneigte sich ebenfalls bis zum Boden. Shitkow beugte sich mit seinem ganzen Oberkörper vor.

»Unterschreibt!« rief Charlow aus, mit dem Finger auf den unteren Teil des Blattes weisend. »Hier! Ich danke und nehme an, Anna. Ich danke und nehme an, Jewlampija.«

Beide Töchter erhoben sich und unterschrieben. Auch Sljotkin stand auf und streckte seine Hand nach der Feder aus, aber Charlow schob ihn zurück, indem er ihm den Zeigefinger in die Halsgrube stieß, so daß er vor Schrecken den Schlucken bekam. Einen Augenblick herrschte Schweigen. Plötzlich murmelte Martyn Petrowitsch mit einem Seufzer, der wie Schluchzen klang: »Nun gehört euch alles«, und ging beiseite. Die Töchter und der Schwiegersohn wechselten Blicke, gingen zu ihm und küßten ihn oberhalb des Ellbogens. Die Schulter konnten sie nicht erreichen.

13

Der Polizeichef las die offizielle Schenkungsurkunde vor, die Martyn Petrowitsch entworfen hatte. Dann trat er mit dem Notar auf die Freitreppe und teilte das Ereignis den vor dem Tor versammelten Nachbarn, Charlowschen Bauern, als Zeugen hinzugezogenen Ortsinsassen und dem Hofgesinde, mit. Es begann die

Einführung der beiden neuen Gutsbesitzerinnen, die auf der Treppe erschienen waren und auf die der Beamte mit der Hand wies, als er mit gerunzelter Stirn, seinem sorglosen Gesicht plötzlich einen furchterregenden Ausdruck verleihend, Gehorsam für sie forderte. Er hätte auch ohne diese Ermahnungen auskommen können, friedlichere Gesichter als die der Charlowschen Bauern gab es wohl auf der ganzen Welt nicht. In zerrissenen Joppen und Schafspelzen, festgegürtet, wie es sich für feierliche Anlässe ziemte, standen sie regungslos, wie zu Stein erstarrt, und verbeugten sich gleichzeitig wie auf Kommando, wenn der Polizeichef Zwischenrufe einflocht wie: »Hört, ihr Teufel! Verstanden, Satansbrut?« Jeder von ihnen hielt die Mütze fest in der Hand und wandte seinen Blick nicht vom Fenster, an dem Martyn Petrowitsch zu sehen war. Nicht weniger furchtsam waren auch die Zeugen. »Sind euch irgendwelche Gründe bekannt, die der Besitzübernahme durch die hier anwesenden gesetzlichen Erbinnen und Töchter des Martyn Petrowitsch im Wege stehen können?« brüllte der Polizeichef sie an.

Die Zeugen schienen geradezu zusammenzuschrumpfen. »Wißt ihr etwas, ihr Teufel?« schrie der Polizeichef wieder.

»Nein, Euer Hochwohlgeboren, wir wissen nichts«, erwiderte mutig ein verschrumpftes, altes Männchen mit kurzgeschorenem Bart und Schnurrbart, ein ehemaliger Soldat.

»Ist ein verflucht mutiger Kerl, dieser Jeremeïtsch«, sagten die anderen Zeugen von ihm, als sie auseinandergingen.

Trotz aller Bitten des Polizeichefs weigerte sich Charlow, mit den Töchtern auf die Freitreppe zu gehen. »Meine Untertanen werden sich auch ohnedies meinem Willen fügen«, erwiderte er. Nach Beendigung der feierlichen Handlung überkam ihn plötzlich Trauer. Sein Gesicht wurde blaß. Der traurige Ausdruck war so ungewohnt und paßte so wenig zu den gütigen Zügen seines breiten Gesichts, daß ich nicht wußte, was ich denken sollte. War es etwa ein neuer Anfall der Melancholie? – Auch die Bauern schienen bestürzt. War es nicht tatsächlich verwunderlich? Da stand der Herr – und was für ein Herr war er stets gewesen, dieser

Martyn Petrowitsch –, lebte noch und wollte plötzlich nicht mehr über sie gebieten. – Ich weiß nicht, ob Charlow die Gedanken seiner »Untertanen« erriet oder zum letztenmal seine Macht beweisen wollte, jedenfalls öffnete er plötzlich das Fenster und schrie mit dröhnender Stimme: »Gehorchen!« Dann schlug er das Fenster wieder zu. Die Zweifel der Bauern wurden dadurch natürlich nicht zerstreut und auch nicht geringer. Sie versteinerten noch mehr in regloser Erstarrung und schienen gar nichts mehr zu sehen. Eine Gruppe des Hofgesindes – darunter befanden sich zwei kräftige Mägde in kurzen bunten Kattunröcken und mit Waden, wie man sie nur noch bei Michelangelos »Jüngstem Gericht« sieht, und ein Greis, von hohem Alter blauweiß im Gesicht, halbblind, in einem rauhen Soldatenmantel, Gerüchten zufolge ein Waldhornist aus Potjomkins Zeiten – dieses Gesinde, mit Ausnahme Maximkas, den Charlow behalten hatte, bewies mehr Lebhaftigkeit als die Bauern, es trat zumindest von einem Fuß auf den andern. Die neuen Gutsbesitzerinnen hielten sich würdevoll, besonders Anna. Die schmalen Lippen zusammengepreßt, starrte sie zu Boden … ihre strenge Gestalt versprach dem Gesinde nichts Gutes. Auch Jewlampija hob den Blick nicht. Nur einmal wandte sie sich um und streifte ihren Verlobten Shitkow, der Sljotkin auf die Treppe gefolgt war, mit einem langsamen, überraschten Blick. »Mit welchem Recht bist du hier?« schienen ihre schönen, hervorstehenden Augen zu fragen.

Vor allem hatte sich aber Sljotkin verändert. Sein ganzes Wesen verriet eilfertige Munterkeit, als hätte ihn ein Heißhunger gepackt. Die Bewegungen des Kopfes und der Hände waren unterwürfig geblieben, aber wie fröhlich reckte er die Arme, wie eilfertig wirkte sein Achselzucken. »Endlich, endlich bin ich soweit!«

Nachdem die Feierlichkeiten der Besitzergreifung beendet waren, rieb sich der Polizeichef, dem schon das Wasser im Munde zusammenlief, beide Hände auf besondere Art, wie es meist vor dem Leeren des ersten Gläschens geschieht. Aber es stellte sich heraus, daß Martyn Petrowitsch vorher einen Gottesdienst mit Wasserweihe abhalten lassen wollte. Der Geistliche warf einen vor Alter fast zerschlissenen Priesterornat über, aus der Küche kam ein vor Altersschwäche kaum noch lebender Diakon, mühsam den Weihrauch in einem alten kupfernen Gefäß anfachend, und der Gottesdienst begann. Charlow seufzte die ganze Zeit, knien konnte er seiner Leibesfülle wegen nicht, aber wenn er sich mit der Rechten bekreuzigte und den Kopf neigte, zeigte er mit dem Finger der Linken auf die Erde. Sljotkin strahlte und vergoß sogar Tränen der Rührung, Shitkow bekreuzigte sich auf vornehme, militärische Art, nachlässig die Finger zwischen dem dritten und vierten Uniformknopf schwenkend, Kwizinski war als Katholik im Nebenzimmer geblieben; der Notar aber betete so eifrig, seufzte so teilnahmsvoll nach jedem Seufzer Martyn Petrowitschs, flüsterte so inbrünstig, den Blick gen Himmel erhoben, daß ich bei seinem Anblick Rührung empfand und ebenfalls leidenschaftlich zu beten begann. Nach Beendigung des Gottesdienstes und der Wasserweihe, wobei alle Anwesenden, sogar der blinde Potjomkinsche Waldhornist und Kwizinski, ihre Augen mit Wasser benetzten, bedankten sich Anna und Jewlampija noch einmal auf Geheiß Martyn Petrowitschs bei ihm, indem sie sich bis zur Erde verneigten. Und nun gab es endlich das ersehnte Frühstück. Die zahlreichen Gerichte waren ausgezeichnet; wir aßen eine Menge. Der unvermeidliche Don-Champagner erschien. Als Vertreter der Behörde und mit den vornehmen Sitten der Gesellschaft vertrauter Weltmann trank der Polizeichef als erster auf das Wohl der »schönen Gutsbesitzerinnen«. Er war es auch, der uns aufforderte, das Glas zum Wohl des am meisten verehrten und großmütigen Martyn Petrowitsch zu erheben. Bei dem Worte »großmütig« kreischte Sljotkin auf und fiel seinem »Wohltäter« um den Hals . . . »Schon gut, schon gut, das reicht«, murmelte Charlow, ihn anscheinend verärgert mit dem Ellbogen zurückschiebend . . . Aber in diesem Augenblick ereignete sich ein nicht sehr angenehmer Zwischenfall.

Souvenir, der seit Beginn des Frühstücks unentwegt getrunken hatte, erhob sich plötzlich, rot wie ein Krebs, wies mit dem Finger auf Martyn Petrowitsch und brach in sein gemeines, mekkerndes Lachen aus.

»Großmütig, großmütig!« zeterte er. »Nun wollen wir aber sehen, wie ihm die Großmütigkeit bekommt, wenn man ihn, den Knecht Gottes, nackt in den Schnee treiben wird...«

»Was lügst du da, du Narr!« sagte Charlow verächtlich mit gerunzelter Stirn.

»Narr! Narr!« wiederholte Souvenir. »Nur der Allmächtige weiß, wer von uns beiden der größere Narr ist. Sie, Brüderlein, haben meine Schwester, Ihre Frau, ins Grab gebracht... und dafür stürzen Sie sich selbst ins Unglück... ha-ha-ha!«

»Wie können Sie es wagen, unseren verehrten Wohltäter zu beleidigen!« schrie Sljotkin mit piepsender Stimme und stürzte, die zärtliche Umarmung lösend und sich von Charlows Schulter losreißend, auf Souvenir zu. »Wissen Sie denn nicht, daß wir die Urkunde auf der Stelle zerreißen, wenn unser Wohltäter es wünschen sollte?«

»Und doch werdet ihr ihn mit nacktem Rücken... in den Schnee...«, flocht Souvenir ein, sich hinter Kwizinskis Rücken verbergend.

»Schweig!« brüllte Charlow. »Ich zermalme dich so, daß nur ein nasser Fleck von dir übrigbleibt! Und auch du halt deinen Mund, du junger Hund«, wandte er sich an Sljotkin, »und mische dich nicht in fremde Angelegenheiten! Wenn ich, Martyn Petrowitsch Charlow, die Teilungsurkunde entworfen habe, so hast du nicht das Recht, sie zu vernichten. Willst gegen meinen Willen angehen? Solch eine Macht gibt es in der ganzen Welt nicht...«

»Martyn Petrowitsch«, ertönte plötzlich der klangvolle Baß des Notars – auch er hatte viel getrunken, war dadurch aber nur würdevoller geworden, »wenn nun aber der Herr Gutsbesitzer die Wahrheit sagen sollte? Sie haben ein großes Werk vollbracht,

sollten aber – wovor Gott Sie behüte – wirklich... an Stelle der schuldigen Dankbarkeit Schimpf und Schande folgen?«
Ich schaute verstohlen zu den beiden Töchtern. Anna durchbohrte den Redenden mit ihren Blicken. Noch nie hatte ich ein so böses, schlangenhaftes und in seinem Zorn so schönes Gesicht gesehen! Jewlampija wandte sich ab und verschränkte die Hände auf der Brust. Mehr denn je krümmte ein verächtliches Lächeln ihre vollen, rosigen Lippen.
Charlow erhob sich, öffnete den Mund, aber offenbar versagte seine Stimme... Er schlug plötzlich mit der Faust auf den Tisch, so daß das ganze Zimmer erbebte.
»Vater«, sagte Anna eilig, »sie kennen uns nicht und denken deshalb so schlecht von uns. Regen Sie sich nicht auf, Sie schaden sich nur. Ihr Gesicht ist ja ganz verzerrt.«
Charlow sah Jewlampija an, sie bewegte sich nicht, obwohl der neben ihr sitzende Shitkow sie in die Seite stieß.
»Ich danke dir, meine Tochter Anna«, sagte Charlow dumpf, »du bist vernünftig, ich setze meine Hoffnungen auf dich und auch auf deinen Mann.« Sljotkin quietschte wieder, Shitkow wölbte die Brust und stampfte mit dem Fuß leicht auf, aber Charlow bemerkte seine Bemühungen nicht. »Dieser Nichtsnutz«, fuhr er fort, mit dem Kinn auf Souvenir weisend, »freut sich, daß er mich hänseln kann, aber Sie, verehrter Herr«, wandte er sich an den Notar, »Ihnen steht kein Urteil über Martyn Charlow zu; denn Sie verstehen ihn gar nicht. Sie sind Beamter, und doch sind Ihre Worte Unsinn. – Im übrigen ist es geschehen, ich ändere meinen Entschluß nicht... Ich wünsche viel Glück und gehe nun. Hier bin ich nicht mehr Herr, sondern Gast. Anna, wirtschafte, wie du es für richtig hältst, ich gehe auf mein Zimmer. Nun ist Schluß!«
Martyn Petrowitsch wandte uns den Rücken, fügte kein Wort mehr hinzu und verließ langsam das Zimmer.
Das plötzliche Verschwinden des Hausherrn störte natürlich unser Beisammensein, vor allem, weil die beiden Gastgeberinnen sich ebenfalls bald entfernten. Sljotkin bemühte sich vergeblich,

uns zurückzuhalten. Der Polizeichef unterließ es nicht, dem Notar seine unangebrachte Offenheit vorzuwerfen.
»Ich konnte nicht anders«, sagte dieser, »mein Gewissen drängte mich dazu.«
»Da sieht man, daß er Freimaurer ist«, flüsterte Souvenir mir zu.
»Gewissen!« rief der Polizeichef aus. »Ich kenne Ihr Gewissen! Sitzt sicherlich in Ihrer Tasche, wie bei uns Sündern auch.«
Der Geistliche, der schon stand, steckte inzwischen, da das Mahl bald beendet sein würde, eilig einen Bissen nach dem anderen in den Mund.
»Ich sehe, daß Sie großen Appetit entwickeln«, sagte Sljotkin scharf.
»Auf Vorrat«, erwiderte der Geistliche mit demütiger Grimasse. Jahrelanges Hungern verriet sich in diesen Worten.
Die Wagen ratterten... ein jeder fuhr nach Hause.
Auf dem Rückweg störte niemand Souvenir beim Schwatzen und Grimassenschneiden, da Kwizinski erklärt hatte, er wolle, all dieser unnützen, gemeinen Albernheiten überdrüssig, zu Fuß nach Hause gehen. Seinen Platz im Wagen nahm Shitkow ein. Der Major a.D. sah unzufrieden aus und bewegte seinen Schnurrbart wie eine Küchenschabe ihre Fühler.
»Nichts zu machen, Euer Hochwohlgeboren«, flüsterte Souvenir, »die Disziplin scheint untergraben zu sein, es gibt keinen Gehorsam mehr! Und was erst kommt! Auch Ihnen wird man das Essen versalzen! Ach, Sie Bräutigam, Bräutigam, ein unglückseliger Bräutigam!«
Souvenir fand kein Ende, der arme Shitkow bewegte nur seine Schnurrbartspitzen.
Zu Hause erzählte ich alles meiner Mutter. Sie hörte meinen Bericht an und schüttelte den Kopf. – »Das nimmt kein gutes Ende«, sagte sie, »diese Neuerungen gefallen mir nicht.«

15

Am nächsten Tag erschien Martyn Petrowitsch zum Mittagessen. Meine Mutter gratulierte ihm zur glücklichen Beendigung der begonnenen Angelegenheit. »Nun bist du ein freier Mann«, sagte sie, »und mußt dich erleichtert fühlen.«

»Erleichtert fühle ich mich, Gnädigste«, erwiderte Martyn Petrowitsch, aber sein Gesicht verriet keinesfalls, daß er diese Erleichterung tatsächlich auch empfand. »Nun kann ich auch an meine Seele denken und mich, wie es sich gehört, auf meine Todesstunde vorbereiten.«

»Wieso?« fragte Mutter. »Laufen die Ameisen immer noch in deinen Händen?«

Charlow ballte mehrmals die linke Hand zur Faust und öffnete sie wieder. »Ja, das tun sie! Und was ich noch sagen wollte: sobald ich einschlafe, scheint mir jemand zuzurufen: ›Nimm dich in acht! Nimm dich in acht!‹«

»Das sind die Nerven«, meinte Mutter und brachte das Gespräch auf den gestrigen Tag, wobei sie den Zwischenfall erwähnte, der sich im Verlauf der Feier ereignet hatte.

»Nun ja, nun ja«, unterbrach Charlow sie. »Es hat etwas gegeben... vollkommen unwichtig... Aber was ich Ihnen sagen wollte«, fügte er langsam hinzu, »nicht die sinnlosen Worte Souvenirs haben mich verwirrt... auch nicht die des Herrn Notars, obwohl er ein vernünftiger Mensch ist... bestürzt war ich über...« Charlow verstummte.

»Über wen?« fragte meine Mutter.

Charlow sah sie an. »Jewlampija«, sagte er.

»Jewlampija? Deine Tochter? Wieso?«

»Ich bitte Sie, Gnädigste, sie war doch wie aus Stein! Wie ein lebloser Götze! Fühlt sie denn gar nichts? Ihre Schwester Anna hat sich benommen, wie es sich gehört. Die ist feinfühlig! Aber Jewlampija, die ich – wozu soll ich es verheimlichen – stets vorgezogen habe, hat sie gar kein Mitleid mit mir? Ich fühle mich doch schlecht und werde wohl nicht mehr lange leben, wenn ich auf al-

les verzichte, sie aber ist wie aus Stein! Wenn sie auch nur einen Ton sagen würde! Sie verbeugt und verbeugt sich vor mir, aber Dankbarkeit – verrät sie nicht!«
»Verheiraten wir sie mit Gawrilo Fedulytsch«, sagte Mutter, »dann wird sie bestimmt weicher.«
Wieder blickte Martyn Petrowitsch meine Mutter mit gesenkter Stirn an. »Vielleicht, daß Gawrilo Fedulytsch... Setzen Sie wirklich Ihre Hoffnung auf ihn?«
»Ja.«
»So. Sie müssen es ja wissen! Aber Jewlampija hat meinen Charakter, ein heißes Herz und Kosakenblut.«
»Hast du denn ein solches Herz, mein Vater?«
Charlow antwortete nicht. Ein kurzes Schweigen trat ein.
»Was willst du nun unternehmen, um deine Seele zu retten, Martyn Petrowitsch?« fragte meine Mutter. »Willst du zu Mitrofan oder nach Kiew reisen? Oder vielleicht, da sie in der Nähe ist, zur Optinschen Einsiedelei? Dort soll ein Mönch, Vater Makari, aufgetaucht sein. Noch nie hat es solch einen Mann gegeben. Alle Sünden durchschaut er.«
»Sollte sie wirklich eine undankbare Tochter sein«, sagte Charlow heiser, »so würde ich sie lieber mit eigenen Händen töten.«
»Was sagst du da? Großer Gott, komm zur Besinnung!« rief meine Mutter. »Was hältst du für Reden? Das kommt davon. Hättest auf mich hören sollen, als du mich neulich um Rat fragtest. Nun quälst du dich, statt an dein Seelenheil zu denken! Quälen wirst du dich und doch nichts mehr ändern können. Ja! Jetzt beklagst du dich und bist feige...«
Der Vorwurf schien Charlow ins Herz zu treffen. Sein alter Stolz flammte auf. Er schüttelte sich und schob das Kinn vor.
»So ein Mensch bin ich nicht, Natalja Nikolajewna. Klagen und feige sein!« begann er düster. »Ich wollte Ihnen als meiner Wohltäterin und einer von mir hochgeachteten Dame nur mein Herz ausschütten. Aber der Herrgott weiß« – er hob die Hände und wies in die Höhe –, »der Allmächtige weiß, daß eher die Erde zu-

grunde geht, als daß ich mein Wort breche oder ...« – er stieß ein kurzes zorniges Lachen aus – »feige bin und etwas bereue, was ich getan habe! Handle ich, so habe ich Gründe dafür. Und meine Töchter werden mir stets gehorchen, von Ewigkeit zu Ewigkeit. Amen!«

Mutter hielt sich die Ohren zu. »Warum trompetest du so, Vater? Bist du von deinen Hausgenossen wirklich so überzeugt, dann danke Gott! Mein Kopf dröhnt noch von deinem Gebrüll.«

Martyn Petrowitsch entschuldigte sich, seufzte mehrmals und schwieg. Meine Mutter erwähnte wieder Kiew, die Optinsche Einsiedelei und Vater Makarius... Charlow stimmte ihr zu, sagte: »Es ist notwendig, notwendig... ich muß an mein Seelenheil denken...«, und dabei blieb es. Bis zu seiner Rückfahrt heiterte sich seine Stimmung nicht auf, hin und wieder ballte er die Hand zur Faust, öffnete und betrachtete sie und erklärte, das schlimmste für ihn wäre, ohne Sündenvergebung plötzlich an einem Schlaganfall zu sterben. Er habe sich nun vorgenommen, sich nicht mehr zu ärgern, da der Zorn sein Blut vergifte und Blutandrang zum Kopf herbeiführe. Übrigens habe er ja allem entsagt, es liege also kein Grund zum Ärgern vor. Nun sollten die anderen sich mühen und sich das Blut vergiften lassen.

Als er sich von meiner Mutter verabschiedete, sah er sie seltsam an: nachdenklich und fragend..., griff plötzlich mit einer raschen Bewegung in die Tasche und holte die »Mußestunden des Arbeitsamen« hervor, die er ihr in die Hand schob.

»Was ist das?« fragte sie.

»Lesen Sie das hier«, erwiderte er eilig. »Dort, wo die Seite umgeknickt ist, die Sätze über den Tod. Es scheint mir sehr schön zu sein, ich begreife es aber nicht. Wollen Sie es mir nicht erklären, meine Wohltäterin? Ich komme wieder, und dann erklären Sie es mir!«

Mit diesen Worten verließ Martyn Petrowitsch sie.

»Ein böses Zeichen, ein sehr böses Zeichen«, sagte meine Mutter, als er hinter der Tür verschwunden war, und vertiefte sich in die »Mußestunden des Arbeitsamen«.

Auf der von Charlow vermerkten Seite standen folgende Sätze: »Der Tod ist ein wichtiges und großes Werk der Natur. Er ist nichts anderes als dies, daß der Geist leichter, feiner und viel durchdringender ist als jene Stoffe, deren Herrschaft er unterworfen ist, sogar als die elektrische Kraft, und so reinigt er sich auf chemischem Wege und strebt so lange, bis er einen ihm gleichen geistigen Raum gefunden.« ... usw.*

Mutter las diese Worte mehrmals, rief »Pfui!« und warf das Buch beiseite.

Drei Tage später erhielt sie die Nachricht, daß der Mann ihrer Schwester gestorben sei, und fuhr mit mir zu ihr aufs Land. Sie gedachte einen Monat dort zu bleiben, blieb aber bis spät in den Herbst hinein. Wir kehrten erst Ende September in unser Dorf zurück.

16

Die erste Nachricht, mit der mich mein Diener Prokofi empfing – er bekleidete auch den Rang eines Herrschaftsjägers –, war die Neuigkeit, daß es Waldschnepfen in Mengen gäbe und es von ihnen im Birkenwäldchen bei Jeskowo – dem Charlowschen Gut – nur so wimmele. Bis zum Mittagessen waren noch drei Stunden. Ich nahm sofort mein Gewehr und lief mit Prokofi und einem Jagdhund in den Jeskowoschen Wald. Wir fanden dort tatsächlich zahlreiche Waldschnepfen und erlegten mit dreißig Schuß fünf Stück. Als ich mit meiner Beute nach Hause eilte, erblickte ich einen pflügenden Mann in der Nähe des Wagens. Sein Pferd war stehengeblieben, er schalt es zornig und weinerlich und zerrte am Strick, der als Leine diente, erbarmungslos bemüht, den abgewandten Kopf des Gauls herumzuziehen. Ich betrachtete den unglückseligen Klepper, dessen Rippen die Haut zu

* »Mußestunden des Arbeitsamen« II. Teil, 1785, Moskau

durchbohren schienen und dessen schweißbedeckte Flanken sich krampfhaft wie Blasebälge hoben, und erkannte die ausgemergelte Stute mit der Narbe an der Schulter, die Martyn Petrowitsch viele Jahre gedient hatte.

»Lebt Herr Charlow noch?« fragte ich Prokofi. Die Jagd erfüllte uns beide so, daß wir uns bis zu diesem Augenblick nur darüber unterhalten hatten.

»Ja, wieso?«

»Das ist doch sein Pferd? Hat er es etwa verkauft?«

»Ja, das ist es, aber verkauft hat er es nicht, es ist ihm fortgenommen und diesem Bäuerlein gegeben worden.«

»Wieso fortgenommen? War er damit einverstanden?«

»Um seine Erlaubnis hat man ihn nicht gefragt. In Ihrer Abwesenheit sind hier Dinge geschehn...«, sagte Prokofi, meinen überraschten Blick mit einem leichten Lächeln erwidernd, »böse Dinge, wahrhaftigen Gottes! Nun herrscht dort Sljotkin.«

»Und Martyn Petrowitsch?«

»Martyn Petrowitsch ist der letzte Mann auf dem Hof. Sitzt auf dem trocknen, nagt am Hungertuch! Sie haben ihm alles fortgenommen! Nächstens jagen sie ihn noch vom Hof.«

Der Gedanke, daß man diesen Riesen verjagen könnte, wollte mir durchaus nicht in den Kopf. »Weshalb schaut Shitkow denn zu?« fragte ich schließlich. »Hat er nicht die jüngste Tochter geheiratet?«

»Geheiratet!« wiederholte Prokofi und grinste nun von einem Ohr bis zum anderen. »Der wird nicht einmal ins Haus gelassen. Hast hier nichts zu suchen, kannst wieder kehrtmachen! Wie gesagt, nur Sljotkin regiert dort.«

»Und die Braut?«

»Meinen Sie Jewlampija Martynowna? Ach, Herr, ich könnte Ihnen manches sagen, aber Sie sind noch zu jung! Sachen sind da geschehen, daß man... He, Dianka scheint etwas zu wittern.«

Mein Hund war wirklich wie angewurzelt vor einem breiten Eichenbusch stehengeblieben, der die kurze, zum Weg führende Schlucht abschnitt. Prokofi und ich liefen hin. Eine Waldschnepfe flatterte aus dem Gebüsch. Wir schossen und trafen beide nicht. Die Waldschnepfe flog weiter, und wir folgten ihr.

Die Suppe stand bereits auf dem Tisch, als ich zurückkehrte. Meine Mutter schalt: »Was ist denn das?« sagte sie, »der erste Tag zu Hause, und du läßt mich warten!« Ich überreichte ihr die erlegten Waldschnepfen, sie würdigte sie keines Blickes. Außer ihr befanden sich noch Souvenir, Kwizinski und Shitkow im Zimmer. Der Major a.D. hatte sich in einer Ecke verkrochen und glich einem schuldbewußten Schüler; sein Gesicht verriet Verlegenheit und Ärger, die Augen waren gerötet... Es sah beinah so aus, als hätte er geweint. Meine Mutter war noch immer schlechter Laune, aber ich erriet, daß der Grund dafür nicht meine Verspätung war. Während des Essens sprach sie kaum; der Major sah sie hin und wieder kläglich an, aß jedoch tüchtig, Souvenir zitterte nur, Kwizinski bewahrte seine selbstbewußte Haltung.

»Wikenti Ossipowitsch«, wandte sich meine Mutter an ihn, »bitte lassen Sie Martyn Petrowitsch morgen im Wagen holen. Ich habe erfahren, daß er keinen eigenen mehr besitzt. Und teilen Sie ihm mit, daß er unbedingt kommen soll, ich wünsche ihn zu sprechen.«

Kwizinski wollte etwas erwidern, beherrschte sich jedoch.

»Und teilen Sie Sljotkin mit«, fuhr meine Mutter fort, »daß ich ihm befehle, bei mir zu erscheinen... Hören Sie?... Be-feh-le!«

»Ja, diesen Schurken müßte man...«, begann Shitkow leise, aber ein verächtlicher Blick meiner Mutter ließ ihn verstummen. Er wandte sich ab und schwieg.

»Hören Sie, ich befehle!« wiederholte meine Mutter.

»Ich höre«, erwiderte Kwizinski gehorsam, aber würdevoll.

»Martyn Petrowitsch wird nicht kommen«, flüsterte Souvenir mir zu, als wir nach dem Essen zusammen das Speisezimmer verließen. »Sie sollten sehen, was aus ihm geworden ist! Unbegreiflich! – Ich glaube, er versteht gar nicht mehr, was man ihm sagt. Ja, den haben sie kleingekriegt!« Und Souvenir brach in sein meckerndes Lachen aus.

17

Souvenirs Prophezeiung ging in Erfüllung. Martyn Petrowitsch wollte nicht zu meiner Mutter kommen. Sie begnügte sich nicht mit seiner Absage und schrieb ihm einen Brief. Er antwortete auf einem kleinen Papierfetzen, auf dem stand: »Bei dem Allmächtigen, ich kann nicht kommen. Die Scham wird mich töten. Lieber gehe ich so zugrunde. Quälen Sie mich nicht! Charlow, Martynko.« Sljotkin erschien, aber nicht an dem Tage, den Mutter ihm »befohlen« hatte. Mutter ließ ihn in ihr Arbeitszimmer kommen... Gott weiß, worüber sie sich unterhielten, das Gespräch dauerte nicht lange, höchstens eine Viertelstunde. Sljotkin verließ das Zimmer meiner Mutter mit hochrotem und so zornig-giftigem, frechem Gesicht, daß ich vor Überraschung erstarrte, als ich ihm im Wohnzimmer begegnete, und Souvenir, der sich gerade dort befand, jäh in seinem Lachen abbrach. Meine Mutter war ebenfalls sehr rot, als sie ihr Arbeitszimmer verließ, und befahl, Herrn Sljotkin nie mehr vorzulassen, und sollte eine der Charlowschen Töchter erscheinen – die Frechheit wäre ihnen zuzutrauen –, sie ebenfalls nicht zu empfangen. Während des Essens rief sie plötzlich: »Was für ein ekelhaftes Jüdchen! Habe ich ihn nicht an den Ohren aus der Gosse gezogen, einen Menschen aus ihm gemacht, und verdankt er mir nicht alles? Er aber wagt, mir zu sagen, ich dürfe mich nicht in ihre Angelegenheiten mischen! Martyn Petrowitsch hätte Launen, und man dürfe ihn darin nicht unterstützen. Seine Launen unterstützen! Dieser undankbare Hund! Widerwärtiges Jüdchen!«

Major Shitkow, der sich ebenfalls unter den Tischgästen befand, glaubte, der Augenblick sei gekommen und vom Herrgott selbst herbeigeführt, ein Wörtchen einzuflechten, und ergriff die günstige Gelegenheit, aber meine Mutter schnitt ihm sofort das Wort ab. »Du bist auch gut, mein Lieber«, sagte sie. »Bist nicht einmal mit dem Mädel fertig geworden und willst noch Offizier sein! Hast eine Kompanie befehligt! Kann mir vorstellen, wie sie dir parierte! Wolltest mein Verwalter werden! Das wäre schön geworden!«

Am Ende des Tisches lächelte Kwizinski ein wenig schadenfroh vor sich hin; der arme Shitkow aber bewegte nur den Schnurrbart, hob die Brauen und steckte sein behaartes Gesicht in die Serviette.

Als er nach dem Essen auf die Freitreppe ging, um dort wie gewöhnlich sein Pfeifchen zu rauchen, kam er mir so bedauernswert verlassen vor, daß ich mich zu ihm gesellte, obwohl ich ihn nicht mochte.

»Wie ist es nur gekommen, daß Sie sich von Jewlampija Martynowna getrennt haben?« fragte ich ihn ohne Umschweife. »Ich dachte, Sie seien längst mit ihr verheiratet?«

Der Major a.D. sah mich traurig an.

»Eine arglistige Schlange«, begann er, mit gramvoller Sorgfalt jede Silbe betonend, »hat mich mit ihrem Biß verletzt und all meine Hoffnungen in Staub verwandelt. Ich würde Ihnen, Dmitri Semjonowitsch, all ihre tückischen Taten berichten, fürchte jedoch, den Zorn Ihrer Mutter zu wecken. (Die Worte Prokofis fielen mir ein: »Sie sind noch zu jung dazu.«) Auch so schon...« Shitkow räusperte sich. »Dulden... dulden ist alles, was mir übrigbleibt.« – Er schlug sich mit der Faust auf die Brust. – »Dulde alter Haudegen, dulde! Dem Zaren hast du treu gedient... ohne Fehl und ohne Tadel... Ja! Hast Schweiß und Blut nicht geschont, und nun stehst du so da! Wäre das im Regiment geschehen und hinge von mir ab«, fuhr er nach kurzem Schweigen fort, heftig an der Pfeife ziehend, ... »ich würde ihn Spießruten laufen lassen... bis zum Umfallen!«

Shitkow nahm die Pfeife aus dem Mund und starrte in die Ferne, als bewundere er das von ihm entworfene Bild.

Souvenir kam gelaufen und begann den Major zu necken. Ich ging beiseite und beschloß, Martyn Petrowitsch, koste es, was es wolle, mit eigenen Augen zu sehen... Meine kindliche Neugierde war erwacht.

Am nächsten Tag begab ich mich, wieder mit meinem Hund und einem Gewehr, ohne Prokofi in den Jeskowoschen Wald. Es war ein herrlicher Tag. Ich glaube, solche Septembertage gibt es nur in Rußland. Die Stille war so groß, daß man auf hundert Schritt Entfernung hörte, wie ein Eichhörnchen über die trockenen Blätter lief, wie ein abgerissener Zweig, andere streifend, langsam auf das weiche Gras glitt, um dort für immer liegenzubleiben. Nie mehr würde er sich rühren, bis er moderte. Die Luft war weder warm noch kühl, duftete aber leicht säuerlich und schien Augen und Wangen angenehm zu kitzeln. Ein Spinngewebe, dünn wie ein Seidenfaden, mit einem weißen Knäulchen in der Mitte, schwebte langsam heran, blieb am Gewehrlauf haften und stand aufrecht in der Luft – ein Zeichen von beständigem, warmem Wetter. Die Sonne schien beinah so sanft wie der Mond. Ich sah viele Waldschnepfen, beachtete sie jedoch nicht. Ich wußte, daß der Wald an den Zaun des Charlowschen Gartens stieß, und schlug diese Richtung ein, obwohl ich noch nicht wußte, wie ich ins Haus gelangen sollte, und auch ein wenig daran zweifelte, ob es das richtige war, dort einzudringen... da meine Mutter den neuen Besitzern zürnte.

Plötzlich glaubte ich in der Nähe lebhafte Menschenstimmen zu hören. Ich lauschte... Jemand ging durch den Wald... direkt auf mich zu.

»Das hättest du auch sagen sollen«, vernahm ich eine Frauenstimme.

»Hast gut reden!« unterbrach eine Männerstimme sie. »Als ob man das alles auf einmal sagen könnte!«

Die Stimmen kamen mir bekannt vor. Durch die spärlicher gewordenen Nußsträucher schimmerte ein blaues Kleid, daneben dunkelte eine Joppe. Gleich darauf betraten, nur wenige Schritte von mir entfernt, Sljotkin und Jewlampija die Wiese.

Als sie mich erblickten, wurden sie verlegen. Jewlampija trat rasch in die Büsche zurück. Sljotkin überlegte und kam auf mich zu. Seine Miene zeigte keine Spur der demütigen Unterwerfung, mit der er vor vier Monaten mein Pferd im Charlowschen Hof spazierengeführt und sein Zaumzeug geputzt hatte. Aber auch die herausfordernde Frechheit, die mich gestern an der Schwelle von Mutters Arbeitszimmer so erschüttert hatte, war verschwunden. Sein Gesicht war weiß und hübsch wie früher, er schien aber solider und breiter.

»Haben viele Waldschnepfen dran glauben müssen?« fragte er, den Hut lüftend und sich lächelnd durch die dunklen Locken fahrend. »Sie jagen in unserem Wald... Herzlich willkommen! Wir haben nichts dagegen... Im Gegenteil.«

»Heute habe ich noch keine geschossen«, erwiderte ich, seine erste Frage beantwortend, »und Ihren Wald werde ich sofort verlassen.«

Sljotkin setzte eilig die Mütze auf. »Um Gottes willen, weshalb? Wir jagen Sie nicht fort... sind im Gegenteil sehr froh!... Das wird Jewlampija Martynowna Ihnen ebenfalls sagen! Jewlampija Martynowna, kommen Sie bitte! Wo stecken Sie?«

Jewlampijas Kopf schaute hinter den Büschen hervor, aber sie näherte sich nicht. Sie war in der letzten Zeit noch hübscher geworden und schien größer und voller zu sein.

»Offen gestanden ist es mir sogar sehr angenehm, daß ich Ihnen begegnet bin«, fuhr Sljotkin fort. »Obwohl Sie noch sehr jung sind, besitzen Sie doch viel Verstand. Ihre Mutter hat sich gestern über mich geärgert, hörte meine Gründe gar nicht an. Ich aber kann vor Gott wie vor Ihnen die Behauptung verantworten, daß ich unschuldig bin. Martyn Petrowitsch kann man nur so behandeln, er ist schon ganz kindisch geworden. Wir können doch nicht seinen Launen nachgeben. Ich bitte Sie! Alle Achtung erweisen wir ihm, wie es sich gehört. Fragen Sie Jewlampija Martynowna.«

Jewlampija rührte sich nicht. Das ihr eigene verächtliche Lächeln irrte über ihre Lippen, und die schönen Augen blickten unfreundlich.

»Aber weshalb haben Sie das Pferd von Martyn Petrowitsch verkauft?« Es ärgerte mich besonders, daß das Pferd sich in der Gewalt dieses Bauern befand.

»Weshalb wir das Pferd verkauft haben? Um Himmels willen, was fangen wir mit dem Gaul an? Frißt doch nur unnütz Heu! Beim Bauern kann es wenigstens pflügen. Und sollte Martyn Petrowitsch auf den Gedanken kommen, irgendwohin zu fahren, so braucht er uns nur um einen Wagen zu bitten, wir lehnen seine Bitte nicht ab. An Festtagen gern!«

»Wladimir Wassiljewitsch«, sagte Jewlampija dumpf, als wollte sie ihn zurückrufen. Sie stand immer noch auf demselben Platz, drehte einige Stengel Wegerich in den Fingern und köpfte sie, indem sie sie aufeinanderschlug.

»Und was den Burschen betrifft«, fuhr Sljotkin fort, »so beklagt sich Martyn Petrowitsch, daß wir ihn zum Lernen fortgeschickt haben. Was hätte er den ganzen Tag bei Martyn Petrowitsch tun sollen? Maulaffen feilhalten, sonst nichts! Und da er zu jung und zu dumm ist, kann er auch nicht richtig dienen. Nun haben wir ihn einem Sattler in die Lehre gegeben. Da wird er ein guter Handwerker, wird für ihn selbst und für uns von Nutzen sein. In unserer kleinen Wirtschaft ist das wichtig. Da darf man nichts außer acht lassen!«

»Und diesen Menschen nannte Martyn Petrowitsch einen Waschlappen«, dachte ich. »Aber wer liest jetzt Martyn Petrowitsch vor?« fragte ich.

»Was soll man ihm auch vorlesen? Er hatte ein Buch, aber das ist verschwunden!... Und was kann das für ein Lesen in diesem Alter sein?«

»Und wer rasiert ihn?« erkundigte ich mich.

Sljotkin lachte, als hätte ich einen guten Witz gemacht. »Niemand! Anfangs hat er sich den Bart mit einer Kerze abgebrannt... nun läßt er ihn einfach wachsen. Ist ausgezeichnet so!«

»Wladimir Wassiljewitsch«, wiederholte Jewlampija eindringlich. »Wladimir Wassiljewitsch, hallo!«

Sljotkin machte ihr ein Zeichen mit der Hand.

»Martyn Petrowitsch wird von uns gekleidet und ißt dasselbe wie wir. Was braucht er noch? Hat er nicht selbst erklärt, daß er in dieser Welt nichts mehr wünsche und sich nur um sein Seelenheil bekümmern wolle? Wenn er nur begreifen würde, daß uns – wie es auch sei – jetzt alles gehört. Er beklagt sich auch darüber, daß wir ihm kein Geld geben. Wir haben oft selbst kein Geld, und wozu braucht er es, wenn er doch alles frei hat? Wir behandeln ihn verwandtschaftlich, das ist die reinste Wahrheit! Wie sehr brauchen wir die Zimmer, in denen er wohnt, wir können uns kaum noch rühren, wir aber dulden und sagen kein Wort. Wir denken sogar daran, wie wir ihm eine Abwechslung bereiten könnten. Am Sankt-Peters-Tag habe ich ihm wunderbare Angelhaken in der Stadt gekauft, ganz teure englische! Wir haben nämlich Karpfen im Teich. Könnte da sitzen und angeln, ein oder zwei Stunden, und schon wäre die Fischsuppe fertig! Die passendste Beschäftigung für alte Männer!«

»Wladimir Wassiljewitsch!« rief Jewlampija zum drittenmal in entschiedenem Ton und warf die Stengel, mit denen sie gespielt hatte, beiseite. »Ich gehe!« – Ihr Blick begegnete meinem. »Ich gehe, Wladimir Wassiljewitsch«, wiederholte sie und verschwand im Gebüsch.

»Sofort, Jewlampija Martynowna, sofort«, rief Sljotkin ihr nach. »Martyn Petrowitsch selbst gibt uns jetzt recht«, fuhr er, zu mir gewandt fort. »Anfangs war er allerdings gekränkt, schimpfte sogar, bis er begriff. Früher war er heftig, temperamentvoll, erinnern Sie sich? Schlimm war es! Jetzt ist er ganz sanft geworden. Denn er sieht ein, daß es so besser ist. Ihre Mama – mein Gott, wie sie mich angefahren hat –, natürlich eine gnädige Frau, die ihre Macht schätzt, nicht weniger als einst Martyn Petrowitsch. Aber suchen Sie uns doch selbst einmal auf und sehen Sie, dann können Sie bei der Gelegenheit ein Wörtchen für uns einlegen. Ich bin Natalja Nikolajewna für ihre Wohltaten sehr dankbar, aber auch wir müssen unser Leben führen.«

»Und weshalb darf Shitkow nicht mehr zu Ihnen?« fragte ich.

»Fedulytsch? Dieser Trottel!« Sljotkin zuckte die Achseln.

»Wozu brauchen wir so einen Kerl? Ist stets Soldat gewesen und will sich nun plötzlich mit Landwirtschaft befassen. ›Ich‹, sagt er, ›kann über die Bauern zu Gericht sitzen, weil ich ihnen in die Fresse schlagen kann.‹ Nichts kann er! Nicht einmal in die Fresse schlagen! Jewlampija Martynowna hat ihm selbst einen Korb gegeben. Paßt gar nicht hierher. Hätte unsere Wirtschaft zugrunde gerichtet.«

»Hallo!« ertönte plötzlich Jewlampijas klangvolle Stimme.

»Sofort, sofort«, erwiderte Sljotkin. Er reichte mir die Hand, ich drückte sie, wenn auch nicht gern.

»Ich bitte um Entschuldigung, Dmitri Semjonowitsch«, sagte Sljotkin, seine weißen Zähne zeigend. »Schießen Sie Waldschnepfen, soviel Sie wollen, ist ein Zugvogel, der keinem gehört. Aber sollte Ihnen ein Häschen über den Weg laufen, dann schonen sie es bitte. Dieses Wild gehört uns. Und dann wollte ich Sie noch etwas fragen. Haben Sie vielleicht einen Welpen von Ihrer Hündin? Wic wären Ihnen sehr verbunden!«

»Hallo!« ertönte wieder Jewlampijas Stimme.

»Hallo!« antwortete Sljotkin und eilte in die Büsche.

19

Als ich allein war, beschäftigte mich vor allem der Gedanke, warum Charlow Sljotkin nicht so zermalmt hatte, daß »nur ein nasser Fleck« von ihm übriggeblieben war. Und wie kam es, daß Sljotkin ein solches Schicksal nicht fürchtete? Anscheinend war Martyn Petrowitsch tatsächlich sehr »sanft« geworden, dachte ich, und der Wunsch, nach Jeskowo zu gehen und wenigstens einen Blick auf den Riesen zu werfen, den ich mir gar nicht als friedlich und unterdrückt vorstellen konnte, wurde immer größer. Ich hatte den Rand des Waldes bereits erreicht, als plötzlich, dicht vor meinen Füßen, eine große Waldschnepfe aufflog und mit starken Flügelschlägen dem Walddickicht zustrebte. Ich zielte, aber mein Gewehr versagte. Ich ärgerte mich – der Vogel war so schön gewesen – und wollte versuchen, ihn noch einmal aufzuscheuchen. Ich schlug die Richtung ein, in der der Vogel entkommen war, und erblickte, als ich an die zweihundert Schritte gegangen war, nicht die Waldschnepfe, sondern Herrn Sljotkin auf einer Wiese unter einer weitverzweigten Birke. Er lag auf dem Rücken, beide Hände unterm Kopf, schaute mit zufriedenem Lächeln zum Himmel auf und wippte mit dem linken Fuß, der auf dem rechten Knie ruhte. Er hatte mich nicht bemerkt. Auf der Wiese wandelte, wenige Schritte von ihm entfernt, Jewlampija auf und ab, den Blick gesenkt – vielleicht suchte sie Pilze oder sonst etwas im Grase –, beugte sich hin und wieder hinunter und streckte die Hand aus. Sie sang leise. Ich blieb stehen und lauschte ihrem Lied. Zunächst erkannte ich es nicht, dann verstand ich deutlich folgende Worte eines uralten Volksliedes:

»Komm, o Wolke, du schwarze, du drohende,
und erschlage den Schwiegervater hier,
trefft, Blitze, die Schwiegermutter mir,
doch mein Weib, das schlage ich selber tot.«

Jewlampija sang lauter und lauter, die letzten Worte besonders betonend. Sljotkin lag noch auf dem Rücken und lächelte; sie schien ihn unablässig zu umkreisen.
»Sieh mal an«, sagte er schließlich, »was einem nicht alles in den Kopf kommt!«
»Wieso?« fragte Jewlampija.
Sljotkin hob den Kopf ein wenig. »Wieso? Was hältst du da für Reden?«
»Aus einem Lied lassen sich die Worte nicht streichen, das weißt du, Wolodka«, erwiderte Jewlampija, wandte sich um und erblickte mich. Wir schrien gleichzeitig auf und stürzten nach verschiedenen Richtungen davon.
Ich verließ eilig den Wald, überschritt eine Wiese und stand vor dem Charlowschen Garten.

20

Ich hatte keine Zeit gehabt, darüber nachzudenken, was ich gesehen hatte. Wozu auch? Nur das Wort »Liebeszauber« fiel mir ein, das ich vor kurzem erst gehört und dessen Bedeutung mich überrascht hatte. Ich ging am Gartenzaun entlang und erblickte hinter den Silberpappeln, die noch im vollen Laubschmuck schimmerten und prangten, bald den Hof und Martyn Petrowitschs Hausflügel. Das ganze Anwesen erschien mir ordentlicher und sauberer, überall bemerkte man Spuren einer ständigen strengen Aufsicht. Anna Martynowna erschien auf der Treppe, kniff die blaßblauen Augen zu und schaute lange nach dem Wäldchen.

»Hast du den Herrn gesehen?« fragte sie einen Bauern, der über den Hof ging.

»Wladimir Wassiljewitsch?« fragte dieser, die Mütze vom Kopf reißend. »Ich glaube, er ist ins Wäldchen gegangen.«

»Das weiß ich. Ist er noch nicht zurück? Hast du ihn nicht gesehen?«

»Nein.«

Der Bauer stand noch unentschlossen vor Anna Martynowna.

»Geh«, sagte sie zu ihm. »Oder nein... warte einen Augenblick... Wo ist Martyn Petrowitsch? Weißt du es?«

»Martyn Petrowitsch«, erwiderte der Bauer in singendem Tonfall, abwechselnd die linke und die rechte Hand hebend, als wollte er in die Ferne weisen, »Martyn Petrowitsch sitzt dort mit einer Angel. Im Schilf sitzt er. Will wohl Fische fangen, der Herrgott mag's wissen.«

»Gut... Geh«, wiederholte Anna Martynowna, »und nimmt das Rad mit, schau, wie es da herumliegt.«

Der Bauer beeilte sich, ihren Befehl auszuführen. Sie blieb noch einige Augenblicke auf der Freitreppe stehen, zum Wäldchen hinüberschauend. Dann drohte sie mit der Faust und kehrte langsam ins Haus zurück. »Axjutka«, ertönte ihre befehlende Stimme hinter der Tür.

Anna Martynowna hatte gereizt ausgesehen und ihre ohnehin schmalen Lippen noch fester zusammengepreßt. Sie war nachlässig angezogen, eine Strähne des aufgelösten Zopfes fiel auf die Schulter. Aber trotz Gereiztheit und nachlässiger Kleidung erschien sie mir immer noch anziehend, und ich hätte mit Vergnügen ihre schmale, anscheinend grausame Hand geküßt, mit der sie zweimal ärgerlich die aufgelöste Haarsträhne zurückgeworfen hatte.

21

»Ist Martyn Petrowitsch tatsächlich Angler geworden?« fragte ich mich auf dem Weg zum Teich, der sich am anderen Ende des Gartens befand. Ich betrat das Wehr und schaute in die Runde... Kein Martyn Petrowitsch war zu sehen. Ich ging am Ufer entlang und entdeckte schließlich am äußersten Ende des Teiches in einer kleinen Bucht inmitten flacher, geknickter Stengel des braunrötlichen Schilfes eine ungeheure graue Klippe... Ich betrachtete sie aufmerksam und erkannte Charlow. Ohne Hut, mit zerzaustem Haar, in einer in den Nähten geplatzten Leinenjacke, saß er mit untergeschlagenen Beinen regungslos auf der nackten Erde. Er saß so unbeweglich, daß bei meinem Nahen eine Uferschnepfe zwei Schritte von ihm entfernt aus dem trockenen Schlamm aufflog und flügelschlagend und pfeifend über die glatte Wasserfläche dahinschoß. Also hatte sich lange nichts in ihrer Nähe bewegt und sie beunruhigt. Charlows Gestalt war so ungewöhnlich, daß mein Hund, als er sie erblickte, stehenblieb, den Schwanz einkniff und knurrte. Charlow drehte uns ein wenig den Kopf zu und starrte mich und den Hund mit irrem Blick an. Der Bart, kurz, aber dicht, mit seinen weißen Locken Lämmerzotteln gleichend, veränderte ihn sehr. In seiner rechten Hand ruhte das eine Ende der Angel, das andere zitterte leicht im Wasser. Mein Herz krampfte sich unwillkürlich zusammen. Ich faßte mich jedoch, trat zu ihm und begrüßte ihn. Er blinzelte langsam mit den Augen, als erwache er aus tiefem Schlaf.

»Angeln Sie hier, Martyn Petrowitsch?« fragte ich ihn.
»Ja... ich angle«, erwiderte er mit heiserer Stimme und zog mit einem Ruck die Angel heraus, an deren Ende eine abgerissene Schnur – etwa eine Elle lang – ohne Haken hing.
»Ihre Angelschnur ist zerrissen«, sagte ich und merkte erst in diesem Augenblick, daß Martyn Petrowitsch weder einen Eimer noch Würmer neben sich hatte... Wie konnte man zudem im September Karpfen fangen?
»Gerissen«, sagte er langsam und fuhr mit der Hand über die Augen. »Es ist ja alles gleich.«
Er warf die Angel wieder aus.
»Natalja Nikolajewnas Söhnchen?« fragte er mich nach etwa zwei Minuten, in denen ich ihn mit heimlicher Überraschung betrachtet hatte. Obwohl er stark abgemagert war, erschien er mir immer noch wie ein Riese. Aber mit welchen Lumpen war er bekleidet, und wie verwahrlost sah er aus!
»Ja«, erwiderte ich, »ich bin der Sohn Natalja Nikolajewnas.«
»Geht es ihr gut?«
»Ja, sie ist gesund. Sie war sehr traurig über Ihre Absage«, fügte ich hinzu, »hat nie gedacht, daß Sie sie nicht besuchen wollten.«
Martyn Petrowitsch ließ den Kopf sinken. »Bist du da gewesen?« fragte er, mit dem Kopf zur Seite weisend.
»Wo?«
»Im Haus. Warst du noch nicht da? Geh nur hin. Was sollst du hier? Geh! Kannst dich doch nicht mit mir unterhalten. Ich lieb' es nicht.«
Er schwieg.
»Strolchst immer noch mit dem Gewehr herum? In jungen Jahren bin ich auf diesen Wegen gelaufen. Aber mein Vater... ich verehrte ihn, wie ich ihn verehrte, nicht wie das heutige Geschlecht... mein Vater schlug mich eines Tages mit einer Hundepeitsche. Und dann war Schluß! Laß das Strolchen sein! Deshalb habe ich ihn geachtet... oh... ja!«

Charlow schwieg wieder.
»Bleib nicht hier«, begann er wieder, »geh ins Haus. Dort wird der Haushalt jetzt ausgezeichnet geführt. Wolodka...«, er stockte einen Augenblick... »Wolodka ist sehr geschickt. Ein tüchtiger Kerl! Aber auch eine Bestie!«
Ich wußte nicht, was ich sagen sollte. Martyn Petrowitsch sprach sehr ruhig.
»Und schau dir meine Töchter an. Erinnerst du dich, daß ich Töchter hatte? Sind gute Hausfrauen... geschickt... Ich aber werde alt, habe mich zurückgezogen. Bin in den Ruhestand getreten, weißt du...«
»Ein schöner Ruhestand«, dachte ich und sah mich um. »Martyn Petrowitsch«, sagte ich, »Sie müssen unbedingt zu uns kommen.«
Charlow schaute auf. – »Geh, Bruder, ich sag' dir, geh!«
»Bereiten Sie Mutter keinen Kummer! Kommen Sie!«
»Geh, Bruder, geh!« wiederholte Charlow, »worüber sollen wir uns unterhalten?«
»Wenn Sie keinen Wagen haben, schickt meine Mutter Ihnen ihren eigenen.«
»Geh!«
»Nein, wirklich, Martyn Petrowitsch!«
Charlow ließ wieder den Kopf sinken, und mir schien, als erröteten seine dunklen Wangen, die die Farbe der Erde angenommen hatten.
»Kommen Sie wirklich«, fuhr ich fort. »Wozu sitzen Sie hier? Sie quälen sich doch nur!«
»Wieso quäle ich mich?« fragte er langsam.
»So... quälen sich!« wiederholte ich.
Charlow schwieg und schien zu überlegen.
Durch dieses Schweigen ermutigt, beschloß ich, offen zu reden. Ich war ja erst fünfzehn Jahre alt.
»Martyn Petrowitsch«, begann ich, mich neben ihn setzend, »ich weiß doch alles, alles! Ich weiß, wie Ihr Schwiegersohn Sie behandelt, und das natürlich mit Einwilligung Ihrer Töchter. Und

Sie befinden sich jetzt in so einer Lage... Aber warum sollen Sie verzweifeln?«
Charlow schwieg und hatte nur die Angel fallen lassen. Und ich fühlte mich als kluger Mann und großer Philosoph.
»Selbstverständlich«, begann ich wieder, »haben Sie unvorsichtig gehandelt, als Sie alles unter Ihren Töchtern aufteilten. Das war sehr großzügig von Ihnen, und ich will Ihnen keine Vorwürfe machen. In heutigen Zeiten ist dieser Charakterzug selten. Aber wenn Ihre Töchter so undankbar sind, müssen Sie sie verachten... ja, verachten... und nicht trauern...«
»Hör auf«, flüsterte Charlow plötzlich zähneknirschend, und sein auf den Teich gerichteter Blick glühte zornig. »Geh!« »Aber Martyn Petrowitsch...«
»Geh, ich sag dir, geh... sonst töte ich dich!«
Ich war ganz nah an ihn herangerückt, bei diesen Worten sprang ich aber unwillürlich auf. »Was haben Sie gesagt, Maryn Petrowitsch?«
»Ich sag' dir: geh oder ich töte dich!« Es war ein wildes, brüllendes Stöhnen, das sich Charlows Brust entrang. Er wandte den Kopf aber nicht und starrte unverwandt zornig vor sich hin. »Ich schmeiße dich mit deinen närrischen Ratschlägen ins Wasser, da wirst du wissen, wie es ist, wenn man alte Leute stört, du Grünschnabel!«
»Er ist verrückt geworden«, dachte ich.
Ich betrachtete ihn aufmerksam und erstarrte vollends. Martyn Petrowitsch weinte! Eine Träne nach der andern rollte von seinen Wimpern über die Wangen... das Gesicht aber hatte den Ausdruck grausamen Zorns angenommen.
»Geh!« brüllte er noch einmal. »Sonst töte ich dich, so wahr ich hier sitze, damit es allen eine Lehre ist.«
Ein seitlicher Ruck fuhr durch seinen Körper, er fletschte die Zähne wie ein Eber. Ich ergriff mein Gewehr und stürzte fort, der Hund bellend hinter mir her. Auch er war erschrocken.
Als ich nach Hause kam, verriet ich meiner Mutter mit keinem Wort meine Begegnung. Souvenir, den ich zufällig traf, berich-

tete ich aber – weiß der Teufel warum – mein Erlebnis. Dieser gräßliche Mensch freute sich über meine Erzählung, lachte so kreischend und vollführte solche Freudensprünge, daß ich ihn beinah verprügelt hätte.

»Ach, das hätte ich sehen sollen«, wiederholte er, atemlos vor Lachen. »Wie der ›Wscheden‹-Götze Charlus sich im Schlamm verkrochen hat und dort hockt...«

»Gehen Sie zu ihm, wenn Sie so neugierig sind.«

»Ja. Aber wenn er mich tötet?«

Ich war außer mir über Souvenir und bereute meine unangebrachte Schwatzhaftigkeit... Shitkow, dem er meinen Bericht wiederholte, betrachtete die Angelegenheit von einem anderen Standpunkt.

»Man wird sich an die Polizei wenden müssen«, beschloß er. »Vielleicht muß man sogar ein Militärkommando kommen lassen.«

Seine diesbezügliche Vorahnung bewahrheitete sich nicht, aber es ereignete sich in der Tat etwas Merkwürdiges.

22

Mitte Oktober, drei Wochen nach meinem Widersehen mit Martyn Petrowitsch, stand ich am Fenster meines Zimmers im zweiten Stock unseres Hauses und starrte gedankenlos und trübsinnig in den Hof und auf den Fahrweg. Seit fünf Tagen hatten wir gräßliches Wetter, an Jagd war nicht zu denken. Alle lebenden Geschöpfe hatten sich verborgen, sogar die Spatzen waren still geworden und die Krähen längst verschwunden. Laut heulte der Wind stöhnte dumpf und pfiff dann wieder gellend. Die tiefhängenden Wolken waren lichtlos, und ihr totes, kaltes Weiß wich drohendem, bleiernem Grau. Der Regen, der unentwegt herabströmte, wurde plötzlich noch stärker, floß schräg hernieder und schlug klatschend gegen die Fensterscheiben. Die zerzausten Bäume wirkten grau. Sie hatten nichts mehr herzugeben und wurden doch vom Wind gepeitscht. Überall glänzten Pfützen, in denen tote Blätter schwammen, unablässig bildeten sich große Regenblasen und platzten im Darübergleiten. Unbeschreiblicher Schlamm bedeckte die Wege. Die Kälte drang durch die Wände ins Haus, durch die Kleider bis in die Knochen, ein unwillkürliches Zittern überlief den Körper, aber am schlimmsten war die bedrückte Stimmung! Ja, man fühlte sich bedrückt, nicht traurig. Nie mehr würden leuchtende Farben im Sonnenglanz erstrahlen – so meinte man –, das trostlose Grau, die säuerliche Feuchtigkeit und der Schmutz würden ewig bleiben, der Wind ewig heulend klagen. In solche Gedanken versunken stand ich am Fenster, und ich entsinne mich, daß eine blauschwarze Finsternis jäh die Welt zu verschlingen schien, obwohl es erst zwölf Uhr mittags war. Plötzlich glaubte ich, einen Bären zu sehen, der durch das Tor zur Treppe raste, nicht auf allen vieren, aber so wie er dargestellt wird, wenn er auf den Hinterpranken steht. Ich traute meinen Augen nicht. Wenn es auch kein Bär war, den ich gesehen hatte, so war es doch etwas Großes, Schwarzes, Zottiges... Ich hatte mir noch nicht überlegen können, was es wohl war, als ich unten lautes Klopfen vernahm. Mir war es, als dringe etwas Furchtbares in unser Haus ein. Man hörte unten Lärm, Laufen...

Ich rannte rasch die Treppe hinunter und eilte ins Speisezimmer.

In der Tür des Salons, das Gesicht mir zugewandt, stand meine Mutter wie erstarrt. Hinter ihr erblickte ich erschrockene Frauengesichter. Der Haushofmeister, zwei Diener und der Laufbursche drängten sich mit staunend aufgerissenen Mündern an der Tür zum Vorzimmer. In der Mitte des Speisezimmers aber kniete, mit Schmutz bedeckt, zerzaust, zerlumpt und so naß, daß es dampfte und Bäche über den Fußboden rannen, eine wogende und wieder erstarrende Masse: das Ungeheuer, das ich durch den Hof laufen sah. Wer war dieses Ungeheuer? Charlow! Ich ging von der Seite an ihn heran und erblickte... nicht sein Gesicht – nein, nur seinen Kopf, den er mit beiden Händen an den schmutzverklebten Haaren umfaßt hatte. Sein Atem ging schwer und krampfartig, aus seiner Brust stieg es wie ein würgendes

Gurgeln empor, und in der verdreckten dunklen Masse waren nur die winzigen, wild rollenden Augäpfel zu sehen. Sein Anblick war grauenhaft! Der Staatsbeamte fiel mir ein, den er bei der Erwähnung des Mastodons unterbrochen hatte. Die vorsintflutlichen Tiere, die sich mit Mühe vor einem stärkeren Feind retteten, der sie inmitten des ewigen Schlamms der Ursümpfe angefallen hatte, mußten diesem Koloß geglichen haben.

»Martyn Petrowitsch!« rief meine Mutter endlich und schlug die Hände zusammen. »Allmächtiger Gott, bist du es?«

»Ich... ich...«, ertönte eine versagende Stimme, die jedes Wort mit qualvoller Mühe hervorzustoßen schien. »Ach! Ich bin es.«

»Aber, Himmel, was ist denn geschehen?«

»Natalja Nikolajew... na... ich komme direkt... von zu Hause... bin... zu Fuß... gelaufen...«

»Durch diesen Schmutz? Du gleichst ja keinem Menschen mehr! Steh auf! Setz dich wenigstens... Ihr aber«, wandte sie sich den Mägden zu, »holt rasch Handtücher! Vielleicht haben wir auch irgendwelche trockene Kleidung?« fragte sie den Haushofmeister.

Der Haushofmeister machte eine Handbewegung, die bedeuten sollte, daß es für diese Größe nichts geben könne. »Übrigens können wir ja eine Decke bringen«, meinte er. »Eine neue Pferdedecke haben wir auch.«

»Steh auf, so steh doch auf, Martyn Petrowitsch«, wiederholte meine Mutter, »und setz dich.«

»Sie haben mich aus dem Hause gejagt, Gnädigste«, stöhnte Charlow plötzlich, den Kopf zurückwerfend und die Hände vorstreckend. »Aus dem Hause haben sie mich gejagt, Natalja Nikolajewna! Die eigenen Töchter aus dem eigenen Haus.«

Meine Mutter schrie vor Entsetzen auf.

»Was redest du? Aus dem Hause gejagt? Diese Sünde! Diese Sünde!« Sie bekreuzigte sich. »Aber steh nun auf, Martyn Petrowitsch, ich bitte dich darum.«

Zwei Mägde kehrten mit Handtüchern zurück und blieben vor

Charlow stehen. Man sah ihnen an, daß sie fassungslos überlegten, wie dem Schmutz beizukommen sei. »Sie haben mich verjagt, haben mich verjagt«, wiederholte inzwischen Charlow. – Der Haushofmeister kehrte mit einer großen Wolldecke zurück und blieb ebenfalls fassungslos stehen. Souvenirs Kopf tauchte hinter der Tür auf und verschwand wieder.

»Steh auf, Martyn Petrowitsch, setz dich und berichte alles der Reihe nach«, befahl meine Mutter in einem Ton, der keinen Widerspruch duldete.

Charloe erhob sich... Der Haushofmeister wollte ihm helfen, beschmutzte sich aber nur die Hand, schüttelte sie und wich zur Tür zurück. Schwankend erreichte Charlow den Stuhl und ließ sich nieder. Die Mägde näherten sich wieder mit den Handtüchern, aber er verscheuchte sie mit einer Handbewegung und lehnte auch die Decke ab. Übrigens bestand meine Mutter nicht darauf. Offenbar war es unmöglich, Charlow zu trocknen. Nur seine Spuren auf dem Fußboden wischte man eilig fort.

23

»Wieso hat man dich hinausgejagt?« fragte meine Mutter Charlow, sobald er ein wenig zu Atem gekommen war.

»Gnädigste Natalja Nikolajewna«, begann er mit der größten Anstrengung, und wieder war ich über das wilde Rollen seiner Augäpfel entsetzt. »Ich will die Wahrheit gestehen: vor allem bin ich daran schuld.«

»Das bist du, wärst du nur damals meinem Rat gefolgt!« sagte Mutter, sich in einem Sessel niederlassend und ein parfümiertes Taschentuch vor der Nase schwenkend; denn streng war der Geruch, der von Charlow ausging... im Waldsumpf riecht es besser.

»Ach, das war nicht meine Schuld, die Hoffart war's, zu stolz bin ich gewesen. Schlimmer als der König Nebukadnezar! Ich dachte, Gott der Herr hat mir genügend Verstand verliehen; beschloß ich etwas, so glaubte ich, es müsse richtig sein... Und nun kam die Angst vor dem Tode... Verwirrt war ich! Ich will – so dachte ich damals – zu guter Letzt noch einmal meine Macht zeigen und ihnen ein Gnadengeschenk machen. Bis zum Grabe werden sie es mir danken müssen...« Charlow wankte plötzlich, »wie einen räudigen Hund haben sie mich aus dem Hause gejagt. Das ist der Dank.«

»Aber wie...«, begann meine Mutter wieder, doch Charlow, dessen Blick noch immer unruhig durchs Zimmer irrte und der die ineinanderverschlungenen Finger beider Hände ans Kinn gepreßt hatte, unterbrach sie.

»Meinen Laufburschen Maximka, den Wagen und das vereinbarte Monatsgeld haben sie mir genommen, die Lebensmittel gekürzt, haben mich völlig ausgeraubt, ich aber habe geschwiegen und geduldet. Und ich duldete wiederum nur aus Stolz, damit meine bösen Feinde nicht sagen: ›Dieser alte Esel bereut es nun!‹ – Erinnern Sie sich, Gnädigste, wie Sie mich warnten. So duldete ich eben... Als ich heute in mein Zimmer komme, ist es besetzt, und mein Bett haben sie in die Rumpelkammer gebracht! Kannst auch da schlafen, eine Gnade ist es sowieso, wenn wir dich hier behalten. Wir brauchen dein Zimmer für die Wirtschaft. Und wer sagt mir das? Wolodka Sljotkin, dieser erbärmliche, gemeine Kerl!...«

Charlows Stimme versagte.

»Aber deine Töchter? Was sagten sie dazu?« fragte meine Mutter.

»Immer habe ich geduldet«, fuhr Charlow in seinem Bericht fort. »Bitter war es, bitter! Und ich schämte mich... Wollte den Menschen nicht mehr in die Augen schaun. Deshalb kam ich auch nicht zu Ihnen, so quälte mich diese Schande, diese Schmach! Ich hatte doch alles versucht, mit freundlichen Worten und mit Drohungen, habe ihnen ins Gewissen geredet, habe mich vor ihnen verneigt, so...« – Charlow zeigte, wie er sich vor ihnen verneigt hatte – »alles vergeblich! Ich duldete weiter! Anfangs hatte ich andere Gedanken, kurz und klein wollte ich alles schlagen, alles zertrümmern, auf daß nicht ein Same übrigbleibe!... Die sollten

mich kennenlernen! Und dann ... ergab ich mich in mein Schicksal. Ein Kreuz ist mir auferlegt, dachte ich, zum Tode vorbereiten muß ich mich! – Und heute plötzlich jagen sie mich wie einen Hund davon. Und wer? Wolodka! – Fragten Sie nicht eben nach meinen Töchtern? Als hätten sie einen eigenen Willen! Sind Wolodkas Sklavinnen! Ja!«
Meine Mutter wunderte sich. »Von Anna kann ich es noch verstehen, sie ist seine Frau ... aber wie kommt es, daß deine zweite Tochter ...«
»Jewlampija? Ist noch schlimmer als Anna! Ist Wolodka mit Haut und Haar verfallen. Hat auch deshalb unserm Soldaten einen Korb gegeben. Weil Wolodka es ihr befahl! Anna müßte sich widersetzen, sie haßt die Schwester zwar, fügt sich aber doch. Verhext hat sie der Verfluchte! Und Anna freut sich, daß Jewlampija, die so stolz war, so tief gefallen ist ... Ach ... ach ... Mein Gott, mein Gott!«
Meine Mutter sah mich besorgt an. Ich ging vorsichtshalber etwas beiseite, aus Angst, man könnte mich fortschicken.
»Ich bedaure es sehr, Martyn Petrowitsch«, begann meine Mutter, »daß mein ehemaliger Zögling dir solchen Kummer bereitet und sich als solcher Lump erwiesen hat. Auch ich habe mich in ihm getäuscht ... Wer hätte das gedacht!«
»Gnädigste!« stöhnte Charlow und schlug sich auf die Brust. »Ich kann die Undankbarkeit meiner Töchter nicht ertragen. Ich kann es einfach nicht! Ich habe ihnen doch alles, alles gegeben! Außerdem läßt mein Gewissen mir keine Ruhe mehr! Vieles ... ach ... vieles habe ich überlegt, während ich mit der Angel saß. ›Wenn du wenigstens irgend jemandem einen Nutzen erwiesen hättest‹, dachte ich, ›die Armen unterstützt, die Bauern aus der Leibeigenschaft entlassen hättest, als Lohn dafür, daß du sie dein Leben lang ausgenutzt hast. Alles wirst du vor Gott verantworten müssen! Dann wirst du für ihre Tränen büßen.‹ Und wie hart ist doch ihr Schicksal! Der Abgrund war zu meinen Zeiten tief – wozu die Sünde verheimlichen –, nun aber ist überhaupt kein Grund mehr zu sehen. All diese Sünden habe ich auf meine Seele

geladen. Habe meinen Kindern mein Gewissen geopfert, und was erhielt ich dafür? Mit einem Fußtritt haben sie mich wie einen Hund hinausgejagt.«

»Denke nicht mehr daran, Martyn Petrowitsch«, sagte Mutter.

»Und als er mir das sagte, Ihr Wolodka«, fuhr Charlow mit neuer Kraft fort, »als er mir sagte, ich dürfte in meinem Zimmer nicht mehr wohnen, in diesem Zimmer, in dem ich eigenhändig jeden Balken gelegt habe, als er mir das sagte, da wußte ich nicht mehr, wie mir wurde. Die Gedanken verwirrten sich, wie ein Messer fuhr es mir durchs Herz... Entweder ich mußte ihn töten oder das Haus verlassen!... Da bin ich zu Ihnen, meine Wohltäterin Natalja Nikolajewna, gelaufen... wo sollte ich mein Haupt sonst niederlegen?... Und dazu der Regen, der Schmutz draußen... Ich glaube, ich bin zwanzigmal hingefallen. Und nun... in diesem Zustand...«

Charlow blickte an sich herab und bewegte sich auf seinem Stuhl, als wollte er sich erheben.

»Laß doch, laß doch«, sagte meine Mutter eilig. »Was ist das schon für ein Unglück? Daß der Fußboden schmutzig geworden ist? Soll das ein Unglück sein? Ich will dir aber einen Vorschlag machen. Hör zu! Man bringt dich jetzt in ein Zimmer mit einem sauberen Bett, du ziehst dich aus, wäschst dich und schläfst...«

»Mütterchen, Natalja Nikolajewna, ich werde nicht schlafen können«, sagte Charlow traurig. »In meinem Kopf hämmert es... sie haben mich doch wie ein nichtsnutziges Tier...«

»Leg dich hin und schlafe«, wiederholte meine Mutter eindringlich. »Und nachher trinken wir Tee und unterhalten uns. Laß den Mut nicht sinken, alter Freund! Hat man dich aus *deinem* Hause verjagt, in *meinem* findest du stets eine Zuflucht... Ich habe doch nicht vergessen, daß du mir das Leben gerettet hast.«

Wohltäterin«, stöhnte Charlow und verbarg sein Gesicht in beiden Händen, »retten *Sie* mich jetzt!«

Diese Bitte rührte meine Mutter beinah bis zu Tränen. »Ich bin gern bereit, dir, soweit es in meinen Kräften steht, zu helfen, Martyn Petrowitsch, du mußt mir aber versprechen, daß du mir in Zukunft gehorchen und alle bösen Gedanken verbannen wirst.«

Charlow nahm die Hände vom Gesicht. »Wenn es sein muß«, sagte er, »kann ich auch verzeihen.«

Meine Mutter nickte zustimmend.

»Ich freue mich, deine christliche Gesinnung zu sehen, Martyn Petrowitsch, aber darüber reden wir später. Bringe dich erst mal in Ordnung und schlafe vor allem. – Führe Martyn Petrowitsch in das grüne Kabinett des verstorbenen Herrn«, wandte sich meine Mutter an den Haushofmeister, »all seine Wünsche werden sofort erfüllt! Seine Kleider müssen getrocknet und gereinigt werden, Wäsche hol bei der Beschließerin – hörst du?«

»Zu Befehl«, sagte der Haushofmeister.

»Und sobald er erwacht, soll der Schneider Maß nehmen, der Bart muß auch abrasiert werden. Aber nicht sofort, erst später.«

»Zu Befehl«, wiederholte der Haushofmeister. »Bitte, Martyn Petrowitsch.«

Charlow erhob sich, sah meine Mutter an, wollte zu ihr gehen, blieb aber stehen, verbeugte sich tief, bekreuzigte sich dreimal und folgte dem Haushofmeister. Hinter ihm glitt ich aus dem Zimmer.

24

Der Haushofmeister führte Charlow in das grüne Kabinett und lief sofort zu der Beschließerin, weil das Bett noch nicht bezogen war. Souvenir, der uns im Vorzimmer entgegenkam und ins Zimmer folgte, begann sofort mit albernem Lachen um Charlow herumzuscharwenzeln, der mit gespreizten Armen und Beinen nachdenklich in der Mitte des Zimmers stehengeblieben war. Immer noch rann das Wasser an ihm herab.

»Der Wschede, der Wschede Charlus«, piepste Souvenir,

krümmte sich wie ein Wurm und hielt sich die Seiten vor Lachen. »Großer Ahnherr des glorreichen Charlowschen Geschlechts, schau auf deinen Nachkommen herab! Wie gefällt er dir! Erkennst du ihn als deinesgleichen an! Ha-ha-ha! Euer Händchen, Durchlaucht! Weshalb tragen Sie schwarze Handschuhe?«
Ich wollte Souvenir zurückhalten, ihn zur Besinnung bringen... aber es war unmöglich!
»Einen Schmarotzer hast du mich genannt, der kein Dach über dem Kopf hat! Bist nun selber einer geworden, ein Gnadenbrotempfänger, wie auch ich armer Sünder! Martyn Charlow und der Vagabund Souvenir stehen nun auf gleicher Stufe. Von Almosen mußt du leben! Eine übriggebliebene Brotkruste wird man dir zuwerfen, die ein Hund bereits beschnuppert und liegengelassen hat... Da hast du, iß! Ha-ha-ha!«
Charlow stand noch immer unbeweglich, den Kopf gesenkt, Arme und Füße gepreizt.
»Martyn Charlow, der Herr von altem Adel«, fuhr Souvenir kreischend fort. »Wie stolz er war! Du Allmächtiger! Zehn Schritt vom Leibe, sonst schlage ich dich tot! Aber als er aus übermäßiger Weisheit sein Gut aufteilte, ... da ging das Gackern los! ›Dankbarkeit‹, schrie er, ›Dankbarkeit!‹ Und weshalb kränkte er mich? Warum hat er mir nichts gegeben? Vielleicht hätte ich es dankbarer empfunden! Hatte ich nicht recht, daß er mit nacktem Rücken...«
»Souvenir!« schrie ich, aber Souvenir hörte nicht auf. Charlow rührte sich nicht, er schien erst jetzt zu empfinden, wie naß alles an ihm war, und wartete darauf, daß man ihm die Kleidung abnähme. Aber der Haushofmeister kehrte nicht zurück.
»Und nennt sich noch Soldat«, begann Souvenir wieder, »hat im Jahre 1812 das Vaterland gerettet! Seinen Mut bewiesen! Erfrorenen Marodeuren die Hosen 'runterziehen ist unsere Sache, stampft aber ein Weibsbild mit dem Fuß auf, so fällt uns das Herz in die Hosen.«
»Souvenir!« schrie ich zum zweitenmal.
Charlow schielte zu Souvenir hin. Bis dahin schien er seine An-

wesenheit gar nicht bemerkt zu haben. Erst mein Ausruf hatte seine Aufmerksamkeit auf ihn gelenkt.

»Hüte dich, Bruder«, sagte er dumpf, »rede dich nicht um deinen Kragen!«

Souvenir krümmte sich vor Lachen. »Oh, wie Sie mich erschreckt haben, verehrtes Brüderchen, schreckenerregend sind Sie in der Tat! Wenn Sie wenigstens Ihr Haar kämmen würden, sonst trocknet es – Gott behüte Sie davor – noch ein. Dann läßt der Schlamm sich nicht mehr abwaschen, und man wird es mit der Sense abmähen müssen.« – Souvenir war außer sich. – »Und spielt sich noch auf! Ein nackter Bettler, der sich aufspielt! Wo ist nun Ihr Heim, mit dem Sie immer geprahlt haben? Ich habe ein Heim, du aber nicht! Ein Erbgut habe ich! Mein Heim!« Dieses Wort schien es Souvenir angetan zu haben.

»Herr Bytschkow!« sagte ich! »Was tun Sie? Kommen Sie zur Besinnung!«

Er aber schnatterte weiter, sprang und hüpfte um Charlow herum... Und der Haushofmeister und die Beschließerin kamen immer noch nicht!

Mir wurde angst und bange. Ich bemerkte, wie Charlow, der sich im Verlauf der Unterredung mit meiner Mutter beruhigt und mit seinem Schicksal ausgesöhnt zu haben schien, immer gereizter wurde; er atmete rasch, unter seinen Ohren schien es anzuschwellen, die Finger bewegten sich, im schlammbedeckten Gesicht begannen die Augäpfel wieder wild zu rollen...

»Souvenir, Souvenir!« schrie ich. »Hören Sie sofort auf, ich sage es meiner Mutter!«

Aber Souvenir war wie vom Teufel besessen.

»Ja, ja, Verehrtester«, schnatterte er von neuem, »in welch verzwickter Lage wir uns beide befinden! Und Ihre Töchterchen machen sich nun in Ihrem Heim mit Wladimir Wassiljewitsch über Sie lustig! Hätten Sie sie wenigstens verflucht, wie Sie damals schworen! Aber auch dazu reichte die Kraft nicht! Wie wollten Sie sich auch mit Wladimir Wassiljewitsch messen? Haben ihn noch Wolodka tituliert! Was ist er Ihnen schon für ein

Wolodka! Wladimir Wassiljewitsch, Herr Sljotkin ist er, Gutsbesitzer, und wer sind Sie?«

Ohrenbetäubendes Gebrüll übertönte Souvenirs Worte... Charlow konnte sich nicht länger beherrschen. Er hob die geballten Fäuste, sein Gesicht lief blau an, Schaum trat auf seine aufgesprungenen Lippen, er zitterte vor Wut.

»Von meinem Heim redest du«, dröhnte seine eherne Stimme, »vom Fluch... Nein, ich werde sie nicht verfluchen... Das rührt sie nicht... Aber das Haus... das werde ich zerstören, kein Heim werden sie haben, wie ich! Sie sollen Martyn Charlow kennenlernen! Meine Kraft ist noch nicht geschwunden! Sie werden sehen, was es heißt, mich zu verhöhnen!... Kein Dach über dem Kopf werden sie mehr haben!«

Ich erstarrte. Noch nie war ich Zeuge eines so maßlosen Zorns gewesen! Er war kein Mensch, ein wildes Tier tobte vor mir. Starr vor Entsetzen stand ich da – Souvenir hatte sich vor Schreck unter einem Tisch verkrochen.

»Nichts werden sie mehr haben«, brüllte Charlow zum letztenmal und stürzte, den Haushofmeister und die Beschließerin beinah über den Haufen rennend, aus dem Haus... Wie eine Kugel rollte er über den Hof und verschwand hinter dem Tor.

25

Meine Mutter war sehr zornig, als der Haushofmeister verlegen das neuerliche plötzliche Verschwinden Martyn Petrowitschs berichtete. Er wagte den Grund nicht zu verheimlichen, und ich war gezwungen, seine Worte zu bestätigen. »Du bist es also«, schrie meine Mutter Souvenir an, der wie ein Hase an uns vorbeigeschlüpft war und ihr schon die Hand geküßt hatte, »deine gemeine Zunge ist an allem schuld.« – »Um Gottes willen, ich werde sofort, sofort...« stotterte Souvenir, die Hände hinter dem Rücken versteckend. – »Sofort... sofort... ich kenne dein Sofort«, wiederholte meine Mutter vorwurfsvoll und zornig und schickte ihn hinaus. Dann klingelte sie, ließ Kwizinski kommen und befahl ihm, unverzüglich mit dem Wagen nach Jeskowo zu fahren, Martyn Petrowitsch um jeden Preis zu finden und mitzubringen. – »Kommen Sie ohne ihn nicht zurück«, schloß sie. Der düstere Pole neigte schweigend den Kopf und ging.

Ich kehrte in mein Zimmer zurück, setzte mich wieder an das Fenster und dachte lange darüber nach, was vor meinen Augen geschehen war. Ich staunte und konnte nicht begreifen, weshalb Charlow, der beinah widerspruchslos die Kränkungen seiner Familie geduldet hatte, die Nadelstiche und das Gespött eines so nichtigen Wesens, wie Souvenir es war, nicht ertragen konnte. Damals wußte ich noch nicht, welch unerträgliche Bitterkeit manchmal nichtige Vorwürfe auslösen, sogar wenn sie aus verächtlichem Munde kommen... Sljotkins verhaßter Name, von Souvenir ausgesprochen, war wie ein Funke ins Pulverfaß gefallen, die wunde Stelle hatte diesen Stich nicht mehr ertragen können.

Eine Stunde verging. Der Wagen rollte in den Hof, doch nur unser Verwalter saß darin. Hatte meine Mutter nicht gesagt: »Kommen Sie ohne ihn nicht zurück?« Kwizinski sprang rasch aus dem Wagen und lief die Treppe hinauf. Er sah erregt aus, was sonst nie der Fall war. Ich lief sogleich hinunter und folgte ihm in den Salon.

»Nun, haben Sie ihn mitgebracht?« fragte meineMutter.

»Nein«, erwiderte Kwizinski. »Und ich kann es auch nicht.«

»Warum nicht? Haben Sie ihn gesehen?«

»Ja.«

»Ist etwas geschehen? Hat ihn der Schlag getroffen?«

»Nein, geschehen ist noch nichts.«

»Warum haben Sie ihn nicht mitgebracht?«

»Er zerstört sein Haus.«

»Wie?«

»Steht auf dem Dach des neuen Flügels und zerstört es. Vierzig Bretter oder mehr liegen schon unten, auch wohl ein halbes Dutzend Balken.«

»Sie werden kein Dach mehr über dem Kopf haben«, fielen mir Charlows Worte ein.
Meine Mutter starrte Kwizinski an. »Steht... allein auf dem Dach und zerstört es?«
»Ja, so ist's: geht auf dem Dachboden umher und reißt rechts und links alles ab. Hat ja – wie Sie wissen – unmenschliche Kräfte! Und das Dach ist, offen gestanden, auch nicht viel wert: Zwischenräume zwischen den Balken, die Bretter nur zolldick, die Nägel nicht lang.«
Meine Mutter sah mich an, als wollte sie sich davon überzeugen, daß sie sich nicht verhört habe. »Zwischenräume zwischen den Balken«, wiederholte sie, offensichtlich den Sinn dieser Worte gar nicht begreifend...
»Nun, und?« fragte sie schließlich.
»Ich kehrte zurück, um mir Ihre Instruktionen zu holen. Allein schaff' ich es nicht! Die Bauern dort haben sich alle vor Angst verkrochen.«
»Und was machen die Töchter?«
»Nichts. Laufen hin und her, jammern... Hat auch keinen Zweck.«
»Ist Sljotkin da?«
»Ja. Zetert noch mehr als die andern, kann aber nichts tun.«
»Und Martyn Petrowitsch steht auf dem Dach?«
»Auf dem Dach... das heißt auf dem Dachboden und zerstört das Dach.«
»Ja, ja«, wiederholte Mutter, »Balken, mit Zwischenräumen.«
Es war offensichtlich ein außergewöhnlicher Fall.
Was sollte man tun? In die Stadt nach dem Polizeichef schicken? Die Bauern versammeln? Meine Mutter war ratlos.
Auch Shitkow war es, als er uns zum Mittagessen besuchte. Er erwähnte wieder das Militärkommando, enthielt sich sonst aber aller Ratschläge und starrte demütig und ergeben vor sich hin. Kwizinski erkannte, daß hier keinerlei Instruktionen zu erlangen seien, und unterbreitete meiner Mutter mit der ihm eigenen verächtlichen Ehrerbietung den Vorschlag, ihm einige Pferdeknech-

te, Gärtner und andere Männer des Hofgesindes mitzugeben, er wollte dann versuchen...

»Ja, ja«, unterbrach Mutter ihn, »versuchen Sie, lieber Wikenti Ossipowitsch! Aber bitte so rasch wie möglich, ich übernehme alle Verantwortung.«

Kwizinski lächelte kühl. »Gestatten Sie mir, gnädige Frau, vorher darauf hinzuweisen, daß ich für den Erfolg nicht einstehen kann; denn Herr Charlow hat Bärenkräfte, und seine Verzweiflung ist groß. Er fühlt sich sehr gekränkt.«

»Ja, ja«, pflichtete Mutter bei, »und dieser widerliche Souvenir ist an allem schuld. Nie werde ich es ihm verzeihen! Nehmen Sie Leute mit und fahren Sie, Wikenti Ossipowitsch.«

»Vergessen Sie nicht, recht viele Stricke mitzunehmen, Herr Verwalter, und auch ein paar Brandhaken«, ertönte Shitkows Baß, »und sollten Sie ein Netz haben – so wäre es angebracht... Wir hatten einst im Regiment...«

»Belehren Sie mich bitte nicht, verehrter Herr«, unterbrach Kwizinski ihn gereizt, »ich weiß auch ohne Ihre Ratschläge, was ich zu tun habe.«

Shitkow war gekränkt und erklärte, er habe angenommen, man lege auch Wert auf seine Meinung...

»Nein, nein«, mischte sich meine Mutter ein, »bleib lieber da!... Wikenti Ossipowitsch soll allein handeln... Gehen Sie, Wikenti Ossipowitsch!«

Shitkow war noch mehr beleidigt; Kwizinski verbeugte sich und ging hinaus.

Ich stürzte zum Stall, sattelte rasch mein Reitpferd und jagte im Galopp nach Jeskowo.

26

Der Regen hatte aufgehört, aber der Wind blies stärker, gerade mir entgegen. Auf halbem Wege rutschte mein Sattel, die Gurte hatten sich gelockert. Ich sprang ab und wollte sie mit den Zähnen anziehen... Plötzlich vernahm ich eine Stimme, die mich

beim Namen rief... Souvenir lief mir querfeldein nach. »Hat dich die Neugier gepackt, Verehrtester?« schrie er mir schon von weitem zu, »wie wäre es anders möglich... Auch ich will dorthin, schnurstracks zu Charlow... Das ist doch ein toller Streich, so etwas sieht man nicht alle Tage!«
»Wollen wohl Ihr Werk bewundern?« erwiderte ich entrüstet, sprang aufs Pferd und sprengte im Galopp davon; der unermüdliche Souvenir aber blieb nicht nach, kicherte und trieb auch im Laufen seine Possen. Endlich hatten wir Jeskowo erreicht, da war der Damm, dort der lange Gartenzaun und die Weiden des Gartens... Ich ritt zum Tor, sprang ab, band mein Pferd an und blieb überrascht stehen.
Vom vorderen Drittel des Daches auf dem neuen Flügel, vom Zwischenstock also, war nur das Gerüst geblieben. Latten und Bretter lagen in wüsten Haufen auf der Erde zu beiden Seiten des Hauses. Obwohl das Dach nach Kwizinskis Meinung nicht viel taugte, war die Sache doch unglaublich! Auf dem Dachboden bewegte sich mit plumper Schnelligkeit in einem Wirbel von Schmutz und Staubwolken eine schwarzgraue Masse und brachte den noch ragenden steinernen Schornstein ins Wanken – der andere war schon eingestürzt – oder riß die Dachlatten ab, schleuderte sie herab und packte sogar die Dachsparren. Es war Charlow. Wiederum erschien er mir als echter Bär; Kopf Schultern und Rücken wirkten bärenhaft, ebenso die Art, wie er die Beine breit setzte, ohne sie in den Gelenken zu biegen. Ein scharfer Wind blies ihn von allen Seiten an, zerzauste sein Haar, wirbelte es empor, und der Anblick des zerlöcherten, zerfetzten Hemdes, durch das sein nackter Körper rot schimmerte, war schrecklich. Grauenhaft war auch sein wildes, heiseres Brummen. Im Hof drängten sich die Menschen; Frauen, Buben, Mägde drückten sich am Zaun entlang, mehrere Bauern scharten sich in einiger Entfernung auf einem Haufen zusammen. Der mir bekannte alte Geistliche stand ohne Hut auf der Treppe des anderen Hauses, hielt das kupferne Kruzifix in beiden Händen und hob es hin und wieder schweigend und hoffnungslos, als wollte er es Charlow

zeigen. Neben ihm lehnte Jewlampija an der Wand und beobachtete regungslos den Vater. Anna steckte den Kopf aus dem Fenster, zog ihn zurück, lief bald in den Hof, bald ins Haus, Sljotkin, blaß und gelb, in einem alten Schlafrock und einer Nachtmütze, eine alte Flinte in der Hand, lief mit kurzen Schritten von einer Stelle zur anderen; atemlos und völlig verwirrt drohte er, zitterte am ganzen Leibe, zielte auf Charlow, warf das Gewehr über die Schulter, zielte wieder, schrie und weinte... Als er mich und Souvenir erblickte, stürzte er zu uns.

»Sehen Sie, sehen Sie, was hier geschieht!« kreischte er. »Sehen Sie nur! Er ist wahnsinnig geworden, völlig verrückt! Ich habe schon nach der Polizei geschickt, aber niemand kommt. Erschieße ich ihn jetzt, so kann mich das Gesetz nicht zur Rechenschaft ziehen; denn jeder Mensch ist berechtigt, sein Eigentum zu schützen. Und ich werde schießen!... Mein Ehrenwort, das werde ich!«

Er rannte auf das Haus zu.

»Martyn Petrowitsch, nehmen Sie sich in acht! Wenn Sie nicht herunterkommen, schieße ich!«

»Schieß nur«, ertönte eine heisere Stimme vom Dach. »Schieß! Hier hast du inzwischen ein Geschenk!«

Ein langes Brett flog herunter, überschlug sich zweimal und fiel direkt vor Sljotkin zu Boden. Der sprang hoch wie von der Tarantel gestochen. Charlow brach in lautes Gelächter aus.

»Herr Jesus Christus!« flüsterte jemand hinter meinem Rücken. Ich wandte mich um. Souvenir stand hinter mir. »Aha!« dachte ich. »Nun lachst du nicht mehr.«

Sljotkin packte einen Bauern neben ihm am Kragen.

»Steig hinauf, steig doch hinauf, steigt alle hinauf, ihr Teufel«, zeterte er, den Bauern aus Leibeskräften schüttelnd, »rettet mein Eigentum!«

Der Mann trat zwei Schritte vor, bog den Kopf zurück, winkte und schrie: »He, Sie, Herr!«, blieb noch einen Augenblick zögernd stehen und machte plötzlich kehrt.

»Holt eine Leiter! Eine Leiter!« wandte sich Sljotkin an die übrigen Bauern.
»Wo sollen wir sie hernehmen?« antworteten sie.
»Und wenn wir eine hätten«, erklärte ein Bauer langsam, »wer wird denn Lust haben, 'raufzuklettern? Da können Sie lange einen Narren suchen! Der dreht uns im Nu den Hals um!«
»Tötet einen auf der Stelle«, sagte ein blonder Bursche mit einfältigem Gesicht.
»Oder etwa nicht?« fielen die andern ein. Ich hatte den Eindruck, daß die Bauern, auch wenn keine Gefahr gedroht hätte, dem Befehl ihres neuen Herrn nur ungern gefolgt wären. Beinah schien es, als gäben sie Charlow recht, obwohl sie sich über ihn wunderten.
»Ach, ihr Räuber«, stöhnte Sljotkin. »Ich werde euch alle ...«
In diesem Augenblick stürzte der letzte Schornstein dröhnend ein. Inmitten jäh aufwirbelnder gelber Staubwolken wandte sich Charlow mit einem gellenden Schrei zu uns und hob die blutbefleckten Hände. Sljotkin zielte wieder auf ihn.
Jewlampija zog ihn am Ellbogen zurück.
»Stör mich nicht!« schrie er sie wütend an.
»Wag es nicht!« rief sie, und ihre blauen Augen funkelten zornig unter den gerunzelten Brauen. »Vater zerstört sein eigenes Haus. Es gehört ihm.«
»Lügst! Uns gehört es!«
»Du sagst: uns. Ich aber sage: ihm!«
Sljotkin schäumte vor Wut. Jewlampija durchbohrte ihn mit ihren Blicken.
»Guten Tag, guten Tag, liebes Töchterlein«, erdröhnte von oben Charlows Stimme. »Guten Tag, Jewlampija Martynowna! Wie lebst du mit deinem Freund? Küßt ihr euch, liebt ihr euch nach Herzenslust?«
»Vater!« ertönte Jewlampijas klangvolle Stimme.
»Was, Töchterlein?« fragte Charlow und trat an den äußersten Rang des Daches. Ein seltsames Lächeln huschte über sein Gesicht, hell und lustig und deshalb grauenvoll, kein gutes Lächeln!

Ein ähnliches sah ich viele Jahre später auf dem Gesicht eines zum Tode Verurteilten.
»Hör auf, Vater, komm herunter!« rief Jewlampija, »wir sind schuld, wir geben dir alles zurück. Komm herunter!«
»Mit welchem Recht verfügst du in unserem Namen?« mischte sich Sljotkin ein. Jewlampija runzelte die Stirn noch mehr.
»Ich gebe dir meinen Teil, gebe dir alles! Hör auf, komm herunter, Vater! Vergib uns, vergib mir!«
Charlow lächelte immer noch. »Jetzt ist es zu spät, meine Liebe«, sagte er, und jedes Wort klirrte wie Metall. »Zu spät hat sich dein kaltes Herz geregt! Der Stein ist ins Rollen gekommen, nun hält ihn nichts mehr auf. Schau mich nicht mehr an, ich bin ein verlorener Mann! Sieh dir lieber deinen Wolodka an, ist er nicht ein schmucker Bursche? Und deine Schwester, deren tückische Fuchsschnauze soeben aus dem Fenster lugt und die ihren Mann wieder aufhetzt? Nein, meine Herrschaften! Mich wolltet ihr meines Heims berauben, nun lasse ich keinen Balken auf dem andern. Mit meinen eigenen Händen habe ich es zusammengefügt, mit meinen eigenen Händen werde ich sie auseinanderreißen. Ihr seht ja, ich habe nicht einmal eine Axt bei mir.«
Er spuckte in beide Hände und griff nach einem Balken.
»Hör auf Vater«, begann Jewlampija von neuem, und ihre Stimme klang wunderlich zärtlich. »Denk nicht an die Vergangenheit. Glaube mir, du hast es immer getan! Komm herunter, komm zu mir in meine Stube, lege dich auf mein weiches Bett. Deine Kleider werde ich trocknen, werde dich wärmen, deine Wunden verbinden, du hast dir die Hände verletzt. Du wirst das schönste Leben bei mir haben, süß essen und noch süßer schlafen. Ich gebe ja zu, daß wir schuldig, sündig, hochmütig gewesen sind, verzeih uns!«
Charlow schüttelte den Kopf. »Rede nur! Als könnte ich euch glauben! Dieser Glaube ist getötet worden! Alles in mir habt ihr getötet! Ein Adler war ich und bin euretwegen zum Wurm geworden!... Aber auch den Wurm wolltet ihr zertreten! Nun ist's genug! Du weißt, wie ich dich geliebt habe! Jetzt aber bist du mir

keine Tochter mehr! Und ich bin nicht dein Vater!... bin ein verlorener Mann! Stör mich nicht! Schieß nur, du Feigling, du erbärmlicher Held!« brüllte Charlow plötzlich Sljotkin an. »Weshalb zielst du die ganze Zeit nur. Oder ist dir das Gesetz eingefallen: Wenn einer, der ein Geschenk angenommen hat, dem Geber nach dem Leben trachtet« – Charlow betonte jetzt Wort für Wort –, »so hat der Geber das Recht, alles zurückzufordern. Ha-ha-ha! Hab keine Angst, du Gesetzeskundiger. Ich werde nichts fordern, vollbringe selbst mein Werk... Los!«
»Vater!« flehte Jewlampija zum letztenmal.
»Schweig!«
»Martyn Petrowitsch, lieber Bruder, verzeihen Sie mir großmütig«, flüsterte Souvenir.
»Vater, lieber!«
»Schweig, Hündin!« brüllte Charlow. Souvenir sah er gar nicht an und spuckte nur in dessen Richtung.

27

In diesem Augenblick tauchte Kwizinski mit seinem Gefolge, das er in drei Wagen untergebracht hatte, am Tor auf. Die müden Pferde schnaubten, die Männer sprangen nacheinander in den Schmutz.
»He!« schrie Charlow aus vollem Halse. »Eine ganze Armee! Da ist sie, die Armee! Eine ganze Armee wird gegen mich eingesetzt. Auch gut! Ich warne nur: Ich schleudere jeden kopfüber hinunter, der zu mir aufs Dach kommt. Ich bin ein strenger Hausherr! Liebe ungebetene Gäste nicht! So ist's!«
Er umklammerte mit den Händen die beiden vordersten Dachsparren, die sogenannten »Füße« der Giebelwandspitze und rüttelte mit aller Kraft. Am Rande des Dachbodens hängend, schien er sie hinter sich herziehen zu wollen und sang dabei wie die Wolgaschiffer: »Noch mal, noch mal! Uch!«
Sljotkin lief zu Kwizinski und beklagte sich weinerlich... Kwizinski bat, »ihn nicht zu stören«, und ging an die Ausführung des

von ihm ersonnenen Planes. Er selbst stellte sich vor das Haus und erklärte Charlow, daß sein Tun eines Adligen nicht würdig sei...

»Noch einmal, noch einmal!« sang Charlow.

... daß Natalja Nikolajewna über sein Benehmen sehr ungehalten sei und es nie von ihm erwartet hätte...

»Noch einmal, noch einmal! Uch!« sang Charlow... Inzwischen hatte Kwizinski vier der kräftigsten und mutigsten Reitknechte hinter das Haus geschickt, damit sie von dort aus aufs Dach kletterten. Aber Charlow durchschaute diesen Angriff, ließ plötzlich den Dachsparren fahren und lief behend zum hinteren Teil des Zwischenstocks. Sein Anblick war so schreckenerregend, daß zwei Reitknechte, die bereits den Boden erklommen hatten, schleunigst am Abflußrohr hinunterrutschten, zur großen Freude und unter dem Gelächter der Buben. Charlow drohte ihnen mit der Faust, kehrte nach vorn zurück, ergriff die vorderen Dachsparren, schüttelte sie und sang wieder sein Schifferlied.

Plötzlich verstummte er und schaute in den Hof.

»Maximuschka, mein Freund!« rief er. »Seh' ich recht?«

Ich drehte mich um... Aus einer Bauerngruppe löste sich tatsächlich der Laufbursche Maximka und trat grinsend vor. Wahrscheinlich hatte sein Lehrmeister, der Sattler, ihn auf Besuch nach Hause geschickt.

»Komm zu mir, Maximuschka, mein treuer Diener«, fuhr Charlow fort. »Wir wollen uns zusammen der bösen Tatarenhorden, der litauischen Diebe erwehren!«

Maximka grinste noch immer und machte sich daran, aufs Dach zu klettern... Aber er wurde ergriffen und fortgezerrt – Gott weiß, weshalb –, vielleicht als warnendes Beispiel für die andern; denn eine große Hilfe wäre es Martyn Petrowitsch nicht gewesen.

»Nun gut! Schon recht!« sagte Charlow drohend und packte wieder die Dachsparren.

»Wikenti Ossipowitsch, erlauben Sie mir zu schießen«, wandte

sich Sljotkin an Kwizinski. »Ich will ihm nur einen Schreck einjagen, mein Gewehr ist mit Schrot geladen.«
Kwizinski hatte noch nicht geantwortet, als das vordere Paar der Dachsparren, von Charlows Händen zornig gerüttelt, dröhnend in den Hof stürzte, und mit ihnen, außerstande, sich festzuhalten, Charlow selbst. Sein Körper schlug schwer zu Boden. Alle fuhren zusammen, schrien ... Charlow lag unbeweglich auf dem Gesicht, den länglichen Dachbalken, den sogenannten Firstbalken, der nach dem Dachsparren des Giebels herabgestürzt war, auf dem Rücken.

28

Man lief zu Charlow, wälzte den Balken von seinem Rücken und drehte ihn um. Sein Gesicht war leblos, aus dem Munde sickerte Blut. Er atmete nicht. »Ist ohnmächtig«, flüsterten die herzugeeilten Bauern. Man holte Wasser aus dem Brunnen, einen ganzen Eimer voll, schüttete es Charlow über den Kopf; Schmutz und Staub wurden abgewaschen, aber das Gesicht blieb leblos wie zuvor. Eine Bank wurde herbeigeschleppt, ans Haus gestellt und Martyn Petrowitschs riesiger Körper mühevoll auf die Bank gesetzt, sein Kopf an die Wand gelehnt. Der kleine Maximka lief zu ihm, fiel auf ein Knie, streckte das andere Bein weit aus und stützte in einer Haltung, die theatralisch hätte wirken können, die Hand seines ehemaligen Herrn. Jewlampija, blaß wie der Tod, stand direkt vor dem Vater, den Blick ihrer großen grauen Augen unverwandt auf ihn gerichtet. Anna und Sljotkin hielten sich fern. Alle schwiegen und schienen etwas zu erwarten. Schließlich begann es in Charlows Kehle zu gurgeln, als wäre er am Ersticken... Dann bewegte er schwach die rechte Hand – Maximka hielt die linke –, öffnete das rechte Auge, schaute langsam in die Runde, stöhnte, als wären seine Sinne von grauenvoller Trunkenheit benebelt: »Zer... malmt...« – und fügte dann, als sei ihm noch ein Gedanke gekommen, hinzu: »Da ist... es... das ... Rappen ...fohlen.« Das

Blut stürzte in dickem Strahl aus seinem Munde, der Körper erbebte.

»Das Ende!« dachte ich!... Aber Charlow öffnete das rechte Auge wieder – das linke bewegte sich nicht, wie bei einem Toten –, sah Jewlampija starr an und sagte kaum hörbar: »Nun, Toch...ter... ich... will... nicht... ver...«

Kwizinski rief mit einer brüsken Handbewegung den Geistlichen herbei, der noch auf der Freitreppe stand... Der Alte kam herzu, sich mit den schwachen Beinen in der Soutane verwikkelnd. Aber plötzlich krümmten sich Charlows Beine, der Leib bäumte sich, ein krampfhaftes Zucken lief von unten nach oben über das Gesicht, ebenso zitterte und verzerrte sich Jewlampijas Antlitz. Maximka bekreuzigte sich... Mir wurde unheimlich zumute, ich lief zum Tor und preßte, ohne mich umzusehen, mein Gesicht dagegen. Einen Augenblick darauf ging ein leises Murmeln durch die Menge hinter mir; ich begriff, daß Martyn Petrowitsch nicht mehr lebte.

Der Balken hatte ihm das Genick gebrochen, auch die Brust war völlig zerschmettert, wie die Untersuchung ergab.

29

»Was hatte er Jewalmpija noch im Sterben sagen wollen?« fragte ich mich, als ich auf meinem Gaul heimritt. »Will nicht verfluchen? Oder: Will nicht verzeihen?« Es begann wieder zu regnen, aber ich ritt Schritt. Ich wollte so lange wie möglich allein sein und meinen Gedanken nachhängen. Souvenir fuhr in einem der Wagen, die Kwizinski begleitet hatten. Die plötzliche allgemeine Veränderung, die das Erscheinen des Todes – ob nun erwartet oder unerwartet – mit seiner Majestät, Wahrheit und tiefen Bedeutung immer und in allen Herzen bewirkt, konnte ihren Eindruck auf mich trotz meiner Jugend und meines Leichtsinns damals nicht verfehlen. Ich war erschüttert... doch gleichzeitig hatte mein kindlicher Blick vieles bemerkt. Ich hatte gesehen, wie Sljotkin ängstlich und rasch das Gewehr von sich geworfen hatte, als wäre es gestohlen, wie seine Frau und er sofort Gegenstand einer wortlosen, aber allgemeinen Verachtung wurden, wie leer es plötzlich um sie war... Auf Jewlampija übertrug sich diese Verachtung nicht, obwohl sie wahrscheinlich ebenso schuldig war wie ihre Schwester. Man bemitleidete sie sogar ein wenig, als sie zu Füßen des Verstorbenen zusammenbrach. Daß aber auch sie schuldig war, fühlten alle.

»Habt den Alten gekränkt«, sagte ein grauhaariger großköpfiger Bauer, der sich wie ein Richter des Altertums mit Kinn und beiden Händen auf einen langen Stock stützte. »Habt eine Sünde auf eure Seele geladen. Gekränkt habt ihr ihn.« – Dieses Wort »gekränkt« wurde sofort wie ein unumstößliches Urteil von allen aufgegriffen. Das Urteil des Volkes war gesprochen, das begriff ich. Ich hatte auch bemerkt, daß Sljotkin vorerst nichts anzuordnen wagte. Ohne ihn wurde die Leiche aufgehoben und ins Haus getragen, ohne ihn zu fragen, begab sich der Geistliche in die Kirche, um alles Notwendige zu holen, lief der Bürgermeister ins Dorf, um einen Wagen in die Stadt zu schicken. Sogar Anna Martynowna wagte nicht mit Kommandostimme das Aufstellen eines Samowars anzuordnen, »damit warmes Wasser da wäre, den Toten zu waschen«. Ihr Befehl glich einer Bitte, und die Antworten, die sie erhielt, waren grob.

Mich beschäftigte die Frage: Was hat er seiner Tochter sagen wollen? Wollte er ihr verzeihen oder sie verfluchen? Ich entschied schließlich, daß er ihr verzeihen wollte.

Drei Tage später fand Martyn Petrowitschs Beerdigung statt. Meine Mutter, die sein Tod sehr betrübt hatte, übernahm die Kosten und befahl, keine Ausgabe zu scheuen. Sie selbst fuhr nicht in die Kirche, weil sie – wie sie sich ausdrückte – die gemeinen Frauenzimmer und das eklige Jüdchen nicht sehen wollte. Sie entsandte Kwizinski, mich und Shitkow, den sie allerdings seitdem nur »ein altes Weib« nannte. Souvenir durfte ihr nicht unter die Augen kommen. Sie zürnte ihm noch lange und warf ihm vor, »der Mörder ihres Freundes« zu sein. Diese Ungnade war Souvenir sehr schmerzlich, er schlich auf Zehenspitzen in dem Zim-

mer herum, das neben dem meiner Mutter lag, ergab sich einer unruhigen häßlichen Melancholie, fuhr ständig zusammen und flüsterte: »Was für ein Tag!«
In der Kirche und während des Trauerzuges schien Sljotkin wieder in seinem Fahrwasser zu sein. Er erteilte ebenso geschäftig wie früher Befehle und war gierig darum besorgt, daß keine Kopeke unnütz ausgegeben wurde, obwohl er das Begräbnis nicht aus seiner Tasche bezahlte. Maximka, in einem neuen Rock, den meine Mutter ihm geschenkt hatte, ließ seinen Tenor mit so viel Gefühl ertönen, daß niemand an seiner aufrichtigen Anhänglichkeit für den Toten zweifeln konnte. Beide Schwestern trugen, wie es sich gehörte, Trauerkleider, schienen aber eher verlegen als traurig zu sein, besonders Jewlampija. Anna blickte ernst und demütig, gab sich übrigens keine Mühe, zu weinen, und strich sich nur immer wieder mit der schönen, dünnen Hand über Haar und Wange. Jewlampija war ganz in Gedanken verloren. Die allgemeine Verachtung und Verurteilung, die ich am Todestage Charlows bemerkt hatte, schien von Dauer zu sein, und lag auch jetzt auf den Gesichtern der in der Kirche Anwesenden. Sie drückte sich in ihren Gesten, in ihren Blicken aus, doch waren die Leute gefaßter, weniger erregt. Alle schienen zu wissen, daß die Sünde, welche die Familie Charlow auf sich geladen hatte, daß diese große Sünde bereits vor den einen großen Richter gelangt war und daß sie sich deshalb nicht mehr zu beunruhigen und zu entrüsten brauchten. Sie beteten eifrig für das Seelenheil des Verstorbenen, den sie im Leben nie besonders geliebt, sondern eher gefürchtet hatten. Allzu plötzlich war der Tod gekommen.
»Wenn er wenigstens getrunken hätte«, sagte vor der Kirche ein Bauer zum andern.
»Man kann einen Rausch haben, auch ohne zu trinken«, erwiderte der Angesprochene, »wie es eben kommt.«
»Ist gekränkt worden«, wiederholte ein Bauer das entscheidende Wort.
»Gekränkt«, stimmten die anderen zu.

»Aber der Verstorbene hat euch doch auch unterdrückt?« fragte ich einen Mann, den ich als Charlowschen Bauern erkannte.
»Ist eben ein Herr gewesen, gewiß«, erwiderte er, »aber trotzdem... gekränkt hat man ihn.«
»Gekränkt«, ertönte es wieder aus der Menge.
Am Grabe stand Jewlampija wie verloren, in schwere Gedanken versunken... Ich bemerkte, daß sie Sljotkin, der mehrmals das Wort an sie richtete, ebenso schlecht behandelte wie einst Shitkow, vielleicht sogar schlechter.
Einige Tage darauf verbreitete sich in unserem Kreis das Gerücht, Jewlampija Martynowna Charlowa habe das Elternhaus für immer verlassen, ihrer Schwester und dem Schwager allen Besitz übergeben, mit Ausnahme einiger hundert Rubel, die sie mitgenommen hätte... »Anna scheint sich losgekauft zu haben«, meinte meine Mutter. »Wir beide aber«, wandte sie sich an Shitkow, mit dem sie Pikett spielte – er ersetzte Souvenir –, »wir beide haben ungeschickte Hände!« – Shitkow betrachtete seine mächtigen Pratzen bekümmert... »Und wie ungeschickt sie sind«, schien er zu denken.
Bald darauf zog meine Mutter mit mir nach Moskau, und es vergingen viele Jahre, ehe ich Charlows Töchter wiedersah.

30

Aber ich sah sie wieder. Anna Martynowna begegnete ich auf die allergewöhnlichste Weise. Als ich nach dem Tode meiner Mutter unser Dorf aufsuchte, das ich seit fünfzehn Jahren nicht gesehen hatte, erhielt ich vom Friedensrichter die Aufforderung – damals wurde in ganz Rußland mit einer bis heute unvergessenen Langsamkeit die Regulierung der Grenzstreifen vorgenommen –, an einer Beratung mit anderen Gutsbesitzern auf dem Hof der verwitweten Anna Sljotkina teilzunehmen. Die Nachricht vom Tode des »Jüdchens« meiner Mutter mit seinen Pflaumenaugen betrübte mich, offen gestanden, nicht im geringsten, doch interessierte es mich, seine Witwe wiederzusehen. Sie galt als tüchtige

Hausfrau. Und in der Tat befanden sich Gut, Hof und Haus – ich schaute unwillkürlich zum Dach, es war mit Blech gedeckt – in musterhafter Ordnung, alles war sauber, aufgeräumt und, wo notwendig, frisch gestrichen; eine deutsche Hausfrau hätte nicht ordentlicher sein können. Anna Martynowna war natürlich gealtert, aber die herbe, böse Schönheit, die mich einst erregt hatte, war ihr geblieben. Sie war ländlich, aber geschmackvoll gekleidet und empfing uns, wenn auch nicht herzlich – dieses Wort hätte nicht zu ihr gepaßt –, so doch höflich. Als sie mich, den Zeugen jenes furchtbaren Ereignisses, erblickte, zuckte sie mit keiner Wimper. Sie erwähnte weder meine Mutter noch ihren Vater oder ihre Schwester.

Sie hatte zwei Töchter, reizende, schlanke Mädchen mit lieblichen Gesichtern, lustigen und freundlichen schwarzen Augen. Der Sohn glich dem Vater ein wenig, war aber ein Prachtjunge. Während der Auseinandersetzungen der Gutsbesitzer verhielt Anna Martynowna sich ruhig und würdevoll und verriet keinen besonderen Eigensinn oder besondere Habgier. Aber niemand verstand es wie sie, ihren Vorteil zu wahren und ihre Rechte überzeugend zu verteidigen. Sie kannte alle ihr günstigen Gesetze, sogar die ministeriellen Verfügungen, sprach wenig und leise, traf aber mit jedem Wort den Nagel auf den Kopf. Es endete damit, daß wir mit all ihren Forderungen einverstanden waren und in einer Weise nachgegeben hatten, über die man nur staunen konnte. Auf dem Heimweg erzürnten sich einige Gutsbesitzer über sich selbst, ächzten und schüttelten die Köpfe.

»Ein kluges Weib«, sagte der eine.

»Eine durchtriebene Hexe«, mischte sich ein anderer, weniger höfliche Gutsbesitzer ins Gespräch, »sie bettet dich weich, aber du liegst hart.«

»Und ein Geizhals«, fügte der dritte hinzu. »Ein Gläschen Schnaps und ein Häppchen Kaviar für jeden, das hat es noch nie gegeben.«

»Was kann man von ihr erwarten«, brummte ein Gutsbesitzer,

der bis dahin geschwiegen hatte. »Jeder weiß doch, daß sie ihren Mann vergiftet hat.«
Zu meiner Überraschung dachte keiner daran, diese grauenhafte, wahrscheinlich unbegründete Beschuldigung zu bestreiten. Das wunderte mich um so mehr, als alle, obwohl sie sie beschimpften, Achtung für Anna Martynowna empfanden, der unhöfliche Gutsbesitzer nicht ausgeschlossen. Selbst der Friedensrichter wurde pathetisch, wenn er von ihr sprach.
»Laßt sie einen Thron besteigen, und sie wird eine Semiramis oder Katharina II.!« rief er aus. »Der Gehorsam der Bauern ist musterhaft, die Erziehung der Kinder ebenfalls. Das ist ein Kopf!«
Semiramis und Katharina beiseite – es konnte kein Zweifel darüber bestehen, daß Anna Martynowna ein glückliches Leben führte. Innere und äußere Zufriedenheit, der wohltuende Frieden seelischer Harmonie strömte von ihr, von ihrer Familie, von ihrem ganzen Dasein aus. Ob sie dieses Glück verdient hatte, war eine andere Frage. Übrigens stellt man solche Fragen nur in der Jugend. Alles in der Welt, das Gute und das Schlechte, erhält der Mensch nicht nach Verdienst, sondern nach noch unbekannten, logischen Gesetzen, die ich nicht einmal andeuten möchte, obwohl mir manchmal scheint, daß ich sie undeutlich ahne.

31

Beim Friedensrichter erkundigte ich mich nach Jewlampija Martynowna und erfuhr, sie sei seit Verlassen des Elternhauses spurlos verschwunden und weile wahrscheinlich »längst im Himmel«.
So drückte sich der Friedensrichter aus. Ich aber bin überzeugt, daß ich sie wiedergesehen habe, ihr begegnet bin. Und zwar unter folgenden Umständen:
Vier Jahre nach meinem Wiedersehen mit Anna Martynowna verbrachte ich einen Sommer in Murino, einem kleinen Dorf in der Nähe Petersburgs, das den kleinbürgerlichen Sommer-

frischlern gut bekannt ist. Die Jagd in Murino war damals nicht schlecht, und ich streifte beinah täglich mit dem Gewehr umher. Ich hatte auch einen Kameraden, einen gewissen Wikulow, aus dem Kleinbürgerstand, nicht dumm, anständig, der aber, wie er sich selbst ausdrückte, ein »unmögliches Leben« führte. Wo und was war dieser Mann nicht schon gewesen! Nichts konnte ihn überraschen, er wußte alles, liebte aber nur den Wein und die Jagd. Als wir beide eines Tages nach Murino zurückkehrten, kamen wir an eine Wegkreuzung, wo ein einsames Haus hinter einem hohen, dichten Zaun stand. Ich sah dieses Haus nicht zum erstenmal, und stets weckte es meine Neugier, es wirkte so geheimnisvoll, düster, stumm, verschlossen und erinnerte an ein Krankenhaus oder ein Gefängnis. Vom Weg aus sah man nur sein steiles, dunkel gestrichenes Dach. Im Zaun befand sich ein einziges fest verschlossenes Tor. Kein Laut drang hinter ihm hervor. Dennoch hatte man das Gefühl, das Haus sei bewohnt, es machte nicht den Eindruck, als wäre es von seinen Besitzern verlassen worden. Im Gegenteil, alles wirkte so dauerhaft, stark und fest gefügt, als sollte es eine Belagerung überstehen.

»Was für eine Festung ist das?« fragte ich meinen Kameraden.

»Wissen Sie es nicht?«

Wikulow kniff die Augen listig zusammen. »Ein seltsames Haus, nicht wahr? Der hiesige Polizeichef hat gute Einnahmen davon.«

»Wieso?«

»Haben Sie nichts von der Sekte der Geißler gehört, die ohne Geistliche leben?«

»Ja.«

»Nun, hier wohnt ihr weibliches Oberhaupt.«

»Eine Frau?«

»Ja, wird als Mutter Gottes verehrt.«

»Was reden Sie!«

»Ich sage es Ihnen doch! Streng soll sie sein... eine richtige Kommandeuse! Tausende von Rubeln gehen durch ihre Hände.

Ich würde all diese Mütter Gottes... Hat ja keinen Zweck, darüber zu reden!«

Er rief seinen Pegaschka, einen bewundernswerten Hund mit einer prachtvollen Spürnase, aber ohne jedes Verständnis für die Jagd. Wikulow war gezwungen, eine seiner Hinterpfoten zu verbinden, damit er nicht so rasch lief.

Wikulows Worte verfehlten ihre Wirkung nicht. Mit Absicht machte ich nun Umwege, um an dem geheimnisvollen Haus vorbeizugehen. Und eines Tages geschah das Wunder. Der Riegel am Tor klirrte, quietschend drehte sich der Schlüssel im Schloß, leise öffnete sich das Tor, und ein mächtiger Pferdekopf mit geflochtener Mähne unter buntbemaltem Krummholz tauchte auf. Langsam rollte ein Wägelchen heraus, wie sie von Pferdehändlern und kleinen Kaufleuten benutzt werden. Auf dem Ledersitz des Wagens saß auf der mir zugekehrten Seite ein dreißigjähriger, auffallend schön und edel aussehender Mann in einem sauberen schwarzen Kittel, eine Schirmmütze tief in die Stirn geschoben. Würdevoll lenkte er das Pferd, das wohlgenährt, breit wie ein Ofen wirkte. Neben ihm, auf der anderen Seite, saß eine hochgewachsene Frau, gerade wie ein Pfeil. Ein kostbarer schwarzer Schal umhüllte ihren Kopf, sie trug eine kurze, wattierte, olivfarbene Samtjacke und einen dunkelblauen Merinorock. Ihre weißen Hände waren sittsam auf der Brust gefaltet. Der Wagen bog nach links, und nun war die Frau nur zwei Schritte von mir entfernt. Sie wandte den Kopf etwas, und ich erkannte Jewlampija Charlowa. Ich erkannte sie sofort und zweifelte keinen Augenblick, daß sie es war. Man konnte auch nicht zweifeln: solche Augen, solche Lippen – hochmütig und gefühlvoll – hatte ich nie bei einer Frau gesehen. Ihr Gesicht war länger und hagerer geworden, die Haut dunkler, man sah auch einige Falten, vor allem aber ihr Gesichtsausdruck hatte sich verändert. Es läßt sich kaum in Worte fassen, wie streng, selbstbewußt und stolz er war. Jeder Zug ihres Gesichts verriet nicht nur das ruhige Bewußtsein der Macht, nein, bereits eine Übersättigung an Macht. Aus dem flüchtigen, herablassenden Blick, der mich streifte, sprach die langjährige, bereits eingewurzelte Gewohnheit, nur ehrfürchtigem, grenzenlosem Gehorsam zu begegnen. Diese Frau war allem Anschein nach nicht von Verehrern, sondern von Sklaven umringt und hatte die Zeit, da ihre Wünsche und Befehle nicht auf der Stelle erfüllt wurden, bereits vergessen. Ich rief laut ihren Vor- und Vatersnamen. Sie fuhr ein wenig zusammen, sah mich an – nicht im geringsten erschrocken, nur verächtlich und zornig, als wollte sie sagen: »Wer wagt es, mich zu stören?« – und sprach, fast ohne die Lippen zu öffnen, einen Befehl aus. Der Mann neben ihr fuhr zusammen, schlug mit dem Zügel heftig auf das Pferd ein, das in schlankem, schnellem Trab davoneilte. Der Wagen entschwand meinen Blicken. Seitdem bin ich Jewlampija nicht mehr begegnet. Es ist mir unbegreiflich geblieben, wie aus Martyn Petrowitschs Tochter eine Gottesmutter der Geißler werden konnte. Aber – wer weiß – vielleicht hat sie eine Sekte gegründet, die man eines Tages – oder schon jetzt – mit ihrem Namen als Sekte der Jewlampisten bezeichnet. Was geschieht nicht alles auf unserer Erde!

»Das ist es, was ich Ihnen von meinem König Lear der Steppe, von seiner Familie und seinen Taten berichten wollte.« Der Erzähler verstummte. Ein Weilchen unterhielten wir uns noch, dann gingen wir auseinander.

DIE UHR

Erzählung eines alten Mannes

I

Ich will Ihnen eine Geschichte erzählen, die ich mit einer Uhr erlebt habe... Eine seltsame Geschichte!

Sie trug sich zu Beginn des jetzigen Jahrhunderts zu, im Jahre 1801. Ich war gerade fünfzehn Jahre alt geworden und wohnte mit meinem Vater, meiner Tante und einem Vetter in Rjasan in einem Holzhäuschen in der Nähe der Oka. An meine Mutter erinnerte ich mich nicht mehr, sie starb drei Jahre nach ihrer Heirat. Ich war das einzige Kind. Mein Vater, Porfiri Petrowitsch, ein kränklicher, stiller, unscheinbarer Mann, der das vierzigste Lebensjahr bereits überschritten hatte, beriet die Leute in juristischen und anderen Angelegenheiten. In alten Zeiten hätte man ihn einen Gerichtsschreiber oder Winkeladvokaten genannt, er selbst titulierte sich Notar. Seine Schwester, meine Tante, eine alte Jungfer von fünfzig Jahren, führte den Haushalt. Sie war sehr fromm, oder eher bigott, eine Schwatzliese, die sich in alles einmischte und, im Gegensatz zu meinem Vater, kein gutes Herz hatte. Das Geld war knapp, ohne daß wir jedoch Not gelitten hätten. Mein Vater hatte einen Bruder, Jegor, der im Jahre 1797 »wegen empörender Ausschreitungen und jakobinischer Anschauungen« – so stand es wörtlich in der Verfügung – nach Sibirien verbannt worden war.

Jegors Sohn David, mein Vetter wurde von meinem Vater aufgenommen und wohnte bei uns. Er war nur ein Jahr älter als ich, aber ich verehrte ihn und gehorchte ihm, als wäre er erwachsen. David war kein dummer Bursche, vielmehr eine starke Persönlichkeit mit eiserner Energie, breitschultrig, untersetzt. Sein viereckiges Gesicht bedeckten zahlreiche Sommersprossen, das Haar war rot, die Augen grau und klein, die Lippen breit, die Nase kurz, die Finger ebenfalls nicht lang, ein vierschrötiger Junge, dessen Kräfte sein Alter weit übertrafen. Meine Tante haßte ihn, Vater fürchtete ihn sogar... vielleicht fühlte er sich schuldig vor ihm. Gerüchten zufolge wäre Davids Vater nicht nach Sibirien gekommen, hätte mein Vater sich nicht verplappert und seinen Bruder dadurch verraten. Beide besuchten wir dieselbe Klasse im Gymnasium und lernten gut, ich sogar etwas leichter als David. Ich hatte ein besseres Gedächtnis, aber Buben schätzen diese Eigenschaft – wie allgemein bekannt sein dürfte – nicht allzu hoch ein, und David blieb trotzdem mein Führer.

2

Wie Sie wissen, heiße ich Alexei. Ich bin am 7. März geboren, mein Namenstag ist am 17. Einem alten Brauch zufolge erhielt ich den Namen des Heiligen, dessen Feiertag auf den zehnten Tag nach der Geburt fiel. Mein Pate war ein gewisser Putschkow, der stets nur Nastassei Nastassejitsch genannt wurde. Er war ein schlechter Mensch, ließ sich bestechen, führte ständig Prozesse, wurde aus der Gouvernementskanzlei verjagt und stand mehrmals vor Gericht, aber mein Vater brauchte ihn... sie betrieben ihre »Geschäfte« gemeinsam. Mein Pate war dick und rund, hatte ein Fuchsgesicht, die Nase war wie ein Pfriem, die Augen hell und braun wie bei einem Fuchs. Immer ließ er sie hin- und hergehen, diese Augen, nach links und nach rechts, und auch die Nase war stets in Bewegung, als schnuppere er unentwegt. Er trug Schuhe ohne Absätze und puderte sich täglich, was damals in der Provinz eine große Seltenheit war. Er erklärte, er könne nicht ungepudert herumlaufen, da er mit Generälen und deren Frauen verkehre.

An meinem fünfzehnten Namenstag erschien Nastassei Nastassejitsch und sagte: »Bisher habe ich dir nie etwas geschenkt, mein Patenkind, schau her, was ich dir heute mitgebracht habe!«
Und er holte eine silberne Zwiebeluhr aus seiner Tasche, mit einer aufgemalten Rose auf dem Zifferblatt und einer Bronzekette. Ich erstarrte vor Freude. Und meine Tante Pelageja Petrowna brüllte sofort aus vollem Halse: »Küß ihm die Hand, küß ihm die Hand, du Lausebengel!«
Ich küßte meinem Paten die Hand, und Tante zeterte in einem fort: »Weshalb verwöhnen Sie ihn so, Nastassei Nastassejitsch? Was soll er mit der Uhr? Er läßt sie bestimmt fallen oder zerbricht sie.«
Mein Vater kam herein, betrachtete die Uhr, bedankte sich bei Nastassejitsch, aber recht nachlässig, von oben herab, und bat ihn in sein Arbeitszimmer. Und nun hörte ich, wie mein Vater sagte: »Wenn du glaubst, dich *damit* loszukaufen!...«
Aber ich konnte der Versuchung nicht widerstehen, steckte meine Uhr ein und stürzte zu David, um sie ihm zu zeigen.

3

David nahm die Uhr, öffnete sie und betrachtete sie genau. Er hatte große Begabung für Mechanik, bastelte gern mit Eisen, Kupfer und allerlei Metallen, hatte sich verschiedene Werkzeuge angeschafft, und es fiel ihm nicht schwer, eine Schraube oder einen Schlüssel zurechtzufeilen oder sogar anzufertigen.
David drehte die Uhr in den Händen und brummte zwischen den Zähnen (er war sehr wortkarg): »Alt ist sie... schlecht... Wo hast du sie her?«
Ich erzählte, daß mein Patenonkel sie mir geschenkt habe.
David starrte mich mit seinen kleinen grauen Augen an. »Nastassei?«
»Ja.«
David legte die Uhr auf den Tisch und ging schweigend beiseite.
»Gefällt sie dir?« fragte ich.

»Nein, das meine ich nicht... Ich würde an deiner Stelle keine Geschenke von Nastassei annehmen.«
»Warum nicht?«
»Weil er ein Lump ist, und einem Lumpen darf man sich nicht verpflichten. Bedanken muß man sich auch noch! Sicherlich hast du ihm die Hand geküßt?«
»Ja, Tante verlangte es.«
David lächelte ganz eigentümlich vor sich hin, indem er die Nase kraus zog. Das war seine Gewohnheit. Er lachte nie laut, weil er Lachen für ein Zeichen von Schwäche hielt.
Davids Worte und sein Lächeln betrübten mich sehr. »Also verachtet er mich«, dachte ich, »also bin ich in seinen Augen ein schlechter Mensch! Er selbst hätte sich nie soweit erniedrigt, ein Geschenk von Nastassei anzunehmen«. Aber was sollte ich nun tun?
Die Uhr zurückgeben wäre unmöglich gewesen!
Ich versuchte, mit David zu reden, ihn um Rat zu fragen. Er erwiderte, daß er nie jemandem rate und ich handeln solle, wie ich es für richtig halte. – Für richtig halte?! Ich entsinne mich, daß ich die ganze Nacht nicht geschlafen habe: Zweifel quälten mich. Es tat mir leid, auf die Uhr zu verzichten. Ich legte sie auf den Nachttisch, und sie tickte so nett und lustig... Das Gefühl aber, daß David mich verachtete – wozu sich täuschen, ja, er verachtete mich –, dieses Gefühl war mir unerträglich. Gegen Morgen hatte ich einen Entschluß gefaßt... Ich weinte zwar, schlief dann aber bald ein. Kaum erwacht, zog ich mich eilig an und lief auf die Straße. Ich wollte meine Uhr dem ersten Bettler geben, der mir begegnete.

4

Ich war noch nicht weit gekommen, als ich den traf, den ich suchte. Es war ein zehnjähriger Junge, barfuß und in Lumpen, der oft an unseren Fenstern vorbeischlich. Ich lief zu ihm, gab weder ihm noch mir Zeit zum Besinnen und bot ihm meine Uhr an.

Der Junge riß die Augen auf, hielt mit der einen Hand den Mund zu, als fürchte er sich zu verbrennen, und streckte die andere aus.
»Nimm, nimm«, flüsterte ich, »sie gehört mir, ich schenke sie dir. Du kannst sie verkaufen und dir dafür kaufen, was du brauchst... Lebe wohl.«
Ich schob ihm schnell die Uhr in die Hand und rannte nach Hause. Nachdem ich vor der Tür unseres gemeinsamen Schlafzimmers einen Augenblick stehengeblieben war, um Atem zu schöpfen, ging ich zu David, der seine Morgenwäsche soeben beendet hatte und sich das Haar kämmte.
»Weißt du, David«, begann ich mit möglichst ruhiger Stimme. »Ich habe Nastasseis Uhr fortgegeben.«
David sah mich an und strich sich mit der Bürste über die Schläfen.
»Ja«, fügte ich mit sachlicher Miene hinzu, »ich habe sie fortgegeben. Es war ein armer Junge, ein Bettler, ihm gab ich sie.«
David legte die Bürste auf den Waschtisch.
»Er kann sich für das Geld, das er erhält, wenn er sie verkauft«, fuhr ich fort, »irgend etwas Nützliches kaufen. Etwas wird er immerhin für sie bekommen.«
Ich schwieg.
»Nun, das ist sehr anständig von dir«, sagte David schließlich und ging ins Schulzimmer. Ich folgte ihm. »Und wenn man dich fragt, wo sie ist?« fragte er.
»Ich werde sagen, daß ich sie verloren habe«, erwiderte ich lässig.
An diesem Tage sprachen wir nicht mehr von der Uhr, aber es schien mir, daß David meine Tat nicht nur billigte, sondern sie sogar... ein wenig bewunderte... Ja, so schien es mir wirklich!

5

Zwei Tage waren vergangen. Zufällig vermißte niemand in unserem Hause die Uhr. Mein Vater hatte große Unannehmlichkeiten mit einem seiner Klienten, er dachte nicht an meine Uhr. Um so mehr dachte ich an sie. Sogar Davids Zustimmung... angebliche Zustimmung, tröstete mich nicht besonders. Er verlieh ihr keinerlei Ausdruck und hatte nur einmal flüchtig gesagt, daß er von mir solchen Schneid nicht erwartet hätte. Mein Opfer gereichte mir zum Schaden, und der Kummer über den Verlust überwog das angenehme Gefühl, ehrenhaft gehandelt zu haben.

Und wie zum Hohn kam da noch ein Gymnasiast, der Sohn des Stadtarztes, und prahlte mit seiner neuen, nicht einmal silbernen Uhr, die seine Großmutter ihm geschenkt hatte...

Ich hielt es schließlich nicht mehr aus, stahl mich aus dem Hause und suchte den Jungen auf, dem ich die Uhr gegeben hatte. Ich fand ihn bald, er spielte mit anderen vor der Kirchentür Babki. Ich rief ihn beiseite und sagte atemlos und verworren, meine Angehörigen zürnten mir, weil ich die Uhr fortgegeben hätte, und ich wolle sie ihm gern bezahlen, wenn er sie mir zurückgeben würde... Ich hatte auf alle Fälle einen alten Rubel aus Elisabeths Zeiten, mein ganzes persönliches Kapital mitgenommen.

»Ich habe Ihre Uhr nicht mehr«, erwiderte der Junge mit zorniger, weinerlicher Stimme. »Mein Vater hat sie gesehen und mir abgenommen, wollte mich sogar verdreschen. ›Du hast sie bestimmt gestohlen‹, sagte er, ›welcher Narr wird dir seine Uhr schenken.‹«

»Wer ist dein Vater?«

»Mein Vater? Trofimytsch.«

»Ja, was ist er aber? Was hat er für einen Beruf?«

»Er ist ehemaliger Soldat, Sergeant gewesen... Ist arbeitslos, flickt alte Schuhe, macht Absätze, das ist alles. Davon leben wir.«

»Wo ist eure Wohnung? Führ mich zu ihm.«

»Warum nicht? Sagen Sie ihm, daß Sie mir die Uhr geschenkt haben, sonst macht er mir dauernd Vorwürfe, ich sei ein Dieb! Und auch die Mutter: ›Nach wem bist du geraten, daß du stiehlst?‹«
Ich folgte dem Jungen in seine Wohnung. Sie befand sich in einem winzigen Häuschen im Hinterhof einer vor langer Zeit abgebrannten und nicht wiederaufgebauten Fabrik. Trofimytsch und seine Frau waren zu Hause. Der Sergeant a.D. war ein großer alter Mann, sehnig und gerade gewachsen, mit gelbweißem Backenbart, unrasiertem Kinn und einem dichten Faltennetz auf Wangen und Stirn. Seine Frau schien älter zu sein als er. Ihre roten Augen zwinkerten bekümmert im kränklichen, aufgedunsenen Gesicht. Beide waren in dunkle Lumpen gehüllt.
Ich erklärte Trofimytsch, worum es sich handle und weshalb ich gekommen sei. Er hörte mich schweigend an, ohne auch nur mit der Wimper zu zucken und seinen stieren, gespannten Blick – einen richtigen Soldatenblick – von mir zu wenden.
»Spielerei!« sagte er schließlich mit einer heiseren, lispelnden Baßstimme. »Benehmen sich wohlgeborene Herren so? Und wenn Petka die Uhr wirklich nicht gestohlen hat – da hat er Schläge dafür – da! Laß dich nicht mit Herrschaftskindern ein! Wäre sie aber gestohlen, dann hätte er was erleben können! Eins, zwei, drei, mit der Peitsche nach Reitermanier! Was starrst du mich so an? Willst wohl Spießruten laufen? Eine schöne Geschichte! Pfui Teufel!«
Den letzten Ausruf stieß Trofimytsch mit hoher Fistelstimme hervor. Er war anscheinend ratlos.
»Wenn Sie mir die Uhr zurückgeben wollen«, sagte ich – ich wagte nicht, ihn zu duzen, obwohl er ein einfacher Soldat war –, »so gebe ich Ihnen gern diesen Rubel dafür. Ich glaube nicht, daß sie mehr wert ist.«
»So was«, brummte Trofimytsch noch immer ratlos und mich nach alter Gewohnheit mit den Blicken verschlingend, als wäre ich sein Vorgesetzter. »Das ist eine Geschichte – ... da finde sich einer zurecht! ... Schweig, Uljana«, fuhr er seine Frau an, die soeben den Mund geöffnet hatte. »Hier ist die Uhr«, fügte er

hinzu und öffnete den Tischkasten, »gehört sie wirklich Ihnen, so nehmen Sie sie bitte in Empfang. Wofür soll denn der Rubel sein, he?«

»Nimm den Rubel, Trofimytsch, du Nichtsnutz«, zeterte seine Frau. »Hast den Verstand wohl ganz verloren, Alter? Besitzen keinen Sechser, du spielst dich aber noch auf! Den Zopf hätte man dir gar nicht absäbeln brauchen, bist sowieso ein altes Weib. Weißt du etwa, wie es sich zugetragen hat? Nimm das Geld, wenn du schon die Uhr zurückgibst.«

»Uljana, schweig, du Kanaille!« wiederholte Trofimytsch. »Wo hat man so etwas gesehen? Sie will noch widersprechen! Der Mann ist das Haupt der Familie, sie aber widerspricht! Petka, wenn du nicht still bist, schlage ich dich tot!... Hier ist die Uhr!«

Trofimytsch reichte mir die Uhr, ließ sie aber nicht aus den Fingern.

Er wurde plötzlich nachdenklich, starrte zu Boden, bohrte seinen stumpfen Blick in den meinen und brüllte plötzlich aus vollem Halse: »Wo steckt er denn, wo ist der Rubel, wo?«

»Hier ist er, hier«, sagte ich eilig und holte die Münze aus der Tasche.

Er nahm ihn aber nicht und sah mich immer noch an. Ich legte den Rubel auf den Tisch. Er fegte ihn mit einer jähen Handbewegung in den Tischkasten, warf mir die Uhr zu, machte links kehrt, stampfte mit dem Fuß auf und fauchte seine Frau und seinen Sohn an: »Raus, ihr Gesindel!«

Uljana murmelte etwas, aber ich war schon draußen auf der Straße. Die Uhr in die Tiefe meiner Tasche versenkt und sie fest mit meinen Fingern umklammernd, so stürzte ich nach Hause.

6

Ich war also wieder im Besitz der Uhr, hatte aber keinerlei Freude daran. Ich wagte sie nicht zu tragen, mußte sie vor allem vor David verbergen. Was würde er von mir und meiner Hand-

lungsweise denken? Ich konnte die unglückselige Uhr nicht einmal in meinem Schrank verbergen, da David und ich gemeinsame Schubfächer hatten, ich mußte sie also abwechselnd auf dem Schrank, unter der Matratze und hinter dem Ofen verstecken... Jedenfalls war es mir doch gelungen, David zu überlisten.
Eines Tages hatte ich die Uhr hinter einem Brett unseres Zimmers hervorgeholt und wollte ihren silbernen Deckel mit einem alten Lederhandschuh blank reiben. David war in die Stadt gegangen, ich dachte keinesfalls, daß er bald zurückkehren würde... Plötzlich stand er vor mir.
Ich wurde so verlegen, daß ich die Uhr beinah fallen ließ. Fassungslos, das Gesicht beinah qualvoll gerötet, fuhr ich mit der Uhr auf meiner Weste herum und konnte die Tasche nicht finden.
David sah mich an und lächelte seiner Gewohnheit gemäß schweigend.
»Was tust du?« sagte er schließlich. »Glaubst du, ich wußte nicht längst, daß die Uhr wieder in deinem Besitz ist? Ich habe sie gleich am ersten Tag gesehen, als du sie brachtest.«
»Ich versichere dir«, fing ich an, den Tränen nahe.
David zuckte die Achseln.
»Sie gehört dir, und du kannst mit ihr machen, was du willst.«
Nach diesen grausamen Worten verließ er das Zimmer.
Ich war verzweifelt. Dieses Mal war es offensichtlich: David verachtete mich wirklich!
Das durfte nicht so bleiben.
»Ich werde es ihm beweisen«, dachte ich, preßte die Zähne zusammen, ging festen Schrittes ins Vorzimmer, fand dort unseren kleinen Laufburschen Juschka und schenkte ihm die Uhr.
Zunächst wollte er sie nicht. Ich erklärte ihm aber, daß ich die Uhr auf der Stelle zertrampeln, in Stücke zerschmettern oder in die Abfallgrube werfen würde, wenn er sie nicht annähme. Er überlegte, kicherte und nahm die Uhr. Ich aber kehrte in unser Zimmer zurück, fand dort David, der ein Buch las, und berichtete ihm von meiner Tat.

David wandte den Blick nicht von seinem Buch, zuckte die Achseln, lächelte und sagte, die Uhr wäre mein Eigentum, ich könne mit ihr tun, was ich wolle.
Ich aber hatte das Gefühl, daß er mich nicht mehr so sehr verachtete!
Ich war überzeugt, daß mich nie mehr der Vorwurf der Charakterlosigkeit treffen könnte, denn die Uhr, das ekelhafte Geschenk meines häßlichen Patenonkels, war mir so widerwärtig geworden, daß ich nicht mehr begriff, wie ich ihren Verlust hatte bedauern und sie von irgendeinem Trofimytsch zurückbetteln können, der sein Verhalten berechtigterweise als großmütig empfand.
Einige Tage waren vergangen... Ich entsinne mich, daß uns damals die Nachricht erreichte, Zar Paul sei gestorben und sein Sohn Alexander, von dessen Güte und Menschenfreundlichkeit viel gesprochen wurde, hätte den Thron bestiegen. Diese Nachricht versetzte David in größte Aufregung, er dachte sogleich an die Möglichkeit eines Wiedersehens mit seinem Vater. Auch mein Vater freute sich.
»Alle Verbannten werden aus Sibirien zurückgeschickt, da wird man auch den Bruder Jegor nicht vergessen«, wiederholte er, sich die Hände reibend und hustend, schien aber gleichzeitig doch verlegen.
David und ich lernten nicht mehr und besuchten das Gymnasium nicht mehr, wir gingen nicht einmal spazieren, hockten nur in einer Ecke, rechneten und überlegten, in wieviel Monaten, Wochen und Tagen »der Bruder Jegor« zurückkommen müsse, wohin man ihm schreiben, wie man ihn empfangen und nachher mit ihm zusammenleben würde. David und ich beschlossen, daß er in Moskau leben und dort große Schulen für arme Kinder bauen müsse. Wir wollten ihm dabei helfen. Die Uhr hatten wir natürlich ganz vergessen, außerdem hatte David neue Sorgen, auf die ich erst später zurückkommen werde. Doch der Uhr war es beschieden, sich in Erinnerung zu bringen.

7

Eine Morgens – wir hatten soeben gefrühstückt – saß ich am Fenster und gab mich meinen Betrachtungen über die Rückkehr des Onkels hin. Der Glanz eines schönen Apriltages schimmerte draußen. Plötzlich erschien Pulcherija Petrowna atemlos in unserem Zimmer. Sie war immer sehr flink und zapplig, sprach mit piepsiger Stimme, fuchtelte mit den Händen, an diesem Tage aber stürzte sie förmlich über mich her.

»Geh! Geh sofort zu deinem Vater, Verehrtester!« zeterte sie. »Was hast du angerichtet, du schamloser Bengel? Büßen werdet ihr es beide! Nastassei Nastassejitsch hat all eure Streiche ans Tageslicht gebracht... Geh! Vater läßt dich rufen!... Geh sofort!«

Ich begriff nichts und folgte meiner Tante. Als ich die Schwelle des Salons überschritten hatte, erblickte ich meinen Vater, der mit großen Schritten auf und ab ging und sich erregt durchs Haar fuhr, Juschka, der in Tränen aufgelöst an der Tür stand, und in der Ecke, auf einem Stuhl sitzend, Nastassei Nastassejitsch, Schadenfreue in den funkelnden, schielenden Augen, die Nasenflügel triumphierend aufgebläht.

Kaum hatte ich das Zimmer betreten, da fuhr mein Vater mich an: »Hast du die Uhr Juschka geschenkt? Rede!«

Ich sah Juschka an...

»Rede!« schrie mein Vater und stampfte mit dem Fuß auf.

»Ja«, erwiderte ich und erhielt sofort eine kräftige Ohrfeige, die meiner Tante große Freude bereitete. Ich hörte, wie sie vor Wonne krächzte, als hätte sie zu heißen Tee getrunken. – Mein Vater lief zu Juschka.

»Du Lumpf, du hättest es nicht wagen dürfen, die Uhr anzunehmen!« schrie er und packte ihn am Haar, »und du hast sie auch noch verkauft, du Nichtsnutz!«

Juschka hatte die Uhr, wie ich nachher erfuhr, in der Einfalt seines Herzens zum nächsten Uhrmacher gebracht, der sie in sein

Fenster hängte. Nastassei Nastassejitsch war vorbeigekommen, hatte sie erblickt, gekauft und uns gebracht.
Übrigens dauerte das Strafgericht über mich und Juschka nicht lange. Mein Vater wurde atemlos, hustete, es war nicht seine Art, lange böse zu sein.
»Bruder Porfiri Petrowitsch«, sagte meine Tante, als sie mit herzlichem Bedauern merkte, daß der Zorn meines Vaters verraucht war. »Regen Sie sich nicht mehr auf, es lohnt sich nicht, die Hände zu beschmutzen. Ich mache – die Einwilligung des verehrten Nastassei Nastassejitsch vorausgesetzt – folgenden Vorschlag: In Anbetracht der empörenden Undankbarkeit Ihres Sohnes werde ich die Uhr an mich nehmen. Und da er durch seine Tat bewiesen hat, daß er nicht würdig ist, sie zu tragen, und nicht einmal ihren Wert begreift, werde ich sie einem Menschen geben, der Ihre Freundlichkeit sehr zu schätzen wissen wird.«
»Wem?« fragte mein Vater.
»Chrissanph Lukitsch«, erwiderte meine Tante zögernd.
»Dem Chrissaschka?« fragte mein Vater mit einer verächtlichen Handbewegung und fügte hinzu: »Mir ist es gleich! Meinetwegen können Sie sie in den Ofen werfen!«
Er knöpfte seinen Rock zu und ging gekrümmt hinaus, von einem heftigen Hustenanfall geplagt.
»Sind Sie auch einverstanden, mein Lieber?« wandte sich meine Tante an Nastassei Nastassejitsch.
»Ich stimme bereitwillig zu«, erwiderte er.
Er hatte sich während des Strafgerichtes nicht gerührt, nur leise kichernd und die Fingerspitzen reibend seinen Fuchsblick der Reihe nach auf mich, meinen Vater und Juschka gerichtet. Der Anblick schien ihm große Freude zu bereiten!...
Der Vorschlag meiner Tante empörte mich bis in die Tiefen meines Herzens. Es war mir nicht um die Uhr zu tun, ich haßte den Mann, der sie erhalten sollte. Dieser Chrissanph Lukitsch, Trankwillitatin mit Familiennamen, ein vierschrötiger, kräftiger, langbeiniger Seminarist, erschien des öfteren in unserem Hause – der Teufel weiß, wozu! »Um mit den Kindern zu arbeiten«, be-

hauptete meine Tante, aber arbeiten konnte er mit uns nicht, da er strohdumm war und nichts gelernt hatte. Er ähnelte einem Gaul, stampfte mit den Füßen wie ein Pferd mit seinen Hufen, wieherte, statt zu lachen, wobei er seinen Mund so weit aufriß, daß man ihm weit in den Hals hineinschauen konnte, und auch sein Gesicht, lang, mit einer leicht gebogenen Nase, die Backenknochen breit und flach, glich einem Pferdekopf. Er trug einen zottigen Wollrock und roch nach rohem Fleisch. Tante liebte ihn über alle Maßen, nannte ihn einen schönen Mann, einen Kavalier und sogar einen Grenadier. Er hatte die üble Gewohnheit, die Kinder mit den steinharten Nägeln seiner langen Finger auf die Stirn zu knipsen – auch mich, als ich noch jünger war –, in wieherndes Lachen auszubrechen und auszurufen: »Wie es dröhnt! Scheint ein Hohlkopf zu sein!« – Und dieser Narr sollte meine Uhr besitzen! – »Auf keinen Fall!« beschloß ich, nachdem ich aus dem Salon gerannt war, mich auf mein Bett gesetzt und die Beine hinaufgezogen hatte, während meine Wange von der Ohrfeige brannte und sich rötete und an meinem Herzen die Bitterkeit der Beleidigung und der Durst nach Rache zehrten... Auf keinen Fall! Ich würde es nicht zulassen, daß der verfluchte Seminarist mich verhöhnte... meine Uhr einsteckte, die Kette über den dikken Bauch hängen ließ und vor Freude wieherte... Auf keinen Fall!

Aber wie konnte ich es verhindern?

Ich beschloß, die Uhr bei meiner Tante zu stehlen.

8

Glücklicherweise hatte Trankwillitatin die Stadt damals auf kurze Zeit verlassen und konnte nicht vor dem nächsten Tag bei uns erscheinen. Ich mußte die Nacht für mein Vorhaben nutzen. Meine Tante verschloß die Zimmertür nicht, übrigens schloß in unserem Hause kein einziger Schlüssel. Aber wo hob sie die Uhr auf? Wo war sie verborgen? Bis zum Abend hatte sie sie in der Tasche getragen, mehrmals herausgenommen und betrachtet.

Aber nachts, wo würde sie sie nachts verwahren? »Nun, das soll schon meine Angelegenheit sein, sie zu finden«, dachte ich und schüttelte drohend die Fäuste.
Ich glühte vor Wagemut, Freude und Angst vor dem baldigen und so erwünschten Verbrechen. In einem fort warf ich den Kopf zurück, runzelte die Stirn und flüsterte: »Warte nur!« Ich drohte jemandem, war zornig, war gefährlich... und ich ging David aus dem Wege! – Niemand, nicht einmal er, durfte den geringsten Verdacht schöpfen.
Allein wollte ich handeln und allein meine Tat verantworten! Der Tag schleppte sich langsam dahin... dann kam der Abend... und schließlich auch die Nacht. Ich tat nichts, war sogar bemüht, mich nicht zu bewegen, und in meinem Kopf herrschte nur ein Gedanke! Beim Mittagessen versuchte mein Vater, der nicht lange zürnen konnte und sich seiner Heftigkeit schämte – denn einem Sechzehnjährigen erteilt man keine Ohrfeigen mehr –, versuchte er mich zu liebkosen, aber ich lehnte seine Zärtlichkeit ab, nicht, weil ich ihm nicht verzeihen konnte, wie er damals glaubte, ich fürchtete einfach, weich zu werden und meine Fassung zu verlieren. Mein Rachedurst, die Glut meines Entschlusses durften nicht gelöscht werden. Sehr früh ging ich zu Bett, schlief aber nicht ein, schloß nicht einmal die Augen. Im Gegenteil, ich riß sie weit auf, obwohl ich die Decke über den Kopf gezogen hatte. Ich überlegte nicht, wie ich handeln sollte, schmiedete keinen Plan und wartete nur auf den Augenblick, daß endlich im Hause alle Geräusche verstummen würden! Nur eine Vorsichtsmaßregel hatte ich bedacht: ich behielt die Strümpfe an. Das Zimmer meiner Tante lag im zweiten Stock. Ich mußte durch das Speisezimmer und das Vorzimmer, dann die Treppe hinauf und durch einen kleinen Korridor... bis zur Tür auf der rechten Seite gehen... Einen Kerzenstummel oder eine Laterne brauchte ich nicht; denn im Zimmer meiner Tante brannte stets eine Ampel vor dem Heiligenbild. Also würde es hell sein. Mit weit aufgerissenen, hervorquellenden Augen lag ich da, den ausgetrockneten Mund geöffnet, während das Blut in meinen Schläfen, in den Oh-

ren, im Halse, im Rücken, im ganzen Körper hämmerte. Ich wartete... aber ein Teufel schien mich zu narren: die Zeit verstrich... und noch immer herrschte keine Stille.

9

Mir schien, daß David noch nie so spät eingeschlafen war... David, der schweigsame David, unterhielt sich sogar mit mir! Nie war in unserem Hause so lange gelärmt, gesprochen und herumgelaufen worden. »Worüber reden sie nur«, dachte ich, »als hätten sie den ganzen Tag nicht genügend Zeit dazu gehabt!« Auch draußen war es noch laut: bald bellte ein Hund in hohen Tönen und mit größter Ausdauer, dann grölte ein Betrunkener und konnte sich nicht beruhigen. Ein Tor knarrte, ein Wägelchen ratterte auf quietschenden Rädern, fuhr langsam an unserem Hause vorbei und war immer noch zu hören! Übrigens störten mich *diese* Laute nicht, im Gegenteil, sie erfreuten mich sogar, lenkten mich ab. – Endlich, endlich schien im ganzen Hause Ruhe zu herrschen. Ich vernahm nur noch das feierliche, heisere Ticken der alten Uhr im Speisezimmer und den gleichmäßigen, ruhigen Atem der Schlafenden. Ich wollte mich erheben... da raschelte es... ächzte... etwas Weiches fiel, drohendes Flüstern lief über die Wände und verlor sich in der nächtlichen Finsternis...
Nein, nein, es war ja nichts, war nur das Spiel meiner Phantasie.
Endlich verstummte alles. Finsternis und das Schweigen tiefer Mitternacht bannte jeden Laut. – Nun war es Zeit! Kalte Schauer liefen über meinen Rücken. Ich warf die Decke zurück, stellte die Füße auf den Boden und erhob mich... Ein Schritt... der zweite... Ich schlich durchs Zimmer... Schwach und unsicher schleppten meine Füße sich dahin, schwer, als seien sie aus Blei und gehörten mir nicht. Halt! Was war das für ein Geräusch? Sägte jemand oder nagte... oder seufzte? Ich lauschte... auf meinen Wangen schien etwas zu prickeln, die Augen füllten sich mit kalten Tränen... Nein, es war nichts!... Immer weiter

schlich ich. Dunkel war es, aber ich kannte ja den Weg. Plötzlich stieß ich gegen einen Stuhl... Welcher Lärm! Und wie weh es tat! Der Stoß traf das Schienbein... Ich erstarrte... Ob jemand aufgewacht war? Ach was! Plötzlicher Mut flammte in mir auf, Mut und Zorn! Vorwärts, vorwärts! Nun war ich durch das Speisezimmer gegangen, hatte die Tür betastet, sie geöffnet, jäh, mit einem Schwung... Wie sie in den Angeln quietschte!... Verflucht!... Und wenn auch!... Hier war die Treppe... ich stieg hinauf... Eins, zwei – eins, zwei! Eine Stufe knarrte unter meinen Füßen, ich starrte sie wutentbrannt an, obwohl ich sie nicht sehen konnte. Nun kam die zweite Tür. Ich streckte meine Hand aus, ergriff die Klinke... Sie klirrte nicht einmal! Ganz leicht und leise öffnete sich die Tür, als hieße sie mich willkommen... Nun war ich bereits im Korridor!
Im Korridor befand sich oben unter der Decke ein winziges Fensterchen. Schwaches Licht drang matt durch die trüben Scheiben. In diesem undeutlich schimmernden Licht erblickte ich auf dem Boden, auf einem Filzteppich, beide Hände unter dem zerzausten Haar verschränkt, unser Laufmädchen in tiefem Schlaf, ihr Atem ging rasch, genau hinter ihrem Kopf war die verhängnisvolle Tür. Ich schritt über den Teppich und das Mädchen hinweg... Wer öffnete mir die Tür?... Ich wußte es nachher nicht mehr. Und nun stand ich in Tantes Zimmer. In der einen Ecke glühte die Ampel, in der anderen stand das Bett, in dem meine Tante in Nachthaube und Jacke, das Gesicht mir zugekehrt, regungslos schlief, man hörte nicht einmal ihre Atemzüge. Das Licht der Ampel flackerte durch den Luftzug, und durch das Zimmer und über das wachsgelbe Gesicht meiner Tante liefen schwarze Schatten...
Da war ja die Uhr! Sie hing hinter dem Bett an der Wand auf einem gestickten Kissen. Hatte ich aber Glück!... Keine Zeit verlieren! – Aber was waren das für Schritte, weich und rasch hinter meinem Rücken? Nein, nein, es war nur mein heftig klopfendes Herz!... Ich schob ein Bein vor... Himmel, etwas Rundes, Großes, stieß gegen meine Knie... einmal... noch einmal... Ich

hätte beinah aufgeschrien, wäre vor Entsetzen fast gefallen... Der gestreifte Kater, unser Hauskater, stand mit gekrümmtem Rücken, den Schwanz erhoben, vor mir. Schwer und weich sprang er auf das Bett, wandte sich um und saß, ohne zu schnurren, wie ein strenger Richter da, mich mit seinen goldschimmernden Augen betrachtend. »Kss, kss«, flüsterte ich ihm zu und ergriff die Uhr, mich über die Tante beugend. Da hob sie plötzlich den Kopf, öffnete die Lider... Allmächtiger! Was geschah nun?... Aber ihre Lider bebten nur, schlossen sich wieder, mit leisem Seufzen fiel der Kopf zurück auf das Kissen. – Eine Minute später war ich in meinem Zimmer, lag auf dem Bett und hielt die Uhr in der Hand...

Wie eine Feder war ich leicht und schnell durch die Zimmer geflogen, vor Freude beinah erstickend. Denn war ich nicht ein Held, ein Dieb? Warm war mir! Und wie selig ich mich fühlte! Am liebsten hätte ich David sofort geweckt und ihm alles erzählt, aber – es ist kaum zu fassen – ich versank sofort in tiefen Schlaf.

Als ich erwachte, war es hell im Zimmer, die Sonne stand bereits am Himmel, aber glücklicherweise schlief noch alles. Ich sprang wie von einer Tarantel gestochen auf, weckte David und erzählte ihm alles. Er hörte sich meinen Bericht an und grinste. – »Weißt du was?« sagte er schließlich. »Vergraben wir die blöde Uhr, damit sie endlich fort ist.« Ich fand den Gedanken hervorragend. In einigen Sekunden waren wir angezogen, rannten in den Obstgarten, der hinter unserem Hause lag, und versenkten in der lockeren Frühlingserde einer kleinen Grube, die David mit seinem Taschenmesser unter einem Apfelbaum gegraben hatte, das verhaßte Geschenk des Paten, auf daß es ein für allemal verschwinde und nicht in die Hände des gräßlichen Trankwillitatin gerate. Wir stampften das Loch zu, bedeckten es mit Kieselsteinen, kehrten stolz und zufrieden, ohne daß jemand uns gesehen hätte, ins Haus zurück, legten uns ins Bett und schliefen noch einige Stunden sorglos und glücklich.

10

Sie können sich das Geschrei am nächsten Morgen vorstellen, als Tante sofort nach ihrem Erwachen die Uhr vermißte. Noch immer gellt mir ihr durchdringender Schrei: »Hilfe, Diebe, Räuber!«, in den Ohren, mit dem sie das ganze Haus weckte. Sie tobte wie eine Irrsinnige. David und ich lächelten aber nur vor uns hin, und selig und stolz war dieses Lächeln! »Alle, alle müssen gepeitscht werden!« brüllte Tante. »Unter meinem Kopf, unter meinem Kopfkissen ist die Uhr gestohlen worden!« Wir machten uns auf das Schlimmste gefaßt... Aber zu unserer Überraschung kam es zu keiner Katastrophe. Anfangs war mein Vater sehr zornig und erwähnte sogar die Polizei, aber vielleicht ärgerte er sich bereits im stillen über das gestrige Strafgericht, und zum Erstaunen meiner Tante wandte sich seine Wut plötzlich nicht gegen uns, sondern gegen sie: »Ihre Uhr hängt mir zum Hals heraus!« schrie er Pulcherija Petrowna an. »Ich kann es einfach nicht mehr hören! Sie sagen, sie könnte nicht durch Zauberkünste verschwinden! Ja, was geht sie mich denn überhaupt an? Und wenn es Zauberkünste sind! Hat man sie Ihnen gestohlen? Auch recht! Was Nastassei Nastassejitsch sagen wird? Zum Teufel mit ihm, mit Ihrem Nastassei Nastassejitsch! Nur Schaden und Unannehmlichkeiten habe ich durch ihn! Ich verbiete Ihnen, mich noch einmal damit zu belästigen. Haben Sie mich verstanden?« Mein Vater schlug die Tür zu und begab sich in sein Arbeitszimmer. David und ich hatten die Anspielung zwar nicht verstanden, erfuhren aber später, daß Nastassei Nastassejitsch sich damals den Zorn meines Vaters zugezogen, weil er ihm ein wichtiges Geschäft verdorben hatte. So war die Tante die Blamierte! Sie platzte beinah vor Wut, konnte aber nichts tun. Sie mußte sich damit begnügen, daß sie mich im Vorbeigehen mit schiefem Munde anzischte: »Dieb! Dieb! Zuchthäusler! Gauner!« – Diese Vorwürfe bereiteten mir die innigste Freude. Sehr angenehm war es auch, die Stelle unter dem Apfelbaum, wo die Uhr vergraben war, mit gleichgültigem Blick zu streifen, wenn man durch den Obstgarten ging, und mit David, wenn er sich in der Nähe befand, einen bedeutungsvollen Blick zu wechseln.

Tante war auf den Gedanken gekommen, Trankwillitatin gegen mich aufzuhetzen, aber ich nahm Davids Hilfe in Anspruch, und erklärte dem kräftigen Seminaristen einfach, er würde ihm ein Messer in den Bauch rennen, wenn er mich nicht in Ruhe ließe... Tranwillitatin, obwohl Tantes Worten zufolge Grenadier und Kavalier, gehörte nicht zu den Tapfersten und erschrak. So vergingen fünf Wochen... Glauben Sie aber nicht, daß die Geschichte mit der Uhr damit endet! O nein, keinesfalls! Um sie aber zu beenden, muß ich eine neue Person einführen und aus diesem Grunde auf die Vergangenheit zurückgreifen.

II

Mein Vater war lange mit einem verabschiedeten Beamten, Latkin, eng befreundet, einem lahmen, armseligen, schüchternen Mann mit eigentümlichen Gewohnheiten, einem jener Geschöpfe, von denen das Sprichwort sagt, Gott selbst hätte sie vergessen. Wie mein Vater und Nastassei machte auch er »Geschäfte«, war ebenfalls Winkeladvokat und »Notar«, da er aber weder ein imposantes Äußere und Redegewandtheit noch genügend Selbstvertrauen besaß, wagte er nicht, selbständig zu handeln, und schloß sich an meinen Vater an. Seine Handschrift war wie gestochen, er kannte die Gesetze bis in die feinsten Einzelheiten und beherrschte alle Floskeln des Kanzleistils und alle notwendigen Redewendungen für eine Bittschrift. Er unternahm alles mögliche gemeinsam mit meinem Vater, sie teilten Gewinn und Verlust, und nichts schien ihre Freundschaft erschüttern zu können. Dennoch wurde sie eines Tages ein für allemal vernichtet. Mein Vater überwarf sich mit seinem Mitarbeiter. Hätte Latkin ihm ein einträgliches Geschäft fortgeschnappt, wie später Nastassei, so hätte Vater ihm nicht mehr, wahrscheinlich sogar weniger gezürnt als Nastassei. Aber Latkin hatte meinen Vater in einer unbegreiflichen Aufwallung des Neides, der Habgier, vielleicht auch der Ehrlichkeit an ihren gemeinsamen Klienten, einen jungen Kaufmann, verraten und diesem leichtsinnigen Jüngling die Augen über ... einen gewissen Kniff geöffnet, der meinem Vater viel Vorteil bringen sollte. Nicht der Geldverlust – so groß er auch gewesen sein mag – hatte ihn empört, nein, der Verrat kränkte meinen Vater tief und weckte seinen Zorn. Er konnte ihm diese Hinterlist nicht verzeihen!

»Hat sich da ein Heiliger gefunden«, wiederholte er, vor Zorn bebend, und seine Zähne schlugen wie im Fieber aufeinander. Ich befand mich gerade im Zimmer und war Zeuge dieser häßlichen Szene. – »Gut! Von heute ab ist es zwischen uns aus! Du betrittst meine Türschwelle nicht mehr und ich deine nicht. Du bist uns zu ehrlich, wie kannst du da mit uns verkehren! Verkommen und verrecken kannst du ohne uns!«

Vergeblich flehte Latkin meinen Vater an, verbeugte sich bis zur Erde vor ihm, suchte ihm alles zu erklären, was sein eigenes Herz in qualvolle Verwirrung stürzte. »Ich habe ja keinen Nutzen davon gehabt, Porfiri Petrowitsch«, flüsterte er, »habe mich ins eigene Fleisch geschnitten!« Aber Vater blieb unnachgiebig ... Latkin betrat unser Haus nicht mehr. Das Schicksal schien den grausamen Wunsch meines Vaters in Erfüllung gehen zu lassen. Bald nach dem Zerwürfnis – zwei Jahre vor Beginn meiner Erzählung – starb Latkins Frau, die allerdings schon lange kränkelte. Seine zweite Tochter, ein dreijähriges Kind, wurde vor Schreck in einer Nacht taubstumm: ein Bienenschwarm hatte sie überfallen. Latkin selbst erlitt einen Schlaganfall und geriet in große Armut. Es war schwer, sich vorzustellen, wovon und wie er lebte. Er wohnte in einer halbzerfallenen Hütte, nicht weit von unserem Hause. Seine älteste Tochter, Raissa, lebte ebenfalls bei ihm und führte, so gut es ging, den Haushalt. Diese Raissa ist die neue Person, die ich in die Erzählung einführen will.

12

Solange unsere Väter befreundet waren, sahen wir sie ständig. Sie verbrachte ganze Tage bei uns, nähte oder webte mit ihren schmalen, flinken Händen. Sie war ein schlankes, etwas hageres Mädchen mit klugen braunen Augen in einem blassen, länglichen Gesicht, sprach wenig, aber vernünftig mit einer leisen, wohlklingenden Stimme, beinah ohne den Mund zu öffnen und die Zähne zu zeigen. Lachte sie, sehr selten und nur kurz, zeigte sie sie plötzlich alle, sie schimmerten weiß und groß wie Mandelkerne. Ich entsinne mich auch ihres leichten, federnden Gangs: sie schien bei jedem Schritt ein wenig in die Höhe zu hüpfen. Ich hatte stets den Eindruck, als steige sie eine Treppe herab, sogar wenn sie über eine ebene Stelle ging. Sie hielt sich gerade, die Hände unter der Brust verschränkt. Was sie auch tat und unternahm – wenn es nur das Einfädeln einer Nadel oder das Aufbügeln eines Rockes war –, es wirkte anmutig und – man wird es kaum glauben – irgendwie rührend. Sie hieß Raissa, wir aber nannten sie Schwarzlippchen, weil sie ein dunkelblaues Muttermal auf der Oberlippe hatte, so als hätte sie Blaubeeren gegessen. Aber das verdarb ihr Gesicht nicht. Im Gegenteil! – Sie war ein Jahr älter als David. Ich empfand Ehrfurcht für sie, sie kümmerte sich aber wenig um mich. Mit David verband sie eine nicht mehr kindliche und seltsame, aber gute Freundschaft und Kameradschaft. Sie paßten ihrem Wesen nach zueinander. Stundenlang konnten sie beieinander sitzen, ohne ein Wort zu wechseln, aber ein jeder von ihnen fühlte sich wohl und wußte, daß es nur daher kam, weil sie zusammen waren. Ich habe nie ein solches Mädchen gekannt, das kann man mir wahrhaftigen Gottes glauben! Sie hatte etwas Aufmerksames und Entschlossenes, Ehrliches, Trauriges und Liebes. Nie habe ich ein witziges, ebensowenig aber auch ein gemeines Wort von ihr gehört und selten so kluge Augen gesehen! Nach dem Zerwürfnis zwischen unseren beiden Familien sah ich sie selten. Mein Vater hatte mir streng verboten, Latkins zu besuchen, und sie zeigte sich nie mehr in unserem Hause. Begegnete ich ihr jedoch auf der Straße oder in der Kirche, so flößte sie mir immer wieder dieselben Gefühle ein: Achtung und eher Überraschung als Mitleid; denn es war bewundernswert, wie sie ihr Unglück trug. »Ein Mädchen aus hartem Stein«, hatte sich sogar der gefühllose Trankwillitatin über sie geäußert. Eigentlich hätte man sie bemitleiden müssen: ihr Gesicht hatte einen sorgenvollen und müden Ausdruck angenommen, die blaugeränderten Augen lagen tief in den Höhlen, eine allzu schwere Last ruhte auf ihren jungen Schultern. David sah sie des öfteren. Er besuchte sie auch zu Hause, und mein Vater kümmerte sich nicht darum, er wußte, daß David ihm doch nicht gehorchen würde. Von Zeit zu Zeit erschien Raissa auch an unserem Gartenzaun, der an die Querstraße grenzte, und traf sich dort mit David. Sie plauderte nicht mit ihm, teilte ihm nur neue Schwierigkeiten oder neues Ungemach mit und bat um seinen Rat. Latkins Schlaganfall war seltsamer Art. Seine Hände und Füße wurden schwach, doch konnte er sie noch gebrauchen, und sogar das Gehirn arbeitete richtig. Die Zunge gehorchte ihm aber nicht, so daß er die Worte verwechselte und man erraten mußte, was er sagen wollte.

»Tschu-tschu«, flüsterte er mühsam – er begann jedes Wort mit »tschu«, – »eine Schere brauche ich, eine Schere.« Aber er meinte das Brot. Meinen Vater haßte er mit aller ihm noch verbliebenen Kraft. Er führte sein Unglück auf dessen Fluch zurück und nannte ihn »Metzger« oder »Juwelier«. »Tschutschu ... zum Metzger darfst du nicht gehen, Wassiljewna!« Er nannte seine Tochter so und hieß selbst Martinjan. Mit jedem Tage wurde er anspruchsvoller, seine Bedürfnisse wuchsen ... Wie konnten seine Ansprüche befriedigt werden? Woher nahm man das Geld? Kummer vergeht schnell, und doch war es bedrückend, was man aus dem Munde dieses siebzehnjährigen Mädchens vernahm.

13

Ich erinnere mich noch, wie ich am Todestage ihrer Mutter Zeuge ihrer Unterredung mit David am Zaun war.

»Heute in der Morgendämmerung ist Mutter gestorben«, sagte sie. Der Blick ihrer ausdrucksvollen dunklen Augen schweifte in die Ferne, dann senkte sie ihn und starrte zu Boden. »Die Köchin hat sich erboten, einen billigen Sarg zu kaufen, aber es ist kein Verlaß auf sie; wenn sie nur das Geld nicht vertrinkt. Könntest du nicht kommen und aufpassen, Davyduschko, sie fürchtet dich.«

»Ich komme«, erwiderte David, »und werde aufpassen... Und was macht dein Vater?«

»Er weint und sagt: ›Verwöhnt auch mich!‹ Das soll wohl heißen: Begrabt auch mich. Jetzt ist er eingeschlafen.« – Raissa seufzte plötzlich tief. – »Ach, Davyduschko, Davyduschko!« Sie strich sich mit halbgeballten Fäustchen über Stirn und Brauen, und diese Bewegung war voller Bitterkeit und echter Trauer und so anmutig wie all ihre Bewegungen.

»Du mußt aber auch ein bißchen an dich denken«, sagte David. »Hast sicherlich überhaupt nicht geschlafen... Und weinen hat auch keinen Zweck, man ändert doch nichts.«

»Ich habe keine Zeit zum Weinen«, erwiderte Raissa.

»Die Reichen können es sich leisten, zu weinen«, meinte David.

Raissa ging fort, kam aber zurück.

»Man will uns den gelben Schal abkaufen, den aus Mutters Aussteuer, und bietet zwölf Rubel dafür. Meinst du nicht, daß es zuwenig ist?«

»Ja.«

»Wir würden ihn nicht verkaufen«, sagte Raissa nach kurzem Schweigen, »aber wir brauchen das Geld für die Beerdigung.«

»Selbstverständlich. Doch unnütz soll man das Geld auch nicht ausgeben. Schrecklich ist es mit diesen Popen! Wart mal, ich komme gleich. Gehst du schon? – Ich komme bald. Auf Wiedersehen, liebe, liebe Raissa!«

»Auf Wiedersehen, Bruder, mein Lieber!«
»Weine nicht!«
»Wie könnte ich? Entweder kochen oder weinen, beides geht nicht.«
»Wieso kochen?« wandte ich mich an David, sobald Raissa gegangen war. »Kocht sie denn selbst?«
»Du hast doch gehört, daß die Köchin den Sarg kauft.«
»Sie kocht«, dachte ich, »und dabei sind ihre Hände immer so sauber und die Kleider ordentlich... Ich möchte ihr zuschauen, wenn sie dort in der Küche... Ein ungewöhnliches Mädchen!«
Ich entsinne mich auch einer anderen Unterhaltung »am Zaun« nach dem Schlaganfall Latkins. Dieses Mal hatte Raissa ihr taubstummes Schwesterchen mitgebracht, ein hübsches Kind mit großen, erstaunten Augen und dichtem mattem schwarzen Haar. Auch Raissas Haar war schwarz und glanzlos.
»Ich weiß nicht, was ich machen soll«, sagte Raissa. »Der Arzt hat meinem Vater etwas verschrieben, wir müssen es in der Apotheke holen. Nun aber kommt unser Bäuerlein – es stellte sich heraus, daß Latkin einen Leibeigenen besaß –, hat Holz und eine Gans mitgebracht. Doch der Portier nimmt es uns weg, sagt, wir wären ihm Geld schuldig.«
»Will er die Gans haben?« fragte David.
»Nein, nicht die Gans. Er sagt, sie sei alt, tauge nichts, deshalb hätte das Bäuerlein sie wohl gebracht. Das Holz nimmt er uns weg.«
»Er hat ja gar kein Recht dazu!« rief David.
»Das Recht hat er nicht, aber er tut's... Ich bin auf den Boden gegangen, dort steht ein Koffer von uns, ein uraltes Ding. Und schau, was ich gefunden habe, als ich darin herumkramte!«
Sie zog ein ziemlich großes, in Kupfer gefaßtes und mit gelbem Saffianleder überzogenes Fernglas unter ihrem Tuch hervor. David, ein Liebhaber und Kenner aller Instrumente, griff sofort danach.
»Ein englisches«, sagte er und hielt es abwechselnd vor das linke und das rechte Auge. »Ein Feldstecher.«

»Und die Gläser sind heil«, fuhr Raissa fort. »Ich hab' es Vater gezeigt. Er sagte: ›Geh und versetz es beim Juwelier!‹ Ob ich dafür Geld bekomme? Was meinst du? Wozu brauchen wir das Fernglas? Höchstens, um uns aus der Ferne im Spiegel zu bewundern, wie schön wir sind! Nur besitzen wir den Spiegel leider nicht.«

Und Raissa lachte plötzlich laut auf. Ihr Schwesterchen konnte sie zwar nicht hören, spürte aber anscheinend die Erschütterung des Körpers, sah mit großen, erstaunten Augen zu ihr auf und brach in Tränen aus.

»So ist sie immer«, sagte Raissa, »sie liebt es nicht, wenn man lacht.«

»Ich tu' es nicht mehr, tu' es nicht mehr, Ljubotschka«, fügte sie hinzu, kniete vor der Kleinen nieder und strich über ihr Haar. »Siehst du?«

Das Lachen verschwand von Raissas Gesicht, und ihre Lippen, deren Winkel sich besonders lieb in die Höhe bogen, schlossen sich wieder. Das Kind hörte auf zu weinen. Raissa stand auf.

»Also hilf mir, Davyduschko ... hilf mir mit dem Fernglas. Schade wäre es ums Holz, auch um die Gans, so alt sie sein mag.«

»Zehn Rubel geben sie bestimmt«, sagte David, das Fernglas hin- und herdrehend. »Ich kaufe es dir ab .... das wird das beste sein! Hier hast du erst mal Geld für die Apotheke, fünfzehn Kopeken, reicht das?«

»Ich leihe sie nur von dir«, flüsterte Raissa, das Geld in Empfang nehmend.

»Fehlt noch! Mit Zinsen vielleicht? Hier habe ich ja ein Pfand. Ein hervorragendes Glas! Die Engländer sind doch das klügste Volk!«

»Man sagt, daß wir Krieg gegen sie führen werden.«

»Nein«, erwiderte David, »wir schlagen jetzt die Franzosen.«

»Nun ... du wirst es wohl besser wissen! Also hilf mir. Auf Wiedersehen!«

14

Auch eine andere Unterhaltung fand statt, immer an demselben Zaun. Raissa schien noch besorgter als gewöhnlich.
»Ein Kohlkopf kostet fünf Kopeken«, sagte sie, das Kinn auf die Hand stützend, »und so ein winziger Kohlkopf dazu! So teuer! Und das Geld fürs Nähen habe ich noch nicht erhalten.«
»Wer schuldet es dir?«
»Die Kaufmannsfrau, die hinter dem Walde wohnt.«
»Die Dicke im grünen Mantel?«
»Ja, sie ist es!«
»Dieser Dickwanst! Erstickt in ihrem Fett, in der Kirche steigen sogar Dampfwolken von ihr auf, aber ihre Schulden bezahlt sie nicht.«
»Bezahlen wird sie schon, aber wann? Und nun habe ich neue Sorgen, Davyduschko. Mein Vater erzählt mir neuerdings seine Träume, du weißt doch, daß er nicht richtig sprechen kann, ein Wort meint und das andere sagt. Wenn es ums Essen oder etwas Alltägliches geht, verstehen wir ihn bereits, aber Träume begreift man schon bei Gesunden schwer, geschweige denn bei ihm! ›Ich freue mich so‹, berichtet er, ›bin heute auf weißen Vögeln spazierengegangen, und der Herrgott schenkte mir einen weißen Blumenstrauß, in dem Andrjuscha mit einem Messerchen saß.‹ – Er nennt unsere Ljubotschka Andrjuscha. – ›Jetzt werden wir‹, so erzählte er weiter, ›beide gesund. Man müßte nur mit dem Messer – tschirk machen‹, so drückte er sich aus und zeigte auf den Hals. – Ich verstand nicht, was er meinte, und erwiderte: ›Ja, mein Lieber, ja.‹ Er aber ärgerte sich, versuchte mir immer wieder etwas zu erklären, Tränen kamen ihm sogar in die Augen.«
»Du hättest ihm irgend etwas sagen, meinetwegen vorlügen sollen«, mischte ich mich in das Gespräch.
»Ich kann nicht lügen«, sagte Raissa und schlug die Hände zusammen.
Und es war wirklich so: sie verstand nicht zu lügen.
»Lügen soll man nicht«, meinte David, »aber verzweifeln darf

man auch nicht. Niemand dankt dir, daß du dich so aufopferst.«
Raissa sah ihn forschend an.
»Ich wollte dich doch etwas fragen, Davyduschko, wie schreibt man ›das‹?«
»In welchem Sinn?«
»Zum Beispiel, wenn ich sage: ›Ich will, daß du lebst.‹«
»Schreibe es: das.«
»Nein«, mischte ich mich wieder ein, »nicht ein s, zwei s.«
»Das ist gleich, schreibe es meinetwegen mit zwei s. Das wichtigste ist, du quälst dich nicht zu Tode.«
»Ich möchte richtig schreiben lernen«, sagte Raissa leicht errötend.
Sie sah hübsch aus, wenn sie errötete.
»Es könnte mir eines Tages nützen... Vater konnte ausgezeichnet schreiben... einfach erstaunlich! Bei ihm habe ich es auch gelernt. Aber jetzt kann er kaum noch lesen.«
»Quäl dich nur nicht zu Tode, damit du mir am Leben bleibst«, wiederholte David leise und wandte seinen Blick nicht von ihr. Raissa sah ihn rasch an und errötete noch mehr. »Quäl dich nicht... und schreibe, wie du kannst... Teufel, da kommt die Hexe!« – David nannte unsere Tante so. – »Was treibt sie hierher?... Geh, Liebste.«
Raissa sah David noch einmal an und lief fort.
David unterhielt sich selten und ungern mit mir über Raissa und ihre Familie, vor allem, seitdem er die Rückkehr seines Vaters erwartete. Er dachte nur an ihn und daran, wie wir später leben würden. Er erinnerte sich seiner gut und liebte es, ihn mir zu beschreiben.
»Groß ist er und stark, hebt mit einer Hand zehn Pud... Und wenn er ruft: ›He, du Kleiner!‹, so hört man es im ganzen Hause. Nett ist er und gütig... ein Prachtmensch! Nie hat er irgend jemanden gefürchtet. Schön haben wir gelebt, ehe wir ruiniert wurden! Er soll jetzt ganz weiß sein. Früher hatte er rotes Haar wie ich. Und kräftig ist er!«

David wollte auf keinen Fall daran glauben, daß wir in Rjasan blieben.
»Ihr werdet fortfahren«, sagte ich, »ich aber muß hierbleiben.«
»Unsinn! Wir nehmen dich mit!«
»Und was machen wir mit meinem Vater?«
»Deinen Vater verläßt du. Tust du es nicht, so gehst du zugrunde.«
»Wieso?«
David antwortete nicht und runzelte nur die hellen Brauen.
»Wenn wir mit Vater fortfahren«, begann er wieder, »so wird er eine gute Stelle finden, ich werde heiraten...«
»Nun, das sicherlich nicht so bald«, warf ich ein.
»Warum nicht? Ich heirate bald.«
»Du?«
»Ja, ich!«
»Hast ja noch gar keine Braut.«
»Natürlich habe ich eine.«
»Wen denn?«
David lächelte.
»Wie dumm du bist! Raissa natürlich!«
»Raissa!« rief ich überrascht aus. »Das soll wohl ein Scherz sein?«
»Ich verstehe nicht zu scherzen und tu es auch nicht gern.«
»Aber sie ist ein Jahr älter als du.«
»Schadet doch nichts! Reden wir nicht mehr darüber.«
»Darf ich dich nur eins fragen«, sagte ich. »Weiß sie, daß du sie heiraten willst?«
»Wahrscheinlich.«
»Aber du hast es ihr noch nicht gestanden?«
»Was gibt es da zu gestehen? Wenn es soweit ist, sage ich es ihr. Nun Schluß!«
David erhob sich und verließ das Zimmer. Nachdem er gegangen war, überlegte ich lange diesen Fall und kam zu dem Entschluß, daß David wie ein vernünftiger und praktischer Mann handle,

und ich fühlte mich sogar geschmeichelt, daß ich der Freund dieses praktischen Mannes war.
Und Raissa in ihrem ewigen schwarzen Wollkleidchen erschien mir plötzlich reizend und der treuesten Liebe wert!

15

Aber Davids Vater kam immer noch nicht und schrieb nicht einmal. Es war bereits Sommer, der Juni neigte sich seinem Ende zu, und wir waren des Wartens müde.
Inzwischen verbreitete sich das Gerücht, daß es Latkin schlechter ginge und seine Familie bald verhungern oder das Haus einstürzen und alle unter sich begraben würde. David hatte sich sehr verändert und sah so böse und düster aus, daß man kaum ein Wort an ihn zu richten wagte. Er ging es öfteren fort. Raissa sah ich gar nicht mehr, höchstens aus der Ferne, wenn sie mit ihrem leichten, anmutigen Gang, gerade wie ein Pfeil, die Arme über der Brust verschränkt, einen besorgten Ausdruck in ihren klugen, dunklen Augen unter den langen Brauen und in ihrem lieben, blassen Gesicht die Straße rasch überquerte. Meine Tante quälte mich immer noch mit Hilfe ihres geliebten Trankwillitatin und flüsterte mir des öfteren vorwurfsvoll zu: »Ein Dieb sind Sie, mein Herr, ein Dieb!« Aber ich beachtete sie nicht, und Vater arbeitete und grübelte sehr viel, reiste, schrieb und wollte von nichts wissen.
Als ich eines Tages am bewußten Apfelbaum vorbeiging, warf ich aus alter Gewohnheit einen Blick auf die betreffende Stelle, und plötzlich schien es mir, daß sie sich verändert habe... Ein Hügelchen hatte sich dort gebildet, wo früher eine Vertiefung gewesen war, und die Steine lagen anders. »Was bedeutet das?« dachte ich. »Hat jemand unser Geheimnis erraten und die Uhr ausgegraben?«
Ich mußte mich mit eigenen Augen überzeugen. Die in der Erde verrostende Uhr war mir natürlich völlig gleichgültig, aber sollte ich einem anderen erlauben, sie zu benutzen? Deshalb erhob ich

mich am nächsten Tag im Morgengrauen, nahm ein Messer, ging in den Garten, begann zu graben und ... mußte, nachdem ich beinah eine Elle tief gegraben hatte, feststellen, daß die Uhr fehlte, daß jemand sie ausgegraben und gestohlen hatte.
Aber wer konnte es sein ... außer David?
Niemand außer ihm wußte, wo sie sich befand.
Ich schüttete das Loch wieder zu und ging nach Hause. Ich fühlte mich tief gekränkt.
»Und wenn er Geld brauchte, um seine künftige Frau und ihren Vater vor dem Verhungern zu retten – die Uhr hatte ja schließlich einen Wert«, dachte ich, »so hätte er zu mir kommen und sagen müssen: Bruder (ich an seiner Stelle hätte unbedingt ›Bruder‹ gesagt), Bruder, ich brauche Geld! Ich weiß, daß du es nicht hast, erlaube mir aber, deine Uhr zu nehmen, die wir gemeinsam unter dem Apfelbaum vergraben haben. Sie nutzt keinem, ich aber werde dir sehr dankbar sein, Bruder! Wie gern hätte ich eingewilligt! Aber heimlich, verräterisch zu handeln, mir so wenig zu vertrauen ... Nein! Keine Leidenschaft und keine Not konnte das entschuldigen!«
Ich wiederhole, daß ich sehr gekränkt war. Ich verhielt mich David gegenüber kalt, spielte den Gekränkten ...
Aber David gehörte nicht zu denen, die so etwas bemerken und sich darüber aufregen.
Ich begann Andeutungen zu machen ...
Doch David schien sie nicht zu begreifen!
Ich sagte ihm, wie niedrig in meinen Augen ein Mann sei, der einen Freund besitzt und das geheiligte Gefühl echter Freundschaft sogar kennt und empfindet, und doch nicht den Mut der Wahrhaftigkeit besitzt, sondern zu List und Schlichen Zuflucht nimmt. Als ob man etwas verbergen könnte!
Nach diesen Worte pflegte ich verächtlich zu lachen.
Aber David zuckte nicht mit der Wimper.
Ich fragte ihn schließlich, ob er meine, daß die Uhr noch ein Weilchen gegangen, nachdem wir sie begraben, oder sofort stehengeblieben sei?

»Der Teufel mag es wissen«, erwiderte er. »Hast was Rechtes zum Grübeln gefunden!«
Ich wußte nicht, was ich denken sollte. Anscheinend hatte David etwas auf dem Herzen... keinesfalls war es aber der Raub der Uhr. Ein plötzlicher Zwischenfall bewies mir seine Unschuld.

16

Eines Tages kehrte ich durch eine kleine Seitengasse zurück, die ich im allgemeinen mied, da sich dort das Haus befand, in dem mein Feind Trankwillitatin wohnte. Doch dieses Mal führte mich die Vorsehung dahin. Als ich am geschlossenen Fenster einer Kneipe vorbeiging, vernahm ich plötzlich die Stimme unseres Dieners Wassili, eines jungen, aufgeweckten Burschen, der »ein großer Faulenzer und Nichtsnutz« war, wie mein Vater ihn nannte, gleichzeitig aber die Gabe besaß, Frauenherzen zu erobern, die er durch seinen Witz, seine Tänze und sein Harmonikaspiel betörte.
»Was sie sich ausgedacht haben«, sagte Wassili, den ich nicht sehen, aber deutlich hören konnte. Offenbar saß er hier mit einem seiner Freunde beim Tee und sprach – wie es Leute in geschlossenem Raum oft tun – sehr laut, ohne daran zu denken, daß ein Vorübergehender auf der Straße jedes Wort verstehen konnte.
»Was sie sich ausgedacht haben! Die Uhr einfach zu vergraben!«
»Lügst«, brummte eine andere Stimme.
»Ich sage es dir doch! So seltsam sind unsere Herrschaftskinder! Vor allem Davydka, dieser Mohrenkönig! Eines Tages stehe ich früh auf, gehe zum Fenster... schaue... was ist denn das?... Da laufen unsere beiden Jüngelchen durch den Garten, diese Uhr in der Hand, graben ein Loch unter dem Apfelbaum und stecken die Uhr hinein, als wär's ein kleines Kind! Dann ebnen sie den Boden. Solch nichtsnutzige Bengel!«
»Hol sie der Teufel!« meinte Wassilis Kamerad. »Haben wohl zu viel Sachen! Nun, und weiter? Hast du die Uhr ausgegraben?«

»Selbstverständlich! Ich habe sie. Aber vorläufig kann ich sie nicht zeigen. Damals hat es viel zuviel Lärm wegen dieser Uhr gegeben. Davydka hat sie unserer Alten in jener Nacht aus dem Bett gestohlen.«

»O-oh!«

»Ich sag' es dir! Ein verwegener Bursche! Ja, also zeigen kann ich sie dir noch nicht. Wenn aber Offiziere kommen, verkaufe ich sie oder setze sie im Kartenspiel.«

Ich hörte nicht weiter zu und stürzte Hals über Kopf direkt zu David.

»Bruder«, begann ich, »Bruder, vergib mir! Ich bin schuldig vor dir! Ich habe dich verdächtigt, beschuldigt! Du siehst, wie aufgeregt ich bin! Vergib mir!«

»Was ist los?« fragte David, »sprich!«

»Ich habe dich verdächtigt, glaubte, du hättest unsere Uhr unter dem Apfelbaum ausgegraben!«

»Wieder die Uhr! Ja, ist sie denn nicht mehr dort?«

»Nein! Ich dachte, du hättest sie genommen, um deinen Bekannten zu helfen. Wassili war es!«

Und ich erzählte David alles, was ich unter dem Fenster der Kneipe gehört hatte.

Aber stellen Sie sich mein Erstaunen vor! Ich dachte natürlich, daß David sich entrüsten würde, hatte aber das, was nun folgte, nicht erwartet. Kaum hatte ich meinen Satz beendet, als er in unbeschreibliche Wut geriet. David, der nur verächtlich von dieser »blöden Geschichte mit der Uhr« sprach, David, der des öfteren versichert hatte, die Uhr sei keine leere Eierschale wert, sprang plötzlich auf, errötete jäh, preßte die Zähne zusammen, ballte die Fäuste. »Das können wir nicht so lassen!« rief er schließlich aus. »Wie kann er wagen, sich fremdes Eigentum anzueignen? Ich werde es ihm beibringen! Warte nur! Dieben lass' ich nichts durchgehen!«

Offen gestanden, begreife ich bis auf den heutigen Tag nicht, was David so erzürnt hatte. Vielleicht war er an dem Tage ohnehin gereizt, und Wassilis Tat goß Öl ins Feuer, vielleicht hatte ihn

mein Verdacht gekränkt, ich weiß es nicht, aber noch nie hatte ich ihn so erregt gesehen! Mit offenem Mund stand ich vor ihm und staunte darüber, daß er so schwer und stark atmete.
»Was willst du tun?« fragte ich schließlich.
»Wirst sehen... heute nachmittag, wenn dein Vater sich hingelegt hat. Diesen Kerl werde ich schon finden und ihn zur Rede stellen!«
»Na«, dachte ich, »diesen Kerl beneide ich nicht! Was wird daraus werden! Mein Gott!«

17

Folgendes geschah:
Als sich nach dem Mittagessen jene träge Ruhe einstellte, die sich bis heute wie ein warmes Daunenkissen mitten am Tage, nach Beendigung des Mahls, über jedes russische Haus legt, begab sich David – ich folgte ihm beklommen auf Schritt und Tritt –, begab sich David in die Gesindestube und rief Wassili, der zunächst nicht kommen wollte, sich dann aber fügte und uns in den Garten folgte.
David stand direkt vor ihm, Brust an Brust. Wassili war einen Kopf größer als er.
»Wassili Terentjew«, begann mein Freund mit fester Stimme. »Du hast vor sechs Wochen unter diesem Apfelbaum eine von uns versteckte Uhr hervorgeholt. Du hattest kein Recht dazu, sie gehört dir nicht. Gib sie sofort zurück.«
Wassili war im ersten Augenblick verlegen, faßte sich aber sofort. »Was für eine Uhr? Was reden Sie da? Der Herrgott sei mit Ihnen! Ich habe keine Uhr.«
»Ich weiß, was ich sage. Lüge nicht! Du hast die Uhr, gib sie her!«
»Ich habe Ihre Uhr nicht.«
»Du hast doch in der Kneipe...«, begann ich, aber David unterbrach mich.
»Wassili Terentjew« wiederholte er dumpf und drohend. »Wir

wissen ganz genau, daß du die Uhr hast. Ich sage dir im guten: gib sie her. – Tust du es nicht...«
Wassili lächelte frech.
»Was machen Sie dann mit mir? Nun?«
»Was? – Wir prügeln uns beide mit dir, bis du oder wir gesiegt haben.«
Wassili lachte...
»Prügeln ist keine Herrschaftsangelegenheit! Sich mit einem Diener prügeln?«
David krallte sich plötzlich an Wassilis Weste fest.
»Wir werden dich nicht mit Fäusten bearbeiten«, sagte er zähneknirschend, »begreife das nur! Ich werde dir ein Messer geben und nehme selbst eins... Dann werden wir sehen, wer Sieger bleibt. Alexei«, befahl er mir, »lauf rasch und hole mir das große Messer, weißt du, mit dem Griff aus Horn. Es liegt auf meinem Tisch, das andere Messer habe ich in der Tasche.«
Wassili erstarrte vor Entsetzen. David hielt ihn immer noch an der Weste fest.
»Um Gottes willen... um Gottes willen, David Jegorytsch!« flüsterte er mit Tränen in den Augen, »was tun Sie, was tun Sie? Lassen Sie mich gehen.«
»Nein, ich lass' dich nicht los. – Und Gnade gibt es auch keine! Entwischst du uns heute, so fangen wir morgen wieder an. – Aljoschka, wo ist das Messer?«
»David Jegorytsch!« brüllte Wassili. »Laden Sie sich keinen Mord aufs Gewissen! Was soll denn das? Und die Uhr... Ich habe wirklich... Es war nur ein Scherz. Sofort bringe ich sie Ihnen. Wie ist das möglich? Einmal haben Sie es auf Chrissanph Lukitsch abgesehen, dann auf mich! – Lassen Sie mich los, David Jegorytsch!... Ich bringe die Uhr. Nur dürfen Sie dem Herrn Papa nichts sagen.«
David ließ Wassilis Weste los. Ich sah meinen Freund an und verstand Wassilis Schreck, so erbittert war er, so kalt... und böse...
Wassili rannte ins Haus und kehrte sofort mit der Uhr zurück.

Schweigend reichte er sie David und rief erst auf der Türschwelle, ehe er im Haus verschwand: »Teufel, ist das eine Geschichte!« Vor Schreck sah er immer noch ganz entstellt aus. David warf den Kopf zurück und ging in unser Zimmer. Ich trottete hinter ihm her. »Ein Suworow, der reinste Suworow«, dachte ich. Damals, im Jahre 1801, war Suworow unser größter Nationalheld.

18

David verschloß die Tür hinter sich, legte die Uhr auf den Tisch und – o Wunder – begann zu lachen. – Als ich das sah, stimmte ich in sein Lachen ein.

»Eine seltsame Geschichte«, sagte er, »wir werden die Uhr nicht los! Ist wohl verhext! Und warum wurde ich so zornig?«

»Ja, warum?« wiederholte ich. »Hättest sie Wassili lassen sollen...«

»Unsinn!« erwiderte David, »auf keinen Fall. Aber was machen wir nun mit der Uhr?«

»Ja, was?«

Beide starrten wir die Uhr an und überlegten. Mit einer hellblauen Perlenkette verziert – der unglückselige Wassili hatte sich so beeilt, daß er die Kette, die ihm gehörte, nicht einmal abgenommen hatte – lag sie da und tat ruhig ihre Pflicht, sie tickte – allerdings ein wenig unregelmäßig – und bewegte langsam ihren kupfernen Minutenzeiger.

»Sollen wir sie wieder vergraben? Oder in den Ofen werfen?« schlug ich endlich vor. »Oder weißt du was» wir schenken sie Latkin.«

»Nein«, erwiderte David, »das ist alles nicht das richtige! Ich weiß, was wir tun: Die Kanzlei des Gouverneurs hat eine Kommission ernannt, die zugunsten der abgebrannten Kassimowschen Einwohner Spenden annimmt. Die Stadt Kassimow mit all ihren Kirchen soll völlig ausgebrannt sein. Dort nimmt man alles an, nicht nur Geld und Brot, auch allerlei Sachen. Geben wir dort unsere Uhr ab. Was meinst du?«

»Ja, ja«, rief ich aus, »ein glänzender Gedanke! Ich dachte nur, die Familie deiner Freundin braucht Geld und...«
»Nein, nein, wir geben sie der Kommission – Latkins kommen auch ohne sie aus – wir geben sie der Kommission!«
»Schön! Dann kriegt sie eben die Kommission. Aber ich nehme an, daß wir ein Schreiben an den Gouverneur beifügen müssen.«
»Meinst du?« David sah mich an.
»Ja, natürlich, aber nicht lang, nur einige Worte...«
»Zum Beispiel?«
»Zum Beispiel... Fangen wir so an: ›Da wir in der Lage sind...‹ Nein lieber: ›Diese bewegliche Habe...‹«
»Bewegliche Habe ist sehr gut.«
»Und dann müssen wir hinzufügen: ›diese kleine Spende...‹«
»Spende ist auch gut... Nimm die Feder und schreib.«
»Erst ins unreine«, sagte ich.
»Ins unreine, meinetwegen, schreib nur... Inzwischen will ich sie mit Kreide putzen.«
Ich nahm ein Blatt Papier, schnitt die Feder zurecht, hatte aber die Worte: »An Seine Exzellenz, Seine Durchlaucht, den Herrn Fürsten« – Fürst X war damals unser Gouverneur –, noch nicht fertig geschrieben, als sich plötzlich ungewöhnlicher Lärm im ganzen Hause erhob und mich erschrocken zusammenfahren ließ. Auch David war bestürzt über den Lärm und erstarrte, die Uhr in der erhobenen linken, die Kreide in der rechten Hand. Wir sahen uns an. Was war das für ein schriller Schrei? Meine Tante kreischte so... Und das? Die Stimme meines Vaters, heiser vor Zorn. »Die Uhr, die Uhr«, brüllte jemand, ich glaube, es war Trankwillitatin. Zahlreiche Füße stampften dröhnend über die knarrenden Bretter des Fußbodens, eine ganze Horde schien geradewegs zu uns zu stürzen. Ich erstarrte vor Entsetzen, David wurde weiß wie Kreide, blickte aber kampfesmutig wie ein Adler. »Wassili, dieser Schuft, hat uns verraten«, zischte er... Die Tür wurde aufgerissen... herein stürzte mein Vater im Schlafrock, meine Tante in einer Frisierjacke und hinter ihnen Trank-

willitatin, Wassili, Juschka, noch ein Koch Agapit... sie alle drangen ins Zimmer ein.
»Lumpen!« brüllte mein Vater atemlos... »Endlich haben wir euch erwischt! Her damit!« fuhr er fort, als er die Uhr in Davids Hand erblickte, »her damit!« zeterte er, »her mit der Uhr!«
Aber David war, ohne ein Wort zu verlieren, mit einem Satz am offenen Fenster – ein Sprung, und er stand auf der Straße.
Gewohnt, ihn in allem nachzuahmen, folgte ich seinem Beispiel und rannte hinter ihm her...
»Fangt sie! Fangt sie!« ertönten wilde Schreie hinter uns. Aber wir jagten bereits durch die Straßen, David voran, ich einige Schritte zurück, hinter uns aber dröhnte der stampfende, brüllende Lärm der Verfolgung!

19

Viele Jahre sind seitdem vergangen, ich habe des öfteren an dieses Ereignis zurückgedacht und nie die Wut meines Vaters begreifen können. Erst kurz vorher hatte er verboten, die Uhr in seiner Gegenwart auch nur zu erwähnen. Ich verstand seinen Zorn nicht, ebensowenig den Davids, als er Wassilis Diebstahl erfuhr! – Unwillkürlich kommt man auf den Gedanken, daß der Uhr geheimnisvolle Kräfte innewohnten. Wassili hatte uns nicht verraten, wie David vermutet hatte; das wagte er nicht: wir hatten ihm zu viel Angst eingejagt. Eines der Mädchen hatte aber die Uhr in seiner Hand gesehen und es der Tante hinterbracht. Darauf waren die Flammen der Leidenschaft emporgelodert.
Wir rannten also die Straße entlang, mitten auf dem Fahrdamm Fußgänger, die uns begegneten, blieben stehen oder gaben uns überrascht den Weg frei. Ich erinnere mich, daß ein alter Major a.D., ein großer Jäger, aus dem Fenster seiner Wohnung sah und puterrot, den Oberkörper weit herausgebeugt, laut hinter uns her schrie: »Haltet sie, haltet sie!« – David schwang im Rennen die Uhr über dem Kopf und machte hin und wieder einen Sprung. Ich hüpfte stets an derselben Stelle hoch wie er.

»Wohin?« rief ich David zu, als ich ihn in eine Seitengasse einbiegen sah, und folgte ihm.
»Zur Oka«, schrie er. »Wir werfen sie in den Fluß.«
»Halt, halt!« brüllte man hinter uns...
Aber wir jagten die Seitengasse dahin, spürten bereits die kühle Brise vom Fluß und erblickten ihn und das steile, schmutzige Ufer, die hölzerne Brücke mit einer langen Wagenreihe und den Soldaten mit der Lanze am Schlagbaum – damals trugen die Soldaten noch Lanzen... David war schon auf der Brücke, lief am Soldaten vorbei, der ihn mit der Lanze auf die Beine schlagen wollte, rannte gegen ein Kalb, schwang sich auf das Geländer und stieß einen Freudenschrei aus... Etwas Weißes und Blaues flog in hohem Bogen durch die Luft. Die silberne Uhr mit Wassilis blauer Perlenkette tauchte in die Wogen... Aber in diesem Augenblick geschah etwas Unwahrscheinliches. Davids Beine hoben sich, und er selbst beschrieb mit gespreizten Beinen, wehenden Rockschößen und gesenktem Kopf einen hohen Bogen in der Luft, wie ein Frosch, der an einem heißen Sommertag vom hohen Ufer in den Teich springt – und verschwand hinter dem Geländer der Brücke... Ein heftiger Schlag! Das Wasser spritzte auf...
Ich bin nicht imstande, zu beschreiben, was ich in diesem Augenblick empfand. Ich war nur wenige Schritte von David entfernt... weiß aber nicht mehr, ob ich überhaupt geschrien habe, glaube nicht einmal, daß ich erschrocken war, ich erstarrte, fassungslos, nicht imstande, zu denken oder einen Laut von mir zu geben, auch meine Füße und Hände waren wie gelähmt. Um mich herum rannten und schrien die Menschen, manche schienen mir bekannt. Ich erblickte Trofimytschs Gesicht, der Soldat mit der Lanze stürzte davon, die Pferde der Wagenreihe stoben mit erhobenen Köpfen an mir vorbei... dann wurde alles grün vor meinen Augen, und jemand stieß mich in den Rücken... Ich war ohnmächtig geworden.
Ich weiß, daß ich mich später wieder erhob und, da sich niemand um mich kümmerte, ans Geländer trat, aber nicht auf der Seite,

wo David gesprungen war; dahin zu gehen schien mir grauenhaft. Ich sah die blauen Fluten hinab, die sich schäumend zu hohen Wogen türmten, und erblickte nahe der Brücke am Ufer ein Boot mit Menschen, von denen einer, durchnäßt, in den Strahlen der Sonne glänzend, sich über den Bootsrand beugte und etwas Längliches, Dunkles aus dem Wasser zog. Ich hielt es zuerst für einen Korb oder einen Koffer. Und dann sah ich, daß es David war! Mit gellendem Schrei fuhr ich auf, stieß die Menschen beiseite, rannte zum Boot und blieb dann entmutigt stehen. Ich sah mich schüchtern um und erkannte unter den Menschen, die das Boot umringten, Trankwillitatin, den Koch Agapit mit einem Stiefel in der Hand, Juschka, Wassili... Der naß glänzende Mann zog Davids Körper, den er unter den Achseln gefaßt hatte, aus dem Boot. Davids Hände waren zum Gesicht erhoben, als wollte er sich vor fremden Blicken verbergen. Man legte ihn auf den Rücken, in den Schmutz des Ufers. Regungslos langgestreckt lag er da, die Fersen aneinandergepreßt, den Bauch vorgereckt. Sein Gesicht war grün, die Augen verdreht, aus dem Haar tropfte das Wasser. Der nasse Mann – der Kleidung nach ein Fabrikarbeiter – berichtete, vor Kälte zitternd, und strich sich immerfort das Haar aus der Stirn. Er erzählte sehr genau und drückte sich recht gewählt aus.

»Was sehe ich, meine Herrschaften? Wie nun dieser Junge von der Brücke fällt... laufe ich sofort stromabwärts; denn ich weiß, daß er mitten in die Strömung geraten und verloren ist, wenn sie ihn unter die Brücke treibt. Da sehe ich so eine zottige Mütze daherschwimmen und begreife sofort: das ist sein Kopf. Flink springe ich ins Wasser, fasse nach ihm... Alles übrige war nicht schwer.«

Beifälliges Murmeln ging durch die Menge.

»Mußt dich nun erwärmen, komm, wir trinken ein Gläschen!« sagte einer.

Aber plötzlich drängte sich jemand mit hastigen Bewegungen vor... Es war Wassili.

»Woran denkt ihr denn, ihr lieben Leute!« schrie er mit tränenerstickter Stimme. »Wir müssen ihn schütteln, das ist doch unser junger Herr!«

»Ja, schütteln, schütteln«, erklang es aus der ständig wachsenden Menge.

»Das beste ist, ihn an den Füßen aufzuhängen.«

»Nein, auf die Seite, auf den Bauch legen und hin- und herrollen... Faßt an, Kinder!«

»Nicht anrühren«, mischte sich der Soldat mit der Lanze ein, »er muß zur Hauptwache gebracht werden.«

»Gesindel!« ertönte von irgendwoher Trofimytschs Baß.

»Aber er lebt ja noch!« brüllte ich plötzlich erschrocken.

Ich hatte mich über David gebeugt... »So sehen also Ertrunkene aus«, dachte ich, vor Entsetzen erstarrend. Da sah ich, wie Davids Lippen plötzlich bebten, wie Wasser zwischen ihnen hervorquoll...

Ich wurde beiseite gestoßen, alle stürzten zu ihm.

»Schaukeln, schaukeln wir ihn«! schrien die Leute.

»Nein, nein, halt!« rief Wassili, »wir bringen ihn nach Hause... nach Hause.«

»Nach Hause«, unterstützte ihn sogar Trankwillitatin.

»Wie der Blitz sind wir zu Hause, dann sieht man weiter«, fuhr Wassili fort. (Von dem Tage an liebte ich Wassili.) »Ist denn keine Matte da? Packt ihn am Kopf, an den Füßen...«

»Halt, hier ist eine Matte! Legt ihn hin! Packt an! Gut! Liegt wie in einer Kutsche!«

Einige Minuten später zog David, auf einer Matte getragen, feierlich in unser Haus ein.

20

Man zog ihn aus und legte ihn aufs Bett. Er hatte bereits auf der Straße Lebenszeichen von sich gegeben, gestöhnt und die Hände bewegt... Im Zimmer erlangte er das Bewußtsein wieder. Aber kaum war die Angst um sein Leben gewichen und mußte man sich nicht mehr um ihn kümmern, da flammte die Entrüstung von neuem auf, alle wichen wir vor einem Aussätzigen vor ihm zurück.

»Gott strafe ihn, Gott strafe ihn«, zeterte Tante, so daß man es im ganzen Hause hören konnte, »Sie müssen ihn fortschaffen, Porfiri Petrowitsch, sonst geschieht noch etwas, daß man in Teufels Küche kommt!«

»Das ist ein boshafter Kerl und ein Verrückter dazu«, unterstützte Trankwillitatin sie.

»Diese Bosheit, diese Bosheit!« kreischte Tante direkt hinter unserer Tür, damit David sie nur ja höre, »erst stiehlt er die Uhr, dann wirft er sie ins Wasser... damit niemand sie bekommt... Das ist einer!«

Alle, alle waren entrüstet.

»David«, fragte ich ihn, als wir endlich allein waren, »weshalb hast du es getan?«

»Du bläst ins selbe Horn«, erwiderte er mit schwacher Stimme, seine Lippen waren noch blau, und er sah gedunsen aus. – »Was habe ich denn getan?«

»Weshalb bist du ins Wasser gesprungen?«

»Gesprungen! – Ich konnte mich auf dem Geländer nicht mehr halten, das war's! Hätte ich schwimmen können, so wäre ich absichtlich gesprungen. Nun lerne ich es bestimmt! Aber die Uhr ist wenigstens fort!«

Doch in diesem Augenblick betrat mein Vater feierlich das Zimmer.

»Dich, mein Lieber«, wandte er sich an mich, »peitsche ich ganz bestimmt durch, zweifle nicht daran, auch wenn ich dich nicht mehr übers Knie legen kann.« – Dann trat er zum Bett, auf dem David lag. »In Sibirien«, begann er eindringlich und würdevoll, »in Sibirien, mein lieber Herr, leben und sterben bei der Zwangsarbeit und in unterirdischen Kerkern Menschen, die weniger schuldig und verbrecherisch sind als du. Ich weiß nicht, ob du ein Selbstmörder, Dieb oder einfach nur ein Dummkopf bist. Verrate es mir bitte.«

»Ich bin weder Selbstmörder noch Dieb«, erwiderte David,

»aber im übrigen haben Sie die Wahrheit gesprochen: nach Sibirien kommen bessere Menschen als wir beide... Das müßten Sie am besten wissen.«
Mein Vater schrie leise auf, wich einen Schritt zurück, sah David durchdringend an, spuckte aus, bekreuzigte sich langsam und ging.
»Das magst du nicht hören!« rief David ihm nach und streckte die Zunge aus. Dann versuchte er sich zu erheben, aber es gelang ihm nicht. »Irgendwie bin ich verletzt«, sagte er ächzend und verzog das Gesicht. »Ich weiß noch, daß das Wasser mich gegen einen Balken schleuderte.«
»Hast du Raissa gesehen?« fügte er plötzlich hinzu.
»Nein, das habe ich nicht... Halt, halt! Jetzt fällt es mir ein! Hat sie nicht um Ufer in der Nähe der Brücke gestanden?... Ja... Ein dunkles Kleid und ein gelbes Tuch auf dem Kopf... Das muß sie gewesen sein!«
»Nun, und nachher... Hast du sie nachher gesehen?«
»Nachher... das weiß ich nicht... dann warst du 'runtergesprungen, und ich sah gar nichts mehr.«
David wurde unruhig.
»Aljoscha, lieber Freund, geh sofort zu ihr und sag, daß es mir gut geht, daß mir nichts zugestoßen ist. Morgen besuche ich sie wieder. Geh rasch, bitte!«
David streckte beide Hände aus... Sein bereits getrocknetes rotes Haar sträubte sich drollig... aber der bewegte Gesichtsausdruck wirkte dadurch noch aufrichtiger. Ich ergriff meine Mütze und verließ das Haus, bestrebt, meinem Vater nicht unter die Augen zu kommen und ihn an sein Versprechen zu erinnern.

21

»Wie kam es, daß ich Raissa nachher nicht mehr gesehen habe?« überlegte ich auf dem Wege zu Latkins. »Wo war sie? Sie mußte doch alles gesehen haben.«
Und nun entsann ich mich plötzlich: Im Augenblick, da David

ins Wasser fiel, hatte ich einen furchtbaren, herzzerreißenden Schrei vernommen...

War sie es etwa gewesen? Aber wie kam es, daß ich sie nachher nicht mehr gesehen hatte?

Vor dem Häuschen, in dem Latkin wohnte, lag ein mit Brennesseln bewachsener, unbebauter Platz, den ein zerfallener Zaun umgab. Als ich diesen Zaun überstiegen hatte – er hatte weder Tor noch Pforte –, bot sich meinen Augen ein seltsamer Anblick. Auf der untersten Stufe der Haustreppe saß Raissa, die Arme auf die Knie gestützt, das Kinn ruhte auf den verschränkten Fingern. Sie starrte vor sich hin. Neben ihr stand das taubstumme Schwesterchen und schwang seelenvergnügt eine Peitsche. Vor der Treppe aber, mit dem Rücken zu mir, trippelte und hüpfte in einem zerrissenen Rock, Unterhosen und Filzschuhen der alte Latkin und schlenkerte mit Händen und Füßen. Als er meine Schritte hörte, drehte er sich um, sprang hoch, hockte nieder und war mit einem Satz bei mir. Er begann schnell mit flatternder Stimme und immerwährenden »Tschu-tschu«-Lauten auf mich einzureden. Ich stand wie versteinert. Ich hatte ihn lange nicht gesehen und hätte ihn nicht wiedererkannt, wenn ich ihm an einem anderen Ort begegnet wäre. Dieses runzlige, zahnlose, rote Gesicht, diese runden, trüben Augen, das zerzauste weiße Haar, die krampfhaften Zuckungen, die tänzelnden Sprünge und sinnlosen Reden... Was war das? Welch übermenschliche Verzweiflung marterte dieses unglückselige Wesen? Welch grauenvoller Totentanz!

»Tschu-tschu«, flüsterte er, tänzelnd und springend, »die Wassiljewna ist eben heimgekehrt... Hört! Mit dem Zuber auf den Deckel! (er schlug sich mit der Hand auf den Kopf) und sitzt wie eine Schaufel da. Und ist schief, schief wie Andrjuscha... die schiefe Wassiljewna! (er meinte wohl stumme). Tschu! Meine schiefe Wassiljewna! Nun sind sie sich gleich!... Bewundert sie, ihr Christenleute! Meine einzigen Töchter! Ah?«

Latkin schien zu fühlen, daß er nicht sagte, was er sagen wollte, und machte furchtbare Anstrengungen, um mir zu erklären, worum es sich handelte. Raissa schien gar nicht zu hören, was ihr Vater sagte, die Schwester schlug immer noch mit der Preitsche vor sich hin.

»Auf Wiedersehen, Juwelier, auf Wiedersehen«, sagte Latkin mehrmals gedehnt und verbeugte sich, offenbar erfreut, daß er endlich verständliche Worte gefunden hatte.

Mir schwindelte der Kopf. »Was hat das alles zu bedeuten?« fragte ich eine Greisin, die aus dem Fenster schaute.

»Ach, mein Herr«, sagte sie in singendem Tonfall, »man sagt, ein Mann sei ertrunken – Gott weiß, wer er war –, und sie hat es gesehen. Hat sich wohl erschreckt. Ist zwar noch bis hierhergekommen, als sei nichts vorgefallen, aber seitdem sie sich auf die Stufe gesetzt hat, seit der Zeit sitzt sie so dort, wie ein Steinbild; ob du sie anredest oder nicht, ist gleich, hat wohl auch die Sprache verloren. Ach Gott, ach Gott!«

»Leb wohl, leb wohl«, wiederholte Latkin, immer noch mit denselben Verbeugungen.

Ich trat zu Raissa und blieb vor ihr stehen.

»Raissotschka!« rief ich, »was ist mit dir?«

Sie erwiderte nichts, als hätte sie mich gar nicht gesehen. Ihr Gesicht war weder blasser geworden noch hatte es sich sonst irgendwie verändert, nur war es ganz versteinert und vollkommen ausdruckslos, als wäre sie im Begriff einzuschlafen.

»Sie ist schief, ist schief«, flüsterte Latkin mir zu.

Ich ergriff Raissas Hand. »David lebt«, schrie ich noch lauter, »lebt und ist gesund. Verstehst du? Man hat ihn aus dem Wasser gezogen. Er ist jetzt zu Hause und läßt dir sagen, daß er morgen zu dir kommt... Er lebt!«

Raissa richtete mühsam den Blick auf mich, zwinkerte mehrmals, riß die Augen immer weiter auf, beugte ihren Kopf seitwärts, lief ganz rot an, ihre Lippen öffneten sich... Langsam, mit voller Brust atmete sie die Luft ein, verzog das Gesicht, als empfinde sie Schmerzen, und sagte mit großer Anstrengung »Da... Dav – le – lebt...« Dann sprang sie plötzlich auf und lief davon.

»Wohin?« rief ich.

Leicht schwankend und lachend lief sie bereits über den Platz...

Ich rannte ihr selbstverständlich nach. Hinter mir hörte ich, wie das kindliche Stöhnen der Taubstummen in das greisenhafte Schreien Latkins einstimmte... Raissa lief geradewegs zu uns.

»Das ist ein Tag«, dachte ich, bemüht, das vor mir huschende schwarze Kleidchen nicht aus den Augen zu verlieren... wahrhaftigen Gottes!

22

Raissa lief an Wassili, Trankwillitatin und sogar an meiner Tante vorbei und stürzte in das Zimmer, in dem David lag, direkt in seine Arme. »Ach... ach... Davyduschko«, erklang ihre helle Stimme unter dem Gewirr zerzauster schwarzer Locken, »ach!«

David hatte beide Arme um sie geschlungen und lehnte seinen Kopf an ihre Brust.

»Verzeih mir, mein Herz, verzeih mir«, vernahm ich seine Stimme.

Und beide schienen vor Freude zu erstarren.

»Warum bist du nach Hause gelaufen, Raissa?« fragte ich... Sie hatte den Kopf noch immer nicht gehoben. »Du hättest gesehen, daß man ihn rettete.«

»Ach, ich weiß nicht! Ich, ich weiß nicht! Frage mich nicht! Ich erinnere mich nicht, wie ich nach Hause kam, weiß nur, wie ich dich in der Luft erblickte... irgend etwas stieß mich... Was nachher kam, weiß ich nicht mehr.«

»Stieß dich«, wiederholte David, und wir lachten alle drei. Wir waren in diesem Augenblick sehr glücklich.

»Was ist denn das nun wieder?« ertönte eine ergrimmte Stimme hinter uns, die Stimme meines Vaters. Er stand auf der Türschwelle. »Hört dieser Unsinn niemals auf? Wo leben wir denn? Im russischen Zarenreich oder in der französischen Republik?«

Er trat ein.
»Wer rebellieren will, gehe nach Frankreich! Wie kannst du es wagen, hierher zu kommen?« fragte er Raissa, die sich erhoben und ihm ihr Gesicht zugewandt hatte, sichtlich eingeschüchtert, aber immer noch ein seliges Lächeln auf dem Gesicht. »Tochter des von mir verfluchten Feindes! Wie wagst du es? Und umarmst ihn noch! Sofort hinaus, sonst werde ich...«
»Onkel«, sagte David und setzte sich im Bett auf. »Kränken Sie Raissa nicht, sie wird gehen, kränken Sie sie aber nicht!«
»Hast du mir Vorschriften zu machen? Ich kränke sie nicht, kränke sie nicht! Ich jage sie einfach aus dem Hause! Du wirst es mir noch verantworten müssen! Hast fremdes Eigentum vertan, dein eignes Leben in Gefahr gebracht, mich in Ausgaben gestürzt.«
»Welche Ausgaben?« unterbrach David ihn.
»Welche? Deine Kleider sind verdorben, meinst du, das kostet nichts? Und den Leuten, die dich brachten, mußte ich ein Trinkgeld geben! Hast der ganzen Familie Schrecken eingejagt und spielst dich noch auf! Wenn dieses Mädchen aber, ihre Ehre und Scham vergessend...«
David fuhr im Bett hoch. »Kränken Sie sie nicht, sage ich Ihnen!«
»Schweig!«
»Wagen Sie es nicht!«
»Schweig!«
»Unterstehen Sie sich nicht, meine Braut zu beschimpfen«, schrie David aus vollem Halse, »meine zukünftige Frau!«
»Braut?« wiederholte mein Vater und riß die Augen auf. »Braut–Frau! Ho-ho-ho!« – (»Ha-ha-ha«, stimmte hinter der Tür Tante in sein Lachen ein.) »Wie alt bist du eigentlich? Ist noch nicht trocken hinter den Ohren, dieser Grünschnabel, und will schon heiraten! Ja, ich werde dich... ja, du wirst...«. »Lassen Sie mich gehen, lassen Sie mich gehen«, flüsterte Raissa und wandte sich zur Tür. Sie war wieder wie versteinert.
»Nicht Sie werde ich um Erlaubnis bitten«, schrie David, die

Fäuste auf den Bettrand gestützt, »meinen eigenen Vater werde ich fragen, der heute oder morgen zurückkehren wird. *Er* hat mir Vorschriften zu machen, nicht Sie! Und was mein Alter betrifft, so haben Raissa und ich es nicht eilig... Wir werden warten, Sie können reden, soviel Sie wollen...«

»Besinne dich, Davydka«, unterbrach mein Vater ihn. »Betrachte dich, dein Hemd ist ganz zerfetzt... Hast allen Anstand verloren.«

David hielt das Hemd über der Brust zusammen.

»Sie können reden, soviel Sie wollen!« wiederholte er.

»Halt ihm doch den Mund zu, halt ihm den Mund zu, Porfiri Petrowitsch«, kreischte meine Tante hinter der Tür. »Und diese Herumtreiberin, diese Kanaille... diese...«

Plötzlich schien etwas Außergewöhnliches den Redefluß meiner Tante zu hemmen. Ihre Stimme brach mitten im Satz ab, und wir vernahmen eine andere, eine heisere Greisenstimme: »Bruder«, sprach diese schwache Stimme. »... Du christliche Seele...«

23

Wir wandten uns alle um... Vor uns stand im selben Aufzug, in dem ich ihn vor kurzem erst gesehen hatte, wie ein Gespenst, mager, verwildert und mitleiderregend, Latkin.

»Aber Gott!« sagte er kindlich, hob den gekrümmten, zitternden Finger und betrachtete meinen Vater mit hilflosem Blick. »Gott hat gestraft! Ich will Wassil – ... will Rai–ssa holen. Mir... tschu... mir ist es gleich. Ich sterbe bald... oder wie man das sagt... Ein Stöckchen und ein Querstöckchen darüber... sonst brauche ich nichts... Und du, Bruder Juwelier... schau... auch ich bin ein Mensch.«

Raissa ging schweigend durch das Zimmer, nahm ihren Vater an der Hand und knöpfte seine Jacke zu.

»Komm, Wassiljewna«, sagte er. »Hier wohnen lauter Heilige, hierher darfst du nicht gehen. Und dieser, der dort im Futteral liegt« – er wies auf David –, »ist auch ein Heiliger. Wir beide aber sind Sünder. Nun, tschu... entschuldigt, meine Herrschaften, den Alten mit dem Pfeffer! Gemeinsam haben wir gestohlen!« brüllte er plötzlich. »Gemeinsam gestohlen, gemeinsam gestohlen!« wiederholte er mit offensichtlichem Vergnügen. Seine Zunge gehorchte ihm endlich.

Alle schwiegen.

»Wo ist hier... euer Heiligenbild?« fragte er, den Kopf zurückwerfend und die Augen verdrehend. »Ich muß mich reinigen.« Er starrte in eine Ecke, bekreuzigte sich bewegt mehrmals nacheinander, mit dem Finger abwechselnd die rechte und die linke Schulter berührend und hastig wiederholend: »Erbarme dich, Herr... Herr, mei... mei...« Mein Vater, der die ganze Zeit schweigend gestanden und seinen Blick nicht von Latkin gewandt hatte, stellte sich neben ihn und begann sich ebenfalls zu bekreuzigen. Dann drehte er sich zu ihm, verbeugte sich tief, so tief, daß er mit der Hand den Fußboden berührte, sagte: »Vergib mir, Martinjan Gawrilytsch!«, und küßte ihn auf die Schulter. Latkin schmatzte mit den Lippen in die Luft und zwinkerte mit den Augen, war sich aber dessen, was er tat, wohl nicht recht bewußt. Dann wandte mein Vater sich an alle Anwesenden, an David, an Raissa und an mich: »Tut, was ihr wollt, handelt, wie ihr es für richtig haltet«, sagte er traurig und leise und entfernte sich.

Meine Tante wollte sich wieder bei ihm einschmeicheln, aber er schrie sie schroff und streng an. Er war erschüttert.

»Erbarme dich mei... dich mei...«, wiederholte Latkin. »Auch ich bin ein Mensch.«

»Auf Wiedersehen, Davyduschko«, sagte Raissa und verließ mit dem Alten das Zimmer.

»Ich komme morgen zu euch«, rief David ihr nach, drehte sich zur Wand und flüsterte: »Ich bin müde, möchte nun schlafen«... und verstummte.

Noch lange hielt ich mich im Zimmer auf. Ich versteckte mich, denn ich hatte Vaters Drohung nicht vergessen. Aber meine Befürchtungen erwiesen sich als grundlos. Als er mich wiedersah, verlor er kein Wort darüber und schien selbst ein wenig verlegen zu sein. Übrigens brach die Nacht bald an, und alles im Hause beruhigte sich.

24

Am nächsten Morgen stand David auf, als wäre nichts geschehen, doch brachte dieser Tag zwei wichtige Ereignisse: am Morgen starb der alte Latkin, gegen Abend traf Onkel Jegor, Davids Vater, in Rjasan ein. Wie der Blitz aus heiterem Himmel überraschte uns seine Ankunft, er hatte uns weder durch einen Brief noch sonst benachrichtigt. Mein Vater war sehr aufgeregt, wußte gar nicht, wie er ihn bewirten, wo er den teuren Gast hinsetzen sollte, lief wie besessen hin und her, als quäle ihn das schlechte Gewissen. Den Onkel schien die eifrige Fürsorge des Bruders nicht sonderlich zu rühren, er wiederholte immer wieder: »Wozu das alles?« – »Ich brauche das nicht!« Tante behandelte er noch kühler, übrigens liebte auch sie ihn nicht sehr. In ihren Augen war er ein gottloser Mensch, ein Ketzer und Anhänger Voltaires ... Er hatte in der Tat Französisch gelernt, um Voltaire im Original lesen zu können.
Ich fand Onkel Jegor so, wie David ihn beschrieben hatte. Er war kräftig und groß, würdevoll und ernst, mit einem breiten, sommersprossigen Gesicht, trug ständig einen Hut mit einer Feder, Manschetten, ein Jabot und einen tabakfarbenen Rock mit einem Degen an der Seite. David war über seine Ankunft unsagbar glücklich. Sein Gesicht wurde sogar heller und hübscher, und die Augen veränderten sich völlig, sie lachten lustig und strahlten. Er bemühte sich jedoch, seine Freude zu bezähmen und sie nicht allzusehr zu verraten, er fürchtete, zu weich zu werden. In der ersten Nacht nach Onkel Jegors Ankunft schlossen sich Vater und Sohn in Onkels Zimmer ein und sprachen lange leise miteinander. Am nächsten Morgen bemerkte ich, daß mein Onkel seinen Sohn besonders freundlich und vertrauensvoll betrachtete, er schien mit ihm sehr zufrieden zu sein. David ging mit ihm zu-

sammen zum Trauergottesdienst für Latkin. Auch ich schloß mich an. Mein Vater hatte nichts dagegen einzuwenden, ging aber selbst nicht hin. Raissa überraschte mich durch ihre Ruhe. Sie war ganz abgemagert und sah blaß aus, vergoß aber keine Tränen, und ihr Benehmen und ihre Worte waren sehr schlicht. Dennoch – es war seltsam – lag etwas Majestätisches über ihr, die Würde des Schmerzes, der sich selbst vergißt. Onkel Jegor lernte sie hier, vor der Kirchentür kennen, und die Art seines Benehmens ihr gegenüber verriet, daß David ihm von ihr erzählt hatte. Sie gefiel ihm nicht weniger als der eigene Sohn. Ich las es in Davids Augen, als er sie beide ansah. Ich entsinne mich noch, wie diese Augen strahlten, als sein Vater Raissa »ein kluges Mädchen« nannte, das einst eine gute Hausfrau sein würde. In Latkins Haus erfuhren wir, daß der Alte wie eine abgebrannte Kerze still erloschen sei. Solange die Kräfte ihn nicht verlassen hatten und er noch bei Bewußtsein war, hatte er seiner Tochter fortwährend übers Haar gestrichen und Unverständliches gemurmelt, doch hätten seine Worte nicht traurig geklungen, und er hätte gelächelt. Zur Beerdigung ging mein Vater in die Kirche und auch auf den Friedhof und betete eifrig. Sogar Trankwillitatin sang im Chor. Vor dem Grab brach Raissa plötzlich in heftiges Weinen aus und fiel zu Boden, faßte sich jedoch bald wieder. Ihr taubstummes Schwesterchen betrachtete alle mit ihren großen hellen und etwas wilden Augen und schmiegte sich hin und wieder an Raissa, verriet jedoch keine Angst. Am Tage nach der Beerdigung erklärte Onkel Jegor meinem Vater, daß er nicht in Rjasan zu bleiben gedenke und mit dem Sohn nach Moskau ziehe. Er war offensichtlich nicht mit leeren Händen aus Sibirien zurückgekehrt, hatte Latkins Beerdigung bezahlt und Davids Retter reichlich belohnt, verriet jedoch nichts von seinem Leben in Sibirien und seinen Zukunftsplänen. Mein Vater äußerte höflichkeitshalber sein Bedauern über die baldige Abreise und bemühte sich sogar – wenn auch recht zögernd –, ihm seinen Entschluß auszureden, freute sich aber wohl im Grunde seines Herzens darüber.

Die Anwesenheit des Bruders, mit dem ihn wenig Gemeinsames verband und der ihm nicht einmal Vorwürfe machte – so sehr verachtete er ihn –, bedrückte meinen Vater... und die Trennung von David verursachte ihm keinen besonderen Kummer. Ich natürlich war über diese Trennung ganz verzweifelt, kam mir in der ersten Zeit völlig verlassen vor und verlor jeglichen Halt und jede Lebensfreude. Mein Onkel reiste also ab und nahm zur größten Überraschung und Entrüstung der ganzen Straße nicht nur seinen Sohn, sondern auch Raissa und ihr Schwesterchen mit. Als meine Tante davon erfuhr, nannte sie ihn unverzüglich einen Türken und blieb bis an ihr Lebensende bei diesem Namen.
Ich aber war allein, allein zurückgeblieben... Doch von mir sollte hier nicht die Rede sein...

25

Damit endet meine Erzählung von der Uhr. Was könnte ich noch hinzufügen? Fünf Jahre später heiratete David sein »Schwarzlippchen« und starb im Range eines Artillerieleutnants im Jahre 1812 den Heldentod in der Schlacht von Borodino bei der Verteidigung der Schanzen von Schewardino.
Seitdem ist viel Zeit vergangen, habe ich viele Uhren besessen. Ich leistete mir sogar den Luxus einer Uhr mit Sekundenzeiger und Repetierwerk... Aber in einem Geheimfach meines Schreibtischs liegt eine altertümliche silberne Uhr mit einer Rose auf dem Zifferblatt, die ich von einem jüdischen Straßenhändler kaufte, weil sie dem Geschenk meines Paten überraschend ähnlich war. – Hin und wieder, wenn ich allein bin und keinen Besuch erwarte, nehme ich sie hervor und denke an meine Jugendtage und an den Freund jener unwiederbringlich entschwundenen Zeit...

NACHWORT

Iwan Sergejewitsch Turgenjew, der große russische Schriftsteller, der Meister des künstlerisch geformten Wortes, der feinfühlige Chronist der gesellschaftlich-politischen Entwicklung seines Vaterlandes in der Epoche von 1840 bis 1880, ist uns und den anderen Völkern der Welt kein Fremder. Er galt als der berufene, sensible, klarsichtige Wortführer und Interpret seines Volkes, vor allem seiner in eine Zukunft der Wahrheit und der Gerechtigkeit drängenden Kräfte.

Gleichzeitig aber ehrte man in seiner Person den Kritiker der sozialen Schäden seiner Zeit, des die Würde des Menschen mit Füßen tretenden Systems der Leibeigenschaft, der zaristischen Autokratie, der korrupten Beamtenschaft, der Haltlosigkeit und charakterlichen Zersetzung der »Seelenbesitzer«, des russischen Adels, der Gutsherren. Turgenjew, wie die ganze erste Phalanx der Vorkämpfer für eine bessere, sauberere, gerechtere Gesellschafts- und Staatsordnung, stammte selbst aus dieser damals führenden Schicht des russischen Volkes, aber sein waches Gewissen und die persönlichen Erfahrungen, die er bereits in früher Jugend machte – als Sproß einer begüterten alten Adelsfamilie, als Sohn einer herrschsüchtigen Mutter und eines kalten, egoistisch-brutalen und nur äußerlich die Politur eines Vertreters der Herrenschicht zur Schau tragenden Vaters –, hatten ihn die Kehrseite der adligen »Kultur«, die Ausbeutung und Bedrükkung der neunzig Prozent des hochbegabten, kraftvollen Volkes, der Millionenmasse der Bauern, die wie das Vieh getreten, verschachert und zu Tode gehetzt wurden, aus eigener bitterer Anschauung und Erfahrung kennenlernen lassen. Das Gefühl heißer Empörung tobte bereits in dem Knaben, wenn er Zeuge der an Untergebenen begangenen unmenschlichen Willkürakte seiner von ihrem Herrentum durchdrungenen Mutter wurde, und früh tat er den »Hannibalschwur«, bis zum letzten Atemzug gegen die Pest des Systems der Menschenknechtung, der Leibeigenschaft, zu kämpfen. Diesen Schwur hat Turgenjew gehalten. Er stand sein ganzes Leben lang als großer Kämpe der Humanität in jener Reihe leuchtender Namen der für die Rechte der unterdrückten Klassen bedingungslos eintretenden russischen Literatur, eines Radistschew, Puschkin, Lermontow, Gogol, Herzen, Tolstoi, Belinski und Nekrassow. Ein Großer unter Großen, ein Reiner und Redlicher unter seinesgleichen.

Turgenjew wurde am 9. November 1818 auf dem Gut Spasskoje-Lutowinowo, das seiner Mutter gehörte, im Gouvernement Orjol, im Zentrum des fruchtbaren Agrargebietes der »schwarzen Erde«, im Mittelpunkt des großrussischen Kerns seines Volkes, geboren. Innig verwuchs er von Jugend an mit der geliebten großräumigen russischen Landschaft, mit den wogenden Getreidefeldern, den von sickernden Wassern durchzogenen saftiggrünen Wiesen, den raunenden, rauschenden Wäldern mit ihrer reichen Tierwelt, die sein Jägerherz stets höher schlagen ließ, und mit der unermeßlich hohen und weiten Wölbung des Himmelsraumes über dieser Heimaterde. Und er liebte auch die Menschen, die diese Erde bewohnten, die warmfühlenden, gequälten, praktisch klugen und gerecht denkenden Menschen, die Bauern in ihren engen, grauverwitterten Hütten. Er hatte ihre so überaus reiche, stets den richtigen Ausdruck treffende, von uralter Volkskultur gesättigte Sprache tief in sich aufgenommen. Ja, sogar die erste Begeisterung für die russische Literatur vermittelte ihm – der, wie es in Adelskreisen üblich war, von französischen und deutschen Hofmeistern seine erste Bildung bezog – der zum Hausgesinde gehörende bäuerliche Privatsekretär seiner Mutter, dessen Porträt er später in der Erzählung »Punin und Baburin« gegeben hat. 1827 verlegt die Familie ihren Wohnsitz nach Moskau. Dort setzt der junge Turgenjew seinen Bildungsgang in Internaten und durch häuslichen Unterricht fort und bezieht 1834 die Universität. Er widmet sich philologischen Studien und schließt seinen Studiengang bereits 1836 ab. Früh erwachte sein begeistertes Interesse für Literatur und Philosophie. Puschkin war sein Abgott; doch auch die damals beim Publikum beliebten romantisch aufgedonnerten Dichtungen eines Marlinski, Benediktow und Kukolnik entflammten sein jugendliches Herz, jene Autoren, die von dem unerbittlich für Wahrhaftigkeit und Wirklichkeitsschilderung eintretenden Kritiker Belinski bekämpft wurden. Turgenjew verfaßte anfangs selbst Dichtungen in diesem romantisch-epigonenhaften Stil, die uns nicht überliefert sind und die er als künstlerisch schwach und unreif später verworfen hat. Doch sehr bald wurde ihm klar, wie berechtigt die scharfe Kritik dieser Fehlentwicklung der heimatlichen Literatur durch Belinski war. 1838 tritt Turgenjew die erste seiner vielen Reisen ins Ausland, nach Deutschland, an. Berlin und die Berliner Universität, damals, sieben Jahre nach Hegels Tode, noch die Hochburg der Hegelschen Philosophie, zog den jungen Adepten der Wissenschaft und Dichtkunst wie ein Magnet an. Er warf sich, wie er sich ausdrückte, »kopfüber in das deutsche Meer« und enttauchte ihm als ein Verehrer des deutschen Geistes und der europäischen Wissenschaft. In Berlin schließt er enge Freundschaft mit Michail Bakunin, dem damals begeistert in die Geheimnisse der idealistischen deutschen Philosophie eindringenden späteren Revolutionär und Anarchisten, sowie mit Nikolai Stankewitsch, einem schwärmerisch der deutschen Philosophie ergebenen, von reinstem Streben nach der Wahrheit und der Schönheit erfüllten Vertreter der fortschrittlich gesinnten jungen Generation. Der literarisch-philosophische Zirkel um Stankewitsch übte einen bedeutenden Einfluß auch auf die geistige Formung Belinskis und Herzens aus. Turgenjew besuchte an der Berliner Universität fleißig die Vorlesungen des Hegel-Interpreten Werder, hörte griechische Literaturgeschichte bei Böckh und Geschichte bei Ranke und Gans. Begeistert vertiefte er sich in die Gedankenwelt Goethes und anderer großer deutscher Dichter. Goethes »Faust« wird ihm zum Kompendium des Lebens, das ihn ständig begleitet. Wir spüren die Verehrung in seiner erschütternden, später geschriebenen Novelle »Faust«. Auch eine tiefschürfende, 1845 entstandene theoretisch-philosophische Studie hat Turgenjew Goethes »Faust« gewidmet. Turgenjew sog in Deutschland mit vollen Zügen auch die freiheitlich-jugendliche Begeisterung der studentischen Burschenschaften ein, verlor sein Herz an manches schwärmerische Gretchen und lernte die verträumte Schönheit und Innigkeit der Landschaft auf mannigfachen Fahrten kreuz und quer durch »das Land des hohen ernsteren Genius, das Land der Liebe« (Hölderlin), kennen und lieben. Wie innig Turgenjew sich in den Zauber deutscher Landschaft schon bei seinem ersten Aufenthalt in Deutschland – dem manche spätere, auch langdauernde, folgten – eingelebt hatte, davon zeugen viele wundervoll zarte Landschafts- und Stimmungsbilder in seinen Novellen (»Frühlingswogen«, »Asja«, »Visionen« usw.). Der Zauber des silbernschimmernden Rheins mit seinen farbensatten Rebenhügeln, die träumerische Versponnenheit der süddeutschen Kleinstädte, der würzige Harzduft der Wälder, die Lieblichkeit des Taunus und die Bewohner des Landes, die schlichten, arbeitsamen Bauern und Bürger, die freiheitsbegeisterten Studenten, die sanften, bald fröhlichen, bald stillen Mädchen – all das weht uns aus seinen Schilderungen voll warmer Sympathie entgegen.

Im Mai 1841 kehrt Turgenjew nach Rußland zurück, in die Heimat, die unter dem steigenden Druck der Reaktion Nikolaus' I. seufzt und leidet. Turgenjew hofft, einen Lehrstuhl für Philosophie zu erhalten, besteht die philosophische Magisterprüfung, muß aber seine Hoffnung begraben, da die Lehrstühle für Philosophie von Nikolaus I. als »die Staatsordnung gefährdend« aufgehoben worden waren. Bald tritt Turgenjew dem Kreis um Belinski nah und schließt mit dem »ungestümen Wissarion« innige Freundschaft. Belinskis Einfluß wirkt sich äußerst fördernd auf den schöpferischen Entwicklungsgang Turgenjews aus. Gesellschaftliche Probleme interessieren ihn nunmehr brennend, er erkennt die Dringlichkeit grundlegender Reformen, die Notwendigkeit der Beseitigung des menschenunwürdigen Systems der Leibeigenschaft und der zaristischen Selbstherrschaft. Turgenjew wirft seine Pläne einer akademischen Lehtätigkeit entschlossen über Bord und erkennt unter der anfeuernden Einwirkung Belinksis nunmehr klar seinen wahren Lebensberuf: als Dichter und Schriftsteller, wie Puschkin in seinem Gedicht »Der Prophet« sagt, »die Herzen zu entzünden mit dem Wort«, die Stimme des Gewissens für sein Volk zu sein und die Schmach der Leibeigenschaft zu bekämpfen. Daher kann er auch an der Erkenntnis seiner eigenen Klasse, des Adels mit seinem Müßiggang, seinen schönrednerischen, jedoch zur befreienden Tat unfähigen »überflüssigen Menschen«, nicht vorübergehen. Turgenjews 1843 bis 1845 verfaßte Verserzählungen »Parascha«, »Ein Gespräch«, »Ein Gutsbesitzer«, »Andrei« sind bereits deutlich gesellschaftskritisch geprägt und finden den Beifall des Freundes und Kritikers Belinski. In Turgenjews Schaffen treten jetzt die realistischen Züge immer klarer hervor. Er folgt den Vorbildern Puschkin, Gogol, Gribojedow, Belinski. Die von Puschkin gegründete, 1847 von Panajew unter Mitwirkung Belinskis erneut herausgegebene Zeitschrift »Der Zeitgenosse« wird damals zum Zentralorgan der fortschrittlichen Kräfte Rußlands. In der ersten Nummer der Zeitschrift erscheint Turgenjews Erzählung aus dem Leben der leibeigenen Bauernschaft »Chor und Kalinytsch«, die erste der fünfundzwanzig berühmten Skizzen und Erzählungen, die 1852 unter dem von Panajew gewählten Sammeltitel »Aufzeichnungen eines Jägers« herauskamen. Wiederum ist Belinski begeistert, und diesmal mit größerer Berechtigung als seinerzeit anläßlich der »Parascha«. Er prophezeit Turgenjew eine große, glänzende Zukunft als kritisch-realistischer Schriftsteller, als Beobachter und Schilderer der russischen Wirklichkeit. Den Sommer 1847 verbringt Turgenjew mit dem an Lungentuberkulose schwer erkrankten Belinski wiederum in Deutschland, in Salzbrunn in Schlesien, wo letzterer Heilung seiner tödlichen Krankheit suchte. Die beiden Freunde verbringen die Monate in hitzigen Diskussionen und eifrigem Schaffen. Es entstehen weitere Skizzen und Erzählungen, in denen der Künstler Turgenjew die Gesellschaftsordnung seiner Zeit kritisch beleuchtet. Belinski schreibt seinerseits den berühmten, als flammende Anklage wirkenden Brief an Gogol, worin er diesem den in dessen bigottem »Briefwechsel mit Freunden« begangenen Verrat an der eigenen Sache, der Sache des Fortschritts, und Duckmäuserei vor den Kräften der Reaktion vorwirft. Während dieser Auslandsreise, die länger als drei Jahre dauerte, entstand der größte Teil der »Aufzeichnungen eines Jägers« sowie eine Reihe von dramatischen Szenen und Komödien, die unübertrefflichen Charakteristiken der verschiedensten Typen aus dem Leben der Provinz, der Gutshöfe und der Beamtenschaft enthalten. Über seine Auslandsreisen und über die Motive, die Turgenjew immer wieder bewogen, Rußland zu verlassen und schließlich seinen ständigen Wohnsitz ins Ausland zu verlegen, äußert er sich folgendermaßen: »Ich konnte einfach nicht mehr mit all dem, was ich haßte, dieselbe Luft atmen und Seite an Seite leben. Dafür fehlte mir wahrscheinlich die erforderliche Ausdauer und Charakterstärke. Ich fühlte die unbedingte Notwendigkeit, mich von meinem Feinde abzusetzen, um ihn von meinem Exil aus noch schärfer angreifen zu können. In meinen Augen hatte dieser Feind eine fest umrissene Gestalt, trug einen allen bekannten Namen: dieser Feind war die Leibeigenschaft. Unter diesem Namen ›Leibeigenschaft‹ faßte ich all das zusammen und konzentrierte es auf einen Punkt, was ich bis zu seiner Vernichtung zu bekämpfen beschlossen und womit mich niemals abzufinden ich mir geschworen hatte. Das war mein Hannibalschwur, und ich war nicht der einzige, der diesen Schwur geleistet hatte.«

Die russische Literatur der vierziger Jahre hatte diesen Schwur getan, und eine Reihe von Schriftstellern und Kritikern, wie Belinski, Herzen und Grigorowitsch, hatten sich die Aufgabe gestellt, das Bauernproblem in aller Schärfe zu untersuchen und zur

Lösung zu führen, das heißt, zur Vernichtung der Leibeigenschaft nach Kräften beizutragen. 1852 erschienen die »Aufzeichnungen eines Jägers« in einem Sammelband. Das Buch erregte größtes Aufsehen und wurde sowohl von den fortschrittlichen Kreisen als von der reaktionären Regierung und ihren Anhängern als ein Schlag gegen das System der Leibeigenschaft bewertet. Dabei war eine ausgesprochen aggressive Tendenz darin kaum zu spüren. Doch schilderte Turgenjew mit so warmer Sympathie und so tiefem psychologischem Verständnis die verschiedensten bäuerlichen Typen in ihrem Leben, Wirken, Leiden und Sterben und entlarvt mit so viel Ironie, Verachtung und Klarsicht den moralischen Marasmus der »Seelenbesitzer«, daß sich dem Leser die Schlußfolgerung aufdrängen mußte: So kann es nicht mehr weitergehen, ohne daß das ganze gesellschaftliche, wirtschaftliche und staatliche Gefüge ins Wanken gerät und, bei Fortbestehen der unmöglichen Zustände, unweigerlich zusammenbrechen muß. Die Regierung erkannte diese für sie gefährliche Spitze der Kritik in den künstlerisch gestalteten, in leisem Ton vorgetragenen Skizzen und Erzählungen durchaus und begann Turgenjew ihre Schergen auf den Hals zu jagen. Alexander Herzen, der große Vorkämpfer für die Freiheit des russischen Volkes, der von 1847 an bis zu seinem Tode 1870 als politischer Emigrant im Ausland leben mußte, bezeichnete die »Aufzeichnungen eines Jägers« als »einen Anklageakt gegen die Leibeigenschaft. Noch niemals wurde das interne Leben im Hause der Gutsbesitzer so entlarvend der Öffentlichkeit, dem allgemeinen Spott, dem Haß und dem Abscheu preisgegeben wie hier«, urteilte er über das Buch Turgenjews. Der Minister für Volksbildung erstattete dem Zaren Nikolaus I. über Turgenjews Werk einen äußerst ungünstigen Bericht. Die empörten »Seelenbesitzer« nennen es »eine politische Brandstiftung«.
Turgenjew läßt sich jedoch in seinem Streben, eine Humanisierung der gesellschaftlich-politischen Zustände in seinem Vaterlande durch das künstlerisch geformte, angklagende Wort zu erreichen, keineswegs abschrecken. Er sucht nun den Weg zur

Bühne, um von dort aus auf die Öffentlichkeit zu wirken, und schreibt eine Reihe von Theaterstücken, unter anderem sein bestes Lustspiel »Ein Monat auf dem Lande«. Am 21. Februar 1852 stirbt in Moskau der große Begründer der »naturalistischen Schule« der russischen Literatur, der tief an dem Leben unter »toten Seelen« leidende und es mit bitterem Sarkasmus geißelnde Nikolai Wassiljewitsch Gogol. Von offiziöser Seite war befohlen worden, seinem Tod keine Beachtung zu schenken, doch Turgenjew schreibt einen von Schmerz über den Verlust des großen Gewissens seines Volkes bebenden Nachruf. Die Veröffentlichung des Nachrufs in Petersburg wird verboten, er erscheint aber dennoch in den »Moskauer Nachrichten«. Der Verfasser hatte die Folgen seiner mutigen Tat zu tragen. Am 16. April wird er auf Befehl des Zaren verhaftet, ins Polizeigefängnis eingeliefert und einen Monat später auf sein heimatliches Gut Spasskoje verschickt, wo er unter Polizeiaufsicht leben mußte. Erst Ende 1853 erhielt er die Erlaubnis, sein Gut zu verlassen und nach Petersburg überzusiedeln, verblieb aber bis 1855, bis zum Tode Nikolaus' I., unter polizeilicher Überwachung.

In Spasskoje hatte Turgenjew Muße, tiefer über »the road to happiness« (Byron), »den Weg zum Glück«, seines russischen Volkes und über die Fehler und Aufgaben der von gutem Willen beseelten Klassengenossen, der »reuigen Adligen«, nachzudenken. Er schuf hier den ersten seiner bedeutenden gesellschaftskritischen Romane, die erhellend und wegweisend den Gang der russischen sozialen und politischen Entwicklung begleiten und uns ein fast lückenloses Bild dieses Werdeganges vermitteln. Dieser Roman war »Rudin« (1856). In der Gestalt des Rudin schildert Turgenjew einen Angehörigen seiner Klasse, der, von bestem Willen beseelt, dem Volke zu dienen, dennoch nicht die Energie und den Mut zu konsequenter Tat aufbringt und in blumenreicher Rhetorik steckenbleibt: auch einer jener »überflüssigen Menschen«, wie sie die russiche Literatur, von Puschkins Eugen Onegin an, immer wieder geschildert hat. Erst die im nächsten Jahrzehnt in den Vordergrund tretende revolutionärdemokratische Intelligenz der »Ständelosen« (rasnotschinzy) löst diese Vorläufer der Revolution, die von den Dekabristen an doch viele Samenkörner des Fortschritts ausgesät hatten, die »reuigen Adligen«, ab. Interessant ist, daß die von Turgenjew gezeichneten Frauengestalten fast alle den Männern an Geradlinigkeit des Charakters, an Entschlußkraft und in ihrer Sehnsucht nach der Verwirklichung wahrer Freiheit und Gerechtigkeit überlegen sind. So auch in diesem Roman Natascha Lassunskaja. Rudin ist zu schwach, um einen Entschluß zu fassen, er meint sich dem Schicksal ergeben zu müssen und muß sich von dem Mädchen, das anfangs an seine Energie und an seine Fähigkeit zur Tat geglaubt hatte, schließlich sagen lassen: »Es ist mir schmerzlich, nun zu wissen, daß ich mich in Ihnen getäuscht habe. Sich ergeben! So verwirklichen Sie Ihre schönen Reden über Freiheit und zu bringende Opfer!« Immer wieder trifft man bei Turgenjew auf jene klugen, wohlmeinenden, von idealistischem Schwung beseelten, aber im Grunde willensschwachen Männer – die Vertreter des degenerierten Adels – und jene kraftvollen, zielklaren, willensstarken Mädchen, die dem Leben, der Wirklichkeit, der Erde näherstehen als ihre Partner.

In seinem nächsten, 1859 erschienenen Roman »Das Adelsnest«, dem ein außerordentlicher Publikumserfolg zuteil wurde und in dem in verklärendem Abendschimmer noch einmal die Poesie der verklingenden Gutsromantik aufleuchtet, begegnen wir in Lawrezki einem klugen, humanen, dem schlichten Volke warme Sympathie entgegenbringenden Gutsbeitzer, der, unglücklich verheiratet und von seiner nur nach äußerem Glanz strebenden Frau getrennt lebend, Lisa, ein liebes, tieffühlendes, echt russisches Mädchen vom Typus der Puschkinschen Tatjana kennenlernt, sich innig in sie verliebt, Gegenliebe findet und bei der übrigens falschen Nachricht, daß seine Frau gestorben sei, sein Lebensglück vor sich aufleuchten sieht; doch ebenso plötzlich, wie es aufstrahlt, muß es verlöschen, da Lisa beim unerwarteten Erscheinen von Lawrezkis Frau auf seinem Gut, von religiösen Skrupeln gefangen, resigniert und in einem Kloster ihren

Schmerz vergräbt. Auch Lawrezki hat nicht den Mut, Konventionen zu brechen, eine Scheinehe aufzulösen und Lisa und sein Glück entschlossen zu erobern. Ebenso wie in »Rudin« ist die Welt des russischen Gutshofes mit ihren mannigfachen positiven und negativen Typen feinfühlig charakterisiert.
1860, kurz vor der Reform, erschien Turgenjews Roman mit dem bezeichnenden Titel »Am Vorabend«. Diesmal war der Held kein Russe, sondern ein energisch für die Befreiung seiner Heimat kämpfender und wirkender Bulgare. Insarow besaß das, was die adligen, im Grunde doch schwankenden und charakterschwachen Schwärmer für Freiheit und Recht nicht besaßen, nämlich Energie und zielklare Tatkraft. Ihm zur Seite steht wieder ein mutiges, sich aufopferndes russisches junges Mädchen, Jelena, die alle Beziehungen zu ihrem Elternhaus abbricht und sich begeistert mit ihrem Gliebten zur Tat in seine Heimat aufmacht. Doch sie erreichen ihr Ziel nicht. Insarow stirbt plötzlich unterwegs in Venedig an einer Lungenentzündung. Jelena erfüllt aber sein Vermächtnis, führt seinen Leichnam in seine Heimat zurück und pflegt, am Freiheitskampf der Bulgaren teilnehmend, Kranke und Verwundete.
Immer dringender wurde der Ruf nach der Beseitigung der alten feudalen Wirtschafts- und Gesellschaftsform. Die auch in Rußland sich anbahnende kapitalistische Entwicklung drängte die Gutsbesitzer zu modernen Formen der Wirtschaft, zur freien Lohnarbeit der Bauern. Als Nikolaus I. 1855 starb und sein Sohn Alexander II. den Thron bestieg, atmete man befreit auf und erhoffte vom jungen Zaren die Durchführung grundlegender Reformen. Auch Turgenjew erwartete eine Reform »von oben«. Immer mehr geriet er ins Lager der Liberalen und entfernte sich von den revolutionären Demokraten, einem Tschernyschewski, Dobroljubow, Nekrassow.
Schließlich kam es 1860 zum Bruch mit der von diesen geleiteten Zeitschrift »Der Zeitgenosse«, die eine radikale Umwälzung erstrebte und fast offen die Bauern aufrief, »zum Beil zu greifen«. Da wurde am 19. Februar 1861 von Alexander II. das Befrei-

ungsmanifest erlassen, von Turgenjew und seinen liberalen Freunden jubelnd begrüßt. Doch konnte Turgenjew als gewissenhafter Chronist seines Zeitalters die neue revolutionäre Phalanx der »Ständelosen« (rasnotschinzy) und ihren Kampf mit den Überresten des Feudalismus und dessen Vertretern, dem durch die betrügerischen Fußangeln des Befreiungsgesetztes noch künstlich am Leben gehaltenen Adel, nicht übersehen und schrieb, schon wieder im Ausland, wo er nunmehr für immer Aufenthalt nahm, seinen besten und dramatischsten Roman, der ungeheures Aufsehen erregte und eine erbitterte Polemik auslöste: »Väter und Söhne«. Dobroljubow hatte in seinem berühmten Artikel über Turgenjews Roman »Am Vorabend« das baldige Erscheinen eines russischen Insarow, eines revolutionären Demokraten und Tatmenschen, angekündigt. Turgenjew mit seinem feinen Spürsinn für die gesellschaftlichen Kräfteverschiebungen sah das triumphale Herannahen dieses neuen positiven Helden – wie ihn kurz darauf Tschernyschewski in der Gestalt des Rachmetow in seinem Roman »Was tun?« schilderte – voraus und schuf den alle Konventionen und feudalen Restpositionen durch seine unerbittliche Kritik und Ironie zermalmenden Realisten, den »Nihilisten« Basarow. Einen »Nihilisten« nennt ihn sein adliger Gegner, der für ästhetische Ideale schwärmende, à l'anglaise zugestutzte Pawel Petrowitsch Kirsanow, der Vertreter des Standpunktes des liberalen Adels, der Herr mit dem parfümierten, schöngepflegten Schnurrbart. Die radikale Jugend fand jedoch, daß Turgenjew in Basarow den neuen Typus nicht genügend »positiv« gezeichnet hätte; manche erblickten in diesem Roman sogar ein Pamphlet auf die revolutionäre Jugend. Doch die Reaktion begriff sehr wohl, daß Turgenjew, ohne sich mit allen Positionen Basarows einverstanden zu erklären, diese kraftvolle Gestalt des Positivisten, des Materialisten, des nichts auf Treu und Glauben hinnehmenden, jede ungeprüfte Autorität verneinenden »Nihilisten« mit Sympathie und mit Einfühlung in seine kraftvolle Eigenständigkeit gezeichnet hatte und daß die Gegenseite, der Adel, bei Turgenjew – vielleicht sogar, ohne daß er es wirklich beabsichtigte – äußerst schlecht wegkam. Turgenjew war tief verletzt, daß die revolutionär gestimmte Jugend Rußlands, die er als Gewähr für die zukünftige Freiheit stets geliebt und verehrt hat, ihn so mißverstehen konnte. Er nahm nun seinen ständigen Wohnsitz im Auslande, teils in Deutschland, in Baden-Baden, wo er eine Villa besaß, danach in Frankreich. Nur die Sommermonate pflegte er in Rußland auf seinem geliebten Gut Spasskoje zu verleben.

Sein folgender, 1867 beendeter Roman »Rauch«, der unter russichen Emigranten in Deutschland spielt, ist dann von Skepsis gegenüber der neuen Entwicklung der Jahre nach den »Reformen« erfüllt, kritisiert scharf die »Reaken« (Reaktionäre), sieht aber auch keine positiven Ansätze auf der Gegenseite. Es mag sein, daß seine lange Trennung von der Heimat eine wirklich gerechte Würdigung der neuen, aufstrebenden, revolutionären Kräfte vereiteln half. Doch bald überwindet Turgenjew diese müde Stimmung und studiert mit warmer Sympathie die um 1870 aufkommende Bewegung der »Volkstümler«, der »Narodniki«, und ihr Streben, sich mit dem Volke zu verschmelzen, »in das Volk zu gehen« und ihm die revolutionäre Heilsbotschaft zu bringen. 1877 erscheint schließlich sein letzter Roman der großen gesellschaftlichen Chronikserie: »Neuland«. In ihm wird erkennbar, wie eng sich Turgenjew der sich selbst aufopfernden, idealistischen, revolutionären Jugend Rußlands verbunden fühlt und wie er den Stillstand der Älteren verabscheut. Wieder ist es hier eine russische Frauengestalt, Marianne, die aus ihrer Klasse ausbricht und selbstlos ihr Leben aufopfert, um dem Volk zu dienen. Ihr Gesinnungsgenosse, Neshdanow, der illegitime Sprößling eines Adligen, der die Klasse der Unterdrücker tief haßt, aber nicht über die ausgeglichene Kraft verfügt, die einem Revolutionär eigen sein sollte, schließt mit Marianne einen freien Gesinnungsbund. Beide fliehen aus dem Hause der adligen Gutsbesitzerfamilie Sipiagin, wo Neshdanow als Hauslehrer tätig ist, zu dessen Freund Solomin. Solomin, eine praktisch-realistische Natur, aus dem Volke hervorgegangen, ist einfach, wahrhaftig, natürlich. Ihm fehlt aber der revolutionäre Schwung, der Neshdanow vorwärtstreibt. Erst die guten Eigenschaften beider – revolutionärer Elan und klarer, realistischer Blick – vereint, würden einen Menschen ergeben, der die alte Gesellschaft aus den Angeln heben könnte.

Seit den fünfziger Jahren lebte Turgenjew fast ständig in nächster Nähe von der Familie der berühmten Sängerin Pauline Viardot, häufig auch in enger Hausgemeinschaft mit ihr und ihrer Familie in Baden-Baden. 1871 zog er, wieder der Familie Viardot folgend, nach Paris, wo er, teils in der Stadt, späterhin in Bougival bei Paris, die letzten zwölf Jahre seines Lebens in regem geistigem Austausch mit den literarischen Größen Frankreichs, mit Victor Hugo, Alphonse Daudet, Gustave Flaubert, Emile Zola, Edmond de Goncourt, Guy de Maupassant, verbrachte. Er war ihnen in inniger Freundschaft verbunden, und sie verehrten in Turgenjew den großen Künstler und Güte ausstrahlenden Menschen. Doch seine ungeteilte, tiefe Liebe gehörte seiner Heimat und ihrem Volk. Er war sozusagen der geistige Repräsentant seines Landes und Volkes im Auslande. Unendlich viel hat er in völliger Uneigennützigkeit dafür getan, daß die großen geistigen Leistungen des russischen Volkes, ihrer literarischen Koryphäen – eines Puschkin, Gogol, Lermontow, Tolstoi, Gontscharow, Dostojewski – im Auslande bekannt und nach ihrem Verdienst gewürdigt wurden. Doch wenn der Sommer nahte, zog es ihn mit unwiderstehlicher Gewalt hin zur geliebten russischen Erde. Viele Sommer verbrachte er in schöpferischer Einsamkeit und wohligem Behagen auf seinem alten Stammgut Spasskoje. Wie der Riese Antäus schöpfte er neue, frische Kraft aus dem Boden der alten Rus, um dann vom Ausland aus weiter für die Freiheit und ein Leben seines Volkes in Menschenwürde zu kämpfen. Er brauchte diesen immer erneuerten Kontakt mit dem Lande und dem Volke, dem er entstammte, wie das »Wasser des Lebens« des russischen Volksmärchens.

Die Verstimmung in den fortschrittlichen Kreisen Rußlands nach dem Erscheinen des Romans »Väter und Söhne« war in den siebziger Jahren, besonders nach dem Roman »Neuland« wieder gewichen und von einem Gefühl der Sympathie und Dankbarkeit abgelöst worden. Wohl teilte Turgenjew nicht ganz die Ansichten der revolutionären Demokraten, eines Tschernyschewski, eines Dobroljubow und deren Nachfolger, aber stets schlug sein Herz für die kämpfende, suchende, nach dem Ideal der Wahrheit und Gerechtigkeit strebende Jugend Rußlands. Im Jahre 1880 hielt er anläßlich der Enthüllung des Puschkin-Denkmals in Moskau eine Rede und wurde sowohl in Moskau wie in Petersburg begeistert gefeiert. 1882 befiel ihn, der schon lange leidend war, eine unheilbare Krankheit, Rückenmarkkrebs, die ihm unsagbare Qualen bereitete. Er wußte, daß er sterben mußte. Im Mai 1882 schrieb der todkranke Dichter an seinen Freund, den Lyriker Polonski: »Wenn Sie nach Spasskoje kommen, grüßen Sie mein Haus, meinen Garten, meine junge Eiche. Grüßen Sie mein Heimatland, das ich wohl nie mehr wiedersehen werde ...«

Am 3. September 1883 verschied Turgenjew nach qualvollem Todeskampf in Bougival bei Paris. Seine sterblichen Überreste wurden nach Rußland überführt, und am 9. Oktober 1883 wurde der große Dichter und der große Freund seines Volkes in Sankt Petersburg auf dem Wolkow-Friedhof unter ungeheuer zahlreicher Beteiligung, seinem Wunsche entsprechend in nächster Nähe des Grabes seines Jugendfreundes, des »ungestümen Wissarion«, des Freiheitskämpfers Belinski, beigesetzt.

Der literarische Ruhm Turgenjews ist im Bewußtsein der Mehrzahl seiner Leser vor allem an die Serie seiner großen Romane geknüpft, die als eine Art gesellschaftskritischer und typologischer Chronik die politische und soziale Entwicklung Rußlands von 1850 bis 1880 begleitet und schildert. Weniger bekannt ist er als einer der bedeutendsten und feinsinnigsten Meister der Novelle. Das ist um so bedauerlicher, als verschiedene der vielen Novellen, die er, außer den in den »Aufzeichnungen eines Jägers« zusammengefaßten Skizzen und Erzählungen, geschrieben hat, sowohl vom rein künstlerischen Standpunkt aus wie auch ihrer gesellschaftlichen Bedeutung nach durchaus mit seinen Romanen auf gleicher Höhe stehen, ja diese zuweilen in der Dichte ihres Gewebes, in der dramatischen Zuspitzung der Handlung, in der unnachahmlich feinen und doch sparsamen Charakterzeichnung sogar übertreffen. Den Novellen Turgenjews erging es in der Gunst des Publikums ähnlich wie seinen dramatischen Skizzen und Komödien, die in ihrer Bedeutung auch erst seit kurzem die gebührende Würdigung gefunden haben. Gewiß waren die Novellen Turgenjews auch außerhalb Rußlands nicht unbekannt. Man hatte die eine und die andere von ihnen gelesen und war von ihrem Charme entzückt gewesen. Einige, vor allem französische, Literaturhistoriker glaubten zu Unrecht, in ihnen etwas Westliches, »Europäisches«, unrussisches zu finden. Die Novellen wurden dabei jedoch aus ihrem Zusammenhang mit Turgenjews Gesamtwerk und mit der russischen literarischen und gesellschaftlichen Entwicklung herausgerissen und isoliert, rein »ästhetisch« gewertet und dadurch eigentlich entwertet. Turgenjews Novellen sind keinesfalls Konzessionen des großen Künstlers des russischen Wortes an ein europäisches Geschmackskriterium, sondern sie sind genau so eng mit seiner eigensten russischen Welt verbunden wie die »Aufzeichnungen eines Jägers« und seine Romane. Gewiß hat Turgenjew künstlerisch auch bei den Großen der Weltliteratur gelernt, wie alle Meister bei Meistern der Vergangenheit und der Gegenwart gelernt haben. Die Wechselwirkung der Literaturen ergibt eben das, was Goethe »Weltliteratur« nannte: nur wer *alle* Menschenherzen zutiefst zu erschüttern vermag, ist ein wirklich Großer der Kunst. Aber Turgenjew war kein Nachahmer, weder französischer noch deutscher Vorbilder, seine Kunst wuchs aus der russischen Atmosphäre, aus der russischen Problematik, aus der reichen, klangvollen russischen Sprache heraus. Turgenjew schrieb einmal, ähnliche Vermutungen bekämpfend, in einem Brief an seinen deutschen Freund, den Maler Ludwig Pietsch: »Was? Sie alter Freund und Gönner können glauben, ich hätte je eine Zeile in einer anderen Sprache als der russischen geschrieben?! Diese

Schmach tun Sie mir an?! Ein Kerl, der sich als Schriftsteller geriert und mehr als in einer, seiner Muttersprache nämlich, schreibt, ist meines Erachtens ein Lump und ein miserables, talentloses Schwein.« Man hört aus diesem Ausbruch des Unwillens auch heraus, daß Turgenjew darüber entrüstet ist, man könnte annehmen, daß er andere kopiert hätte. Davon kann aber gar keine Rede sein. Turgenjew ist eine geschlossene, originale Künstlernatur aus russischem Schrot und Korn, ein russischer Meister, und dadurch ist er groß, genauso wie Hugo als Franzose, Goethe als Deutscher, Shakespeare als Engländer groß sind. Und gerade in seinen Novellen spürt man bei aller weltliterarischen Hochwertigkeit und aller allgemein menschlichen Problemstellung diese Eigenart des Russen Turgenjew heraus.

Die Form der Novelle stellt höchste künstlerische Anforderungen. Angefangen von der Novellistik der italienischen Frührenaissance mit ihrer zielklaren, lebendigen Linienführung und plastisch farbensatten Gestaltung über die von ihr abhängige französische Novellenform des 16. Jahrhunderts bis zu den deutschen Meistern der Novelle, Goethe, Kleist, Tieck, E. T. A. Hoffmann, Gottfried Keller, Conrad Ferdinand Meyer, Theodor Storm, Paul Heyse, sowie zu den Franzosen Prosper Mérimée, Alfred de Musset, Gustave Flaubert, Guy de Maupassant: stets lag dieser literarischen Kunstform der Gedanke zugrunde, den Goethe anläßlich der Arbeit an seiner »Novelle« 1828 äußerte: »Eine Novelle ist nichts anderes als eine sich ereignete unerhörte Begebenheit. Dies ist der eigentliche Begriff.« Wenn Goethe hiermit den Wesenskern der Novellenform präzisiert hat, so hat der Begriff doch im Laufe der weiteren Entwicklung dieser literarischen Form auch manche Erweiterung erfahren, und Gottfried Keller warnt davor, die Bezeichnung »eine sich ereignete unerhörte Begebenheit« zu eng und zu abstrakt zu fassen. In einem Brief an Theodor Storm schreibt Keller: »Ich halte dafür, daß es für Roman und Novelle so wenig aprioristische Theorien und Regeln gibt als für die anderen Gattungen, sondern daß sie aus den mustergültig anzusehenden Werken werden abgezogen, respektive, daß die Werte und Gebietsgrenzen erst noch werden abgesteckt werden müssen.« Und im gleichen Jahre 1881 antwortet Theodor Storm: »Die Novelle eignet sich zur Aufnahme auch des bedeutendsten Inhalts, und es wird nur auf den Dichter ankommen, auch in dieser Form das Höchste der Poesie zu leisten. Die heutige Novelle ist die Schwester des Dramas und die strengste Form der Prosadichtung. Gleich dem Drama behandelt sie die tiefsten Probleme des Menschenlebens; gleich diesem verlangt sie zu ihrer Vollendung einen im Mittelpunkt stehenden Konflikt, von welchem aus sich das Ganze organisiert, und demzufolge die geschlossenste Form und die Ausscheidung alles Unwesentlichen; sie duldet nicht nur, sie stellt auch die höchsten Forderungen der Kunst.« Wie fein und richtig Storm hier auch den Problemkreis der Novellenform ausweitet und umreißt, so bleibt dennoch das Wort Goethes vom »unerhörten Ereignis«, das man auch ein »merkwürdiges Ereignis« nennen könnte, bestehen. Erst beide Definitionen, zusammen gesehen und einander ergänzend, lassen uns das Wesen der Novelle klar erkennen. Turgenjew hat nun im Sinne der oben angeführten Definitionen mustergültige Meisterwerke dieser schwierigen und anspruchsvollen literarischen Kunstform geschaffen. Er hat in seinen Novellen in geschlossener, strenger Form erschütternde menschliche Konflikte, sittliche oder schicksalhafte Ideen oder tiefschürfende Charakterbilder dargestellt. Dabei ist die geradlinige Führung der Handlung, ihre dramatische Akzentuierung, bei aller feinsinnigen Behandlung des Seelischen, das Grundgerüst einer jeden seiner Novellen. Das Unerhörte, das Merkwürdige, das Außergewöhnliche, ja manchmal das Phantastische des Ereignisses, wird von der psychologischen Detailzeichnung nie überwuchert, sondern stets nur ergänzt. Die Handlung, das Schicksalhafte, ist mit dem Charakter der Persönlichkeit, die es auslöst oder erleidet, auf das engste verbunden. Dadurch entsteht die oft fast atemberaubende dramatische Spannung, die lebensvolle Plastizität, die innere und äußere Bewegtheit seiner Novellen. Die Milieu- und Zustandsschilderung ist bei ihm nie ein retardierendes Element, sie ist nie Selbstzweck, sondern läßt sozusagen in verdeckter Form bereits die Spannungen erfühlen, aus denen die dramatische Entwicklung zum Höhepunkt geleitet wird, um schließlich schroff abzufallen oder sanft abzuklingen. Turgenjews Novellen sind keine zarten Pastelle eines sehnsüchtig versponnenen Poetengemütes, deren Konturen dem heutigen Leser bei manchen Novellisten des vorigen Jahrhunderts, wie zum Beispiel bei Heyse und sogar bei Storm, schon verblassen und fast konventionell erscheinen; es sind mit realistischem, künstlerischem Jägerauge scharf gesehene Einzelausschnitte des vorbeiwogenden, mit Spannungen, mit Leiden und Freuden, mit Kampf und Niederlage, mit Jubel und Schmerz erfüllten Menschenlebens selbst. Und stets bleibt der soziale Rahmen, in den die Handlung gespannt ist, sichtbar, stets sind es Menschen seines von ihm so genau gekannten Volkes, seiner Zeit mit ihren besonderen, auf den Nägeln brennenden Problemen, die er unverwechselbar vor uns hinstellt. Doch das Große an Turgenjews Kunst besteht eben darin, daß sie uns, trotz ihrer Bedingtheit, trotz des besonderen Kolorits oder gerade infolgedessen, stets auch das Allgemeinmenschliche, was uns alle verbindet, in seinen Helden und ihren Konflikten mit größter Intensität miterleben läßt. Seine Darstellungskunst kann nie verblassen, wie uns Shakespeare, Goethe, Dante, Puschkin heute genausoviel bedeuten und zu sagen haben wie ihren Zeitgenossen, ja sogar mehr, da unsere Sicht sich geweitet hat und wir Problemkreise und ihre Lösungsweise überschauen, die das Genie nur hellsichtig erahnen konnte.

Obgleich Turgenjews Kunst aus dem Riesenreservoir der Weltliteratur genährt wurde, obgleich er auch von großen Vorbildern des Schrifttums seines Volkes, von Puschkin, Gogol, Lermontow, Odojewski, Dostojewski, gelernt hat – wir erinnern nur an manche Meisternovelle Puschkins wie »Pique Dame«, an Gogols »Mantel«, an Lermontows »Fatalisten« –, so ist doch Turgenjews Stil, seine künstlerische Formung, Nuancierung und Darstellungsart, die bald zarte, bald dramatisch geladene Atmosphäre seiner Novellen und Romane, seine innige Naturverbundenheit und Menschenliebe ihm persönlich eigen, unverwechselbar er selbst. Er schildert nie etwas ihm Fremdes, Anempfundenes; stets ist es eigenes Erleben, sei es – was sehr häufig durchschimmert – Persönlichstes, Autobiographisches, sei es verdichtetes Geschehen seiner Gegenwart, des russischen Lebens, russischer Menschen, der Vertreter bestimmter Klassen, meist seiner eigenen Umgebung, mit ihren guten Eigenschaften und mit ihren durch falsche Erziehung und ethisch verderbendes Milieu bedingten Fehlern und Schwächen.

Daß Turgenjew neben seinen gesellschaftskritischen, typenschaffenden Romanen – die nirgends mit Stoff überladen wirken und sich meist einer ausgewogenen Novellenform nähern, wobei zuweilen diese beiden Formen ineinander übergehen – sich vorzugsweise der Form der geschlossenen Novelle oder Erzählung bedient hat, ist auch soziologisch bedingt. Das russische Leserpublikum, damals vor allem die fortschrittlich eingestellten Schichten des literarisch interessierten Adels, mußte von den Schriftstellern, dem Gewissen der Nation, zunächst an die gesellschaftlichen Probleme herangeführt, für diese interessiert und für ihre politische Lösung gewonnen werden. Die russische Literatur war zu jener Zeit noch jung, und alle jungen Literaturen knüpfen bewußt, um das Interesse des Lesers oder Hörers nicht vorzeitig erlahmen zu lassen, an die »kleine Form« – Lyrik, dramatische Szene, Erzählung, Novelle – an. Bekanntlich sind auch die älteren, episch ausgedehnteren Dichtungen ja meist nur Zusammenfassungen von streng nach ihrer Sonderart behandelten Einzelepisoden. Wir bemerken diese Erscheinungen in allen Literaturen der früheren und der neueren Zeit. Der Hörer – und später der Leser – will die Überschau nicht verlieren, möchte nicht gelangweilt werden, möchte in der Episode vertretungsweise das Ganze erblicken und es verstehen lernen. Er möchte vom Inhalt und von der Handlung gefesselt, erregt, überwältigt werden, er möchte sie im wahren Sinn des Wortes erleben. Und dieses Erlebnis vermittelt dem an eine verzweigte, komplizierte, mehrschichtige Erzählungsweise noch nicht gewöhnten oder mitten im Fluß des aufregenden gesellschaftlichen und politischen Geschehens stehenden Menschen eben die relativ kleine Form der Ballade, der Lyrik, der Heldenerzählung, später der Erzählung und der Novelle. Man denke an die betreffende Entwicklung der Literaturgattungen in Italien, Frankreich, England und Deutschland. Auch in Rußland war dieses soziologisch bedingte Formgesetz für die Entwicklung der literarischen Formen maßgebend. Die Lyrik, das Drama, auch dieses thematisch zugesptitzt, entstanden zuerst, anschließend die Novelle, in Prosa oder in Versform.

Dazu kam die Möglichkeit, auf die Öffentlichkeit durch die periodisch erscheinenden Zeitschriften zu wirken, die von einer immer breiter werdenden Leserschaft konsumiert wurden und epische Formen bevorzugten, die nicht allzu ausgedehnt waren. Turgenjew folgte darin Puschkin, Lermontow, auch Gogol, trotz dessen Roman »Die toten Seelen«, der ja aber auch nur eine Galerie von Typen und Episoden, ähnlich dem frühen spanischen und französischen Schelmenroman, gab. Die »Aufzeichnungen eines Jägers« waren solche scharf gesehenen, vertretungsweise bedeutenden Episoden und Typenzeichnungen aus dem Leben einer Gesellschaftsschicht, die von der herrschenden Adelsklasse bisher als »graue Masse« ohne eigene Gesichter und ausgeprägte Charaktere angesehen wurde. Die Mannigfaltigkeit des perspektivischen Sichtwinkels, die soziale Zugespitztheit der einzelnen Bilder, die überall spürbare Atmosphäre interessierte, erregte und beeindruckte als etwas ganz Neues die Leser. Das »unerhörte Ereignis« wurde nicht nur im geschilderten Einzelfall gesehen, sondern wurde nun verallgemeinert; man zog Schlüsse daraus und wurde fast unbewußt gegen das System der Leibeigenschaft eingenommen, was ja gerade die Absicht des Dichters war. Diese soziale und politische Gerichtetheit des russischen Schriftstellers, sein tiefes Gefühl für die »prawda«, für Wahrheit und Gerechtigkeit, ohne daß die künstlerische Form, die »verdichtete« Atmosphäre darunter litt, war in hohem Grade auch

Turgenjew eigen. Er wirkte durch die zugespitzte, konzise Novellenform, durch ihre dramatische Gespanntheit und Konzentration auf seine Leser. Insofern haben manche seiner Novellen, gesellschaftsgeschichtlich betrachtet, eine ähnliche Rolle gespielt oder Wirkung gehabt wie Flugschriften in Deutschland oder Westeuropa, die im zaristischen Rußland unmöglich waren.

In der vorliegenden Auswahl von einigen der schönsten Novellen Turgenjews lernen wir den großen Meister dieser strengen, anspruchsvollen Dichtungsform von seiner besten Seite kennen und lieben.
Die ihrer Entstehungszeit nach erste Novelle unseres Sammelbandes ist die von Empörung über die unmenschlichen Praktiken der »Seelenbesitzer« ihren leibeigenen Sklaven gegenüber durchzitterte Anklage unter dem wenig sagenden Titel *»Mumu«*, der wohl aus Rücksicht auf zu erwartende Zensurmaßnahmen gewählt wurde. Mumu ist der Name eines Hündchens, das vom riesenhaften, bärenstarken, gutmütigen, taubstummen Gerassim, einem Leibeigenen einer adligen Gutsbesitzerin, der »Herrin«, aus dem Wasser vor dem Ertrinken gerettet wurde. Die Fabel ist schlicht, doch wie ergreifend, wie tief empfunden ist das primitiv-innige Seelenleben dieses mit der Urkraft des unterdrückten russischen Landvolkes ausgestatteten Riesen, eines Vertreters aller seiner gequälten und ausgebeuteten Millionen Brüder und Schwestern, des schlichten Hausdieners Gerassim, geschildert. Welch tiefe, unterjochte Liebeskraft lebt in seiner Seele. Und wie roh und lieblos, wie kalt und launenhaft, wie brutal und leer ist das Innere der Vertreterin der herrschenden Adelskaste, der Guts- und Seelenbesitzerin. Turgenjew hatte diesen Typus in Reinkultur aus nächster Nähe studieren können: es war seine eigene eiskalte, herrische Mutter, die er hier in vielen ihrer abstoßenden Charakterzüge dargestellt hat. »Mumu« ist nicht »die schönste Tiergeschichte der russischen Literatur«, wie Kritiker erstaunlicherweise diese Novelle genannt haben, sondern ein sozialer Anklageakt des Dichters, den er 1852, unter Po-

lizeiaufsicht stehend, schrieb und der 1854 im »Zeitgenossen« nach Umgehung der Zensurklippen erscheinen konnte. Die große Kunst und die tiefe Menschenliebe des Autors hat mit dieser Erzählung, die an manche seiner Skizzen aus den »Aufzeichnungen eines Jägers« erinnert, sie aber an Geschlossenheit des Aufbaus, an Feinheit der Linienführung und an Wucht der sozialen Anklage übertrifft, ein erschütterndes Meisterwerk der russischen Literatur geschaffen. Die zaristischen Behörden fühlten den sozialkritischen Gehalt der Erzählung sehr wohl heraus. Alexander Herzen brachte die soziale, anklägerische Note von Turgenjews »Mumu« ausgezeichnet in folgendem Urteil über die Erzählung zum Ausdruck: »Turgenjew hat nicht bloß das Märtyrerschicksal des Bauern geschildert, er hat sich auch nicht gescheut, in das stickige Kämmerlein des leibeigenen Bediensteten hineinzuschauen, wo diesem nur noch der einzige Trost verbleibt – der Branntwein. Das Leben eines solchen ›Onkel Tom‹ hat er mit einer so großen künstlerischen Kraft wiedergegeben, daß er sogar eine doppelte Zensur zu umgehen verstand und uns dennoch vor wilder Empörung beben ließ bei der Darstellung dieses unerträglichen schweren, unmenschlichen Leidens, unter dem eine Generation nach der anderen, ohne einen Hoffnungsschimmer vor sich zu sehen, nicht nur mit gedemütigter, verletzter Seele, sondern mit verstümmeltem Körper zugrunde ging.« Ja »Mamu« ist ein Hoheslied des wahren Menschentums der Unterjochten und eine flammende Verurteilung der Unterdrücker.

Turgenjew war ein großer und ein unglücklicher Liebender. Immer wieder hat ihn, dessen Gestalt riesenhaft und dessen Herz zart und empfänglich war, die schicksalhafte Macht der Liebe ergriffen, und immer wieder endeten diese Stürme entweder mit Entsagung, die er sich selbst auferlegte, mit willenloser Verfallenheit oder mit bitterer Enttäuschung. Die für ihn tragische lebenslange Bindung an die große Sängerin Pauline Viardot, die ihm nie ein ungetrübtes, qualfreies Glück gewährte, sondern einer lebenslangen Sklaverei glich, stand wie ein Unglücksstern über seinem Leben.

Wie die Liebe schon den Knaben ergriff, hat Turgenjew zu Beginn des Jahres 1860 in seiner berühmten Novelle *»Erste Liebe«* gestaltet. Wieder sind es Züge aus der Welt der eigenen Familie, der Eltern, die den Hintergrund der Erzählung bildet. Hier ist es der Vater des jungen Turgenjew, ein schöner, verhalten herrschsüchtiger Mann in den besten Jahren, mit den vollendeten Manieren und der Haltung eines Grandseigneurs, der nur eine kühle Konventionsehe führt, Befriedigung in Abenteuern sucht und infolgedessen mit seiner Frau in einem latenten, immer wieder zu stürmischen Auseinandersetzungen führenden Zustand der Spannung und verdeckten gegenseitigen Feindschaft lebt. Daß sich diese ungesunde häusliche Atmosphäre nicht günstig auf die Entwicklung des Sohnes auswirken muß, ist offensichtlich. Dieser sucht in einem regen Phantasie- und Gefühlsleben Ausgleich für die mangelnde Liebe der Eltern und verehrt heimlich abgöttisch den ihm gegenüber stets kühlen und zurückhaltenden Vater. Die aufgestaute Sehnsucht des frühreifen Jünglings, fast Knaben, nach Liebe und Verstehen bricht mit unwiderstehlicher Macht hervor, als ein reizvolles, kapriziöses junges Mächen, die Tochter einer verarmten Adelsfamilie, nach dem Tode ihres Vaters mit ihrer Mutter in einen Flügel des elterlichen Hauses einzieht. Die schöne, schlanke, aschblonde Sinaïda ist von Verehrern umschwärmt, es reizt sie aber, den glühend in sie verliebten Knaben durch ihre stets unberechenbaren, plötzlichen Gunstbezeigungen oder durch kalte, fast verletzende Nichtachtung an sich zu fesseln. Eine Welt des Traums stürzt für den Knaben zusammen, als er sehen muß, wem Sinaïdas Liebe wirklich gilt, und er erlebt am Schluß als unwillkürlicher Zuschauer die grausame, todbringende Gewalt der Leidenschaft, der eine Frau fähig ist, wenn sie sich unter einen Willen beugt, der sie meistert.

Turgenjew hat seine Novelle »Erste Liebe« von allen seinen Dichtungen am meisten geliebt. Uns zieht der Duft und die Tragik dieser meisterhaft gestalteten Jugenderfahrung der Knabenseele noch heute unwiderstehlich an. Doch auch hier spüren wir deutlich den dunklen Hintergrund: die kalte, unbarmherzige Welt der »Seelenbesitzer«, die selbst ohne Seele sind.

Wie »Erste Liebe«, so ist auch die große Novelle *»Frühlingswogen«* aus Dichtung und Wahrheit gewoben. »Dieser ganze Roman ist wahr«, hat der Dichter geäußert, »ich habe ihn selbst erlebt und gefühlt; er ist meine Geschichte!« Der junge blonde Russe Dmitri Sanin mit den freundlichen Augen und dem frischen rosigweißen Teint, mit seiner kindlich-gutmütigen Heiterkeit, mit der Gesundheit und Weichheit seines Wesens: es ist ganz offensichtlich ein ungefähres Selbstporträt des jungen Turgenjew, der, wie der Held des Romans, 1840, nach abgeschlossenem Studium in Berlin, von Italien kommend, auf der Rückreise in die Heimat in Frankfurt am Main, der Goethestadt, Station macht, zufällig in eine kleine Konditorei gerät und dort die Bekanntschaft Gemmas, des schönen jungen Mädchens, macht, bis ihn die herzlose große Weltdame Marja Nikolajewna in ihren Bann zwingt und um sein Lebensglück betrügt.

Die Romannovelle »Frühlingswogen« wurde in den Kriegsjahren 1870/71 geschrieben. Die politisch-geschichtliche Situation jener Zeit hat zweifellos gewisse Züge dieses Werks bestimmt: Turgenjews Abneigung gegen das Paris Napoleons III., aber auch gegen den heraufkommenden deutschen Militarismus und seine Ergänzung, das zivile Strebertum der Gründerjahre, ist am Rande dieser hinreißenden Liebesgeschichte erkennbar.

Die dritte ergreifende Liebesgeschichte dieser Sammlung, *»Asja«*, stammt bereits aus dem Jahre 1858. Auch in ihr ist Selbsterlebtes künstlerisch vollendet gestaltet worden, auch sie ist Wahrheit und Dichtung. Wieder spielt die Handlung in Deutschland. Diesmal am rebenhügelumkränzten Rhein. Mit welch tiefer Liebe und Einfühlung wird die deutsche Landschaft, der romantisch-verträumte Zauber des kleinen Rheinstädtchens geschildert, in dem sich der Erzähler aufhält und in dem sich ein schicksalsschwerer Abschnitt seines Lebens abspielt!

Auch diese Novelle ist anscheinend »nur« eine Liebesgeschichte, eine in dem unnachahmlichen Turgenjewschen Stil und in künstlerischer Vollendung erzählte Liebesgeschichte. Doch auch in ihr ist ein tiefer sozialkritischer Sinn verborgen. Wieder wird hier jener unentschlossene, willenlose Typus des Vertreters der russischen Adelsklasse, ein »überflüssiger Mensch«, geschildert. Wieder ist es das russische Mädchen, die russische Frau, die ihn an Charakter und Tiefe des Gefühls weit überragt.

Und nun eine der erschütterndsten, man könnte sagen: grandiosesten Novellen, die Turgenjew geschrieben hat, von geradezu antiker oder shakespearescher dramatischer Wucht und Größe: *»Ein König Lear der Steppe«.* In dieser 1870 erschienenen Novelle spielt das Motiv der Liebe zwischen Mann und Frau keine Rolle, es ist die ergreifende Darstellung eines Menschenschicksals, hervorwachsend aus dem Sumpf des Systems der Leibeigenschaft, das Schicksal eines Königs Lear redivivus, eines von seinen Töchtern, die er abgöttisch liebt und zu denen er ein unbedingtes Vertrauen fühlt, in seiner Menschenwürde tief gekränkten, beiseite gestoßenen, schließlich von Haus und Heim verjagten Vaters, seiner grausigen, wilden Rache und seines tragischen Endes. Es ist eine Begebenheit, die sich tatsächlich auf einem Gut in der Nähe von Spasskoje abgespielt hat. Als Turgenjew die Novelle schrieb, forderte er von seinem Verwalter genaueste Berichte über Details der Tragödie auf dem Nachbargut an und hielt sich streng an die Tatsachen.

Die Novelle »Ein König Lear der Steppe« ist vielleicht am vollkommensten von allen Novellen Turgenjews komponiert. Nach ausführlicher Exposition, die den Charakter der Personen deutlich hervortreten läßt, gipfelt sich die Handlung mit atemberaubender Spannung zum tragischen Höhepunkt auf; wir erleben ein Drama der Vaterliebe, des gekränkten Vertrauens und gleichzeitig ein Drama, das durch die maßlose Besitzgier, die Entmenschung und die Verdinglichung der von Profitgier erfaßten Kapitalisten der jungen Generation, der Besitzenden, die durch den Schwiegersohn und die Tochter repräsentiert ist, hervorgerufen wird. Auch hier ist die soziale Anklage neben dem persönlichen Drama der deutlich spürbare Hintergrund.

Die letzte der in dieser Auswahl vereinigten Novellen, *»Die Uhr«*, ist ein Alterswerk des Dichters und 1875 erschienen. Sie wurde während der Arbeit am Roman »Neuland« geschrieben. Man spürt es deutlich an der Thematik und an der Atmosphäre der Erzählung. Obwohl die Zeit der Handlung vom Autor in die ersten Jahre des 19. Jahrhunderts verlegt wurde, ist es fast moderner Geist, sind es moderne Probleme: der Durchbruch der Rasnotschinzy (der Ständelosen) in die historische Arena. Die Gestalten des zielsicheren, verschlossenen, energischen jungen David und seiner gliebten Raissa, die den Weg durch die Not rein und mutig geht, weisen in eine bessere Zukunft.

Turgenjew war, wie alle großen Repräsentanten der russischen Literatur, das Gewissen seiner Zeit; »unermüdlich schuf er das Nützliche, Rechte«, bekämpfte die sozialen Mißstände, die menschlichen Unzulänglichkeiten und die Entwürdigung des Menschen in jeder Form. Er war ein großer Humanist, ein Menschenbruder, der auch die Fehler seiner eigenen Klasse, des Adels, sehr deutlich sah und ihr Abtreten von der Bühne der Geschichte voraussagte. Er sah aber auch die »neuen Menschen«, die die »überflüssigen Menschen« in Rußland ersetzen sollten, kommen, die Menschen, die eine neue Welt der Wahrheit und der Gerechtigkeit schaffen würden. In seinen Romanen wie in seinen Novellen schuf er unvergängliche Gestalten, typische Verkörperungen der vorbeiziehenden Epochen. Am ergreifendsten sind die von Turgenjew gezeichneten russischen Mädchen und Frauen. In ihnen ist die Zukunft stärker zu spüren als in den Männern. Auch in seinen Novellen, die vielleicht in der Form noch vollendeter, dichter als die Romane sind, fühlt man das Leben seiner Zeit und gleichzeitig Probleme des Menschenlebens, die uns immer bewegen und erschüttern werden: Schuld, Leid, Liebe, Sehnsucht, Kampf gegen die Unterdrückung und ein unersättliches Streben nach Freiheit und Menschenwürde. Turgenjews Schwanengesang, seine »Senilia«, sind die »Gedichte in Prosa«, worin wir noch einmal wie in einer Reihe kostbarer Perlen,

kristallisierter Tränen den gütigen Menschen Turgenjew in all seiner Vielfalt und Liebenswertheit erleben.
Möge auch dieser kleine Ausschnitt aus dem so vielfältigen Schaffen des großen russischen Humanisten, diese fünf Meisternovellen, dazu beitragen, daß wir sein Werk und dessen Schöpfer noch besser kennen, verstehen und lieben lernen.

Friedrich Schwarz

ERLÄUTERUNGEN

11 *Kaidanow,* Iwan Kusmitsch (1780–1843): russ. Geschichtspädagoge, Prof. am Alexander-Lyzeum, Petersburg; Verfasser geistig unselbständiger Lehrbücher der antiken, allgemeinen und russ. Geschichte, darunter »Leitfaden zur Erlernung der allgemeinen politischen Weltgeschichte« (13. Aufl. 1821) und »Kurzer Abriß der allgemeinen Weltgeschichte« (16. Aufl. 1821).

22 *des vilaines affaires d'argent* (franz.): häßliche Geldgeschichten.

24 *Que suis-je pour elle?* (franz.): Was bin ich ihr?

25 *Barège*: dünner Wollstoff aus Barèges in den Pyrenäen.

avec sa mine de grisette (franz.): mit ihrem Grisettengesicht.

30 *Kasatschok*: Kosakentanz.

33 *comme il faut* (franz.): erzogen, anständig, wie es sich gehört.

35 *Rary*: ehemals bekannter Reiter.

41 *»Auf Grusiens Hügeln«*: Anfangsworte eines nicht überschriebenen Gedichtfragments von Alexander Sergejewitsch Puschkin (1799–1837) aus dem Jahre 1829.

46 *Byron*, George Gordon Lord (1788–1824): engl. Dichter des romantischen, gegen die gesellschaftliche Wirklichkeit gerichteten »Weltschmerzes« und der seelischen Zerrissenheit.

Hugo, Victor (1802–85): als Lyriker, Dramatiker und Romandichter erst Haupt der franz. Romantik, seit 1848 Realist von bürgerlich-republikanischer Haltung.

48 *une femme capable de tout* (franz.): eine zu allem fähige Frau.

53 *Malek-Adel*: Sultan von Ägypten und Damaskus, Saladins Bruder, eroberte 1218 wichtige Festungen der Kreuzritter in Palästina. Anspielung auf eine Szene aus dem Liebesroman »*Mathilde* oder Erinnerungen aus der Zeit der Kreuzzüge« (1798–1805) der franz. Schriftstellerin Sophie Cottin (1770–1807).

»Ich warte dein ...«: Romanze nach einem Gedicht des anmutigen Lyrikers und Satirikers Fürst Pjotr Andrejewitsch Wjasemski

(1792–1878), der nach Nikolaus' I. Thronbesteigung (1825) seinen freiheitlichen Ideen abgeschworen hatte.

53 *Chomjakow*, Alexei Stepanowitsch (1804–60): romantischer Dramatiker, später geistiges Haupt der Slawophilen, die das russ. Volkstum idealisierten, die Übernahme westeurop. Kultur durch die Russen ablehnten und, nach anfänglich fortschrittlichen Zügen, als überzeugte Monarchisten zu Konservativen, ja Reaktionären wurden. Sein erstes Drama »Jermak« (1832) hat den Eroberer Westsibiriens zum Helden.

Dolman: Husarenjacke.

»Journal des Débats«: Pariser Tageszeitung, die seit 1789 existiert und sich im 19. Jh. durch ihr literarisches Feuilleton auszeichnete.

59 *Silence!* (franz.): Ruhe!

60 *Barbier*, Auguste (1805–82): franz. Satiriker; seine »Iambes« (1831), in denen zwölf- und achtsilbige Verse abwechseln, geißeln die Sittenverderbnis der Finanzbourgeoisie, die Frankreich um die Früchte der Julirevolution von 1830 gebracht hatte.

»Telegraph«: »Moskauer Telegraph« (1825–34); in dieser russ. Zeitschrift für Literatur und Wissenschaft erschienen besonders die Dichtungen der Romantiker.

65 *»Aleko, du Zigeunerbub ...«*: In Puschkins Poem »Die Zigeuner« ersticht der von Weltschmerz beherrschte Flüchtling Aleko die Zigeunerin Semfira und ihren neuen Liebhaber und wird darauf aus dem freien Zigeunerstamm ausgestoßen, in dem er Zuflucht gesucht hatte.

71 *Arbat*: Geschäftsstraße in Moskau.

76 *Vous devez vous séparer de cette* ... (franz.): Sie müssen sich trennen von dieser ...

80 *»Voll Gleichmut sprach ein Mund ...«*: Verse aus Puschkins Gedicht »In ihrem Lande, wo das Himmelszelt« (1826), gewidmet dem Gedenken der in Italien verstorbenen Amalia Riznii.

83 *Arschin*: altes russ. Längenmaß = 71,1 cm.

Werschok: altes russ. Längenmaß, etwa 4,5 cm.

85 *Pud*: russ. Gewicht = 16,38 kg.

Kalatschengebäck: Kringel, ringförmiges Weizengebäck, das an einer Stelle breiter wird.

92 *Minin und Posharski*: Die Volkshelden Kaufmann Kosma Minin (eigtl. Kusma Minitsch Sacharjew-Suchoruk, gest. 1616) und Fürst

Dmitri Michailowitsch Posharski (1578 bis um 1642) befreiten 1611/12 mit einem russ. Volksheer Moskau von den Polen und Schweden. An ihrem Denkmal auf dem Roten Platz in Moskau streckt Minin die Hand aus.

Kolomna: alte Stadt, etwa 100 km südöstl. von Moskau an der Oka.

113 *Klafter*: die Entfernung von einer Mittelfingerspitze zur andern bei waagerecht gehaltenen, seitwärts gestreckten Armen.

115 *Werst*: altes russ. Wegemaß = 1066,8 m.

119 *»Grünes Gewölbe«*: Die ehemalige Schatzkammer der Kurfürsten von Sachsen, die besonders August der Starke (Kurfürst 1694–1733) vermehrte, enthält Gold- und Silberarbeiten, Prunkstücke der Kleinkunst aus Renaissance, Barock und Rokoko, Elfenbeinschnitzereien, Edelsteine u. a. Sie war ursprünglich im ehemaligen Schloß untergebracht und heißt nach dem früher grünen Anstrich der Wände. Heute im Albertinum an der Brühlschen Terrasse.

127 *Lanner*, Joseph (1801–43): berühmter Wiener Tanzgeiger und Walzerkomponist.

»Du schläfst? Meine Laute ...«: aus Puschkins Romanze »Ich halt, Inesilla« (1830), von Glinka 1834 vertont.

Werst s. Erl. zu 115.

134 *Galatea in der Farnesina:* die anmutige Meeresnymphe auf Raffaels Wandgemälde »Der Triumph der Galatea« in der Villa Farnesina, Rom.

149 *Bei Puschkin heißt es anders:* nämlich nicht »Mutter«, sondern »Amme«.

149 *Tatjana:* die ernste, charakterstarke Frauengestalt aus Puschkins Versroman »Eugen Onegin« (1831), die, anfangs vom Titelhelden verschmäht, ihn später abweist, weil sie seinen zwiespältigen, brüchigen Charakter durchschaut hat.

155 *Mädchen mit dem gezwungenen Lachen* s. Erl. zu 134. Galatea

175 *Iwan Wassiljewitsch der Blinde:* der Moskauer Großfürst Wassili Wassiljewitsch II. (1415–62), den der galizische Fürst Dmitri Schemjaka blendete.

Goldenes Buch: im alten Venedig das Verzeichnis der zur Teilnahme an der Regierung berechtigten Adligen. In Rußland gab es seit 1682 das – hier wohl gemeinte – »Samtene Buch«, in dem die einheimischen und zugewanderten Adelsfamilien mit ihren Stammbäumen verzeichnet waren.

175 *Iwan Wassiljewitsch der Schreckliche:* Iwan IV., Zar 1547–84.

176 *Mastodonten:* vorsintflutliche Rüsseltiere, den späteren Elefanten ähnlich.

Megatherien: vorsintflutliche Riesenfaultiere.

177 *Desjatine*: früheres russ. Feldmaß. 1 D. = 109 a.

Borodino: Dorf, 110 km südwestl. von Moskau an der Kaluga. Hier kämpfte Kutusow am 7.9.1812 gegen Napoleon I.

179 *Polyphem:* einäugiger, menschenfressender Zyklop aus der griech. Sage von Odysseus.

Wladimirbändchen: das dunkelrote, schwarzgeränderte Band des Wladimir-Ordens, des zaristischen Zivilverdienstordens, eines goldenen, rot emaillierten Kreuzes. Das Band seiner untersten, vierten Klasse wurde im Knopfloch getragen.

181 *Pikett:* altes franz. Kartenspiel für zwei Personen, deren jede 12 Karten erhält, während die übrigen 8 als »Talon« auf dem Tische verbleiben.

Boston: Kartenspiel mit voller franz. Karte für vier Personen, kam zur Zeit des amerikanischen Unabhängigkeitskrieges (1776–81) auf.

183 *Nanking:* glattes, rötlichgelbes Baumwollgewebe aus China.

197 *Kwaß:* säuerliches Getränk aus gesäuertem Schwarzbrotteig oder aus Schwarzbrot mit Malz.

198 *Alexander I.:* russ. Zar 1801–25.

203 *Potjomkin*, Grigori Alexandrowitsch (1739–91): russ. Feldherr und Staatsmann, seit 1774 Günstling Katharinas II.

209 *Mitrofan* (1623–1703); erster Bischof von Woronesh, nach dem Tode heiliggesprochen, daher durch Wallfahrten zu seinen Gebeinen geehrt.

Optinsche Einsiedelei: bei Kaluga, etwa 200 km südwestl. von Moskau gelegen, 1764 gegründet.

230 *Nebukadnezar*, Gründer des neubabylon. oder chaldäischen Weltreichs (605–562), eroberte 586 Jerusalem und führte die Juden in die Babylon. Gefangenschaft.

235 *Marodeure:* Plünderer.

253 *Semiramis:* die assyr. Königin Samuramat, Gemahlin Schamschi-Adads V., die 809–806 für ihren minderjährigen Sohn regierte. Die Sage schrieb ihr die Gründung Babylons und berühmte Bauten wie die Hängenden Gärten zu.

253 *Katharina II.:* russ. Zarin 1762–96, geb. Sophie Auguste Prinzessin von Anhalt-Zerbst, seit 1745 vermählt mit dem russ. Thronfolger, dem späteren Zaren Peter III. Festigte Rußlands Großmachtstellung durch außenpolitische Erfolge, vereinheitlichte die Verwaltung und förderte als Anhängerin der franz. Aufklärung das Wirtschaftsleben, Wissenschaft und Literatur.

262 *Babki:* ehemals beliebtes russ. Spiel, in dem nach aufgestellten Pferdeknöcheln mit Steinen geworfen oder mit Stöcken geschlagen wird.
Elisabeth: Tochter Peters I., russ. Zarin 1741–62.

266 *Zar Paul:* Sohn Katharinas II., russ. Zar 1796–1801. Ihm folgte 1801–25 Alexander I.

283 *Pud* s. Erl. zu 85.

291 *Suworow*, Graf Alexander Wassiljewitsch (1729–1800): bedeutender russ. Feldherr, Sieger über die Türken bei Rymnik (1789) und im 2. Koalitionskrieg über die Franzosen bei Cassano, an der Trebbia und bei Novi (1799).

305 *Voltaire*, eigentl. François Marie Arouet (1694–1778): bedeutender philosophischer Schriftsteller, Epiker und Dramatiker, Wortführer der franz. Aufklärung; bekämpfte witzig, oft bissig jedes Dogma und trat für Toleranz ein. Als seine Anhänger galten in Rußland alle Freidenker und Liberalen.

307 *Borodino* s. Erl. zu 177.

Russische Literatur im Insel Verlag
Eine Auswahl

Anna Achmatowa. Liebesgedichte. Übersetzt von Alexander Nitzberg. Ausgewählt von Olaf Irlenkäuser.
it 2946. 120 Seiten

Tschingis Aitmatow. Dshamilja. Erzählung. Übersetzt von Gisela Drohla. Mit einem Vorwort von Louis Aragon und Zeichnungen von Hans G. Schellenberger. it 2323. 139 Seiten

Gennadij Ajgi. Veronikas Heft. Das erste Halbjahr meiner Tochter. Übersetzt von Felix Philipp Ingold. Mit Zeichnungen von Simon Morris. 91 Seiten. IB 1133

Andrej Belyj. Petersburg. Roman. Übersetzt von Gabriele Leupold. 640 Seiten. Gebunden

Andrej Bitow. Puschkins Hase. Erzählungen. Übersetzt von Rosemarie Tietze. 160 Seiten. Gebunden

Fjodor Michailowitsch Dostojewski
Sämtliche Romane und Erzählungen. Übersetzt von Hermann Röhl.
- Band 3: Onkelchens Traum. Aus der Chronik der Stadt Mordassow. Roman. it 963. 183 Seiten
- Band 4: Das Gut Stepantschikowo und seine Bewohner. Aus den Aufzeichnungen eines Unbekannten. Roman. it 964. 292 Seiten
- Band 5: Erniedrigte und Beleidigte. Ein Roman in vier Teilen. Mit einem Epilog. it 965. 484 Seiten
- Band 6: Aufzeichnungen aus einem Totenhause. it 966. 415 Seiten

NF 45/1/5.03

- Band 8: Der Spieler. Aus den Aufzeichnungen eines jungen Mannes. it 968. 198 Seiten
- Band 9: Schuld und Sühne. Roman. it 969. 802 Seiten
- Band 10: Der Idiot. Roman. it 970. 951 Seiten
- Band 12: Die Teufel. Roman. it 972. 929 Seiten
- Band 13: Werdejahre. Roman. it 973. 801 Seiten
- Band 14: Die Brüder Karamasow. Roman. Dritter und vierter Teil. Zwei Bände. it 974. 1324 Seiten

Band 1, 2, 7, 11, 15 und 16 sind nicht mehr lieferbar.

Einzelausgaben

- Arme Leute. Roman. Übersetzt von Hermann Röhl. it 2146. 160 Seiten
- Der Doppelgänger. Ein Petersburger Poem. Übersetzt von Hermann Röhl. it 2885. 218 Seiten
- Der Großinquisitor. Übersetzt, mit Parallelstellen der Bibel und einem Nachwort versehen von Wolfgang Kasack. it 2940. 80 Seiten
- Der Großinquisitor. Übertragen und mit einem Nachwort von Rudolf Kassner. IB 149. 44 Seiten
- Der Idiot. Übersetzt von Hermann Röhl. it 2962. 976 Seiten
- Der Jüngling. Übersetzt von Hermann Röhl. it 1890. 801 Seiten
- Schuld und Sühne. Übersetzt von Hermann Röhl. it 2961. 976 Seiten
- Die Sanfte. Eine phantastische Erzählung. Übersetzt von Wolfgang Kasack. it 1138. 88 Seiten
- Der Spieler. Aus den Aufzeichnungen eines jungen Mannes. Übersetzt von Hermann Röhl. it 2774. 233 Seiten
- Weiße Nächte. Eine Liebesgeschichte. Übersetzt von Hermann Röhl. it 2834. 120 Seiten

Dostojewski in Deutschland. Herausgegeben von Karla Hielscher. Mit zahlreichen Illustrationen. it 2576. 290 Seiten

NF 45/2/5.03

Dostojewski in der Schweiz. Ein Reader. Herausgegeben von Ilma Rakusa unter Mitwirkung von Felix Philipp Ingold. Mit zahlreichen Fotografien. 348 Seiten. Leinen

Dostojewski. Leben und Werk. Von Wolfgang Kasack. Mit Abbildungen. it 2267. 160 Seiten

Nikolai Wassiljewitsch Gogol

- Aufzeichnungen eines Wahnsinnigen. Erzählungen. Übersetzt von Ruth Fritze-Hanschmann und Georg Schwarz. it 1513. 183 Seiten
- Der Mantel. Und andere Erzählungen. Übersetzt von Ruth Fritze-Hanschmann. Mit Illustrationen von András Karakas. Mit einem Nachwort von Eugen und Frank Häusler. it 241. 359 Seiten
- Die toten Seelen. Erzählung. Übersetzt von Hermann Röhl. it 987 und it 2966. 527 Seiten

Iwan Gontscharow. Oblomow. Mit Illustrationen von Theodor Eberle. Revidierte Übersetzung von Reinhold von Walter. it 472 und it 2964. 736 Seiten

Maxim Gorki. Der Landstreicher und andere Erzählungen. Übersetzt von Arthur Luther. Mit einer Einführung von Stefan Zweig und Illustrationen von András Karakas. it 2219. 310 Seiten

Alexander Kuprin. Die schöne Olessja. Eine Liebesgeschichte aus dem alten Rußland. Übersetzt von Hermann Asemissen. Mit einem Nachwort von Wolfgang Kasack. it 2590. 140 Seiten

Romola Nijinsky. Nijinsky. Der Gott des Tanzes. Mit einem Vorwort von Paul Claudel. Übersetzt von Hans Bütow. Mit zahlreichen Fotografien. it 566. 399 Seiten

NF 45/3/5.03

Waslaw Nijinsky. Tagebücher. Die Tagebuchaufzeichnungen in der Originalfassung. Übersetzt von Alfred Frank. it 2249. 282 Seiten

Alexander Puschkin

- Der eherne Reiter. Eine Petersburger Erzählung. Mit Illustrationen von Alexander Benois. Übersetzt von Rolf-Dietrich Keil. it 2872. 200 Seiten
- Die Erzählungen des verstorbenen Iwan Petrowitsch Belkin. Pique Dame. Übersetzt von Michael Pfeiffer und Gisela Drohla. 165 Seiten. Leinen
- Die Gedichte. Übersetzt von Michael Engelhard. Herausgegeben, kommentiert und mit einem Nachwort versehen von Rolf-Dietrich Keil. Russisch und deutsch. 1000 Seiten. Leinen
- Die Hauptmannstochter. Übersetzt von Arthur Luther. it 2967. 180 Seiten
- Jewgeni Onegin. Roman in Versen. Ausgewählt und übersetzt von Rolf-Dietrich Keil. it 2524. 270 Seiten
- Liebesgedichte. it 2968. 130 Seiten

Lew N. Tolstoj

Die großen Romane. Geschenkausgabe in sieben Bänden. Anna Karenina. Krieg und Frieden. Auferstehung. 3948 Seiten. Pappband mit Dekorüberzug im Schuber

Einzelausgaben

- Anna Karenina. Herausgegeben von Gisela Drohla. Übersetzt von Hermann Röhl. Mit Illustrationen von Theodor Eberle. it 308 und it 2960. 1216 Seiten
- Auferstehung. Roman. Übersetzt von Adolf Hess. Mit Illustrationen von Theodor Eberle. it 791. 629 Seiten
- Die großen Erzählungen. Mit einem Nachwort von Thomas Mann. Übersetzt von Arthur Luther und Rudolf Kassner. it 18. 323 Seiten

NF 45/4/5.03

- Hadschi Murat. Eine Ezählung aus dem Land der Tschetschenen. Übersetzt von Arthur Luther. Mit einem Nachwort von Wolfgang Kasack. it 2709. 192 Seiten
- Kindheit. Knabenalter. Jünglingsjahre. Herausgegeben von Gisela Drohla. Übersetzt von Hermann Röhl. it 203. 436 Seiten
- Die Kosaken und andere Erzählungen. Herausgegeben von Gisela Drohla. it 1518. 478 Seiten
- Die Kreutzersonate. Erzählung. Übersetzt von Arthur Luther. Mit Illustrationen von Hugo Steiner-Prag. it 763. 176 Seiten
- Die Kreutzersonate. Erzählung. Übersetzt von Arthur Luther. it 2978. 180 Seiten
- Krieg und Frieden. Ein Roman in vier Teilen. Übersetzt von Hermann Röhl. Übertragung des zweiten Teils des Epilogs von Wolfgang Kasack. Mit Illustrationen von Theodor Eberle. Zwei Bände in Kassette. it 2757. 2112 Seiten
- Sämtliche Erzählungen. Fünf Bände in Kassette. Herausgegeben von Gisela Drohla. it 1252. 2352 Seiten
- Die schönsten Erzählungen. Übersetzt von Gisela Drohla, Alexander Eliasberg, Arthur Luther und Hermann Röhl. it 2790. 275 Seiten
- Der Tod des Iwan Iljitsch. Übersetzt von Gisela Drohla. Mit Illustrationen von Theodor Eberle. it 2427. 113 Seiten
- Wieviel Erde braucht der Mensch? Erzählungen und Legenden. Übersetzt von Alexander Eliasberg und Arthur Luther. it 1198. 151 Seiten

Anton Tschechow
- Die Dame mit dem Hündchen. Und andere Erzählungen. Mit Zeichnungen von András Karakas. Ausgewählt und mit einem Nachwort versehen von Werner Berthel. Übersetzt von Reinhold Trautmann. it 174. 388 Seiten
- Der Kirschgarten. Übersetzt und bearbeitet von Thomas Brasch. it 1341. 94 Seiten

NF 45/5/5.03

Iwan Turgenjew

- Ein Adelsnest. Übersetzt von Herbert Wotte. it 1809. 234 Seiten
- Erste Liebe. Und andere Novellen. Übersetzt von Ena von Baer und Ekkehard Jäkel. Mit einem Nachwort von Friedrich Schwarz. it 257. 343 Seiten
- Erste Liebe. Novellen. Übersetzt von Ena von Baer. it 2324. 140 Seiten
- Frühlingsfluten. Novelle. it 2604. 188 Seiten
- Väter und Söhne. it 64 und it 2963. 299 Seiten

Russische Märchen. Nacherzählt von Elisabeth Borchers. Mit Illustrationen von Ivan Bilibin. it 1608. 126 Seiten

NF 45/6/5.03

Klassische französische Literatur im insel taschenbuch Eine Auswahl

Gustave Flaubert

- Romane und Erzählungen. 8 Bände. it 1861-1868. 2752 Seiten
- Bouvard und Pécuchet. it 1861. 448 Seiten
- Drei Erzählungen. it 1862. 288 Seiten
- Lehrjahre des Gefühls. it 1863. 496 Seiten
- Madame Bovary. it 1864. 432 Seiten
- November. it 1865. 160 Seiten
- Reise in den Orient. it 1866. 464 Seiten
- Salammbô. it 1867. 464 Seiten
- Die Versuchung des heiligen Antonius. it 1868. 272 Seiten

Edmond de Goncourt/Jules de Goncourt

Tagebücher. Aufzeichnungen aus den Jahren 1851-1870. Ausgewählt, übertragen und herausgegeben von Justus Franz Wittkop. Mit zeitgenössischen Abbildungen. it 1834. 447 Seiten

George Sand

- Geschichte meines Lebens. Aus ihrem autobiographischen Werk. Auswahl und Einleitung von Renate Wiggershaus. Mit Abbildungen und Fotografien. it 313. 254 Seiten
- Indiana. Übersetzt von A. Seubert. Mit einem Essay von Annegret Stopczyk. it 711. 321 Seite
- Lélia. Übersetzt von Anna Wheill. Mit einem Essay von Nike Wagner. it 737. 289 Seiten
- Lucrezia Floriani. Roman. Übersetzt von Anna Wheill. it 858. 198 Seiten
- Ein Winter auf Mallorca. Übersetzt von Maria Dessauer. it 2102. 220 Seiten

NF 29/1/6.00

- George Sand. Leben und Werk in Texten und Bildern. Von Gisela Schlientz. it 565. 407 Seiten

Emile Zola

- Das Geld. Übersetzt von Leopold Rosenzweig. it 1749. 554 Seiten
- Germinal. Übersetzt von Armin Schwarz. Mit Illustrationen von Renate Sendler-Peters. it 720. 587 Seiten
- Nana. Übersetzung und Nachwort von Erich Marx. Mit Illustrationen von Renate Sendler-Peters. it 398. 533 Seiten
- Thérèse Raquin. Roman. Übersetzt von Ernst Hardt. it 1146. 274 Seiten

NF 29/2/6.00